U0525404

Haruki Murakami

世界末日与冷酷异境

[日]村上春树 ——— 著
赖明珠 ——— 译

上海译文出版社

SEKAI NO OWARI TO HADOBOIRUDO WANDARANDO
by Haruki Murakami
Copyright © 1985 Harukimurakami Archival Labyrinth
All rights reserved.
Originally published in Japan by SHINCHOSHA Publishing Co., Ltd., Tokyo.
Chinese (in simplified character only) translation rights arranged with
Harukimurakami Archival Labyrinth, Japan
through THE SAKAI AGENCY and BARDON CHINESE CRATIVE AGENCY LIMITED.

本书中译本由时报文化出版企业股份有限公司委任英商安德鲁纳伯格联合国际有限公司代理授权

图字：09-2022-0996号

图书在版编目（CIP）数据

世界末日与冷酷异境 /（日）村上春树著；赖明珠译. —上海：上海译文出版社，2023.10
ISBN 978-7-5327-9362-4

Ⅰ.①世… Ⅱ.①村…②赖… Ⅲ.①长篇小说—日本—现代 Ⅳ.①I313.45

中国国家版本馆CIP数据核字（2023）第160363号

世界末日与冷酷异境
［日］村上春树/著　赖明珠/译
总策划/冯涛　责任编辑/吴洁静　装帧设计/柴昊洲　封面插画/Cici Suen

上海译文出版社有限公司出版、发行
网址：www.yiwen.com.cn
201101 上海市闵行区号景路159弄B座
山东韵杰文化科技有限公司印刷

开本 890×1240　1/32　印张 16　插页 5　字数 272,000
2023年11月第1版　2023年11月第1次印刷
印数：00,001—20,000册

ISBN 978-7-5327-9362-4/I·5845
定价：88.00元

本书中文简体字专有出版权归本社独家所有，非经本社同意不得转载、摘编或复制
如有质量问题，请与承印厂质量科联系。T: 0533-8510898

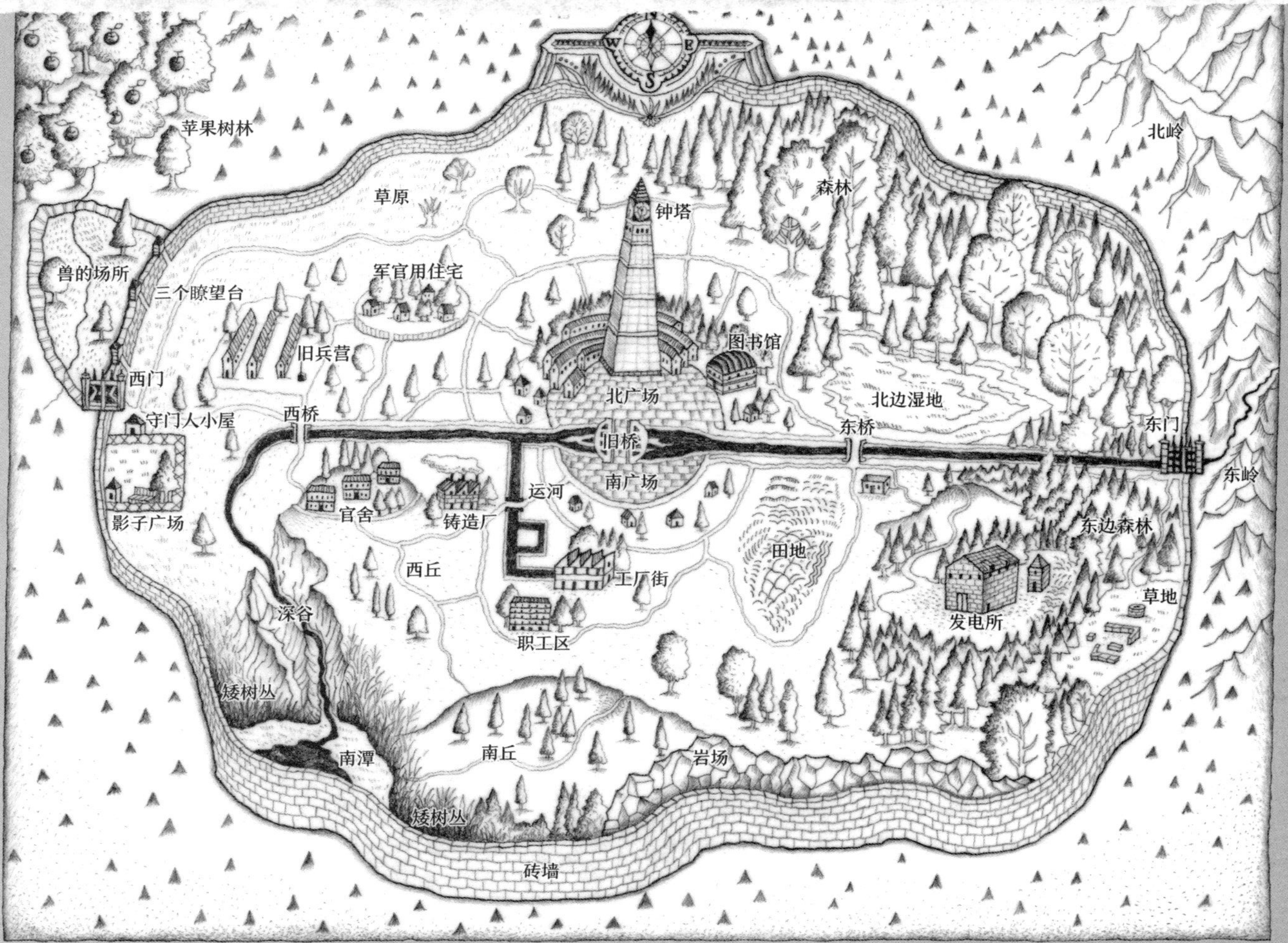

苹果树林
北岭
草原
森林
钟塔
兽的场所
军官用住宅
三个瞭望台
图书馆
旧兵营
西门
北广场
北边湿地
守门人小屋
西桥
东桥
东门
旧桥
东岭
运河
南广场
官舍
铸造厂
影子广场
东边森林
田地
西丘
工厂街
草地
深谷
发电所
职工区
矮树丛
南潭
南丘
岩场
矮树丛
砖墙

为什么太阳还继续照耀

为什么鸟儿还继续歌唱

他们不知道吗

世界已经结束

——THE END OF THE WORLD

目 录

1. 冷酷异境	电梯、无声、肥胖	1
2. 世界末日	金色的兽	13
3. 冷酷异境	雨衣、黑鬼、洗码	19
4. 世界末日	图书馆	38
5. 冷酷异境	计算、进化、性欲	46
6. 世界末日	影子	63
7. 冷酷异境	头骨、劳伦·白考尔、图书馆	73
8. 世界末日	上校	92
9. 冷酷异境	食欲、失意、列宁格勒	98
10. 世界末日	墙	118
11. 冷酷异境	穿衣、西瓜、混沌	123
12. 世界末日	世界末日的地图	129
13. 冷酷异境	法兰克福、门、独立组织	137
14. 世界末日	森林	162
15. 冷酷异境	威士忌、拷问、屠格涅夫	172
16. 世界末日	冬天来临	189
17. 冷酷异境	世界末日、查理·帕克、定时炸弹	198
18. 世界末日	梦读	207

19. 冷酷异境	汉堡、天际线、最后期限	212
20. 世界末日	兽的死	228
21. 冷酷异境	手链、本·约翰逊、恶魔	233
22. 世界末日	灰色的烟	266
23. 冷酷异境	穴、蛭、塔	276
24. 世界末日	影子广场	297
25. 冷酷异境	用餐、象工厂、圈套	307
26. 世界末日	发电所	335
27. 冷酷异境	百科全书棒、不死、回形针	343
28. 世界末日	乐器	352
29. 冷酷异境	湖水、近藤正臣、裤袜	359
30. 世界末日	洞穴	383
31. 冷酷异境	收票口、警察乐队、合成清洁剂	391
32. 世界末日	垂死的影子	407
33. 冷酷异境	雨天洗衣、出租汽车、鲍勃·迪伦	415
34. 世界末日	头骨	431
35. 冷酷异境	指甲刀、奶油酱、铁花瓶	439
36. 世界末日	手风琴	456
37. 冷酷异境	光、内省、清洁	462
38. 世界末日	逃出	474
39. 冷酷异境	爆米花、吉姆爷、消失	485
40. 世界末日	鸟	498

1.

冷酷异境
电梯、无声、肥胖

电梯以极缓慢的速度继续上升。我想电梯应该是在上升吧。但实际上是不是这样我并不知道。因为速度实在太慢，所以连方向感都消失了。或许它是在下降，或许它根本就静止不动也不一定。只是试着从前后的状况来考虑，我自己权宜地决定电梯应该是上升的而已。纯属推测。没有任何称得上是根据的东西。或许上升了十二层楼又下降了三层楼，绕了地球一周又回来了也说不定。这就不得而知了。

这电梯和我住的大厦里装的好像进化的水井吊桶一般便宜而直截了当的电梯，彻头彻尾完全不同。因为实在差太多了，以至于无法令人想到这是为了同一目的而制造的相同结构、被冠以相同名称的机械装置。这两种电梯几乎被能够想象到的最远距离所分隔开来。

首先是大小问题。我所搭的电梯宽敞得可以当一间雅致的办公室。摆了书桌、柜子、书架，再附上小型厨房之后，空间好像还有余裕。或许也装得下三头骆驼和一棵中型椰子树。其次是干净。像新出品的棺材一样干净。四周的墙壁和天花板一尘不染，没有丝毫污痕而闪闪发亮的不锈钢，地面铺的是苔绿色的长毛地毯。第三是极端安静。我一走进去，门便无声地——名副其实无声地——平顺地关上，然后就听不见任何声音。甚至连是停着还是动着都不知道。宛如深沉的河川安静地流着。

　　另外一点是，作为电梯应该具备的各种设备却大多欠缺。首先就没有集合各种按钮和开关的面板。显示各楼层的按钮、门的开关钮和紧急停止装置都没有。总之什么都没有。因此我非常没有安全感。不只是按钮，连表示所在楼层的灯号也没有，告知限载人数或注意事项的标示也没有，连厂牌名称的标志也看不见。更不知道紧急的逃生出口在什么地方。确实完完全全是副棺材。怎么想都不认为这样的电梯能够拿到消防署的许可。电梯应该有电梯的规定才对的。

　　一直注视着这样一个毫无破绽的四面不锈钢壁，使我想起小时候电影上看过的胡迪尼大魔术。他被捆上好几重绳子和铁链，然后被塞进一个大皮箱，再缠上一圈圈的粗铁链，整个皮箱由尼亚加拉大瀑布上面冲下来，或在北海泡在冰水里。我慢慢深呼吸了一下，然后试着冷静地比较了一下我的处境和胡迪尼的。身体没被绑着，这点我比较有利，但不明状况这点则比较不利。

　　试着想想，何止是状况，我连电梯到底是在动还是停着都不知道。我试着干咳一声。但那有些奇怪的干咳听起来不像干咳的声音。好像只是将柔软的黏土投掷在平坦的水泥墙上，听起来怪扁平的声音。我无论如何都不觉得那是从我自己身体所发出来的声音。为了慎重起见，我又试着干咳了一次，结果还是一样。我索性放弃，不再干咳。

　　相当长的时间里，我就维持那个姿势站着不动。一直过了很久门也没开。我和电梯就像是题为《男人和电梯》的静物画一样安静地停在那里。我逐渐不安起来。

　　或许机械故障了，或许电梯的司机——假定某个地方有个负责这任务的人——完全忘了我在箱子里面的事了。我有时候会觉得别人忘了我的存在。但不管怎么样,结果就是我被关在这不锈钢密室里了。虽然也试着侧耳倾听过,但没有任何种类的声音传进耳朵。我试着把耳朵紧贴在不锈钢壁上,但还是听不见声音。墙上只留下我耳朵的白色形状而已。电梯似乎是为了吸收一切声音而制造的特殊样式的金属箱。我试着用口哨吹《Danny Boy》看看,却只吹出像得了肺炎的狗的喘息似的声音而已。

我叹了一口气,靠着电梯厢壁,决定数口袋里的零钱打发时间。虽然说是打发时间,但对于从事我这种工作的人来说,就像职业拳击手经常握着橡胶球一样,是极重要的训练之一。意义上不单纯是打发时间而已。唯有靠着行动的反复,才有可能使偏重的倾向普遍化。

总之我总是特意在长裤口袋里存放相当数量的零钱。右侧口袋放百圆铜板和五百圆铜板,左侧放五十圆铜板和十圆铜板。一圆铜板和五圆铜板则放在臀部口袋里,但原则上并不用来计算。两只手放进口袋里,右手数百圆铜板和五百圆铜板的金额,并同时用左手数着五十圆铜板和十圆铜板的金额。

没有这样计算过的人或许很难想象,刚开始是相当麻烦的作业。右侧的脑和左侧的脑完全分别计算,最后再像把剖成两半的西瓜合起来一样,把这两半合成一体。不习惯的话很难做得好。

其实右侧的脑和左侧的脑是不是分开来用的,说真的我也不知道。如果是脑生理学专家的话,或许会用其他更贴切的方式来表达吧。但我不是脑生理学专家,而且实际进行计算时,觉得右脑和左脑好像真的是分开来用的。以数完之后的疲劳感来说,觉得好像和一般计算后的疲劳感,在性质上相当不同。于是我就简单地当作以右脑计算右边的口袋,以左脑计算左边的口袋了。

我自己也觉得我似乎对世上各种的现象、事物和存在常常会做简单的思考。这并不因为我是一个具有简单个性的人——当然我承认多少具有这样的倾向——不过因为我发现以简单的方式去掌握事物,往往比正统性解释更贴近对事物本质的理解。

例如不把地球想成球状物体而是巨大的咖啡桌,在日常生活层面有什么不妥呢?当然这是个相当极端的例子,也没有必要像这样把一切的一切都自己随意去改变。只是地球是个巨大咖啡桌的简单想法,可以将地球是球状而产生的各种琐碎问题——例如地心引力、换日线、赤道之类似乎没什么用的东西——排除得一干二净倒也是事实。对于过着普通生活的人来说,一生中到底有多少次必须和赤道之类的问题扯上关系呢?

因此我尽可能以简单的观点来看事情。所谓世界这东西,真是包含了各式各样的,说得更清楚一点,真是包含了无限可能性而成立的,这是我的想法。可能性的选择,在某种程度上是构成世界的每个人都被赋予的。所谓世界,就是由浓缩的可能性所形成的咖啡桌。

话说回来,右手和左手同时进行完全不同的计算绝不是一件简单的事。我在精通之前也花了很长的时间。但一旦精通之后,换句话说,一旦掌握窍门,这种能力便不会轻易丧失。就像骑脚踏车和游泳一样。话虽这么说,但并不是不需要练习。唯有不断的练习,能力才能提升,样式才能洗练化。因此我总是特地在口袋里放零钱,只要一有空闲,就做这种计算。

那时候我口袋里放着有五百圆铜板3个,百圆铜板18个,五十圆铜板7个,和十圆铜板16个。总计金额是3 810圆。计算一点也不费事。这样的程度比数手指头还要简单。我满足地靠在不锈钢壁上,望着正

1. 冷酷异境　电梯、无声、肥胖

面的门。门还没开。

　　为什么这么久了电梯门还不开呢？我不明白。但稍微想了一下，所得到的结论是，"机械故障说"和管理员忘了我存在的"疏忽说"，两者不妨都排除。因为不切实际。当然我并不是说，机械的故障或管理员的疏忽在现实上不可能发生。相反地我知道在现实世界里，这种意外正频繁发生。我想说的是在特殊的现实中——我所指的当然是这荒谬的平滑的电梯而言——非特殊性应该可以当作相悖的特殊性而简单地予以排除吧。会疏于维护机器，或让来访者乘上电梯之后就忘记后续操作的粗心大意的人，难道会去制作这样一部复杂古怪的电梯吗？

　　答案当然是NO。

　　这样的事情不可能发生。

　　以到目前为止的状况，可以看出他们一定是很神经质、心思细密、一丝不苟的。他们简直好像每一步的步幅都用尺量着走似的，真是每个细节都考虑周到。一进入大楼的门厅，我就被两个警卫拦住，询问要拜访的对象，核对过他们的预定来访者名单，检查过我的驾驶执照，用中央计算机确认过身份，用金属探测器检查过身体，然后我才被推进这部电梯里。就算参观造币局，也不必接受这样严格的检查。然而到此为止谨慎却突然消失，实在令人难以想象。

　　这样一来，剩下的可能性就只有他们是故意让我处在这种状况的。我想他们大概不愿意让我猜出电梯的动向，所以才以缓慢得弄不清楚是上升还是下降的速度让电梯移动。或许还装有监视器也说不定。入口的警卫室就装了整排监视屏幕，就算其中之一显示的是电梯内部也不足为奇。

5

无聊之余我也曾想试着找寻监视器镜头,但仔细一想,假定真找到这样的东西,对我也一点好处都没有。只会使对方提高警戒而已,或许还会令对方因为提防而让电梯走得更慢也说不定。我不想变成那样。就算不节外生枝,也都要迟到了。

结果我没有做什么特别的事情,只是悠闲地等着。我是为了完成正当的职务而来。没有什么好怕的,也不必紧张。

我靠着墙,两手插在裤袋里。重新开始再计算一次铜板。3 750圆。一点也不费事,一会儿工夫就算完了。

3 750圆?

计算错了。

我在某个地方犯了错。

感觉手心在冒汗。这三年来我计算口袋的零钱从来没有一次失误。一次都没有。不管怎么想这都是个厄兆。在这厄兆带来明显灾厄之前,我必须好好收复失地才行。

我闭上眼睛,好像在洗眼镜的镜片似的,让右脑和左脑变空。然后两只手从长裤口袋抽出来,张开手掌,擦干汗。这些准备作业,就像《瓦劳克》影片中亨利·方达面对枪战时一样利落地完成了。虽然没什么了不起,但我非常喜欢《瓦劳克》那部电影,不过这只是件无关紧要的事。

确定两手的手心都完全干了之后,我重新把两手插进两边的口袋,开始第三次计算。如果第三次的总额和前面两次中的任何一次一致,那没问题,谁都会有错。是被放在特殊的状况变得神经质了,而且也不得不承认多少有些太过自信。这造成我第一次的错误。总之要确认正确的数字——这样应该就能补救。但在我达成补救之前,电梯门开了。

1. 冷酷异境　电梯、无声、肥胖

没有任何前兆、没有任何声音,门往两侧平顺地打开。

由于精神正集中于口袋里的铜板,因此刚开始我没有清楚意识到门已经开了。或者表达得更准确一点,眼睛虽然看见门开了,但那具体意味着什么却一时无法掌握。当然门开这件事,意味着到目前为止被那门剥夺了连续性的两个空间又连接上了。而且同时也意味着我所搭乘的电梯已经到达目的地了。

我中断了口袋里手指的动作,眼睛看看门外。门外有走廊,走廊上站着一个女人。一个胖胖的年轻女人,穿着粉红色套装、粉红色高跟鞋。套装做工良好质料光滑,她的脸也同样光滑。女人看了一下我的脸好像要确认似的,然后向着我点了一下头。大概表示"到这边来"的意思吧。我放弃再次计算铜板,两手从口袋里抽出来,走出电梯。我一走出去,电梯的门就好像等不及地在我背后关上了。

站在走廊往四周看了一圈,但看不见任何一件能够提示我所处状况的东西。我所知道的,只有那是建筑物内部走廊之类的地方而已,这连小学生都知道。

总之这是个内部装潢非常平板单调的建筑物。就像我搭乘的电梯一样,使用的材质虽然高级,却没有什么突出变化的地方。地板是磨得很干净而有光泽的大理石,墙壁是像我每天早晨吃的麦芬蛋糕似的带点黄的白色。走廊两侧排着厚重的木制门,每扇门上都有标示房间号码的金属牌子,但那些号码乱七八糟,并不相连。"936"的隔壁是"1213",其次又变成"26"。哪里有房间是这样胡乱排列的,一定有什么地方不对劲。

年轻女人几乎没有开口。女人虽然向我说"请往这边走",但那只是她的嘴唇这样动而已,并没有发出声音。我在接受这件工作之前,参加过两个月读唇术讲座,所以多少能够了解她所说的。刚开始,我还以为自己的耳朵有什么问题,电梯既没声音,干咳和口哨也不响,使我对声响一下子失去了信心。

我试着干咳一声。干咳声依然很轻微,但比起在电梯里干咳时听起来要正常多了。于是我放下心,对自己的耳朵多少恢复了一点信心。没问题,我的耳朵没怎么样,我的耳朵是正常的,问题在那女人的嘴巴。

我跟在女人后面走。尖尖的高跟鞋跟,发出咔哒咔哒像午后采石厂的声音,响在空荡荡的走廊上。女人被丝袜裹着的小腿肚清晰地映在大理石上。

女人胖得圆滚滚的。虽然年轻又漂亮,但她确实胖。年轻漂亮的女人肥胖这回事,真有点奇妙。我走在她后面,望着她的脖子、手臂和腿。她的身体,简直就像夜里下了大量无声的雪一样,长了好多肉。

每当跟一个既年轻漂亮又肥胖的女人在一起,我总是会变得很混乱。为什么会这样自己也不清楚。或许因为我会极自然地想象对方饮食生活的样子吧。一看见肥胖的女人,我脑子里就会自动浮现她正在咔滋咔滋地嚼着餐盘里剩下的当作配菜的豆瓣菜,贪恋地用面包蘸起最后一滴奶油酱的光景。一定会这样。然后简直就像强酸腐蚀金属一样,我满脑子就被她的饮食风景所充满,其他各种机能都变得不能顺利运作了。

如果光是肥胖的女人,那倒还好。光是肥胖的女人就像空中的云一样,只是浮在那里而已,和我没有任何关系。但既年轻漂亮又肥胖的女人,就不一样了。我会被逼迫对她们采取某种特定态度。也就是说,也许会跟她们睡觉也说不定。我想这或许使我的头脑混乱,而抱着丧失机能的头脑和女人睡觉又不是一件简单的事。

1. 冷酷异境　电梯、无声、肥胖

虽然这么说，但我绝不是讨厌肥胖的女人。混乱和讨厌并非同义词。到目前为止我也曾和几个既年轻漂亮又肥胖的女人睡过，整体看来绝对不是恶劣的体验。只要能够将混乱顺利导往好的方向，往往会带来平常无法得到的美好结果。当然也有不顺利的时候。所谓性，是极微妙的行为，和星期天到百货公司买个热水瓶回来是两码子事。同样既年轻漂亮又肥胖的女人，各人肉多的部位也有所差别。某种胖法会把我往好的方向引导，某种胖法只会把我抛弃在表层的混乱中就不管了。

在这层意义上，和胖女人睡觉对我是一件挑战。人的胖法和人的死法一样，有各式各样数不清的类型。

我一面跟在那位既年轻漂亮又肥胖的女人后面，一面走在走廊上大略地想着这些事情。她在配色高雅的粉红色套装衣领上围着白色丝巾。肉感良好的两个耳垂上戴着长方形金色耳环，随着她的走动就像信号灯一样闪闪发亮。整体上看来，她虽然胖，但身体姿态倒很轻巧。当然或许因为紧绷贴身的内衣发挥一些作用显得相当紧致吧，不过就算把这可能性考虑进去，她腰部摆动的姿势简洁有力，看起来蛮舒服的。因此我对她产生了好感。看来她的胖法似乎符合我的喜好。

这不是为自己辩白，但我并不会对很多女人怀有好感。说起来我认为自己属于很少对女人有好感的人。所以偶尔对什么人怀有好感时，就会想要试试这好感。那是真的好感吗？如果是真的好感，那么又会如何运作机能呢？会想以自己的方式去试试看这些。

于是我走到她旁边，为迟到了八或九分钟这点道歉。

"我不知道入口的手续那么花时间。"我说，"也不知道电梯那么慢。我到达这栋大楼的时候，确实是在预定时间的十分钟前。"

她简短地点头,似乎是表达"我知道"。她的颈根飘着古龙水的气味。好像夏天的早晨站在哈密瓜田里的香气,那香气让我有某种不可思议的感觉。好像两个不同种类的记忆在我所不知道的地方结合起来似的,有一点不调和但似乎令人怀念的奇妙感觉。我偶尔会有这种感觉。而且那多半是由于某种特定气味引起的。为什么会这样我也没办法说明。

"好长的走廊啊。"我试着开口和她闲聊。她一面走着一面看我的脸。我猜她大约二十或二十一左右。眉眼清楚,额头宽大,皮肤很美。

她一面看我的脸一面说:"普鲁斯特。"虽然这么说,但她并不是准确地发出"普鲁斯特"的声音,只是觉得她的嘴唇动作似乎在说"普鲁斯特"而已。声音依然完全听不见。甚至连吐气声都没听见。简直就像在厚玻璃的对面向你说话一样。

普鲁斯特?

"马塞尔·普鲁斯特?"我试着问她。

她以一副觉得不可思议的眼光看我。然后重复说着"普鲁斯特"。我放弃了,回到原来的位置,一面走在她后面,一面拼命寻思和"普鲁斯特"嘴唇动作相似的语言。"闰年"或"古井吊桶"或"黑色土当归"之类无意义的单词①,我悄悄试着一一发音,但找不到一个唇形完全符合的。我觉得她说的确实是"普鲁斯特"。但漫长的走廊和马塞尔·普鲁斯特的关联性,我不知道从何找起。

她也许是引用马塞尔·普鲁斯特作为长走廊的暗喻也说不定。但假如是这样,这联想也未免太突兀了,而且以表达来说也似乎不很亲

---

① 编者注:此处"闰年""古井吊桶""黑色土当归"在日语中分别念作ウルウドシ、ツルシイド、クロイウド,与"普鲁斯特"(プルースト)比较接近。

切。作为普鲁斯特作品集的暗喻而引用长走廊,那道理我倒还可以理解,但反过来未免太奇怪了。

马塞尔·普鲁斯特似的漫长走廊?

总之我跟在她后面走在漫长的走廊上。真是漫长的走廊。转了几次弯,上上下下几个五级或六级的短阶梯。也许走了有一般大楼的五或六倍。或许我们只是在有如埃舍尔的错觉画的地方来回走也不一定。反正不管怎么走,周围的风景都完全没有变化。大理石地板、卵黄色的墙、胡乱编排的房间号码和装有不锈钢门把的木门。看不见一扇窗户。她始终保持一定节奏的高跟鞋声音规则地响在走廊,而我的慢跑鞋则是发出好像橡胶融化了似的黏糊糊的声音在后面跟着。我那鞋子发出超出必要的粘连声,真教人担心那橡胶底是不是真的要开始融化了。因为这辈子穿慢跑鞋走在大理石上还是第一次,因此我无法判断这样的鞋底声音是正常还是异常。大概一半正常,剩下的一半异常吧,我这样想象。为什么?因为我觉得这里的一切似乎都以这样程度的比例运作着。

当她突然站定时,因为我一直集中精神在自己慢跑鞋的脚步声,于是我整个胸部重重地撞到她的背。她的背好像一朵形成得很好的雨云似的轻柔而舒服,颈根依然飘散着那哈密瓜古龙水的香气。她被一碰差一点往前跌,我赶快用两手抓住她的肩膀把她拉回来。

"对不起。"我向她道歉,"我刚刚在想一点事情,不小心。"

胖女孩有点脸红地看着我。虽然不能肯定地说,但她似乎没有生气。"到了。"她说,只稍微微笑一下,然后耸耸肩说,"Sela。"不过当然并没有真的说出来,只是她的唇形好像重复了好几次似的。

"到了?"我好像在对自己说似的试着嘴里发出声音,"Sela?"

"Sela."她很有自信地重复着。

那听起来好像土耳其语似的,但问题是我一次也没听过土耳其语。所以那应该不是土耳其语吧,我头脑逐渐混乱起来,于是我决定不再和她说话。我的读唇术实在还太不熟练。读唇术这东西是非常细腻的作业,并不是只参加两个月的市民讲座,就能完全运用自如的。

她从上衣口袋拿出一张小型电子门卡,把卡平面和门上附有"728"牌子的门锁完全贴合。咔锵一声,门锁就解除了。真是高明的装置。

她打开门。然后站在门口用手推开门,向着我说:"Somuto Sela。"

当然我点头走了进去。

2.
世界末日
金色的兽

秋天来临时,它们的身体就被长长的金色体毛所覆盖。那是纯正定义上的金色。其他任何种类的颜色都无法夹杂其中。它们的金色是以金色生于这个世界,以金色存在于这个世界。在所有天空和所有大地的夹缝之间,它们被染成没有杂毛的金色。

我最初来到这街时——那是春天——这些兽身上还长着各种颜色的短毛。有黑色、有茶褐色、有白色、有带红色的茶色。其中也有几种颜色组合成的斑纹。这些被各种颜色的毛皮所包缠着的兽,在嫩绿的大地上,像是被风推动般静静地飘着。它们可以说是安静得近乎冥想式的动物。连呼吸都像朝雾一般静悄。它们无声地吃着绿草,吃饱之后就弯起腿坐在地上,落入短暂的睡眠。

春天过去,夏天结束,当光线开始带着微微的透明感,初秋的风在河川的滞流处掀起微小涟漪时,兽的模样开始起了变化。刚开始,金色体毛还只是斑斑点点的,就像由于某种偶然而错过发芽季节的植物一样地出现,后来终于变成无数触手把短毛缠住,最后全身都被这闪闪发亮的黄金色所覆盖了。这仪式从开始到结束只花了一星期而已。它们的变化几乎同时发生、同时结束。在一星期之间,它们一头也不剩地完全变样为金色的兽。朝阳升起,当世界被染成新的黄金色时,秋天已经降临大地。

　　只有从它们额头正中央伸出来的一只长角，是纯然优美的白色。那令人担心的细，感觉上与其说是角，不如说是由于某种原因穿破皮肤凸了出来，于是就那样固定下来的骨头破片更恰当。只留下角的白和眼睛的蓝，兽全身完全变化为金色。它们好像要试穿一下这新衣裳似的，脑袋不住上下摆动，以角的尖端往高高的秋天的天空冲撞。然后把腿浸泡在逐渐变冷的河川流水里，伸长着脖子贪食秋天赤红的树果。

　　当夕暮开始将街容染成蓝色时，我登上西墙的瞭望台，眺望守门人吹响号角召集兽的仪式。以号角吹出一长声、三短声。这是规定。每次听见号角声，我就会闭起眼睛，让那柔和的音色轻轻渗入体内。号角声和其他声音都不一样。那就像带有些微蓝色的透明鱼一样，悄悄穿过夜色迟未降临的街道，让铺道的卵石、家户的石壁和沿着河边道路排列的石墙都沉浸在那声响里。好像要穿越含在大气之中眼睛看不见的时间断层一般，那声音安静地响遍长街的每一个角落。

　　当号角的声音在街头响起时，兽群朝向太古的记忆抬起了头。超过千头的兽一起，简直是以同样的姿势朝向号角声的方向抬起头来。有些正无聊地嚼着金雀儿叶，有些卧坐在卵石铺道上用蹄子哒哒敲着地面，还有些在最后日照下的午睡中醒来，兽群一起朝空中伸长了脖子。

　　那一瞬间所有的一切都停止了。要说还在动的东西，只有被夕暮之风拂动着的金色体毛而已。那时候它们到底在想什么、在凝视什么，我不知道。这些兽把脖子转向同一个方向和角度，安静凝视着天空，一动也不动。并且侧耳倾听着那号角声。当号角最后的余韵终于被吸进淡淡的夕暮中，它们站了起来，简直就像忽然想起什么似的，朝着某个

2. 世界末日　金色的兽

特定的方向开始走动。片刻的咒缚被解除了,长街被这些兽踏出的无数蹄声所覆盖。那声音总是令我想象从地底涌上来的无数细小泡沫。那泡沫包住了街,爬到家家户户的围墙上,连钟塔都完全覆盖了。

不过那纯粹是夕暮的幻想而已。一张开眼睛泡沫立刻就消失了。那只不过是兽的蹄声,街上和平常一样没有改变。兽的行列像河川一样流在弯曲街道的铺石上。并不分由谁走在前面,也没有谁领路。这些兽只是低着头,轻微晃动着肩胛,一面沉默地沿着河川走。而且一头一头之间,虽然肉眼看不出来,兽群却似乎被一种无法抹消的亲密记忆的绊绳牢牢牵系住。

它们从北边下来穿过旧桥,和从河川南岸由东边过来的伙伴合流,走过运河边的工厂地带,朝西穿过铸造厂的穿廊,越过西丘的山麓。在西丘斜坡上等着这队伍的,是无法远离门的老弱幼小。它们在这里转向北边,越过西桥,然后朝门前进。

当带头的兽来到门口时,守门人把门打开。那是一扇交错钉着加固厚铁板,看起来坚固沉重的门。高度大约四到五米,上部像针山一样插着密密麻麻的尖锐钉子,以防止人翻过。守门人轻松地把那沉重的门朝自己这边拉开,把集合的兽群放出门外。门是对开的,但守门人总是只开一扇。左侧的门经常关得紧紧的。兽群一头不剩地通过门之后,守门人再度关上门,上了锁。

就我所知,西门是这街唯一的出入口。街坊的周围被七到八米高的长围墙所包围。能够越过的只有鸟而已。

清晨来临时,守门人再度把门打开,吹起号角,把兽放进来,等这些兽全部进到里面时,再和之前一样把门关起来并且上锁。

"其实没有必要上锁的。"守门人向我说,"就算不上锁,恐怕也没有人打得开那沉重的门吧。就算几个人合力一起也一样。只是规则上这么定的,所以才这么做。"

　　守门人说着把毛线帽往下拉到眉毛上方,然后沉默下来。守门人是个高大男人,块头之大是我从来没见过的。看起来肌肉厚实,衬衫和外套好像只要一个动作就会绷开来似的。不过他有时候会闭上眼睛,掉进巨大的沉默中。那是像某种忧郁症似的东西,或者只是体内机能被某个作用切断了,我无法判断。但不管怎么说,沉默一覆盖了他,我就只能安静等待他意识的恢复。当他恢复意识之后,会慢慢睁开眼睛,很长一段时间以恍惚的眼神注视着我,手指在膝盖上不住摩擦,好像努力想要理解我为什么存在那里似的。

　　"为什么一到黄昏就要召集兽群放出街外,而一到早晨又放回里面呢?"守门人恢复意识后,我试着这样问。

　　守门人暂时不带任何感情地凝视着我。

　　"因为这样规定啊。"他说,"因为这样规定所以这样做。就像太阳从东边升起,西边落下一样。"

　　开门、关门之外的大部分时间,他似乎都在整理刀械。他的小屋里排列着各种大小的斧头、柴刀和镰刀等,只要他一有空闲,就非常仔细地用砥石磨着。磨过的刀刃总是发出令人不寒而栗的森森白光,对我来说,那与其说是反射外部的光,不如说里面暗藏着某种内在发光体。

　　我望着那成排的刀械时,守门人总是露出得意的微笑,一面以谨慎的眼光追随我的动作。

　　"小心喏,只是碰一下就会被划伤喏。"守门人以像树根一般生硬粗糙的手,指着排放的刀械,"这些家伙跟外头那些便宜货不一样噢。

2. 世界末日　金色的兽

都是我一把一把亲手打造的。从前我做过铁匠，这些可是我最拿手的。保养整修一直都做得很认真，平衡也把握得很好。要选择和刀刃的自重相搭配的柄并不简单。随便挑一把拿起来试试看，但不要碰到刀锷。"

我从排在桌上的刀械中选了一把最小的手斧拿起来，试着在空中轻轻挥动几次。只在手腕稍微施一点力——或者说只是想要施力而已，那刀刃就像听话的猎犬一般灵敏地反应，发出咻一声干干的声音把半空切成两片。确实有值得守门人骄傲的地方。

"那柄也是我做的。是用十年生的秦皮树削成的。做刀柄每个工匠都各有偏好，我最喜欢十年生的秦皮，比这年轻也不行，比这老也不行。十年生的最好。既坚固，又含有水气，韧性也好。东边森林里有长得很好的秦皮。"

"这么多的刀械要做什么用呢？"

"有各种用途啊。"守门人说，"冬天来了更好用。反正冬天到了你就会明白，这儿的冬天可长呢。"

门外有为兽而设的场所。兽群夜里在那边睡觉。小河流过，可以喝那河水。再过去就是一望无际的苹果树林。简直像海似的无边无际地延伸出去。

西墙设有三个瞭望台，可以用梯子爬上去。附有遮雨的屋顶，透过装有铁栅的窗子可以眺望兽群的样子。

"除了你之外没有人眺望这些兽。"守门人说，"不过你才刚来这里没办法，要是在这里住上一段时间安定下来之后，就会对兽没兴趣了。就像其他人一样。不过春天刚开始的一星期倒是例外。"

17

只有春天刚开始的一星期，人们为了看兽群的战斗场面会登上瞭望台，守门人说。雄兽只有在这个时期——正好在毛脱落换新、雌兽开始生产前的一星期，平常温和的姿态会忽然变得凶暴到无法想象，并开始互相残杀。然后在大量的血流溅过大地之后，新的秩序和新的生命会诞生。

秋天的兽各自安静地蹲在各个场所，长长的金毛辉映着夕阳。它们像被固定在大地之上的雕像一般，身体一动也不动，抬着头安静等候一天里最后的光线没入苹果树海中。终于太阳沉落，夜的青蓝暗影笼罩它们的身体时，兽垂下了头，白色独角朝向地面，然后闭起眼睛。

街上的一天就这样结束了。

3.
冷酷异境
雨衣、黑鬼、洗码

我被带进的,是一间空荡荡的大房间。墙壁是白色的,天花板是白色的,地毯是咖啡色的,全都是品味高雅的颜色。虽然嘴里说来一样是白色,但颜色本身的构成也有高级的白和低级的白之分。由于窗玻璃是不透明的,无法确认外面的景色,但从那里透进来的模糊光线似乎是太阳光不会错。那么这里应该不是地下,因此电梯是上升的。知道这点之后我稍微安心下来。我的想象没有错。女人示意要我坐在沙发上,于是我在房间中央的皮面沙发上坐下跷起腿。我在沙发坐下之后,女人便从和进来时不同的门走了出去。

房间里几乎没有什么像家具的家具。沙发茶几上排列着陶制的打火机、烟灰缸和香烟盒。我拉开香烟盒盖看看,里面一根香烟也没有。墙上没挂画、月历或照片。没有一样多余的东西。

窗边有一张很大的书桌。我从沙发上站起来,走到窗前,顺便看看桌上。由一块坚实的厚木板制成的桌面,两侧附有大抽屉。桌上有台灯、三支比克圆珠笔和台历,旁边则散落着一把左右的回形针。我看看台历的日期,日期是对的,是今天的日期。

房间角落排列着三个随处可见的铁柜。铁柜和房间的气氛不太协调。太过于事务性而直截了当了。要是我的话,会配合房间放个更优雅的木制橱柜，但这不是我的房间。我只是为了工作在这里而已，不管是鼠灰色的铁柜或浅桃色的点唱机，都与我无关。

左边墙上有嵌入式壁橱，附有纵向细长的折叠门。这就是房间里所有的家具了。没有时钟、电话、削铅笔机、水瓶。也没有书架、信插。到底这房间为什么样的目的而设、发挥什么样的机能，我实在看不出。我回到沙发再度跷起腿，打着呵欠。

十分钟左右后女人回来了。她没看我一眼，径自打开柜子的一扇门，从里面捧出黑黑亮亮的东西，放到桌上。那是折叠得很整齐的塑料雨衣和长统雨靴。最上面还放着像第一次世界大战的飞行员戴的那种护目镜。现在到底正在发生什么，我完全弄不清楚。

女人好像跟我说了什么，但嘴唇的动作太快，我没看懂。

"能不能说得慢一点？因为我的读唇术没那么高明。"我说。

这次她张大嘴慢慢地说了。"请把这个穿在衣服上面。"她说。如果可以的话，实在不想穿什么雨衣，但要抱怨又嫌麻烦，因此我默默照她的指示做。脱下慢跑鞋换穿长统雨靴，雨衣套在运动衫上。雨衣沉甸甸的，雨靴的尺寸大了一号或二号，但我对这些也决定不要抱怨。女人走到我前面帮我把长到脚踝的雨衣扣子扣上，将兜帽盖住整个头。她帮我套上兜帽时，我的鼻尖碰触到她光滑的额头。

"好好闻的香味。"我说。我赞美她的古龙香水。

"谢谢。"她说，然后把我帽子上的钮扣叽吱叽吱一直扣到鼻子下方。再把护目镜戴在帽子上。因此我变成一具防雨木乃伊似的模样。

接着她打开壁橱的一扇门，拉着我的手把我推进里面，然后打开里面的灯，反手把门关上。门里是衣柜，虽说是衣柜，但并没有衣服的影子，只挂着几个衣架和几粒防虫樟脑丸滚在下面而已。也许这不是单

3. 冷酷异境　雨衣、黑鬼、洗码

纯的衣柜,而是以衣柜作为掩饰的秘密通道之类的,我这样想象。因为我已经穿上了雨衣,再把我推进衣柜里没有任何道理呀。

她在墙角一个金属把手上悄悄摸弄着,终于正如猜测的一样,正面墙壁的一部分,有一块小型汽车的行李厢大小的地方忽然在眼前打开了。开口里黑漆漆的,可以清楚感觉到一阵湿湿冷冷的风从开口中吹过来。令人觉得不太舒服的风。好像河水流动似的哗啦哗啦声不停响着。

"这里面有河流。"她说。由于河流声音的关系,她那无声的说话方式感觉上似乎添加了些许的真实感。好像其实是有发出声音的,只是被河流声掩盖了。也许因此觉得她的话好像变得比较容易理解似的。要说奇怪也真奇怪。

"一直沿着河往上游走会看到一个大瀑布,你就直接穿过去。祖父的研究室就在那里面。只要到了那里,其他的你就会知道了。"

"到那里去,你的祖父就在那里等着我吗?"

"对。"她一面说一面递给我一个附有背带的防水大型手电筒。虽然不太情愿进入黑漆漆的里面,但事到如今也不能说什么了,于是我下定决心,一只脚踏进那洞口敞开的黑暗里,然后身体往前倾,头和肩膀进去,最后把剩下的那只脚也缩进去。硬邦邦的雨衣包着身体,做任何动作都变得极其困难,但总算把自己的身体从衣柜里移到墙壁的另一侧去了。然后我看看还站在衣柜里的胖女孩。从黑暗洞穴内透过护目镜望去,她非常可爱。

"小心喏。不要离开河流或走到旁边的岔路去噢,一直往前走。"她弯腰向前,好像窥视着我说。

"一直走到瀑布。"我大声说。

"一直走到瀑布。"她也重复说。

我试着不出声音，只用嘴唇做出"Sela"的唇形。她也微笑着说"Sela"。然后门啪哒地关上了。

门一关闭我就被全然的黑暗所包围。连针尖般的一点光线都没有，名副其实的完全黑暗。什么也看不见。连自己伸到脸前面的手指都看不见。我好像被什么打中似的，一时之间愣愣地处在原地。简直就像被保鲜膜裹住往冰箱一丢就被关闭起来的鱼似的，被一股冰冷的无力感所侵袭。没有任何心理准备就被突然丢进全然的黑暗中，一瞬间全身都没了气力。她要关门之前至少应该预告一下的。

我摸索着按下手电筒的开关，令人怀念的黄色光线在黑暗中照出一道笔直的线。我首先照着自己的脚尖，然后试着慢慢确认周遭的踏脚处。我所站立的地方是一块大约三米见方的狭小水泥台，前面就是深不见底的绝壁。既没有栅栏，也没有围墙。这一点她也应该事先提醒的，我有点生气起来。

台子旁边设有下降用的铝梯。我把手电筒斜背在胸前，一级一级小心试探着，走下滑滑的铝梯。水流声随着我往下降，逐渐变得大声而明确。大楼一个房间的衣柜，竟然变成断崖绝壁且底下流着一条河，真是前所未闻的事。而且是在东京的市中心。越想头越痛。首先是那令人怪不舒服的电梯，其次是说话不出声的胖女孩，然后是这个。或许我应该就此拒绝这工作而回家去的。危险重重，而且一切都脱离常轨。但我还是打消这念头，继续走下黑暗的绝壁。一则因为那是我职业上的自尊，一则也因为那穿着粉红套装的胖女孩。我不知道为什么心里记挂着她，因而没办法拒绝工作走人。

走下二十级左右，我停下来休息喘一口气，然后又走下十八级到达

3. 冷酷异境　雨衣、黑鬼、洗码

地面。我站在梯子下用手电筒小心地探照着四周。脚下是坚硬平坦的岩盘，稍前方流着一条宽度大约两米的河。在手电筒的光线里，河表面看起来好像旗子般一面啪哒啪哒地摆荡着一面流。虽然流水的速度好像相当快，但河的深度和水的颜色则不清楚。我所知道的只有河是由左往右流的。

我一面稳稳地照亮着脚前方，一面顺着岩盘往河的上游走。有时候感觉有什么在身体旁边徘徊，猛然照过去，却看不见任何东西。只见河两侧笔直切开的墙壁和水流而已。或许因为被包围在黑暗中的关系，神经变得特别敏锐。

走了五六分钟之后，顶部好像变得低了许多，这从水的声音不同可以知道。我把手电筒往上一照，由于实在太暗了，无法辨认出顶部。然后就像女孩提醒过的一样，两侧岩壁可以看见有一些像是岔路的地方出现了。其实那与其说是岔路，不如描述为岩石的裂缝更贴切。水从那下面潺潺流出，形成细流注入河里。我试着走近其中一道裂缝，用手电筒往里面探照，什么也看不见。只知道比起入口来，里面似乎意外地宽阔而已。丝毫没有引起我进去一看究竟的念头。

我右手紧紧握住手电筒，怀着跟进化中的鱼一样的心情，在黑暗中往上游走。由于岩盘被水濡湿，变得容易打滑，我不得不一步一步小心谨慎地往前踏。在这样黑漆漆的地方，要是滑了一跤掉进河里，或者跌破手电筒的话，那可真的一筹莫展了。

因为一味将精神集中在脚下走着，一时没注意到前方有光线闪闪摇动着。忽然一抬头，才发现那光已经近在我前面七八米的地方了。我反射性地把手电筒关掉，手伸进雨衣开衩从臀部口袋抽出小刀来，并摸索着拉开刀刃。黑暗和哗啦哗啦的水声把我紧紧包围。

随着手电筒光线的熄灭，那微弱的黄色灯光也同时静止下来不动了。然后在空中画了两次大圆圈。似乎在做"没问题，请放心"的暗号。然而我依然不敢疏忽，保持不动，等待对方的下一个动作。终于灯光又开始摇动。简直像拥有高度智慧的巨大发光虫一面在空中飘移着，一面朝我的方向过来似的。我右手握着小刀，左手拿着关掉的手电筒，一直凝神注视着那灯光。

灯光来到离我三米左右的近处停了下来，就那样往上方提高又再停止。因为灯光相当微弱，因此到底照出了什么，刚开始还看不太清楚。张大眼睛仔细一瞧，才知道那居然好像是人的脸。那张脸和我一样戴着护目镜，蒙头罩着黑帽子。他手上提着像是体育用品店卖的小型提灯。一面以那提灯照着自己的脸，一面好像拼命在说着什么，但因为水流的回声，我什么也听不出来，由于黑暗，也不明了嘴巴的张开方式，因此没办法读出嘴唇的动作。

"……因为……不……你的……抱歉，这个……"男人看起来好像这样说，这到底什么意思，我完全搞不懂。总之好像没危险的样子，于是我把手电筒打开，用那光线照出自己的侧面，用手指指着耳朵，向对方表示我什么也听不见。

男人似乎明白了，点了几次头，然后把提灯放下，两手伸进雨衣口袋里摸索着，不久之后简直就像潮水急速退下一样，原来充满我周围的轰然水声逐渐转弱。我认为自己一定是要昏倒了。意识转薄，所以声音从脑袋里消失。因此我——虽然不明白自己为什么非要昏倒不可——绷紧身体各部位的肌肉，准备随时倒下去。

但经过几秒钟我还是没有倒下，神志也极清楚，只是周围的声音变小了而已。

3. 冷酷异境　雨衣、黑鬼、洗码

"我是来接你的。"男人说。这次很清楚地听见男人的声音。我摇摇头把手电筒夹在腋下，收起刀刃放回口袋。有这一天会很不好过的预感。

"声音怎么了？"我试着问男人。

"噢，声音哪。很吵吧。我把它调小了。对不起，现在没问题了。"男人一面点了好几次头一面说。河流的声音已经减弱成小河潺潺流着的程度。"那么可以走了吧。"男人说着转身背向着我，以习惯的步伐开始朝上游走。我一面用手电筒照着脚下，一面跟在后面。

"你说把声音调小，是指这是人工的声音吗？"我朝向应该是男人背后的一带试着大声吼。

"不。"男人说，"那是自然的声音。"

"自然的声音怎么能够调小呢？"我问。

"准确地说不是调小，"男人回答，"而是把声音消掉。"

我有些迷惑，但决定不再多问。我的立场并不适合对人提出太多质问。我是来做我的工作的，我的业主要把声音消掉或像伏特加青柠一样搅拌，那都不在我的业务范围内。于是我什么也没说，只默默地继续走着。

总之，水声消掉之后，周围变得非常安静。甚至雨靴啾啾的声音都听得很清楚。头上有两三次好像有人在摩擦小石子似的奇怪声音，然后又停止。

"因为有黑鬼混进来的迹象，有些担心，所以我到这里来接你。其实那些家伙绝对不可能到这里来，但偶尔有这样的事发生，就伤脑筋了。"男人说。

"黑鬼……"我说。

25

"如果你在黑鬼可能出没的地方突然遇到他们,也会受不了啊。"男人说,以巨大的声音呼呵呵地笑着。

"嗯,是啊。"我顺着他的语气说。不管是黑鬼也好,什么都好,我可不愿意在这样黑漆墨乌的地方碰见什么不明来路的东西。

"所以我来接你。"男人重复地说,"可不能碰见黑鬼。"

"那真要感谢您的好意了。"我说。

继续往前走了一阵子之后,前方传来从水龙头放出水似的声音。那是瀑布。虽然只是用手电筒试着照了一下并不很清楚实际状况,但似乎是相当大的瀑布。如果没有消音的话,一定响得很大声吧。站在前面,护目镜就被飞溅的水花溅得全湿透了。

"要从这里钻进去对吗?"我试着问了一下。

"对。"男人说。然后就不再补充说明什么,一直往瀑布的方向前进,走到那里面,身体竟然完全消失了踪影。没办法,我也急忙跟在后面往前追。

幸亏我们穿过的通道是瀑布中水量最少的地方,不过力道还是强劲到可能把人冲倒在地。虽说是穿着雨衣,但要不被瀑布冲打过就不能进出研究室,不管怎么往好里想,都觉得未免太荒唐了。或许为了要保持机密,但就算是这样,也应该会有其他更周到的做法吧。我在瀑布里面跌了一跤,膝盖猛不防撞在岩石上,由于消了音的关系,声音和那声音所带来的现实之间完全失去了平衡,使我一片混乱。瀑布还是应该拥有和那瀑布相当的音量才好。

瀑布深处有一个大小勉强可以让一个人通过的洞窟,穿过这洞窟笔直往前,尽头设有一扇铁门。男人从雨衣口袋里拿出一个小型计算器似的东西,把它插进门上的槽缝里,操作了一下,门终于无声地往内

3.冷酷异境　雨衣、黑鬼、洗码

侧开了。

"来,到了。请进。"男人说着让我先进去,然后自己也进到里面把门锁上。

"一路上辛苦了吧?"

"要客套一下也说不出来。"我略微保留地说。

男人把提灯挂在脖子上,还罩着兜帽戴着护目镜,就那样笑了起来,呼呵呵的奇怪笑法。

我们走进的房间,是像游泳池更衣室一样简陋乏味的大房间。架子上整齐排列着半打像我身上一样的黑色雨衣、长统雨靴和护目镜。我摘下我的护目镜,脱下雨衣挂在衣架上,长统雨靴放在架子上。最后再把手电筒挂在墙上的金属钩上。

"花了你好多功夫真抱歉。"男人说,"不过警戒不能怠慢。要不这样小心谨慎,会有人在附近徘徊着打我们的主意呢。"

"是黑鬼吗?"我试着套他的话。

"是啊。黑鬼也是其中之一。"男人说着一个人点点头。

然后他带我进到那更衣室里面的会客室。脱掉黑色雨衣之后,男人只是一个气质良好的矮小老人。体格看来强壮结实而不算胖。气色很好。从口袋掏出无框眼镜戴上后,竟然有战前重要政治家的风采。

他示意要我坐在沙发上,自己则在办公桌后面坐下。房间和我最初被带进去的房间简直一样。地毯颜色、照明器具、壁纸和沙发都一样。沙发茶几上放着一样的香烟组。桌上有台历,回形针一样散开着。甚至令人觉得自己好像是绕了一圈又回到原来的房间似的。或许真的是这样,或许并不是这样,我并没有记住回形针的散落位置。

老人观察了我一会儿。然后拿起一枚回形针拉直,用来戳指甲根部的软皮。左手食指的指甲软皮。不一会儿戳完了软皮之后,他把拉得笔直的回形针丢进烟灰缸。我要是能够转世投胎的话,我想不管变成什么都好,绝对不要变成回形针。莫名其妙被用来把老人的指甲软皮压回原位之后,就那样被丢弃在烟灰缸,未免太令人毛骨悚然了。

"根据情报,黑鬼和记号士正联手合作呢。"老人说,"不过当然这些家伙不够团结。黑鬼相当谨慎,记号士则太冒进,所以他们的结合还只是一小部分而已。不过这总不是个好预兆。没有理由来到这里的黑鬼竟然开始出没在这一带,总不是一件好事。这样下去,或许早晚这一带会充满了黑鬼。那我就伤脑筋了。"

"那倒是真的。"我说。虽然我不清楚黑鬼到底是什么样的东西,但如果记号士和某种势力联手的话,那对我一定也会非常不利。因为我们和记号士之间的对抗原本正处于非常微妙的平衡状态,只要些微的作用就可能产生情势逆转的后果。单就我不知道黑鬼的事,而他们竟然知道,光是这一点,均衡就已经打破了。或许我不知道黑鬼的事,是因为我只担任低阶的现场独立作业人员,上面的人早就知道了。

"不过,姑且不管这个,只要你方便的话,希望能够立刻开始帮我们工作。"老人说。

"可以。"我说。

"我拜托经纪人帮我找一位高明的计算士,听说你的评价很高,大家都夸奖你。能力强,有胆识,工作又认真。除了缺乏协调性之外,没得挑剔。"

"不敢当。"我说。这是谦虚。

呼呵呵,老人又大声笑着。"协调性怎么样都可以。问题在胆识。胆识不够是无法成为一流计算士的噢。不过,相对的薪水也高。"

3. 冷酷异境　雨衣、黑鬼、洗码

因为没有什么该说的,因此我默不作声。老人又笑了,然后带我到隔壁的工作室。

"我是生物学家。"老人说,"虽然说是生物学家,但我的研究范围非常广,实在没办法用三言两语说完。还牵涉到脑生理学、音响学、语言学、宗教学。由自己来说有点不好意思,不过真的是相当相当具有独创性而珍贵的研究。我现在正在做的是哺乳动物的口盖研究。"

"口盖?"

"就是口。口的结构。口是怎么动作的、如何发出声音的,研究这类的事情。噢,你看看这个。"

说着,他摸摸墙上的开关把工作室的电灯打开。房间靠里的墙上整面做成架子,那上面拥挤地排列着各种哺乳动物的头盖骨。从长颈鹿、马、熊猫到老鼠,我所能想到的哺乳类动物的头颅这里全都有。以数目来说,大概有三百到四百吧。当然也有人类的头盖骨。白人、黑人、亚洲人、印第安人的头颅,都男女各一地排列着。

"还有鲸和象的头盖骨放在地下仓库里呢。就像你知道的,那些东西相当占地方啊。"老人说。

"是啊。"我说。确实,如果要把鲸鱼的头颅摆出来,这房间恐怕就要塞满了。

动物们好像都互相约好了似的,全把嘴巴赫然张开,两个空空的洞凝神瞪视着正面的墙。虽然说是研究用的标本,但这样被骨头团团围住,似乎也不太好受。数量虽不及头盖骨多,但其他的架子上也一行行地陈列着各式各样福尔马林浸泡的舌头、耳朵、嘴唇和口喉盖。

"怎么样?相当可观的收藏吧?"老人很高兴似的说,"世上有人收集邮票,有人收集唱片,有人在地下室收藏葡萄酒,有些有钱人喜欢在院子里排列坦克,而我则是收集头骨噢。人间有百态,所以才有意思。你不觉得吗?"

"大概是吧。"我说。

"从比较年轻的时期开始,我对哺乳类的头骨就怀有相当浓厚的兴趣,因此陆陆续续收集起来,现在已经将近四十年了。要理解骨头这东西比想象中更需要花费漫长的岁月。在这层意义上,去了解有血有肉的生身人类真是轻松多了。我深深有这种感觉。当然像你这么年轻的话,我认为还是会觉得肌肉本身比较有趣。"说着老人又呼呵呵地笑个不停,"以我来说,一直到能够听出骨头发出的声音就整整花了三十年。你知道三十年,说起来可不是普通的岁月哟。"

"声音?"我说,"骨头会发出声音吗?"

"当然。"老人说,"每一种骨头都各有特定的声音。那说起来就像是隐藏着的信号。这不是比喻式的,而是名副其实文字意义上的骨头会说话。而我现在正在做的研究,目的就是要解析这信号。而且如果能够解析出来的话,以后就有可能用人为的方式去控制它了。"

"噢。"我吟味着。虽然我还无法理解到细节部分,但如果正如老人所说的,那么似乎确实是珍贵的研究。我试着说:"那真是珍贵的研究啊。"

"确实是。"老人说着点点头,"所以那些家伙也觊觎这研究。他们真是顺风耳,而且竟然想利用我的研究去做坏事。如果能从骨头收集记忆的话,那么就不需要拷问了。把对方杀掉剥除皮肉,只要洗骨头就行了啊。"

"那就太残酷了。"我说。

"不过到底是幸还是不幸,研究还没有进行到那个地步。在目前的阶段,还是把脑拿出来更能够收集到明确的记忆。"

3. 冷酷异境　雨衣、黑鬼、洗码

"要命。"我说。骨头也好脑也好，一旦拿出来，结果还不是一样。

"所以才要拜托你来计算哪。以免被记号士偷听到，或实验数据被盗取啊。"老人一本正经地说，"科学的滥用和科学的善用一样，都使现代文明面临危机状况。我确信科学应该是为了科学本身而存在的。"

"我不很了解信念这件事。"我说，"不过有一件事我想事先弄清楚。这是属于事务上的事。这次这件工作的委托，不是从'组织'本部下来的，也不是透过正式经纪人来的，而是由您这里直接来的。这是个异常的例子。说得更清楚一点，就是有可能违反就业规则。如果违反的话，我会受到惩罚，执照会被没收。这点您知道吗？"

"我很清楚。"老人说，"也难怪你担心。不过这确实是透过'组织'正式委托的。只是为了保守机密，不透过事务阶层而由我个人和你联络而已。你不会受到任何惩罚的。"

"可以保证吗？"

老人打开抽屉，拿出档案夹递给我。我翻了一下。里面确实有'组织'的正式委托书。格式和签名都很完整。

"好吧。"说着我把档案夹还给对方，"我的级别是双料（Double Scale），这样行吗？所谓双料是——"

"标准收费的两倍对吗？没关系呀。这次的工作加上奖金算三倍可以吗？"

"您真慷慨。"

"因为是重要的计算，而且还让你穿过那瀑布，呼呵呵。"老人笑着。

"暂且先让我看看数值。"我说，"方式要看了数值之后才能决定。计算机层次的计算是由哪一方来做？"

"计算机用我这边的。你只要帮我做那前后的部分。可以吗？"

"很好。这样我也省事。"

老人从椅子上站起来，在背后的墙壁上摸索了一下，看来很普通的墙壁突然啪一下张开一个口。真是设计精巧。老人从里面拿出另一个档案夹，把门关上。门一关又还原成没有任何特征的白墙。我接过档案读起占了七页的详细数值。数值本身没有什么问题，只是单纯的数值。

"这种程度的话，用洗码就够了吧。"我说，"要是这样程度的频率相似性，就不用担心会被架入假设桥梁。当然理论上是有可能，但无法证明那假设桥梁的正确性，若是不能证明，误差就会像条尾巴无法摆脱。那就像没有罗盘而要横越沙漠一样。虽然摩西做过。"

"摩西连海都渡过了。"

"那是太古老的事了。在我所涉及的范围内，还没有一次被记号士侵入过。"

"你是说只要一次转换（Single Trap）就足够了吗？"

"二次转换（Double Trap）所冒的风险太大了。虽然这样一来，假设桥梁介入的可能性变成零，但在目前的阶段还算是特技似的东西，转换程序还没有明确固定下来，可以说还在研究阶段呢。"

"我所指的不是二次转换啊。"老人说着，又开始用回形针戳指甲软皮。这次是左手的中指。

"那么您是说？"

"混洗（Shuffling）。我指的是混洗。我要你帮我做洗码和混洗。我请你来是为了这个。如果光是洗码，就没有必要特别指定你了。"

"我不懂。"我说着换了另一边跷脚，"为什么您知道混洗的事呢？那是极机密事项，外部应该是没有人知道的啊。"

"我知道。我跟'组织'的高层有很密切的管道。"

3. 冷酷异境　雨衣、黑鬼、洗码

"那么请您透过那管道打听一下好吗？现在混洗系统是完全被冻结起来的。我不知道为什么，大概是曾经有过什么争议吧。但总之是不能用混洗的。如果被知道用了它，我想后果就不只是惩罚的程度了。"

老人把委托文件的档案夹再交给我。

"你仔细看看最后一页。应该附有使用混洗系统的许可。"

我依他说的，翻到最后一页看看。确实上面附有混洗系统的使用许可。我试着重读了几次，但那是正式文件。签名也多达五个。我实在搞不懂上面的人在想什么。挖了洞然后叫你埋起来，埋起来之后下次又叫你挖。麻烦的永远是像我们这样在现场工作的人。

"这份委托书请帮我全部彩色影印下来。要不然万一有什么事情发生时，我的处境会变得非常麻烦。"

"那当然。"老人说，"当然会影印给你。你不用担心任何事情。一切都是毫无瑕疵的正式手续。今天就先付一半费用，交件的时候再付剩下的。这样可以吧？"

"很好。现在我就在这里做洗码。洗码完成后的数值我带回家去，在家做混洗。要做混洗必须做各种准备。然后混洗完成后的数据我再带来这里。"

"三天后的中午以前，我无论如何都需要这结果。"

"时间十分充裕了。"我说。

"千万不要拖延。"老人再度叮咛，"要是延迟了，后果会很严重。"

"难道世界会毁灭吗？"我试着问。

"在某种意义上是的。"老人以含蓄的方式说。

"没问题。我从来没有一次超过期限的。"我说，"方便的话请帮我准备一壶热的黑咖啡和冰水。还有可以填肚子的简单晚餐。因为看样子这工作可能要花很长时间呢。"

果然不出所料是个很花时间的工作。数值的数组本身虽然相对单纯,但因为案例设定的维度很多,因此计算比表面看来要费事多了。我把所给的数值输入右侧的脑,转换成截然不同的记号之后移到左侧的脑,移到左侧的脑的东西转成和原本完全不同的数字之后再取出来,打在打字纸上。这叫作洗码。要说是非常简单也可以。每个计算士各有不同的转换码。这种转换和随机数表最大的不同在于图形性。也就是说钥匙就藏在右脑和左脑(这不用说只是为了简单地区分。绝对不是真的分为左右两边)的分割方式之中,以图解表示就像那样。

总而言之,这参差的锯齿状接面如果不能完全吻合的话,求出来的数值就没办法还原。但记号士们却想打从计算机里偷出来的数值用假设桥梁架上去解读。也就是分析数据后再以全息术重现那参差面。这有时候行得通,有时候不行。我们的这种技术越进步,他们的对抗技术也会随之增进。我们保护数据,他们盗取数据。就像古典的警察与小偷模式一样。

记号士们以不法手段弄到手的数据,主要流入信息黑市,以获取

3. 冷酷异境　雨衣、黑鬼、洗码

庞大的利益。更恶劣的是他们往往把信息中最重要的部分留在自己手上，让自己的组织有效地使用。

我们的组织通常被称为"组织"（System），记号士们的组织则被称为"工厂"（Factory）。"组织"本来是私人的企业集团，但随着重要性的提高，逐渐增加了半官营的色彩。结构也许类似美国的贝尔公司。我们这些末端的计算士就像会计师和律师一样，可以个人独立开业，但需要取得国家发给的执照，工作只能透过"组织"或由"组织"认可的官方经纪人接案。这是为了避免技术被"工厂"滥用的措施。如果违反规定，必须接受处罚、吊销执照。不过这种措施是不是正确，我并不清楚，因为丧失资格的计算士往往会被"工厂"吸收，转入地下而变成记号士啊。

我不知道"工厂"的结构怎么样。刚开始他们是以小规模的创新企业出现，然后急速成长。有人称他们为"信息黑手党"，从他们往各种类别的地下组织渗透生根这点来看，或许确实类似黑手党。他们和黑手党不同的地方，在于只处理信息这一点。信息是清洁的，而且赚钱。他们盯上某个计算机，就确切地监控，然后盗取其中的数据。

我一面喝着一整壶那么多的咖啡，一面继续洗码。工作一小时就休息三十分钟——这是规则。不这样的话，右脑和左脑的接面会变得不明确，出来的数值就会变得模糊不清。

在那三十分钟的休息时间里，我和老人闲聊各种事情。不管说什么都好，动口说话是脑力的最佳恢复方法。

"这到底是关于什么的数值？"我试着问问看。

"这是实验测量数据。"老人说，"是我这一年来的研究成果。将各种动物头盖骨和口盖容积的三次元映象转换成的数值，与那发声做三要素分解出来的数据整合在一起。刚才也说过,我为了要听出骨头固有的声音就花了三十年时间,但这计算如果完成的话,我们就不需要从经验上,而可以从理论上抽出那声音了。"

"而且那还可以人为去控制吗?"

"正是。"老人说。

"所谓人为的控制,到底会发生什么样的事情?"

老人用舌尖舔舔上唇,沉默了一会儿。

"会发生很多事情噢。"他稍微停顿一下说,"真的会发生各种事情。虽然我没办法说出口,但会发生一些想象不到的事噢。"

"消音也是其中之一吗?"我问。

老人又呵呵呵愉快地笑起来。"对,没错。可以配合人的头盖骨特有的信号,消音或扩大音量。虽然每个人的头盖骨形状不同,不能完全消除,但可以把音量消减到很小。简单地说,是配合音和反相音的振动使它产生共鸣。消音是研究成果之中最没有害处的一种。"

如果说那没有害处的话,其他就可想而知了。世人各自依自己的喜好随便让声音放大缩小,想象起来就觉得有点厌烦。

"消音可以从发声和听觉两方面来控制。"老人说,"也就是像刚才那样,可以只让水声从听觉消失,也可以把发声消去。发声方面因为属于个人,因此可以百分之百消去。"

"您打算向世人发表这个吗?"

"开玩笑。"老人说着摇摇手,"这么有趣的东西我可不想告诉别人。我只是为了自己高兴而做的。"

说着老人又呵呵呵地笑起来。我也笑了。

"我的研究发表只打算面向极专业的学术层次,何况几乎没什么人

3. 冷酷异境　雨衣、黑鬼、洗码

对声学感兴趣呀。"老人说,"而且世上的笨学者也不可能解读我的理论。本来学界就不怎么理会我的。"

"可是记号士们可不是傻瓜啊。他们在解析方面是天才。他们可能会把您的研究彻底解读出来哟。"

"这一点我也有所防范。所以我把数据和程序全部藏起来,只将理论以假设的形式发表。这样一来,就不用担心被他们解读出来了。虽然我在学界大概不会受到重视,但这种事就随它去。百年后我的理论会被证明,这样就很够了。"

"噢。"我说。

"所以一切就靠你的洗码和混洗了。"

"原来如此。"我说。

接下来的一小时,我集中精神在计算。然后又再休息。

"可以请教一个问题吗?"我说。

"什么事?"老人说。

"关于入口的那位年轻女性。那位穿粉红套装,长得蛮丰满的……"我说。

"那是我的孙女。"老人说,"长得很好的孩子,年纪轻轻就能帮忙我做研究。"

"我想问的是,她是天生不能讲话,还是被消音才变成那样的……"

"糟了。"老人用一只手猛然拍打大腿,"我完全忘了。做完消音实验,居然没有让她恢复原状。不行不行。我得赶快过去让她恢复原状才行。"

"那样会比较好。"我说。

4.
世界末日
图书馆

　　街的中心，是往旧桥北侧延伸出去的半圆形广场。这半圆形的另一面，也就是圆的下半部分，隔着河川在南边。两个半圆各被称为北广场和南广场。虽然被当作是一对看待，实际上两者给人的印象可以说是正好相反。在北广场可以感觉到好像整个街的沉默从四面八方涌进来，飘散着不可思议的沉重空气。比较起来，南广场则几乎没有任何令人有感觉的东西。那里只有极模糊的、类似失落感的东西而已。比起桥的北边，这里的人家也少，花坛和卵石的整理也没那么好。

　　北广场中央有一个大钟塔，简直刺向天空一样屹立着。其实与其说是钟塔，不如说是残留钟塔外形的物体，这样的表达还比较贴切。因为时钟指针停留在一个地方不动，已经完全放弃钟塔原本的功能了。

　　塔是四方形石砌的，四面各表示东西南北的方位，越往上走，塔身变得越细。尖端设有四个面盘，八根指针分别指着十点三十五分就停下不动了。从面盘稍下方看得见的小窗户推测，塔的内部应该是空的，可以用梯子什么的往上爬，却找不到进到里面入口似的地方。因为异样地高耸着，要看面盘上的字，还得跨越旧桥到南边去才行。

　　石造建筑和砖瓦房屋重重围住北广场，向外扩展成扇形。一栋栋建筑都没有什么明显特征，没有任何装饰或标示，每一扇门都关得紧

4. 世界末日　图书馆

紧的,也不见人进出。那可能是一间失去邮件的邮局、失去矿工的采矿公司,或者失去尸体的殡仪馆也不一定。但这样安静沉寂的建筑,却不可思议地没有给人遭弃的印象。我每次穿过那里的街道,就觉得周围的建筑里面,有我所不认识的人正悄悄地继续屏息做着我所不知道的工作。

图书馆也就是在这静悄悄的街区之中。说是图书馆,其实也没有什么特别的地方,只是极普通的石造建筑而已,外表并没有任何表示这是图书馆的标志或特征。变色成阴沉色调的老旧石壁和狭窄的屋檐,或装了铁栅的窗户和粗重的木门,要说是谷物仓库似乎也说得通。如果守门人没有在纸上画出详细地图的话,我可能永远也认不出那是图书馆吧。

"在你安定下来之前,可以先到图书馆去。"我到达街的第一天守门人这样对我说,"那里有一个女孩在看管,你告诉那女孩说有人要你来读出古老的梦。这样其他的事情那女孩也会告诉你。"

"古老的梦?"我不禁反问他,"古老的梦到底是怎么回事呢?"

守门人正在用一把小型刀子把一块木片削成圆形楔子或木钉之类的东西,他停下手边动作,把桌上散乱的木屑收集起来,丢进垃圾箱里。

"所谓古老的梦,就是古老的梦啊。你只要到图书馆去,就有多得教你厌烦的。随你喜欢拿起来仔细瞧瞧吧。"

守门人仔细入神地检查自己做好的圆形尖木片,觉得可以之后就放在背后的架子上。架子上已经排了一排二十几支和那同样形状的尖木片。

"你要问什么问题是你的自由,不过要不要回答则是我的自由。"

守门人两手交叉在脑袋后面说,"其中也有我无法回答的。总之你以后每天就去图书馆读古老的梦。那也就是你的工作。傍晚六点钟去,读梦读到十点或十一点。晚饭女孩会准备。其他的时间你可以自由使用,没有任何限制。明白吗?"

明白了,我说。"可是那工作要持续到什么时候?"

"嗯,做到什么时候啊? 我也不清楚。做到该做完的期限来临为止吧。"守门人说。然后从柴堆里抽出一根合适的木柴,又开始用刀子削了起来。

"因为这是个贫穷的小街道,所以没有余裕养一个游手好闲的人。大家都在各自的岗位上工作着。你就到图书馆去读古老的梦吧。你总不至于想在这里逍遥自在地游乐过日子吧?"

"工作并不觉得辛苦,有做事总比没事做轻松。"我说。

"那很好。"守门人睨着刀尖点点头,"那么尽可能早一点着手工作吧。以后你就叫作'梦读'。你已经没有名字了,'梦读'就是你的名字。就好像我是'守门人'一样。明白了吗?"

"明白了。"我说。

"就像这街上守门人只有一个一样,梦读也只有一个。因为梦读也要有梦读的资格。现在我不得不赋予你这个资格。"

守门人说着从餐具柜拿出一个白色小浅碟放在桌上,倒进了油。然后擦着火柴点上火。接着他从摆放刀械的架子上拿了一把好像黄油刀一样形状扁平的奇怪刀子,用火充分地把那刀刃烤过。然后把火吹熄,让刀子冷却。

"这只是做记号而已。"守门人说,"所以一点也不痛,不必害怕,一下子就结束了。"

4. 世界末日　图书馆

他用手指拨开我的右眼睑，用刀尖刺进我的眼球。但正如守门人说的一样，一点也不痛，很奇怪，但不可怕。刀子简直就像插进果冻一样柔软无声地刺进我的眼球。接着他对我的左眼做了同样的动作。

"梦读完之后，那伤口自然会消失。"守门人一面收拾碟子、刀子一面说。

"那伤口换句话说就是梦读的记号。不过你在这记号还在的时候要留意光。好吗？听清楚噢，那眼睛不能见太阳光。你那眼睛如果见了太阳光，就有你受的了。所以你只有在夜晚或阴云的白天才能够到外面走动。晴朗的日子房间里也尽可能弄暗，安静地躲在里面。"

然后守门人给我一个镶有黑色玻璃的眼镜。他说睡觉时间之外要经常戴着它。就这样我失去了阳光。

我推开图书馆的门是在那几天后的黄昏。沉重的木门发出咯吱咯吱的声音开了。里面有一条笔直的走廊延伸出去。空气好像好几年都被遗留在那里似的，凝滞而满是灰尘。地板被踩踏出磨损的痕迹，油漆过的墙壁配合着电灯的色调而泛着黄色。

走廊两侧有许多扇门，门上了锁，锁上积满了白色的灰尘。没上锁的只有尽头一扇制作精致的门而已，从门上装的毛玻璃里看得见灯光。我试着敲了那扇门好几声，但没有回答。我伸手握住老旧的黄铜把手，试着将那安静地转开，门竟然无声地往里开了。房间里没有人影。一间比车站候车室还大一圈左右的简朴房间，空荡荡的，没有一扇窗户，也没有任何具装饰作用的摆设。只有一张简陋的桌子、三把椅子，还有一个旧式铁制的煤炭暖炉而已。然后有个大挂钟和柜台。暖炉上一个颜色已经斑驳的黑色珐琅水壶正冒着白色的热气。柜台后面有一个和入口同样形式也装了毛玻璃的门,那后面也一样看得见电灯的亮光。我犹豫是不是要在那门上试着敲一敲,但结果决定不敲暂时在这里等一等,看看有没有人会过来。

柜台上散置着几枚银色的回形针。我拿起来把玩了一下,然后在桌边的椅子上坐下。

那个女孩从柜台后面的门里出现是在十分钟或十五分钟之后。她手上拿着像是剪纸剪刀的东西。她看见我好像有些吃惊,脸颊一瞬间红了起来。

"对不起。"她对我说,"我不知道有人来了。你可以敲门哪。我在后面屋里整理东西,因为好多东西都乱七八糟的。"

有好长一段时间我说不出话,只是凝视着她的脸。她的脸让我觉得好像快要想起什么似的。她的某种特质似乎正静静地摇动着沉在我意识深处的柔软的沉淀物。但我不明白那到底意味着什么,语言也被埋葬到遥远的黑暗里去。

"正如你所知道的,这里已经没有什么人会来了。这里有的只是'古老的梦'而已,没有其他东西。"

我眼睛不离开她的脸地轻轻点头。从她的眼睛、她的嘴唇、她宽阔的额头和绑在后面的黑头发的形状,我正要想起什么,但我觉得越往细部看,整体的印象好像越变得模糊而遥不可及了。我闭上眼睛,放弃了。

"对不起,你是不是走错地方了?因为这里的建筑全都很类似。"她说着把剪刀放在柜台上的回形针旁,"可以到这里来读古梦的,只有梦读而已。其他人是不能进来的。"

4. 世界末日　图书馆

"我是来这里读梦的。"我说,"街上有人这样告诉我。"

"不好意思,请你摘下眼镜好吗?"

我拿下墨镜,脸正对着她。她仔细观察我变成浅色的两个瞳孔,这是梦读的标志。我觉得好像被看进骨髓里去了似的。

"很好。请戴上眼镜。"她说,"你要喝咖啡吗?"

"谢谢。"我说

她从后面的房间拿出两个咖啡杯,然后从咖啡壶里倒了咖啡,在书桌对面坐下。

"今天还没有准备好,所以明天再开始读梦吧。"她说,"读的地方就在这里行吗? 也可以打开已经锁住的阅览室。"

这里就可以,我回答。

"你会帮我忙吗?"

"是的,我的工作是看守古老的梦,做梦读的助理。"

"我以前是不是在什么地方见过你?"

她抬起眼睛注视我的脸。然后探寻记忆,试着把我和什么连接起来,但终于放弃地摇摇头。"你知道,在这街上所谓记忆这东西是非常不安定而不确切的。虽然有些事情想得起来,可是也有些事情却想不起来。你的事情好像是属于想不起来的方面。真抱歉。"

"没关系。"我说,"没什么重要的。"

"不过或许是在什么地方见过也不一定。我一直住在这街上,何况这是个小地方。"

"但我是前几天才来到这里的。"

"前几天?"她似乎吃了一惊地说,"那么一定是弄错了吧。因为我从生下来就一直没离开过。也许只是长得跟我很像的人。"

"大概吧。"我说,然后啜了一口咖啡,"不过我有时候会这样想,或许我们以前都住在完全不同的地方过着完全不一样的人生。然后由于某种原因把这些事情忘得一干二净,什么都不知道地这样生活着。你有没有这样想过?"

"没有。"她说,"你会这样想,是不是因为你是梦读呢?因为梦读的想法和感觉与一般人相当不一样。"

"是吗?"我说。

"那么你知道自己曾经在什么地方做过什么吗?"

"想不起来。"我说,然后走到柜台,拿起散在那里的回形针中的一枚,看了一会儿,"但觉得好像发生过什么似的。这点是确定的,而且觉得好像在哪里见过你。"

图书馆的天花板很高,房间好像海底般安静。我手上还拿着回形针,没有刻意去想什么,只是恍惚地巡视了房间一圈。她坐在桌前,继续一个人安静地喝着咖啡。

"我也不太明白,自己为什么会来到这里。"我说。

安静注视着天花板,看起来好像从上面降下来的黄色灯光的粒子忽而膨胀忽而缩小。也许因为我眼球受伤的关系吧。我的眼睛是为了看什么特别东西,而被守门人改造过的。墙上挂的古老大钟慢慢在无声之中刻着时间。

"大概有什么原因来到这里,我现在却想不起来。"我说。

"这是非常安静的街。"她说,"所以如果你是为了求安静而来到这里的,我想你一定会喜欢这里。"

"大概吧。"我回答,"我今天在这里该做什么呢?"

她摇摇头,慢慢从桌旁站起来,把空了的两个咖啡杯收走。

4. 世界末日　图书馆

"你今天什么也不能做。工作从明天开始吧。在那之前你先回家好好休息。"

我又抬头看了一次天花板,然后看看她的脸。确实觉得她的脸和我心中的某个东西强烈地连接着。而那某个东西则轻微地敲打我的心。我闭上眼睛,试着在朦胧的心中找寻。一闭上眼,就觉得沉默像细微的尘埃即将覆盖我的全身似的。

"我明天六点钟会来。"我说。

"再见。"她说。

我走出图书馆,靠在旧桥的护栏上,一面侧耳倾听河川的水声,一面眺望兽消失后街的模样。围绕着钟塔和街的围墙,沿着河边成排的建筑,形状像锯齿般的北岭山群被夜最初的薄暮染成蓝色。耳朵除了水声之外听不见任何声音。连小鸟都不知道藏到什么地方去了。

如果我是为了求安静而来到这里的——她说。我却无法确定这件事。

周遭完全变黑了,当河边路上整排的街灯开始亮起来,我朝着西丘的方向走在无人的街上。

5.
冷酷异境
计算、进化、性欲

当老人为了替被消音的孙女恢复正常声音而回到地上时,我喝着咖啡,一个人默默继续计算着。

老人到底离开房间多久,我不太清楚。我把电子表的闹铃设定为每隔一小时、三十分、一小时、三十分……各会响一次,并配合那信号声计算、休息、计算、休息。手表面盘设定成不显示。因为一在意时刻,就变得不容易计算了。现在是几点跟我的工作没有任何关系。我开始计算时就是工作的开始,我完毕计算时就是工作的结束。对我来说必要的时间只是一小时、三十分、一小时、三十分的循环而已。

老人离开的时间我想大概有休息两次或三次的时间吧。休息时间里,我有时躺在沙发上恍惚地想着事情,有时上厕所,有时做做俯卧撑。沙发躺起来非常舒服。既不太硬也不太软,头下垫的垫子也软硬适中。我每次外出计算时,一到休息时间都会要求让我在那里的沙发上躺下,但没遇到过躺起来舒服的沙发。大多是随便买来凑合的粗糙沙发,即使表面上看来高级的沙发,实际躺躺看却大多令人失望。我真不明白人们选沙发时为什么那么不用心。

我常常相信沙发的选择可以显示出一个人的品味——这或许也是偏见——我想。沙发自成一个不容冒犯不可动摇的世界。但这只有

5.冷酷异境 计算、进化、性欲

坐惯优质沙发长大的人才会懂得。就像读好书、听好音乐长大的一样。一套优质沙发产生另一套优质沙发，一套劣质沙发产生另一套劣质沙发。就是这么回事。

我认识几个开着高级车到处跑的人，他们家里却只摆着二流或三流的沙发。这种人我不太能信任。虽然高级车自有它的价值，但那单纯表示昂贵而已。只要付钱谁都能买。但买好的沙发却需具备相当的见识、经验和哲学。虽然花钱，但并不是出钱就可以的。事先如果没有坚定的想法，是不可能买到优质沙发的。

那时候我所躺的沙发确实是一级品。因此我对老人有了好感。我躺在沙发上闭着眼睛，试着回想那位说话方式奇怪、笑法奇怪的老人的种种。想到关于那消音的事，首先就可以确定老人以科学家来说，是属于最高等的了。一般学者是没办法任意让声音消失或恢复的。首先一般学者就不会想到这是可能做到的事吧。其次他确实是个相当偏执的人。虽然科学家是怪人或讨人厌的人也很常见，但没见过有人为了避开别人的耳目而在深入地下的瀑布后面设研究室的。

我试着想象如果要将消音、增音的技术商品化，一定要花费莫大的金额。首先音乐厅的扩音设备会全部消失。因为不再需要使用巨大的机械放大声音了。相反地也可以消除噪声。飞机如果能装设消音设备，那么对住在飞机场附近的人也大有帮助吧。不过同时消音和增音也必然会被用在各种形式的军事产业和犯罪上。无声的轰炸机、消音手枪、放大音量以破坏脑的炸弹等都会相继诞生，将有组织的大量杀人转变成更洗练的方式去进行，这些都可以预见。相信老人也知道这点，因此刻意不向外界发表这研究成果而保留在自己手边。这使我对老人更加有了好感。

大概在我进入第五次或第六次工作循环时老人回来了。手上提着一个大篮子。

"我带了新的咖啡和三明治回来了。"老人说,"有小黄瓜、火腿和奶酪,这些可以吗?"

"谢谢,我最喜欢了。"我说。

"现在立刻吃吗?"

"等这轮工作循环结束之后再吃。"

手表闹铃响时,七张数值表的五张已经洗码完毕。还剩下一口气工夫。我把工作告一段落站了起来,伸了一个大懒腰,然后开始吃东西。

三明治有一般餐厅或点心店三明治的五六盘那么多。我一个人默默吃了三分之二左右。可能因为长时间持续洗码的关系吧,肚子非常饿。我把火腿、小黄瓜和奶酪依序放进嘴里,把热咖啡送进胃里。

老人大约在我吃三个之间才吃了一个。他好像喜欢小黄瓜,把面包卷起来,小心地在黄瓜上撒了适量的盐,然后发出轻微咔啦咔啦的声音咀嚼着。正在吃三明治时的老人看来有点像礼貌端正的蟋蟀。

"多吃一点。"老人说,"像我这样上了年纪之后,吃得越来越少了。只能稍微吃一点点,稍微动一点点。不过年轻人应该尽量多吃。尽量多吃,吃胖一点好。虽然一般人好像不喜欢胖,但我要说,那是胖法不对。所以才会胖得不健康或失去美观。其实正确的胖法绝对不会那样。既人生充实,性欲高昂,头脑也清晰。我年轻时候也很胖呢。现在已经不成样子了。"

呼呵呵,老人好像噘着嘴似的笑。

"怎么样?相当不错的三明治吧?"

5. 冷酷异境　计算、进化、性欲

"是啊。非常好吃。"我赞美道。真的很好吃。就像对沙发一样，我对三明治的评价也相当严格，不过那三明治却有些超越我对三明治所定的基线。面包新鲜有弹性，用清洁而锐利的刀子切的。虽然通常会被忽略，但优良三明治的制作，准备一把优质刀子是绝对不可缺的。就算备齐了高档食材，如果刀子不好也就做不出好三明治。芥末也是上等的，生菜十分结实鲜脆，美乃滋也是手工的或接近手工的。好久没吃到做得这么好的三明治了。

"这是我孙女做的，她说要感谢你。"老人说，"她做三明治最拿手。"

"不得了的手艺。连专业的都不容易做得这么好。"

"好极了。那孩子要是听到一定很高兴。因为几乎没有人来过，所以没有机会让别人吃，听别人表示意见哪。那孩子做什么料理，吃的总是只有我和她两个人而已呀。"

"你们两个人过日子吗？"我试着问。

"是啊。已经很久都是两个人过了。我一直和外界没接触，那孩子也养成这个癖性，对我来说也很伤脑筋。她没有出去见见世面的意愿。虽然脑筋好，身体也非常健康，却不想跟外界接触。年纪轻轻的，这样子可不行。性欲应该以喜欢的形式去消解才行。怎么样？那孩子有女性魅力吧？"

"嗯，确实是这样。"

"所谓性欲这东西是正当的能量。这其实很清楚。性欲如果没有宣泄的出口而一直积留着，不但头脑会失去清晰，身体的平衡也会恶化。这对男人和女人都一样。女人的情况是月经会不规则，月经不规则后精神的安定就会丧失。"

"噢。"我说。

"那孩子应该早一点和合适的男人有机会交往才好。我无论以一个后知后觉者还是以一个生物学者来说都这样确信。"老人一面在小黄瓜上撒盐一面说。

"她的声音，顺利恢复了吗？"我试着问。工作中不太想听别人性欲的事。

"噢噢，我忘了告诉你。"老人说，"当然顺利恢复了。幸亏你让我想起来忘了帮她恢复声音的事。如果你不提醒，那孩子会好几天都没声音地过日子。我一下来这里，就会有好一阵子不回地上。没有声音地过日子倒也挺麻烦的。"

"嗯，这倒是真的。"我同意道。

"那孩子就像我刚才说过的不怎么和外界交往，所以并不会觉得有什么不方便，但有电话打进来时就麻烦了。我从这里打了几次电话，但都没有人接，正觉得奇怪呢。唉呀，真是老糊涂了。"

"不能说话，买东西也不方便吧？"

"不，买东西倒不会。"老人说，"世上有超市这东西，在那里不需要开口就可以买东西。真是相当方便。她最喜欢超市，常常去买东西哟。好像以来往于超市和办公室之间过日子似的。"

"不回家吗？"

"那孩子很喜欢办公室。有厨房，有浴室，一般生活上没什么不方便。一星期顶多回家一次吧。"

我适度地点点头，喝着咖啡。

"不过你跟那孩子倒很能沟通啊。"老人说，"是怎么办到的呢？心电感应还是什么？"

"是读唇术。以前我曾经到市民讲座去学过读唇术。当时闲得没事做,我想学了或许有用。"

"原来如此,是读唇术啊。"老人好像很认同似的点了几次头,"读唇术确实是有效的技术。我也有一点心得。怎么样?我们两个暂时无声地聊一聊如何?"

"不,算了,还是普通的聊法比较好。"我急忙说。一天之中遇到几次这种情况怎么吃得消。

"当然读唇术是非常原始的技术,也有很多缺点。如果四周一片黑暗,就完全弄不清楚,而且必须一直看着对方的嘴。不过以过渡性手段来说是有效的。你学读唇术应该说是有先见之明了。"

"过渡性手段?"

"是的。"老人说着又点头,"好吧,我只告诉你,以后这个世界总有一天会变成无声的。"

"无声?"我不禁反问。

"对。完全的无声。因为对人类的进化而言,声音不但不需要,而且有害。所以早晚要把声音消灭。"

"哦?"我说,"依您这么说,那么鸟的叫声、河水的流动声和音乐,这些也都会完全消失吗?"

"当然。"

"可是这样未免太寂寞了吧。"

"所谓进化就是这样的东西。进化总是难受的,而且寂寞的。不可能有快乐的进化。"老人说着站了起来走到书桌前,从抽屉里拿出小指甲刀再回到沙发,开始从右手拇指到左手小指一一照顺序剪齐,"虽然现在还在研究阶段,不能详细告诉你,但大概说来,就是这样。不过这不要对外界说出去。因为要是传进记号士的耳里，那就事态严重了。"

"您不用担心，我们计算士在严守秘密方面是从不输给任何人的。"

"听你这样说我就安心了。"老人说着，用明信片的边缘把书桌上散乱的指甲屑收集起来，丢进垃圾箱里。然后再拿起小黄瓜三明治，在上面撒盐，美味地吃着。

"自己说有些不好意思，不过真的很好吃。"老人说。

"她很会做菜吗？"我问。

"不，也不尽然，只是三明治特别拿手而已，其他料理当然也绝对不差，只是比不上三明治好吃。"

"就像是天生的才能一样啊。"我说。

"正是。"老人说，"事实上正如你说的，我总觉得你十分了解这孩子，如果是你的话，我可以放心地交给你。"

"我吗？"我有些吃惊地说，"光是赞美她的三明治就这样吗？"

"你不喜欢三明治吗？"

"三明治我非常喜欢。"我说。并且在不妨碍计算的程度下想起那位胖女孩，然后喝咖啡。

"我觉得，你拥有某种东西。或者说，缺乏某种东西。不管怎么说都一样。"

"有时候我自己也这样觉得。"我坦白说。

"我们科学家把这种状况称为进化的过程。迟早你也会明白，进化这东西是很严酷的。进化最严酷的到底是什么你能想出来吗？"

"不知道。请告诉我。"我说。

"那就是由不得你选择的。谁都没办法依自己的喜好去选择进化。那跟洪水、雪崩和地震之类的很类似。不遇到就不知道，遇到了又无法

5. 冷酷异境　计算、进化、性欲

抵抗。"

"噢。"我说,"所谓那个进化,和刚才您提过的声音有关吗?也就是说,我会变成不能说话吗?"

"准确地说不是这样,能不能讲话,本质上没有太大的问题,那只是一个阶段而已。"

不太明白,我说。基本上我是个很直率的人。明白的时候就说明白,不明白的时候就老实说不明白。不会说暧昧不明的话。我认为大部分的麻烦都是由于暧昧的说法所引起的。我相信世上之所以会有很多人采取暧昧的说话方式,是因为他们下意识地自找麻烦。除了这个以外我无法想象。

"不过,这件事说到这里。"老人说着又再呼呵呵地以一贯刺耳的笑法笑了起来,"不要谈太复杂的话题妨碍你的计算,还是适可而止吧。"

我对这并无异议。正好手表闹铃又响了,于是我继续回去洗码。老人从抽屉里拿出像不锈钢火箸的东西,右手握着,到排列着头盖骨的架子前面来回走着,偶尔用那火箸轻轻敲打某个头颅,并侧耳倾听那硁硁的声音。简直就像小提琴巨匠在检视着斯特拉迪瓦里名琴的收藏,随手从中拿起一把试着以拨奏方式检点琴的状况似的。光从听声音的样子,就能感觉到老人对头盖骨拥有超出常人的热爱之情。我想虽说同样是头盖骨,其实拥有各种音色。有些听起来好像敲威士忌玻璃杯的声音,有些像敲巨大花盆的声音。这些头盖骨从前都是有血有肉,充满脑浆——虽然量不同——不时想着食物或性欲这些事。不过最后一切都消失了,只变成各种各类的声音。玻璃、花盆、便当盒、铅管、水壶,这些种类的声音。

我试着想象自己的脑袋被剥皮剔肉,去掉脑浆,放在那架子上,被老人用不锈钢火箸硁硁地敲着的样子,总觉得好奇怪。老人从我头盖骨的声响,到底能听出什么?想读出我的记忆吗?还是想读出我记忆以外的东西?不管哪一种,都令人觉得不安。

我对死本身并不觉得怎么可怕。就像威廉·莎士比亚说的一样,今年死了,明年就不会死了。想起来真简单,但死了之后,头盖骨被排在架子上,用火箸硁硁地敲打,实在也不太愉快,一想到死了之后,自己还要被抽出什么东西就觉得灰心气馁。虽然活着绝对不是一件容易的事,但我至少可以凭自己的衡量判断去筹划安排。因此怎么样都无所谓。就像《瓦劳克》里的亨利·方达那样。但死了之后,希望能够让我静静地安息。我觉得似乎可以理解,为什么古埃及的国王死了之后希望葬在金字塔里了。

在那几小时之后,终于完成洗码工作。因为没有用手表测量,到底花了多少时间并不清楚。只是从身体疲劳的程度判断,我推测大约花了八至九小时吧。相当有分量的作业。我从沙发站起来,伸了一个大懒腰,让身体各部分的肌肉放松。计算士领到的手册上总共有二十六处肌肉放松法的图解。计算后只要照这个好好放松,头脑的疲劳都能够消除,头脑的疲劳如果能够消除,计算士的职业寿命也就能够延长了。因为计算士的制度才形成不到十年,因此谁也不知道这种职业的寿命到底有多长。有人说是十年,有人说是二十年。有人主张可以做到死为止。也有人说迟早会变成废人。不过这些全都只是推测而已。我所能做的,只有好好放松二十六处肌肉而已。推测就交给适合推测的人去吧。

5.冷酷异境　计算、进化、性欲

我放松完肌肉之后就坐在沙发上闭起眼睛,慢慢把右脑和左脑重新整合成一体。就这样完成了一切的作业。正确地依照手册上所教的。

老人把一个像是大型犬的头骨放在桌上,用卡尺量着细部的尺寸,在头骨照片的影印纸上用铅笔记下那尺寸。

"做完了吗?"老人说。

"做完了。"我说。

"噢噢,这么长的时间辛苦你了。"他说。

"今天就到这里为止,我要回家睡觉了。明天和后天在家里做混洗,大后天中午以前一定带回这里来,这样可以吗?"

"很好很好。"老人说着点点头,"不过要严格遵守时间噢。迟过中午就伤脑筋了。会很麻烦。"

"这个我知道。"我说。

"还要非常小心别让别人抢走那表格。要是被抢走了,不但我有麻烦,你也有。"

"没问题。我们在这方面受过相当严格的训练,不会眼睁睁让计算过的数据被夺走。"

我从长裤内侧的特制口袋里拿出一个专放重要文件的金属制柔软夹袋,把数值表放进里面锁了起来。

"这个锁只有我能打开,除了我之外别人如果要开锁,里面的文件就会自动销毁。"

"设计得蛮好的啊。"老人说。

我把那文件夹放回长裤内侧的暗袋。

"对了,要不要再吃一点三明治?还有一些。而且我在研究的时候几乎都不吃东西,所以留下来也是浪费呀。"

因为肚子又饿了,因此我便依他的话把剩下的三明治全部吃光。小黄瓜口味都被老人挑着吃完了,一片也没剩,留下的都是火腿和奶酪,但因为我并不特别喜欢小黄瓜,所以也不在意。老人重新为我在杯子里倒了新的咖啡。

我又穿上雨衣,戴上护目镜,一只手拿着手电筒走回地下通道。这一次老人没有跟来。

"我已经用音波把黑鬼赶走了,他们暂时不会侵入,所以没问题。"老人说,"对黑鬼来说,他们还是害怕到这里来的。只是记号士指使,他们不得不来,只要吓吓他们,也就不敢来了。"

虽然这么说,但既然知道有黑鬼这东西在地底的某个地方,一个人走在黑暗里,毕竟不能心安。尤其我不清楚黑鬼到底是什么东西,对他们的习性、形态和防御法都一无所知,所以可怕的程度也加深一层。我左手拿着手电筒,右手握着小刀,沿着地底的河川走向来时路。

因为这个缘故,当我在一开始走过的铝制长梯下发现穿着粉红套装的胖女孩时,觉得好像得救了。她朝着我的方向摇动着手电筒的光。我走近那里时她好像说了什么,但河川的消音似乎被解除了,水声很吵,根本听不见她的声音,而且黑漆漆的也看不清她嘴唇的动作,因此完全不知道她在说什么。

于是不管怎么样,我决定先上梯子,到有光线的地方再说。我走在前面先上,她在后面跟来。梯子非常高。下来的时候因为一片漆黑什么也不知道,所以并不害怕,但一级一级往上爬时,可以想象那高度,因而脸上腋下全流着冷汗。以大楼来说,有三四层楼的高度,加上铝梯湿

5. 冷酷异境　计算、进化、性欲

气重,脚下滑溜溜的,如果不非常小心谨慎地爬,后果将会不堪设想。

中途很想休息一下,但想到她正跟在后面上来,所以不能休息,结果还是一口气一直爬到梯子的最上面。想到三天后还要走一趟同样的路到研究室去,我的心情就变得暗淡下来,但这也包含在报酬里,所以没办法。

穿过壁橱走进原先的房间后,女孩把我的护目镜摘下,帮我脱下雨衣。我把长统雨靴脱下,把手电筒放在旁边。

"工作顺利吗?"女孩说。第一次听到她的声音,温柔而清晰。

我望着她的脸点头。"不顺利的话,就不会回来了,因为这是我的工作啊。"我说。

"谢谢你告诉祖父关于消音的事。真是多亏你,那样子已经一星期了。"

"为什么不用笔谈告诉我呢?要是那样的话,我可以更早明白很多事情,就不会那样混乱哪。"

女孩什么也没说,绕了桌子周围一圈,然后调整一下两边耳朵上戴着的大耳环的位置。

"那是规定。"她说。

"你是说不能用笔谈?"

"那也是规定之一。"

"哦?"我说。

"和退化有关的事全部禁止。"

"原来如此。"我佩服地说。做得真是很彻底。

"你几岁?"女孩问。

"三十五。"我说,"你呢?"

"十七。"女孩说,"我是第一次遇见计算士。不过也没看过记号士。"

"真的十七岁吗?"我吃惊地问。

"嗯,是啊。我才不会说谎呢。真的十七岁呀。不过看来不像十七岁吧?"

"不像。"我坦白说,"怎么看都觉得二十岁以上。"

"我不希望看起来像十七岁。"她说。

"你不上学吗?"

"我不想谈学校的事,至少现在不想。下次见面再好好告诉你。"

"噢。"我说。一定有什么缘故吧。

"嗨,计算士的生活是什么样子的?"

"不管计算士也好,记号士也好,不工作的时候,都跟社会大众一样是极普通的人哪。"

"社会大众或许很普通,但并不正常。"

"嗯,倒也有这种想法。"我说,"不过我所指的是很平凡的意思。在电车里,坐在旁边也不会引人注意,跟大家吃一样的饭,也喝啤酒——对了,谢谢你的三明治,非常好吃。"

"真的?"说着,她微笑起来。

"那么好吃的三明治很难得。三明治我吃多了。"

"咖啡呢?"

"咖啡也好喝啊。"

"嘿,要不要在这里喝一点咖啡?这样的话还可以多谈一些。"

"不,咖啡不用了。"我说,"在下面喝太多,已经一滴也喝不下了。而且我想早一点回家睡觉。"

5. 冷酷异境　计算、进化、性欲

"真遗憾。"

"我也觉得遗憾。"

"那么我送你到电梯那边。一个人走不到吧？走廊太复杂了。"

"好像不可能走到吧。"我说。

她从桌上拿起像帽盒般的东西交给我。我接过来试着掂掂重量。以盒子的大小来说并不算太重。如果那真是帽盒的话，里面放的大概是相当大的帽子吧。为了不让人轻易打开，还用宽胶带整圈密封起来。

"这是什么？"

"这是祖父送给你的礼物。回家之后才打开看噢。"

我用双手捧着试着轻巧地摇一摇。没有任何声音，没有任何反应。

"说是会破的东西，所以要小心哪。"女孩说。

"是不是花瓶之类的东西？"

"我也不知道，你回家之后打开看就知道了。"

然后她打开粉红色的皮包，把放在信封里的一张银行支票给我。上面记的金额比我预期的多一点。我把它放进皮夹里。

"收据呢？"

"不用。"女孩说。

我们走出房间，和来的时候一样，在漫长的走廊东转西转上上下下，然后才走到电梯前面。她的高跟鞋和先前一样在走廊里发出咔哒咔哒清脆的声音。她的胖模样已经不像第一次见面时那样令我在意了。走在一起时甚至快忘记她胖的事。大概因为时间久了，我已经习惯她的胖模样了吧。

"你结婚了吗？"女孩问。

"没结婚。"我说，"以前结过，现在没有。"

"因为当了计算士才离婚的吗？很多人常常说计算士没有家庭。"

"没这回事。计算士一样也有家庭，我认识很多家庭维持得很好。虽然确实有不少人认为没家庭比较方便工作。我们的工作相当费精神，也很危险，有了妻子有时候是会比较难做。"

"你的情况又是怎么样呢？"

"我的情况是离婚之后才当计算士的。所以和工作没关系。"

"噢。"她说，"不好意思，问你这些怪问题。因为是第一次遇见计算士，很多方面都想问一问。"

"没关系。"我说。

"听说计算士在完成一件工作之后性欲会非常高，真的吗？"

"这我不清楚。或许有这样的事吧。因为工作中神经的使用法相当奇怪。"

"这样的时候，跟谁睡觉呢？有固定的女朋友吗？"

"没有固定的女朋友。"我说。

"那你跟谁睡？应该不会对性没兴趣或是同性恋吧？不想回答吗？"

"没这回事。"我说。虽然我绝对不是一个喜欢喋喋不休讲自己私生活的那种人，但也没什么需要特别隐藏的，所以被认真地问到的时候我也就认真回答。

"那种时候就跟各种女孩睡。"我说。

"跟我可以吗？"

"大概不行。"

"为什么？"

"因为我是这么主张的。我不太和认识的人睡觉。跟认识的人睡会有不必要的麻烦。也不跟和工作有关的人睡。因为职业上有别人托付的秘密,所以这种事情有必要画一条界线。"

"不是因为我太胖太丑吗?"

"你没多胖,而且一点也不丑。"我说。

"噢。"她说,"那么你跟谁睡?随便跟身边的女孩开口搭讪吗?"

"这偶尔也有。"

"或花钱买女孩?"

"这也有。"

"如果我说想和你睡,或我需要钱,你会吗?"

"大概不会。"我回答,"年龄相差太多。和年龄差太多的女孩总觉得不太心安。"

"我可不一样噢。"

"也许。不过以我来说,不想再增多麻烦的种子,可能的话,我希望安安静静地过日子。"

"祖父说第一个睡觉的男人最好是三十五岁以上的。他说性欲累积到一定量以上时,头脑就会丧失清晰。"

"这件事我也听你祖父说了。"

"真的这样吗?"

"因为我不是生物学家,所以不清楚。"我说,"而且性欲的量也因人而异,我想不能那么简单断定。"

"你是属于多的吗?"

"大概普通吧。"我想了一下之后回答。

"我对自己的性欲还不太清楚。"胖女孩说,"所以很多事情都想试着确定一下。"

我还不知道该如何回答时,我们已经来到电梯前面。电梯像训练有素的狗一样,打开门安静等着我搭乘。

　　"那么,下次再见了。"她说。

　　我进了电梯,门无声地关闭起来。我靠在不锈钢壁前叹了一口气。

6.
世界末日
影子

当她把第一个古梦放在桌上时,我一时还没能认出那就是古梦本身。我一直注视了很久,然后抬起头来,看看站在旁边的她。她一句话也没说,只是俯视着桌上的"古梦"。我想那个物体似乎并不太符合所谓"古梦"这个名称。因为在我的预想中,"古梦"这名词听起来让人想到的是古老的文书,不然就是更模糊更没有具体形状的东西。

"这就是古梦噢。"她说,她的声调听起来与其像对我说明,不如说更像对自己确认什么似的,含有无处可去的朦胧声响,"准确地说,应该是古老的梦就在这个里面。"

我莫名其妙地点点头。

"你拿起来看看。"她说。

我轻轻拿起来,试着用眼睛探索,是不是能在那里面认出古老的梦的痕迹似的东西。但不管多么小心仔细地看来看去,都找不到那上面有任何可以看出名堂的地方。那只是个动物的头骨。不是很大的动物。骨头表面好像长期暴露在阳光下,干巴巴的褪了色。前方长而凸出的颚部,好像正要说什么却忽然被冻结似的,轻轻张开着固定下来。两个小眼窝,内容不知消失到什么地方,深处像通往虚无房间似的凹进去。

头骨轻得不自然。以物体来说似乎丧失了存在感的大部分。我从那上面感觉不到任何种类的生命残像。那上面所有关于肉、记忆和温暖的一切都被剥夺了。额头中央有一个触感粗糙的小凹陷。用手指触摸观察了一下那个小凹陷之后，我推测那可能是角被拔除后的痕迹。

"这是街上有的独角兽的头骨吧？"我试着问她。

她点点头。"古老的梦就渗透在里面被封闭起来了。"她安静地说。

"我是要从这里读古老的梦吗？"

"那就是梦读的工作。"她说。

"读出来的东西要怎么样呢？"

"不怎么样啊。你只要读它就好了。"

"我真搞不懂。"我说，"我要从这里面读梦，这个我懂。可是读完以后什么都不做我就不懂了。我觉得这样工作似乎没有任何意义。工作应该有它的目的啊。例如把它写在什么上面，或者依照顺序整理分类之类的。"

她摇摇头。"那个意义何在，我也没办法说明清楚。或许只要继续读着古梦，你自然明白那意义。不过不管怎么说，所谓的意义和你的工作本身并没有什么关系呀。"

我把头骨放回桌上，试着从远处再看一次。令人想到空无的深深的沉默完全笼罩着头骨。不过或许那沉默不是来自外部，而是从头骨里像冒烟似的涌上来的也不一定。不管怎么说那都是一种不可思议的沉默。让我觉得那简直就像牢牢地把头骨和地球中心连接在一起。头骨一直沉默地把没有实体的视线投向虚空中的一点。

我越看越觉得头骨好像有什么想说。周围甚至飘散着某种哀伤的空气，但那里面所包含的哀伤，我却无法贴切地对自己表达出来。准确的语言已经丧失。

"我决定读它。"我说着重新拿起桌上的头骨,试着测量它在手上的重量,"因为不管怎么说,除此之外我也没有选择的余地吧。"

她只稍稍微笑一下,从我手中接过头骨,用两片布仔细擦掉附在表面的灰尘。再把那变得更加洁白的头骨放回桌上。

"那么我来跟你说明一下古梦的读法。"她说,"不过当然我只是做做样子,不能真正地读。能读的只有你。好好看着噢。首先像这样正面对着头骨,双手的手指轻轻按在太阳穴的地方。"

她把手指按在头骨两侧,好像要确认似的看着我这边。

"然后注视骨头的额部。并不是用力瞪,而是静悄悄地温柔地看。不过眼睛不能离开。不管多炫目刺眼,都不能让眼睛离开。"

"炫目刺眼?"

"对。一直注视着时,头骨会开始发出光和热,只要用指尖安静地探索那光就行了。这样你应该可以读到古梦。"

我试着在脑子里依她所说明的顺序重复一遍。当然无法想象她所说的光是什么样的光,什么样的感触,但一切的程序倒是记住了。我望着她放在头骨上的纤细手指,竟然被一股强烈既视感所侵袭,好像以前在什么地方看过那头骨。骨头被洗晒过似的白色和额头的凹陷,就像第一次看见她的脸时一样,带给我奇妙的心神动摇。但那究竟是真实的记忆片段,或者只是时间和地点的瞬间倾斜所带来的错觉,我却无法判断。

"怎么了?"她问。

我摇摇头。"没什么。只是想到一点小事。我想你刚才说的程序我大概都明白了。接下来只有实际试着去做。"

"先吃点东西吧。"她说,"我想一旦开始作业就不太有时间了。"

她从后面的小厨房拿出锅子来,放在暖炉上加热。是放了洋葱和土豆的蔬菜汤。锅子终于热了,开始发出舒服的声音后,她把锅里的东西装到盘子上,和放有核桃的面包一起拿到桌上来。

我们面对面坐着,不说话地吃着东西。菜本身是朴素的,调味料的味道也都是我过去所没尝过的,但绝不难吃,吃完之后觉得身体暖和起来。然后她泡了茶。好像药草般带有苦味的绿茶。

梦读的作业并不像她说明的那么简单。光线实在太微弱,无论如何将精神集中到指尖,都无法穿过那迷魂阵似的混乱。虽然如此,我的手指还是能够感觉到古梦的存在。那既像一种杂音,又像不可捉摸的流动映象的罗列。不过我的手指还没办法明确掌握讯息。只能感觉到它确实存在而已。

当我好不容易读了两个梦时,时间已经十点了。我把梦已经解放出来的头骨还给她,摘下眼镜,用手指缓缓揉着变迟钝的眼球。

"累了吧?"她问我。

"有一点。"我回答,"眼睛不太习惯。一直注视着,眼睛吸进古梦的光,头脑会从里面痛起来。虽然不是很严重。但眼睛会涌出眼泪,没办法一直看东西。"

"刚开始都会这样。"她说,"刚开始眼睛还不适应,没办法好好读。不过不久就会习惯,所以不用担心。暂时先慢慢做吧。"

"好像这样比较好。"我说。

把古梦放回书库之后,她开始准备回家。打开暖炉盖子,把燃烧得红红的煤炭用小铁铲子铲出来,埋进装了沙的篮子里。

6. 世界末日　影子

"不能把疲倦放进心里。"她说,"我妈妈常说,疲倦或许可以支配身体,但心却必须自己掌握好。"

"说的有理。"我说。

"不过说真的,我不太明白心是什么样的东西。那准确说来到底意味着什么?到底应该怎么去使用它?我只是记住那句话而已。"

"心不是拿来使用的东西。"我说,"心只是在那里而已,和风一样。你只要感觉它在动就好了。"

她把暖炉盖子盖起来,把珐琅茶壶和杯子收进里面去洗,洗完后穿上粗布质料的蓝色外套。那暗蓝色好像被撕下一片的天空,经过漫长时间已经丧失原本的记忆了。她好像在思考什么似的,始终站在火已经熄灭的暖炉旁。

"你是从别的地方来到这里的吗?"她好像忽然想起什么似的问我。

"是啊。"我说。

"那是什么样的地方?"

"什么也记不得了。"我说,"很抱歉,我想不起任何一件事情。影子被拿掉的时候,好像连古老世界的记忆也一起消失,不知道跑到什么地方去了。总之是个遥远的地方。"

"不过你知道关于心的事噢?"

"我想我知道。"

"我妈妈也有过心。"她说,"不过我妈妈在我七岁的时候失踪了。那一定是因为妈妈和你一样有所谓心这东西吧。"

"失踪了?"

"嗯,失踪了啊。不过不谈这件事了。在这地方谈失踪人是不吉利的。谈谈你住的地方的事吧。总想得起一两件吧？"

"我想得起来的只有两件事。"我说，"我住的街没有被围墙围起来，还有我们都拖着影子走路。"

对了，我们都拖着影子走路。我来到这个街的时候，却不得不把自己的影子托给守门人保管。

"那个不能带在身上进到街里哟。"守门人说，"看你要舍弃影子，还是放弃进来，只能二选一。"

我舍弃了影子。

守门人让我站在门边的空地上。午后三点的太阳把我的影子牢牢捉在地面。

"安静不要动。"守门人对我说。然后从口袋拿出小刀，用尖锐的刀尖插进影子和地面之间，左右摇动一下让刀服帖之后，便有技巧地把影子从地面揪起来。

影子好像要抵抗似的稍微抖动了一下，终究还是从地面剥离而丧失力气地蹲在长椅上。从身体剥离之后的影子看起来比想象中寒酸，好像筋疲力尽的样子。

守门人收起刀刃。我和他两个人看着脱离我的身体的影子一会儿。

"怎么样，脱离之后看起来很怪吧？"他说，"影子一点用处都没有，只有增加重量而已。"

"很抱歉，我必须暂时跟你分开。"我走近影子旁边说，"虽然我并不打算这样，可是事到如今也没办法。你稍微忍耐一段时间，自己待在这里好吗？"

6. 世界末日　影子

"一段时间是到什么时候？"影子问。

不知道，我说。

"你以后不会后悔吗？"影子小声说，"虽然我不知道详细情形，不过人跟影子分开，你不觉得好像很奇怪吗？我觉得这件事情很不对劲，这个地方也不对劲。人没有影子活不下去，影子没有人也不存在呀。然而我们却分开成两个存在，活着。这一定是什么地方弄错了。你不觉得吗？"

"我承认确实不自然。"我说，"不过这地方的一切从一开始就不自然哪。在不自然的场所只有配合它的不自然，否则没办法啊。"

影子摇摇头。"理论上是这样。不过我在理论之前就知道了。这里的空气不适合我。这里的空气和其他地方的不一样。这里的空气对我对你都没有好处。你不应该抛弃我。我们过去一向不都相处得很好吗？为什么要抛弃我呢？"

不管怎么说，都已经太迟了。影子已经从我的身体剥离了。

"等不久之后我安定下来就会来接你。"我说，"我想这大概只是暂时的，不会一直继续下去。以后两个人还可以在一起呀。"

影子小声叹了一口气，然后以失去力气、焦点不定的眼睛抬头看我。午后三点的太阳照着我们两个。我没有影子，影子失去本体。

"那只不过是你希望式的推测吧。"影子说，"事情没那么简单。我总有讨厌的预感。找到机会就逃出这里，两个人回到原来的世界去吧。"

"不能回到原来的地方了。我不知道回去的方法。你也不知道吧？"

"现在不知道。不过我拼了这条命也要找到方法。希望能够常常跟你见面谈话。你会来看我吧？"

我点点头把手放在影子肩上，然后走回守门人那里。他在我和影子说话的时候,拾起掉落在广场的石头集中在一起,然后丢到不妨碍人的地方去。

我走近时,守门人把手上沾的白土在衬衫上擦掉,把大手放在我背上。那是为了表现亲密,还是为了让我认识他大而有力的手呢,我无法确定是哪个。

"你的影子我会妥善照顾。"守门人说,"每天三顿饭都会按时给,每天也会让他外出散步一次。所以放心。没有什么可以让你担心的啦。"

"可以常常来看他吗?"

"这个嘛,"守门人说,"虽然不可能随时都自由,不过也不是不能见面。只要时间合适,情况许可,我心情好的话,就能见面。"

"如果我想要回影子的时候该怎么办?"

"你好像还不太了解这里的规矩啊。"守门人的手还放在我背上说着,"在这街上谁都不能拥有影子,一旦进入这里,就永远不能再出去了。因此你现在的问题可以说毫无意义。"

就这样我失去了自己的影子。

走出图书馆,我说要送她回家。

"你没有必要送我。"她说,"夜晚并不可怕,而且方向和你家也不一样。"

"我想送啊。"我说,"情绪好像很亢奋,回到家也不可能马上睡着。"

我们两个人并肩穿过旧桥往南边走。初春的风还残留寒意,使沙洲的柳枝摇摆着。奇妙而直接的月光把脚下的卵石照得闪闪发亮。空气中充满湿气,沉甸甸地在地表流动。她把绑着的头发解开后,用手整理成一把,绕到前面塞进大衣里。

6. 世界末日　影子

"你的头发非常漂亮。"我说。

"谢谢。"她说。

"以前有没有人赞美过你的头发?"

"没有,你是第一个。"她说。

"被赞美有什么感觉?"

"不知道。"她一面说着,两手插进大衣口袋里望着我,"我知道你在赞美我的头发。不过其实不只是这样吧?我的头发在你心中形成某种其他的东西,而你想对那个说点什么是吗?"

"不是。我在说你的头发。"

她望着空中好像在寻找什么似的微微笑着。"对不起。我只是不太习惯你说话的方式而已。"

"没关系,不久就会习惯的。"我说。

她家在职工区。职工区在工厂街西南一带,是个荒凉的地方。工厂街本身似乎大多已经被遗弃,寂寞萧条。过去曾经充满美丽的水、货船和汽艇来来往往的大运河,现在水门已经关闭,好些地方水已经干枯,河底都暴露出来。僵硬结块的白色泥土,像巨大的古代生物皱巴巴的尸体一般浮上来。河岸虽然有一片卸货用的宽阔石阶,但现在已经不用了,高大的杂草从石缝之间深深地扎根到地下。旧瓶子、生锈的机械零件从泥土里探出头来,旁边有一艘木造船,平坦的甲板正慢慢地持续腐朽。

沿着运河,被遗弃的无人工厂一间接着一间连续着。门关闭着,窗玻璃已经消失,墙上蔓生爬藤,太平梯的扶手生满铁锈,到处杂草丛生。

经过整排的工厂之后就到了职工住宅。五层楼的老旧建筑,过去曾经是有钱人的公寓，但时代改变了，这地方也被分割成小面积的房子，让贫穷职工居住，她说。然而那些职工现在也已经不是职工了。他们工作的工厂几乎全都关闭。所学的技术再也没有用了，只是根据街上的要求做些必需的琐碎东西而已。她父亲就是这样的职工之一。

走过最后一条运河上没有护栏的短石桥，就是她家所在的地区。栋与栋之间架着令人想起中世纪城堡攻防战的梯子般的走廊。

时刻已接近午夜，几乎所有的窗户里灯光都熄了。她拉着我的手，简直就像要避开头上追逐人群的巨鸟眼光似的，快步通过那迷魂阵似的巷弄。然后在其中一栋前面站住，对我说再见。

"晚安。"我说。

于是我一个人走上西丘的斜坡，回到自己的房间。

7.
冷酷异境
头骨、劳伦·白考尔、图书馆

我搭计程车回家,走到外面时天已经完全暗了。街上充满了工作完毕下班的人群。而且还下着小雨,因此花了很长时间才叫到车。

即使不这样,以我的情况叫计程车也很费事。原因是我为了避免危险,通常开过来的空车,至少都会让两部开走。听说记号士拥有几部伪装的计程车,他们常常搭载刚做完工作的计算士,然后不知道载到什么地方去。当然这或许纯属谣言也说不定。我和我周围的人实际上没有遇过这样的事。不过小心一点总是没错。

因此我平常都搭地铁或巴士,不过那时候我非常疲倦又困,而且还下着雨,想起黄昏高峰时段的电车和巴士就觉得恐怖,就算要多花一点时间还是宁可搭计程车。在计程车里好几次我差一点睡着,但拼命忍住。回到家可以躺在床上舒舒服服地睡,现在在这里不能睡,在这里睡着实在太危险了。

于是我集中精神听着计程车收音机转播的棒球赛。职业棒球的情形我不太熟悉,姑且选择支持现在攻击方的球队,而讨厌防守方的球队。我所支持的球队这方以三比一落后。二出局二垒有人时打出球了,但跑者因为太心急而在二、三垒之间跌了一跤,结果变成三出局没有得分。解说员说实在很惨,我也这样觉得。虽然每个人都有可能因为心急而跌倒，但在棒球比赛中却不应该在二、三垒之间跌倒。大概因此大失所望吧，投手居然向对方的王牌击球手投出无聊的直球，结果球被打到左看台，一支全垒打，变成了四比一。

计程车到达我住的公寓前时，得分还是四比一。我付了钱，抱着帽盒和有点迷糊不清的脑袋下了计程车。雨几乎要停了。

信箱里没有一封邮件。电话答录机也没有留言。似乎没有任何人找我。很好。我也不找任何人。我从冰箱拿出冰块，在一个大玻璃杯里，调了大量的威士忌加冰块，只加了少许苏打水。然后脱掉衣服，钻进床上，倚着床头靠垫啜着喝。虽然好像立刻就要失去知觉了似的，但一天的结束却缺少不了甘美的仪式。从我钻上床到睡着之前的些许时间是我比什么都喜欢的时间。我会带着某种饮料上床，听听音乐读读书，就像喜欢美丽的黄昏和清新的空气一样，我喜欢这样的时间。

威士忌喝了一半左右的时候，电话铃响了。电话放在离床脚两米左右的圆桌上。好不容易准备睡了，我完全没有特地离开床走过去的意思，只是恍惚地望着那电话继续响。铃声大概响了十三或十四次吧，我并不在意。从前的卡通片里铃声一响，电话就会哔哩哔哩地震动，其实当然没这回事，电话机只是一直静静蹲在桌上继续响着而已。我一面喝着威士忌，一面看着。

电话机旁放着皮夹、小刀和收到的礼物帽盒。我忽然想到今天之内应该打开来确定一下内容比较妥当吧。或许是必须放进冰箱的东西，或许是活的东西，或许是极重要的东西。不过我实在累到没有多余的力气去做这些了。首先，如果真是这样的话，对方应该明确指示才是道理呀。我等电话铃响结束之后把剩下的威士忌一口气喝完，把枕头边的灯关掉，闭上眼睛。眼睛一闭，困意就像迫不及待的黑色巨大网子

7. 冷酷异境　头骨、劳伦·白考尔、图书馆

般从空中降下来。我一面沉入睡眠中,一面想不管会怎么样了。

醒过来时,周围是昏暗的。钟虽然指着六点十五分,但这是早晨还是黄昏,我无法判断。我穿上长裤走出门外,看看隔壁房间的门前。门前放着的是早报,因此知道是早晨。有订报纸的话,这种时候倒是非常方便。或许我也应该订报纸。

结果我睡了大约十个钟头。身体还想要休息,而且今天一整天没什么事要做,所以再睡一觉也无妨,不过想想还是决定起来。和崭新的太阳一起醒来,心情的愉快是没有任何东西可以替代的。我淋浴过并仔细洗干净身体,刮过胡子。然后做了约二十分钟和平常一样的体操,吃过现成凑合的早餐。因为冰箱里几乎要空了,需要补充,于是我坐在厨房桌前,一面喝着橘子汁,一面用铅笔在便条纸上列出采购单。采购单一张不够用,写了两张。但不管怎么说超市还没开门,只好出去吃午餐时顺便采购。

我把浴室衣篮里的脏衣服放进洗衣机,在水槽里用力刷洗着网球鞋时,忽然想起老人送我的谜一般的礼物。我把洗完右半边的网球鞋放下,用厨房毛巾擦擦手,回到卧室拿起帽盒来看看。盒子依然比看起来的分量轻。那种轻令人有点讨厌。不应该这么轻的。有什么在我脑子里盘旋。这可以说是职业上的第六感,没有具体根据。

我试着环视屋里一圈。房间出奇地安静。简直像被消音似的。试着干咳一下,确实听到干咳的声音。拉开小刀,用刀背试着敲敲桌子,也确实发出硿硿的声音。有过一次消音的经验之后,似乎会有一段时间对安静深刻怀疑。于是我把阳台窗户打开。一打开阳台的窗户,车声鸟啼声都传了进来,我才放下心来。管他进化或什么的,世界还是应

75

该充满各种声音。

然后我小心地用小刀割开胶带,以免伤到内容物。盒子最上层是揉成一团团的报纸,皱皱地填塞着。我展开两三张报纸读了一下,是三个星期前没什么特征的《每日新闻》,因此从厨房拿来塑料袋,把报纸揉成一团丢掉。报纸总共塞了两星期份那么多。全都是《每日新闻》。报纸全部拿开之后,下面露出像小孩手指那么大的保丽龙或发泡苯乙烯的软绵绵填塞物。我用两手把那些掏出来,一一丢进垃圾袋。虽然不知道里面放着什么,不过真是大费周章的礼物。那些保丽龙或发泡苯乙烯大约掏出一半时,又出现了报纸包装。我有点厌烦起来,于是走回厨房从冰箱拿出罐装可口可乐,坐在床上慢慢喝着。然后无聊地用小刀削着指甲边缘。从阳台上飞进来一只有着黑色胸部的鸟,像平常那样发出咕吱咕吱的声音,啄食着预先撒在桌上的面包屑。一个和平的早晨。

我终于再度提起精神走到桌前,从盒子里轻轻拿出报纸包着的物体。报纸上面还用胶带一圈圈地贴着,令人想起某种现代艺术的物件。好像是西瓜细长化后的形状,重量还是不如看起来重。我把盒子和小刀从桌上移开。在空出来的桌上仔细剥开胶带和报纸。底下出现的是一个动物的头骨。

要命,我想。到底为什么老人以为我收到头骨会高兴呢?不管怎么想,送人动物的头骨当礼物,精神都有问题。

头骨的形状像马,但比马的尺寸小得多。不管是什么,从我的生物学知识来看,首先这头骨应该是长在有蹄、脸细长、草食性、体型不太大的哺乳类动物肩上的不会错。我试着想起这一类动物的几种。鹿、山羊、羊、羚羊、驯鹿、驴……或许其他还有几种,但我已经想不起其他这

7. 冷酷异境　头骨、劳伦·白考尔、图书馆

类动物了。

我决定暂且把这头骨放在电视上。虽然看起来并不怎么美妙,但想不出其他可以放的地方。如果是海明威的话,一定会把它放在壁炉上和大鹿的头排在一起吧,但我家当然没有什么壁炉。不但没有壁炉,也没有餐具架,连鞋柜也没有。所以除了电视上面之外,实在没有地方可以摆放那莫名其妙的头骨了。

帽盒底下残留的填塞物都清到垃圾袋之后,最底下有一个用报纸缠起来的细长东西。打开一看,原来是老人用来敲头骨的不锈钢火箸。我拿起来看了好一会儿。火箸和头骨正相反,沉甸甸的好重,简直就像福特万格勒指挥柏林爱乐交响乐团用的象牙指挥棒一样具有威迫感。

我自然地拿到电视前,试着在兽头骨的额头部分轻敲。发出咳嗯一声类似大型犬鼻息的声音。我原来预想会听到硿或哐之类硬质的声音,要说觉得意外确实也有点。不过并不是什么值得抱怨的事。总之以现实问题来说,因为发出这样的声音,所以说什么也没完没了。说东说西的,声音不会改变,就算改变了,状况也不会变。

头骨敲敲看看的腻了之后,我离开电视前走到床边坐下,把电话机放在大腿上,拨了"组织"官方经纪人的号码,想确认工作的日程。我的负责人接了,说四天后预定有一件我的工作,是否有问题。我说没有。本来为了避免将来有问题,差一点想向他确认使用混洗的正当性,但因为说来话长就作罢了。文件既然是正式的,报酬也已经拿了,而且老人说为了保密并没有透过经纪人,所以实在没必要把事情弄复杂。

加上我对我这个负责人私下并不太有好感。三十岁左右、体型瘦高的男人,以为自己什么都懂的那种。我尽可能避免陷入不得已和这样的人纠缠不清的状况。

简单谈完事务上的交涉之后，我就挂上电话。坐在客厅的沙发上打开罐装啤酒，看亨弗莱·鲍嘉的《盖世枭雄》录像带。我最喜欢《盖世枭雄》里的劳伦·白考尔。当然《夜长梦多》里的白考尔也很棒。但我觉得《盖世枭雄》里的她好像加进了其他作品中看不见的某种特殊要素。我为了要确认那到底是什么而看了好几次《盖世枭雄》，但正确的答案还没找到。那或许是为了将人类的存在单纯化所必需的寓言性之类的东西吧。但我没办法明确说出。

一直看着电视，视线无论如何都自然会移往那上面放着的动物头骨。我无法像平常那样集中精神在画面上，于是演到暴风雨来临的那段前后，我把录像带停下放弃看电影。接下来只一面喝着啤酒，一面望着电视上面的头骨出神。持续注视之间，觉得那头骨好像似曾相识。不过那到底是什么样的记忆又完全想不起来。我从抽屉里拿出T恤衫把头骨从上到下整个盖起来，然后继续看《盖世枭雄》。这样我终于可以把精神集中在劳伦·白考尔身上了。

到了十一点之后我走出公寓，到车站附近的超市顺手抓一些食物买，然后经过酒铺买了葡萄酒、苏打水和橘子汁，到洗衣店去拿回一件上衣和两条床单，到文具行买了圆珠笔、信封和信纸，在杂货店买了最细的磨刀石。经过书店买了两本杂志，在电器行买了电灯泡和卡式录音带，在照相馆买了拍立得相机用的底片，经过唱片行顺便买了几张唱片。因为这样，我的小型车后座塞满了购物袋。大概我天生就爱买东西吧。我偶尔上街一次时，就会像十一月的松鼠一样买一大堆零零碎碎的东西。

我所开的车子纯粹是为了购物用而买的。买那部车的时候也是因为实在买了太多东西拿不动了才买车。我抱着一堆购物袋，走进正好

7. 冷酷异境　头骨、劳伦·白考尔、图书馆

在眼前的中古车店,里面排列着各式各样的车子。我并不喜欢也不了解车子,因此就说"随便什么车都行,我想要一部不大的"。

接待我的中年男人为让我决定车型而抽出各种型录来让我看,但我并不想看型录,于是告诉他说想要的只是纯粹购物用的车。既不跑高速公路,不载女孩子兜风,也不做家庭旅行用。不需要高性能引擎,也不需要空调、音响、天窗、高性能轮胎,只要转弯顺畅、排气污染少、噪音少、故障少、可靠、性能好的小型车就行。颜色如果是深蓝色就更没话说了。

他推荐的是黄色小型国产车。颜色不怎么喜欢,但试着开起来性能不错,转弯顺畅。设计也简洁,没有多余配备,正合乎我的喜好,因为是旧型的所以价格也便宜。

"车子本来就是这样的东西。"那个中年推销员说,"坦白说,大家头脑都有问题。"

我也这样觉得,我说。

就这样我买了购物专用的车子。除了购物之外我从来没用过车。

买完东西我把车开进附近一家餐厅的停车场,点了啤酒、虾仁色拉、洋葱圈,一个人默默吃着。虾子冰得太透,洋葱有点泡湿了。我环视餐厅一周,但没看到客人把服务生叫去抱怨,或往地上摔盘子的,于是我也没有怨言地全部吃完。因抱着期望而失望。

从餐厅窗户可以看见高速公路。路上跑着各种颜色各种式样的车子。我一面眺望车子,一面回想昨天工作遇到的奇妙老人和他的胖孙女。但不管怎么往好里想,都觉得他们似乎住在远超过我理解范围的异常世界里。那笨重的电梯、壁橱后面巨大的洞穴、黑鬼、消音,一切的一切都异常。再加上回来时竟然送我动物的头骨当礼物。

79

我在等餐后咖啡时,为了打发无聊,试着一一回想胖女孩身体的每个细节。长方形耳环、粉红色套装和高跟鞋,还有小腿肚和脖子肌肉,脸部五官之类的事情。这些我都比较容易想起来,但要把这些集合起来成为一个整体时,印象却意外地模糊。我想这或许因为最近没有和胖女人睡觉,所以我对胖女人的体态不太能够想象。我最后一次和胖女人睡觉已经是将近两年前的事了。

不过,正如老人说的同样是胖,世上也有各式各样的胖法。我曾经有过一次——确实是在连合赤军事件发生的那一年——和腰腿可以说胖得异样的女人睡过。她在银行上班,经常在柜台窗口碰面,熟悉之后开始讲话,一起去喝酒顺便就睡了。和她睡了之后,才发现她下半身比别人胖。因为她平常都坐在柜台里,完全看不见下半身。她解释说是因为学生时代一直在打桌球,不过这方面的因果关系我不太清楚。因为我从来没听过打桌球会只胖下半身的。

不过她胖得非常可爱。把耳朵贴在她髋骨上时,觉得好像晴朗的午后躺在春天的原野一样。大腿好像晒过的棉被般柔软,就那样画一道弧线静静地连接到性器。当我夸奖那胖法时——我是那种对什么有好感就会立刻说出口夸奖的人——她只说了"是吗?"而已。好像不太相信我的话。

当然也曾经跟全身胖得很均匀的女人睡过。跟全身都是肌肉的健美女人睡过。前面那个是一位电子琴老师。后面那个是一位自由职业的造型设计师。就这样不同的胖法也有各种特征。

像这样越是和许多女人睡过,越觉得人类好像有变得学术性的倾向。而性交本身的欢喜则随之减少。性欲本身当然没有学术性。但一踏进性欲这条必然的水路时,便产生所谓性交的瀑布,而结果便流入充

7. 冷酷异境　头骨、劳伦·白考尔、图书馆

满某种学术性的瀑布深潭。于是在其间，正如巴甫洛夫博士的狗一样，产生从性欲到达瀑布深潭这种意识回路。不过那结果，或许只是我年龄继续增加而已。

我不再想胖女孩的裸体，付了账走出餐厅。然后走到附近的图书馆，向坐在数据查询台的长头发瘦女孩询问："有没有关于哺乳类头盖骨的资料？"她正在看文库本出了神，抬起头来看我。

"抱歉？"她说。

"关于哺乳类的，头盖骨的，资料。"我又再清清楚楚地切断句子重说一次。

"哺乳类的头盖骨。"女孩像在唱歌似的说。这样一说，听起来简直就像诗的题目一样。诗人在朗读诗之前，告诉听众诗题时那种感觉。是不是每个人来，她都这样重复一次呢？我稍微想了一下。

人偶剧的历史，或太极拳入门，像这样吗？

如果真有这种题目的诗，那一定很愉快吧，我想。

她咬着下唇想了一下。"请等一下，我查查看。"说着便一骨碌转过身，在计算机键盘上打入"哺乳类"一词，二十多个书名出现在屏幕上。她把其中的三分之二左右删除。然后把这暂存起来，接着又输入"骨骼"。出现七或八个书名，她只留下其中两个，排在刚才暂存的下面。图书馆和以前比起来也改变很多。借书卡装在小纸袋贴在书后面的时代已经好像梦一样了。我小时候最喜欢看排列在借书卡上的日期戳印。

我在她以熟练的指法操作键盘时，一直看着她苗条的背和长头发。是不是要对她怀有好感？我迷惑了一下。她长得很美，又亲切，头脑好像也不错，说话更像唱诗题似的。似乎找不到一个不对她怀有好感的

理由。

她单击打印键，把屏幕上的数据印出来交给我。

"请从这九本里面挑选。"她说。

  1 《哺乳类概说》
  2 《图解·哺乳类》
  3 《哺乳类的骨骼》
  4 《哺乳类的历史》
  5 《身为哺乳类的我》
  6 《哺乳类的解剖》
  7 《哺乳类的脑》
  8 《动物的骨骼》
  9 《骨语》

一共有这些。

我的借书证可以借三本。我选了2、3、8。虽然《身为哺乳类的我》和《骨语》好像也很有意思的样子，但和这次的问题似乎没有直接关系。所以等下次有机会再说吧。

"对不起，《图解·哺乳类》禁止携出，所以没办法外借。"她一面用圆珠笔搔着太阳穴一面说。

"嗨。"我说，"这个非常重要，我明天中午以前一定还回来，不会给你带来麻烦，可不可以借我一天就好？"

"可图解系列很受欢迎，而且如果被发现我把禁止携出的书借出去的话，上面的人会骂人骂到臭头的。"

"一天就好,这样就不会被发现了。"

她不知道怎么办,犹豫了一下。一面犹豫一面用舌尖抵着下侧的牙齿里面。非常可爱的粉红色舌头。

"OK,好吧。不过只此一次噢。而且明天早上九点半以前带来噢。"

"谢谢。"我说。

"哪里。"她说。

"对了,我想对你私下表示一点感谢之意,你喜欢什么?"

"对面有一家'31冰淇淋',可以帮我买吗?甜筒装的双球,下面要开心果仁,上面要咖啡朗姆酒。可以吧?记得住吗?"

"甜筒装的双球,上面咖啡朗姆酒,下面开心果仁。"我确认一次。

然后我走出图书馆,到"31冰淇淋"去,她则到里面去帮我拿书。我买了冰淇淋回来时,她还没回来,因此我左手拿着冰淇淋就那样安静地在桌子前面等她。坐在长椅上看报纸的老人们,偶尔好奇地看看我的脸和我手上拿着的冰淇淋。幸亏冰淇淋非常硬,还不会马上开始融化。只是冰淇淋不吃,一直静静地拿在手上,就好像一座被遗弃的铜像般奇怪,真教人不自在。

桌上她看到一半的文库本书像睡着的小兔子般趴着。书名是《时光的旅人》的作者H. G. 韦尔斯的传记下册。那好像不是图书馆的书,而是她自己的,旁边整齐排着削得很漂亮的三支铅笔。另外还散落着七八枚回形针。为什么到处都有回形针呢?我真不明白。

或许因为某种原因,回形针突然在全世界蔓延。或许只是偶然,是我自己过分注意了。不过,那好像有点不自然,让我无法释怀。回形针简直像被计划好似的,散布在我所到之处,而且是眼睛很容易注意到的地方。有什么东西卡在脑子里。最近太多东西卡着。兽的头骨、回形针，诸如此类的。虽然让我觉得其中似乎有某种关联，可是一想到兽的头骨和回形针之间能有什么关联，我又完全找不到头绪。

长头发的女孩终于抱着三本书回来了。她把书交给我然后接过冰淇淋，躲开外面的视线在柜台里低头开始吃。从上面看起来，她的脖子了无防备，非常美丽。

"谢谢。"她说。

"我才要谢你呢。"我说，"对了，这回形针是做什么用的？"

"回形针。"她像唱歌似的重复，"回形针是用来整理纸张的啊。你知道的吧？到处都有，大家都在用啊。"

确实是这样，我道过谢，抱着书走出图书馆。回形针这东西到处都有。只要付一千圆就能买到用一辈子的量。我经过文具店，买了一千圆的回形针，然后回家。

我回到家把食材放进冰箱。肉和鱼用保鲜膜严密地包好，该冷冻的东西冷冻起来。面包和咖啡豆也冷冻起来。豆腐放进装了水的钵里。啤酒放进冷藏库，把旧的蔬菜移往外面一些。西装挂进衣橱，清洁剂排在厨房架子上。然后我在电视上的头骨旁边，试着零散地撒一些回形针。

好奇怪的搭配呀。

就像羽毛枕和冰块搅拌棒、墨水瓶和生菜之类放在一起一样奇怪的搭配。我试着走到阳台从远处眺望，但那印象并没有改变。没有任何共通点。但不知道在什么地方，一定有我不知道的——或想不起来的——秘密隧道相连接。

我在床边坐下，盯着电视上方许久。但什么也想不起来。只有时

7.冷酷异境　头骨、劳伦·白考尔、图书馆

间一直过去。一辆救护车和一辆右翼宣传车通过附近。我开始想喝威士忌,但决定忍住。我必须暂时让头脑保持清醒才行。过一会儿右翼宣传车沿着同样的路又开回来。大概走错路了吧。这一带的道路弯弯曲曲的不容易弄清楚。

我干脆站起来,到厨房的桌子前坐下,翻开图书馆借来的书。决定先查一下草食性中型哺乳类的种类,然后试着一一查看那骨骼。草食性中型哺乳类的种数比我预想的多得多。光是鹿的种类就不下三十种。

我从电视上把兽的头骨拿过来放在厨房桌上,一面对照,一面一个个查阅书上插画。花了一小时二十分钟查了九十三种动物的头盖骨,但没有一种和桌上的头盖骨相符合的。到这里我也只好停下来。我把三本书合上叠在桌子角落,举起手臂伸了个懒腰。一点办法也没有。

干脆躺在床上,看约翰·福特的《蓬门今始为君开》的录像带,这时门口的门铃响了。从门上的防盗猫眼看出去,一个穿着东京瓦斯制服的中年男人站在外面。我隔着防盗链把门打开一条缝,问有什么事。

"瓦斯防漏的定期检查。"男人说。

"等一下。"我回答后回到卧室,把桌上的小刀放进长裤口袋然后开门。瓦斯防漏的定期检查上个月才来过。而且男人的态度也好像有点不自然。

不过我故意装作不关心的样子继续看《蓬门今始为君开》。他先用血压计似的器械检查浴室的瓦斯,然后走到厨房去。厨房桌上还放着兽的头骨。我让电视的音量继续保持很大声,并悄悄走到厨房去看看,果然不出所料,男人正要把头骨装进一个黑色塑料包里。我把小刀的刃拉开冲进厨房,绕到男人背后从腋下倒剪对方的双臂,小刀抵在他

85

的鼻子正下方。男人急忙把塑料包丢在桌上。

"我没有恶意。"男人声音颤抖地辩解,"我看到这个忽然很想要,顺手就放进包里了。只是一时冲动,请原谅。"

"不能原谅。"我说,从来没听说瓦斯检查员看了厨房桌上的动物骨头会一时冲动想要拿走的,"如果不说真话,我就割断你的喉咙。"我说。这在我耳朵里听起来完全是一派谎言,但男人似乎不这样想。

"对不起,我老实说,请原谅。"男人说,"其实是有人给我钱,叫我来偷这个的。我走在路上时有两个男人走过来,说要不要赚个外快,就给我五万圆。说是如果能够顺利拿到后再给我五万圆。我也不想做这种事情,可是其中一个男的个子很高大,如果拒绝恐怕会很惨。所以虽然讨厌也没办法啊。拜托,不要杀我。我有两个还在读高中的女儿呢。"

"两个都是高中生?"我有点关心地试着问。

"嗯,一年级跟三年级。"男人说。

"噢。"我说,"哪里的高中?"

"大的上都立志村高中,小的上四谷的双叶。"男人说。因为搭配得不自然反而具有真实感。于是我决定相信那个男人的话。

为了慎重起见,我的小刀抵在他脖子上,从他长裤的臀部口袋抽出皮夹来检查内容看看。里面有现金六万七千圆,其中的五万圆是崭新的钞票。除了钱之外还有东京瓦斯的职员证和家人的彩色照片。两个女儿都穿着新年穿的和服。两个人都不怎么美。两个人个子都一样高,无法判断哪一个是志村,哪一个是双叶。此外还有巢鸭至信浓町间的国营电车定期车票。看来并没有什么危险的样子,于是我把刀子放下,把男人放开。

7. 冷酷异境　头骨、劳伦·白考尔、图书馆

"你可以走了。"我说，并把皮夹还给他。

"谢谢。"男人说，"不过我现在该怎么办？拿了人家的钱却没办法拿到东西怎么办？"

怎么办我也不知道，我说。记号士们——对方应该是记号士没错——会依各种不同的情势采取各种胡来的行动。为了不让别人猜出他们的行动模式，而故意这样做。他们或许会把这男人的两个眼珠用刀子挖出来，或给他另外的五万圆说一声辛苦了也说不定。这谁也不知道。

"你说其中一个是高个子啊？"我问男人。

"对，一个个子非常高大。而另外一个却很矮小。勉强达到一百五十公分左右。小个子穿的衣服很高级。不过两个人看起来都很可怕。"

我告诉他从停车场走后门出去的方法。我的公寓后门通往狭窄的巷子，但从外面不容易知道。顺利的话，可以回去而不被两个人发现。

"真是非常谢谢。"男人好像得救了似的说，"请你也不要向我公司报告好吗？"

我说，我什么都不会透露。然后把男人放出门外，把门上锁，链子扣上。然后在厨房的椅子上坐下，把刃已收起的小刀放在桌上，从塑料包里拿出头骨来。只有一件事我明白了。那就是记号士已盯上这头骨。意思是这个头骨对他们来说具有某种重大意义。

现在我和他们各擅胜场。我拥有头骨却不知道那意义，他们知道那意义——或模糊地推测出意义——却没有头骨。五十对五十。我现在应该采取的行动有两个选择。一个是和"组织"联络，说明事态，请他们保护我不被记号士伤害，或把头骨带走。另一个选择是和胖女孩

联络,请她说明头骨的意义。但现在要把"组织"拉进这种状况,我不太愿意。恐怕这样我会遭到麻烦的查问。大组织总觉得不好应付。既没有通融性,又太过于费时费事。太多头脑不清楚的人。

事实上要和胖女孩联络也不可能。不知道她办公室的电话号码。虽然可以直接去那栋大楼,但现在离开公寓太危险,而且我想那栋大楼的警备森严,如果没有事先预约,恐怕也不会随便让我进去。

因此我决定什么也不做。

我拿起不锈钢火箸,试着再轻轻敲一次那头骨。还是和以前一样发出咳嗯的声音。简直就像那不知名的某种动物活生生地呻吟着有点哀伤的声音。为什么会发出这样奇妙的声音呢?我拿起那头骨仔细观察,并试着再用火箸轻轻敲一次。虽然还是同样的咳嗯的一声,但仔细观察,那声音好像是从头骨的某一个地方发出来的。

我敲了好几次,好不容易才找到那正确位置。那咳嗯的一声就是从头骨额头上直径约两公分的浅凹陷里传出来的。我用手指试着在那凹陷里触摸一圈。和普通的骨头不同,触感有点粗糙。就像被什么暴力强扯下来似的感觉。好像——例如像角一样……

角?

如果那真的是角的话,那么我手上拿着的就是独角兽的头骨了。我再度翻起《图解·哺乳类》那本书,试着寻找额上长有一只角的哺乳类。但不管怎么找,都没有那样的动物。只有犀牛勉强符合,但从大小和形状来看,都不可能是犀牛的头骨。

没办法,我只好从冰箱拿出冰块,调一杯老乌鸦威士忌加冰块喝。天也快黑了,觉得开始喝威士忌也没什么不好。然后吃了罐头芦笋。我最喜欢吃白芦笋。芦笋全部吃完之后,再吃夹熏牡蛎的吐司,然后喝第二杯威士忌。

为了方便起见,我决定把那头骨过去的主人当成独角兽。如果不这么想的话,事情没办法进展。

我手上有个独角兽的头骨

要命!我想。为什么一直发生这么奇怪的事?我做了什么呢?我只不过是个实实在在的个人执业计算士啊。没特别大的野心或欲望。没有家人,没有朋友,也没有女朋友。只是个想多存一点钱,等从计算士退休之后,想学一点大提琴或希腊语,度过悠闲的老后生活的男人而已。为什么非要和独角兽、消音这些莫名其妙的事情扯上关系呢?

我喝干第二杯威士忌加冰块之后,走到卧室查电话号码簿,打电话到图书馆去,说:"我找数据查询台的小姐。"十秒钟后那个长头发的女孩来听了。

"《图解·哺乳类》。"我说。

"谢谢你的冰淇淋。"她说。

"哪里。"我说,"不过还有一件事想拜托你,可以吗?"

"拜托?"她说,"那要看拜托的事是什么。"

"想请你帮我查一下独角兽。"

"独角兽?"她重复说。

"不行吗?"我说。

沉默持续了一会儿。我想象她大概正咬着下唇。

"关于独角兽要查什么呢?"

"全部。"我说。

"嘿，现在已经四点五十分了，是闭馆前最忙的时候噢。没办法，为什么不明天一开馆就来呢？那样不管独角兽也好，三角兽也好，都可以痛快地查啊。"

"因为是非常急、非常重要的事啊。"

"噢。"她说，"重要到什么程度？"

"牵涉到进化的事。"我说。

"进化？"她重复一次。果然有点吓一跳的样子。我猜她大概把我看成一个单纯的疯子或近乎发疯的单纯人，两者之一吧。说起来我祈祷她把我当成后者。这样的话，或许对我会多少怀有一点关乎人性的兴趣。沉默像无声的钟摆般持续了一会儿。

"你说的进化，就是那种花几万年进行的那个进化吧？我是不太清楚啦，不过那有必要那么急吗？一天总可以等吧？"

"有的进化要花几万年，有的进化只要三小时噢。电话里没办法说明清楚，不过希望你相信我，这事情非常重要。和人类的进化有关。"

"就像《2001太空漫游》一样吗？"

"对。"我说。《2001太空漫游》这卷录像带我也看过好几次。

"你知道我对你是怎么想的吗？"

"是良性的疯子还是恶性的疯子，正难以决定对吗？我这样觉得。"

"猜得大约差不多。"她说。

"自己这样说有点不好意思，不过本质没那么坏哟。"我说，"说真的也不是疯子。虽然多少是有一点偏执、顽固、过度自信的嫌疑，但不是疯子。过去虽然曾经惹人讨厌过，但从来没有被人骂过疯子。"

"噢。"她说，"听你说话蛮清楚的。也不像是什么坏人，何况又吃了你的冰淇淋。好吧，今天六点半在图书馆附近的咖啡店等，我会把书

7.冷酷异境　头骨、劳伦·白考尔、图书馆

带去那里给你,这样可以吧?"

"可是事情没么简单。真是一言难尽,我现在不能离开家,真抱歉。"

"所以你的意思是……"说着她用指甲尖咯吱咯吱地敲着前齿,至少听声音是那样,"你要求我把书送到你家吗?我真搞不懂。"

"事实上正如你所说的。"我说,"不过当然不是要求,而是拜托。"

"你认定我好商量吗?"

"对。"我说,"真的有很多原因。"

漫长的沉默继续着。但那不是消音,因为从图书馆里正播放着闭馆通知《安妮·萝莉》的旋律可以知道,只是她沉默着而已。

"我已经在图书馆上了五年班,还从来没遇过像你这样厚脸皮的人。"她说,"说是把书送到我家来。而且还是第一次见面喏。你自己不觉得厚脸皮吗?"

"其实我真的也觉得。可是现在实在没办法。走投无路啊。总之只有拜托你打个商量了。"

"真受不了。"她说,"能不能告诉我你家怎么走?"

我很高兴地告诉她。

8.
世界末日
上校

"你想把影子要回来的可能性恐怕已经没有了。"上校一面喝着咖啡一面说。就像大部分长年习惯对别人下命令的人那样,他也背伸得笔挺,紧收着下颚说。不过他并没有自大或逼迫人的地方。漫长的军旅生活所带给他的,是伸得笔挺的姿势、规律的生活和庞大数量的回忆。作为我的邻居来说,上校可以说是个理想的人物。既亲切又安静,西洋棋也下得好。

"就像守门人说的一样。"上校继续说,"理论上也好,事实上也好,你都不可能要回自己的影子。只要是在这街里,就不能拥有影子,也不可能再离开这个街。这街以军队来说是个死胡同,单向隧道。只要有那墙围着这街一天,就只能进来,不能出去。"

"我没想到自己会永远失去影子。"我说,"我以为只是暂时的措施而已。没有人告诉我有这回事。"

"街里谁也不会告诉你任何事啊。"上校说,"街以自己的方法运作着。谁知道什么不知道什么,都和街无关。虽然我也觉得怪可怜的。"

"影子以后到底会怎样?"

"不会怎么样啊。只是在那里而已。一直到死为止。你在那之后见过影子吗?"

8. 世界末日　上校

"没见过。我去了几次想见他,但守门人不让我见。说是为了安全上的理由。"

"那也没办法。"老人一面摇头一面说,"守门人的职责就是保管影子,他要负全部责任。我也帮不上任何忙。守门人就是那样别扭而粗鲁的人,别人说什么话他几乎都不听。要改变他的意思,只有耐心等了。"

"我会等的。"我说,"不过他到底担心什么?"

上校喝完全部咖啡后,把杯子放回碟子上,从口袋掏出手帕来擦擦嘴角。和上校穿的衣服差不多同样颜色的手帕,也是用很久的旧东西,不过因为保养得好而显得清洁。

"担心你和你的影子分不开呀。这样就必须从头再来一次。"

说到这里,他的注意力重新回到棋盘上。这西洋棋和我所知道的西洋棋,类型和移动方法有点不同,所以每次玩大多是老人赢。

"猴子要吃主教了,没关系吗?"

"请便。"我说。然后我移动城墙堵住猴子的退路。

老人点了几次头,又再注视着棋盘。胜负的趋势几乎确定是老人赢了,但他不因此盛气凌人地立刻进攻,而是继续考虑再考虑。对他来说,下棋不是为了打败别人,而是向自己的能力挑战。

"和影子分开、让影子死去是一件难过的事。"老人说着,让骑士斜行,巧妙地堵在城墙和国王之间。我的国王因此实质上等于赤裸裸的。只要再三步就要将军了。

"难过是大家都一样的。我也是这样啊。而且如果是在什么都不懂的孩子阶段剥离,还没有什么交情就让影子死去,还不怎么样,一旦上了年纪才这样,就不好受了。我让影子死掉是在六十五岁的时候,到了那个年纪,总有各种回忆啊。"

"影子被剥离之后可以活多久呢?"

"要看是什么样的影子。"老人说,"有些比较强壮,有些则不然。不过剥离影子在这街里是活不久的。这地方的风土不适合影子。冬天会让他难受。没有一个影子能够活着看到春天的。"

我看了棋盘一会儿,终于放弃。

"还有五步可以争取呀。"上校说,"还有试试看的价值嘛。只要有五步就能期待对方的失误。不到最后关头,还不知道胜负噢。"

"好吧,试试看。"我说。

我正在思考的时候,老人走到窗边用手指拨开一点厚厚的窗帘,从那细缝中眺望外面的景色。

"这段时间对你来说是最难挨的时期。就跟牙齿一样。旧牙掉了,新牙还没长出来。我的意思你懂吗?"

"你是说影子虽然剥除了,但还没有死,是吗?"

"正是。"老人说着点点头,"我还记得呢,以前的东西和以后的东西不能平衡,所以很伤脑筋。不过等新的牙齿长齐之后,就会忘掉旧牙齿了。"

"你是说心会消失吗?"

老人没回答这个。

"很抱歉我一直问个不停。"我说,"不过我到这里来后几乎什么都不知道,样样都教我吃惊。这里是什么样的机构在运作?为什么有那么高的墙?为什么每天兽要进进出出?古梦是什么?没有一样我能理解的。而且能够问的也只有你一个人。"

"其实不是每一件事的始末我都能掌握。"老人静静地说,"而且有

8. 世界末日　上校

些是无法说明的,有些是不应该说明的。不过你不必担心。这里在某种意义上是公平的。对你来说是必要的,你非知道不可的事情,往后街应该会一一提示在你眼前。你也必须一一亲自去学会那些才行。我告诉你,这里是完全的街。所谓完全,就是应有尽有。不过如果不能有效理解的话,这里就什么也没有。完全的无。这一点你要好好记住。别人教你的事情往往现买现卖就没了,不过自己亲手学到的事会铭记在心。而且对你有帮助。睁大眼睛、竖起耳朵、动动脑筋,就会明白街所提示的意思。有心的话,就趁有心的时候努力吧。我能告诉你的只有这些了。"

如果她住的职工区是让过去光辉消失在黑暗中的地方,坐落在西南部的官舍区,则是在干燥的光里褪色中的地方。春天带来的温润被夏天融化,冬天的季节风更将它风化。沿着被称为"西丘"的宽阔和缓坡面,排列着整排白色的两层楼官舍。本来每栋里设计成可以住三个家庭,只有正中央凸出的门厅是共有的部分。外墙上钉的杉材、窗格、狭窄的门廊、窗外护栏都漆着白色油漆。眼睛所能看见的一切都是白色。西丘的斜坡上有各式各样的白。有刚刚重新漆好闪亮得不自然的白,有长久被太阳晒得发黄的白,有被风吹雨淋夺走一切似的虚无的白,这些各形各色的白,在绕着山丘的碎石道上无止境地延伸。官舍没有围墙。只有在狭小的阳台脚下设有宽约一米的细长花坛。花坛整理得非常仔细。春天开番红花、三色堇、万寿菊,秋天开波斯菊。一开起花来,建筑显得更像废墟。

这个地区,从前的街容应该算是漂亮的。在山丘悠闲散步的时候,到处浮现过去如此的痕迹。应该看得到孩子在马路上游戏,听得见钢琴的声音,闻得到晚餐的香味。我好像穿过几扇透明的门似的,肌肤可以感觉到这样的记忆。

正如"官舍"这名称一样,过去这个地区的居民是官吏。不是地位多高的官吏,但也不是低级职员,而是属于中级地位的人。他们守着简单生活所居住的地方。

不过现在已经看不见他们了,我不知道他们去了什么地方。

后来到这里来的是退役军人。他们抛弃了影子,像贴在向阳墙面的虫子蜕掉的壳一样,在强烈季节风横扫而过的西丘之上,各自继续过着静悄悄的生活。他们几乎没有任何东西要守了。每一栋里住着六到九个老军人。

守门人指定给我的住宅就是这种官舍中的一间。我住的官舍里住着一位上校、各两位少校和中尉,还有一个中士。中士帮我们做饭打杂,上校做各种判断。和军队一样。老人们都是因忙于备战、参战、战后整顿、革命或反革命而失去机会拥有家庭的孤独老人。

他们一大早醒过来就习惯性地快速用过早餐,没有谁命令他们,就各自出去工作了。有些用竹篦般的东西把老旧建筑物的油漆刮除,有些拔着前院里的杂草,有些修理家具,有些拉着板车到山丘下去领配给的粮食。老人们忙完这些劳动之后,就聚在阳光下闲聊着过往的事情。

我被分配到的是二楼朝东的一个房间。虽然山丘遮掉了一些视野,但视野远处还是看得见河川和钟塔。这似乎是很久没使用的房间,墙上的漆到处都有阴暗的斑点,窗格上积了一层白灰。有一张老床、一张小餐桌和两把椅子。窗上挂着发出霉味的厚窗帘。木地板伤痕累累,一走动就发出咯吱咯吱声。

8. 世界末日　上校

一到早晨,隔壁的上校就过来,我们两个人一起吃早餐,下午在窗帘低垂的阴暗屋里下棋。晴朗的下午除了下西洋棋之外,没有其他打发时间的方法。

"这样晴朗的日子放下窗帘躲在阴暗的屋子里,像你这样的年轻人一定很难过吧?"上校说。

"是啊。"

"对我来说有伴下西洋棋倒是该庆幸的。这里的家伙对下棋几乎都不感兴趣。现在还会想下西洋棋的只有我了。"

"你为什么会抛弃影子呢?"

老人注视着自己被窗帘缝隙射进来的阳光染红的手指,终于又离开窗边,走回桌子到我对面。

"是啊。"他说,"大概因为守着这街太久了吧。如果丢下这里出去,我的人生意义这东西好像就要丧失似的,不过现在怎么样都已经无所谓了。"

"抛弃影子有没有让你后悔过?"

"没有后悔。"说着老人摇了几次头,"一次也没后悔过啊。为什么?因为没什么好后悔的。"

我用城墙把猴子吃掉,让国王可以行动的空间扩大。

"这一招漂亮。"老人说,"用城墙把角落守住,又让国王可以自由行动。不过同时我的骑士也变得可以活跃起来了噢。"

老人在充分考虑下一步的时候,我去烧开水,泡了新的咖啡。许多个下午就要像这样过下去,我想。在这高墙围绕的地方,我能选择的事情几乎没有。

9.
冷酷异境
食欲、失意、列宁格勒

等她的时候,我做了简单的晚餐。把梅干在研磨钵里磨细,做成色拉酱,又炸了一些沙丁鱼、油豆腐皮和山药,煮了芹菜牛肉。成果还不错。因为时间还没到,于是我一面喝着罐装啤酒,一面做凉拌蘘荷和芝麻拌四季豆。然后我躺在床上,听罗伯特·卡萨德修弹的莫扎特协奏曲的老唱片。我觉得莫扎特的音乐还是听旧的录音比较能触动心弦。不过当然这可能是偏见。

时间已经过了七点,窗外完全暗下来了,她依然没出现。结果我听完了第二十三和第二十四钢琴协奏曲的全部。也许她改变心意不来了。如果真是这样,我也不能怪她。不管怎么想,还是不来比较正常。

不过就在我已经放弃,开始找下一张唱片时,门铃响了。从防盗猫眼往外看,站在走廊的正是抱着书的图书馆数据查询台的女孩。锁链还挂在门上,我先拉开门缝问她走廊还有没有别人。

"没有人哪。"她说。

我把锁链拿下,打开门,让她进来。她一进门,我立刻把门关起来,上了锁。

"好香啊。"她一面用鼻子闻着一面说,"我可以看看厨房吗?"

"请便。不过公寓门外有没有什么奇怪的人?比方在做修路工程的人,或停着的车子里坐着的人吗?"

"完全没有。"她说着顺手把带来的两本书放在厨房桌上,便去把炉子上的锅盖一一打开,"这些都是你做的吗?"

"是啊。"我说,"肚子饿了的话我请客。虽然不是什么了不起的东西。"

"没这回事,我最喜欢这样了。"

我把菜排在桌上,佩服地看着她把那些一一吃完。能够这么专注地吃,这些菜做得也值得。我用大玻璃杯调老乌鸦威士忌加冰块,油豆腐用大火煎一下,加上姜末,以这个下酒喝着威士忌。她什么也没说,只是默默吃着。我敬她酒,她说不喝。

"给我一点油豆腐好吗?"她说。我把剩下一半的油豆腐推向她,光喝着威士忌。

"需要的话还有饭和梅干,味噌汤也可以马上做好。"我顺便补充。

"那再好不过了。"她说。

我用柴鱼简单调味,做了嫩海带芽加葱花的味噌汤,连饭和梅干一起端出来。她片刻工夫里又吃光了。桌上清得干干净净只剩下梅干的核之后,她终于好像满足似的叹了一口气。

"谢谢,太好吃了。"她说。

我第一次看见像她这么瘦的美女这样狼吞虎咽地吃东西。不过这要说可观,确实也真是可观的吃法。她完全吃完之后,我依然半佩服、半惊讶地呆呆望着她。

"嗳,你经常都是这样吃东西吗?"我大胆地问她。

"嗯,对呀。经常都这样。"她满不在乎地说。

"不过好像一点也不胖嘛。"

"我是大胃王。"她说,"所以怎么吃都不会胖。"

"噢。"我感叹道,"那饭钱可要花不少啰。"事实上她连我明天中午的分量都吃光了。

"那当然。"她说,"外食的时候通常连吃两家。先吃拉面或饺子作为暖暖身,再正式吃饭。薪水大概都是吃掉的。"

我再问她一次要不要喝酒。她说想喝啤酒。我从冰箱拿出啤酒,并抓了两把满满的法兰克福香肠,用平底锅煎好当作试探。原以为不可能,但我只吃了两根,其他的又让她全吃光了。像用重机关枪扫射仓库一样惊人的食欲。我准备吃一星期的食物眼看就要没了。那些法兰克福香肠我原来打算用来做美味的德式酸菜香肠的。

我拿出现成的土豆色拉拌海带芽和鲔鱼,她也就着第二罐啤酒一口气吃光了。

"嘿,我好满足噢。"她对我说。我喝着第三杯老乌鸦威士忌,几乎什么也没吃。因她的食量看傻眼的我,简直提不起任何食欲。

"甜点还有巧克力蛋糕怎么样?"我试着说。她当然也吃了。光是看她吃,就觉得食物好像涌到喉咙口一样。我虽然喜欢做料理,但吃得可以算是少的。

我想大概因为这个关系,我的阴茎没能够顺利勃起。精神都集中在胃里了。该勃起的时候居然不能,这是自从东京奥林匹克运动会以来的头一次。这方面的肉体能力,我向来拥有用"绝对"来表达都不为过的强烈自信,因此这次对我来说是个不小的打击。

"嗨,没关系,不要介意哟,这没什么嘛。"她这样安慰我。长头发、大胃王的图书馆数据查询台的女孩子。我们吃过甜点,便一面喝威士

9.冷酷异境　食欲、失意、列宁格勒

忌和啤酒,一面一起听了两张或三张唱片,然后钻上床。过去虽然曾经和各种女孩子睡过觉,却是第一次和图书馆员睡。而且这么简单就和女孩子进入性关系也是头一遭。我想这大概是因为我请吃晚饭的关系吧。不过结果正如刚才说的,我完全没有勃起。觉得胃好像胀得跟海豚的肚子一样大,下腹部怎么也使不上力气。

她赤裸的身体紧紧贴在我身边,并用中指在我胸口中央以十公分左右的幅度上下游动。"这种事情,任何人偶尔都会有,所以你不要过分烦恼噢。"

然而她越是安慰我,我的阴茎没有勃起的事实越发伴随着明确的现实感压在我心上。虽然我想起从前曾经在某一本书上读过谈论阴茎不勃起时比勃起更美的文章,但那也没有给我多少安慰。

"上一次是什么时候跟女孩子睡觉的?"她问。

我打开记忆的盒子,试着在里面摸索了一下。"应该是两星期以前吧。"我说。

"那时候顺利吗?"

"当然。"我说。我发现最近好像每天都被什么人问到有关性生活的问题。或许现在社会上正流行这种事也说不定。

"跟谁呢?"

"应召女郎。打电话叫的。"

"跟这种女人睡觉,嗯,当时会不会有类似罪恶感的感觉?"

"不是女人。"我纠正道,"是二十或二十一岁的女孩子。没什么罪恶感,很干脆也不拖泥带水。而且也不是第一次和应召女郎睡觉。"

"过后有没有自慰?"

"没有。"我说。过后我工作非常忙,到今天为止,送洗的珍贵大衣

都没时间去拿。更没有理由自慰。

我这样说完她似乎认可地点点头。"一定是那个关系。"她说。

"没有自慰的关系？"

"胡说。"她说，"因为工作的关系啊。工作不是非常忙吗？"

"是啊，前天几乎连续二十六小时没睡。"

"什么样的工作？"

"计算机方面的。"我回答。被问到工作时，我每次都这样回答。以行业种类来说，并没有说谎，而且一般人对计算机产业没有多深的知识，因此可以避免被深入追问。

"一定是长时间用脑的关系，压力累积过度，因此暂时不行。这是常有的事。"

"哦？"我说。也许是这样吧。在极度疲劳之外，这两天老是遇到许多不自然的事情，变得有点神经兮兮，又亲眼目睹可以说是极端暴力性的食欲，使我暂时变成性无能的状态。这是可能的。

不过我又觉得好像不是这么简单就可以解释的根基单纯的问题。除了这些之外可能还有什么要素存在。过去一样疲倦、一样紧张的时候，也能发挥相当满足程度的性能力呀。这可能是她所拥有的某种特殊性所引起的吧。

特殊性。

大胃王、长头发、图书馆……

"嘿，你把耳朵贴在我肚子上看看。"她说。并把毛毯一路掀到脚边。

她的身体非常光滑漂亮。苗条的身上，没有一片多余的肉。乳房大小也算适中。我依照她说的，试着把耳朵贴在她乳房和肚脐之间像

9.冷酷异境　食欲、失意、列宁格勒

图画纸般平坦的部分。塞进那么多食物,肚子还完全没有膨胀起来,只能说是奇迹了。简直就像贪婪吞进所有东西的哈勃·马克斯的大衣一样。肌肤薄细柔软而温暖。

"怎么样,听得见什么吗?"她对我说。

我屏住呼吸侧耳细听。除了缓慢的心脏鼓动之外,听不见其他可以称作声音的东西。好像躺在安静的森林里,侧耳细听从远方传来樵夫的斧头声一样的感觉。

"什么也听不见。"我说。

"听不见胃的声音吗?"她说,"胃在消化食物的声音。"

"详细情形我不清楚,我想应该几乎没声音吧。因为只是以胃液在分解啊。虽然当然多少也有蠕动,但应该不会发出什么声音才对。"

"可是,我现在可以非常清楚地感觉到自己的胃正在拼命劳动着呢。你再仔细听听看。"

我保持原来的姿势,集中精神在听力上,眼睛则呆呆望着她的下腹部,和那前面蓬起的阴毛。但完全听不见像是胃在活动的声音。只有相隔固定的时间听得见心音而已。我想起《海底喋血战》里好像有过这样一幕。就在我侧耳细听之下,她巨大的胃就像库尔德·于尔根斯搭乘的U形潜艇一样,正在悄悄地进行消化活动。

我放弃了,把脸从她身上移开,伸手环住她靠在枕头上的肩膀。闻到她头发的味道。

"你有没有汤力水?"她问。

"在冰箱。"我说。

"我想喝伏特加汤力,可以吗?"

"当然。"

"你也喝点什么吗?"

"一样的就行了。"

她全裸下了床。她在厨房调伏特加饮料时,我把收录有《Teach Me Tonight》的约翰尼·马蒂斯的唱片放在唱盘上,回到床上小声合唱着。我和我柔软的阴茎和约翰尼·马蒂斯。

"The sky, the blackboard——"我正在唱着时,她把两杯饮料用有关独角兽的书当托盘端着走回来。我们一面听着约翰尼·马蒂斯一面小口小口地啜着喝伏特加饮料。

"你几岁?"她问。

"三十五。"我说。不会错误而且简洁的事实,是这个世界上我最喜欢的事情之一。"很久以前离婚,现在单身。没有孩子。没有女朋友。"

"我二十九。再过五个月就三十了。"

我重新看看她的脸。实在看不出有这个年龄。看来顶多才二十二或二十三似的。屁股还结实紧绷,皮肤没有一丝皱纹。我觉得自己对判断女性年龄的能力似乎正在急速丧失中。

"看起来年轻,其实真的二十九了。"她说,"对了,你真的不是棒球选手之类的吗?"

我吃了一惊,正要喝的伏特加饮料不禁洒在胸上。"怎么可能?"我说,"我已经有十五年没打棒球了。你怎么会这样想呢?"

"我觉得好像在电视上看过你的脸哪。至于电视,我只看棒球转播或新闻报导。那么是在新闻上看的吗?"

"也没上过新闻哪。"

"广告呢?"

"完全没有。"我说。

9. 冷酷异境　食欲、失意、列宁格勒

"那么是和你长得一模一样的人啰……不过总之你看起来不像是和计算机有关的人嗒。"她说,"嘴里说什么进化如何如何,独角兽怎样怎样,结果口袋里居然还放了一把刀子呢。"

她指着我掉在地板上的长裤。确实长裤背后口袋正露出一把刀。

"我正在处理有关生物学方面的数据。属于一种生物工学,因为跟企业的利益有关系,所以特别小心。最近数据争夺战也闹得很凶啊。"

"噢。"她以一副还不太以为然的表情说。

"你虽然也在操作计算机,不过看起来一点也不像和计算机有关的人哪。"我说。

她用指甲尖喀喀地敲着前齿。"可是我的情况不同,你看,完全是实务层次的。只处理终端而已。在不同项目中输入藏书书目数据,用来查询或是检查借阅状况,这个程度而已。当然也可以计算……我大学毕业后上了两年学习计算机操作的专门学校。"

"你在图书馆用的是什么样的计算机?"

她告诉我计算机型号。虽然是最新型的中阶办公室计算机,但性能比外表看来优越得多,只要使用得当,也可以做相当高阶的计算。我就曾经用过一次。

在我闭上眼睛思考计算机的事时,她又调了两杯新的伏特加汤力端来。于是我们两个又再并排靠着枕头,啜着第二杯伏特加汤力。唱片放完之后,全自动的唱针便倒回去,从头开始再度演奏一次约翰尼·马蒂斯的LP唱片。于是我又再哼起"The sky, the blackboard——"。

"嘿,你不觉得我们很配吗?"她对我说。她那伏特加饮料的玻璃杯底,常常碰到我的侧腹部,凉凉的。

"什么很配?"我反问回去。

"因为你三十五,我二十九,你不觉得年龄相当吗?"

"年龄相当?"我重复一次。她那鹦鹉式的反复似乎完全转移到我这边了。

"到了这样的年龄,彼此之间很多方面都懂事了,彼此又都是单身,我们两个或许可以相处得不错。我不会干涉你的生活,我还是做我……你讨厌我吗?"

"没这回事,当然不会。"我说,"你是大胃王,我是性无能,也许合得来也说不定。"

她笑着伸出手,轻轻握住我柔软的阴茎。是刚才拿过伏特加汤力玻璃杯的那只手,冰冷得让我差一点跳起来。

"你的马上会复原。"她在我耳边低语,"我会帮你治好。不过不急着治好也无所谓啊。因为我的生活与其说是绕着性欲,不如说是以食欲为中心似的,所以就算那样也没关系。性对我来说只不过像做得很好的甜点那样的程度而已。有的话再好不过,没有也没什么关系。只要除此之外的事情能获得相当程度的满足。"

"甜点。"我又再重复一次。

"甜点。"她也重复一次,"不过关于这件事下次再详细告诉你。现在先来谈谈独角兽吧。本来不是为了这个目的才叫我来的吗?"

我点点头拿起两个变空的玻璃杯放在地上。她的手从我的阴茎移开,拿起枕边的两本书来。一本是贝特兰·库柏的《动物考古学》,另一本是波赫士的《幻兽辞典》。

"我到这里来以前,大概翻了一下。简单说,这一本——"(说着她手拿起《幻兽辞典》)"把独角兽这动物当作像龙或人鱼之类的虚构产物来掌握,而这一本——"(说着拿起《动物考古学》)"从独角兽不一

9. 冷酷异境　食欲、失意、列宁格勒

定不存在的角度,发展具实证性的探索。可惜这两本对独角兽本身都没有太多记述。与龙和妖精之类的记述相比简直少得令人意外。我想大概因为所谓独角兽这种东西是活得极安静的吧……很抱歉,我们图书馆里只能找到这个。"

"这就很够了。我只要知道独角兽的概略情形就行了。谢谢。"

她把那两本书交给我。

"能不能请你现在把那两本书简单扼要地读一下?"我说,"我用耳朵听比较容易理出重点。"

她点点头,首先拿起《幻兽辞典》,打开前面一页。

"正如我们对宇宙的意义一无所知,对龙的意义也是无知的。"她帮我读出来,"这是这本书的序。"

"噢。"我说。

然后她翻开很后面夹有书签的那页。

"首先必须知道的是独角兽有两种。一种是发端于希腊的西欧版独角兽,另一种是中国的独角兽。这两种不但形体不同,连人们的理解方式也不同。例如希腊人这样描写独角兽:

"'虽然胴体像马,但头像雄鹿,脚像象,尾巴接近猪。发出低沉的咆哮,一只黑色的角从额头中央突出三英尺长。据说不可能活捉这种动物。'

"和这比起来,中国的独角兽则是这样的:

"'有鹿的身体、牛的尾巴和马的蹄。额头上突出的短角是肉质的。背部的毛皮有五种颜色混合,腹部则为褐色或黄色。'"

"嘿,很不一样吧?"

"是啊。"我说。

"不只是形体，连性格和代表意涵，在东西方都截然不同。西方人看到的独角兽是非常狞猛而富于攻击性的。因为角有三英尺之长，接近一米那么长啊。而且根据达·芬奇的说法，要捕捉独角兽的方法只有一种，那就是利用它的情欲。让年轻处女出现在独角兽面前，它会因为情欲太强于是忘了攻击而把头放在少女膝上，因而被捕。这角所意味的是什么你懂了吧？"

"我想我懂了。"

"跟这比起来，中国的独角兽则是吉祥的神圣动物。和龙、凤凰、龟并称四种瑞兽的一种。在三百六十五种地上动物中是居于最高地位的。性格极其安稳，走路的时候很小心，不管多么小的生物都不会去践踏，不吃鲜草，只吃枯草。寿命约一千年。这种独角兽的出现意味着圣王的诞生。例如孔子的母亲怀他的时候就看到过独角兽。

"'七十年后，猎人们杀了一头麒麟，那角上还留有孔子的母亲结上去的饰带。孔子去看那头独角兽，然后流下眼泪。他感受到这神秘圣洁的兽之死正显示某种预兆，因为那饰带上有着他的过去。'

"怎么样，很有趣吧？到了十三世纪，独角兽又在中国历史上登场了噢。成吉思汗的军队计划远征印度时，派出的斥候远征军在沙漠中央遇见独角兽。这独角兽的头像马一样，额上有一只角，身上毛是绿色的，身体像鹿一样，还会说人类的话噢。而且这样说：你们的主人该回国了。

"'成吉思汗的一个中国大臣被请来商量，大臣说这动物是麒麟的一种，叫作"甪端"。他说："四百年之间，众多军队在西方土地上争战不休，厌恶流血的上天，透过甪端发出警告。请后生晚辈救救帝国。唯有中庸之道才能带来无限喜乐。"于是皇帝打消了战争的计划。'

9. 冷酷异境 食欲、失意、列宁格勒

"同样是独角兽,东西方却有这么大的差异。在东方意味着和平宁静的东西,在西方却象征着攻击性和情欲。不过不管怎么说,独角兽都是虚构的动物,我想正因为是虚构的才会被赋予各种特殊意义,这件事倒没有不同啊。"

"独角兽真的不存在吗?"

"鲸豚有一种独角鲸,不过准确地说那不是角,而是上颚的一颗门牙长在头顶上变成的。长约二点五米,是笔直的,角上像钻孔机一样刻有螺丝纹路。但这是特殊的水生动物,中世纪的人大概不太会看到吧。以哺乳类来说,在中新世出现又逐一消失的种种动物之中也有像独角的东西。例如——"

说着她拿起《动物考古学》来,翻开从前面算起大约三分之二的地方。

"中新世——约二千万年前——有两种反刍动物存在于北美洲大陆过。右侧是奇角鹿(Synthetoceras),左侧是三角始鼷鹿(Cranioceras)。两种都有三只角,不过确实拥有独立的独角吧。"

我把书拿过来,看上面的图。奇角鹿像是混合了小型马和鹿的动物,额上有像牛一样的两只角,鼻头的长角则在前端裂开成Y字形。与奇角鹿相比,三角始鼷鹿脸比较圆,额上有两只像鹿一样的角,而且特别往后突出,另外还有向上弯曲、长而尖锐的一只角。这两种动物都有一点奇形怪状的感觉。

"不过这些奇数角的动物最终几乎全部绝迹了。"她说着从我手上把书拿过去。

"光以哺乳类来说,拥有单角或奇数角的动物是极稀有的存在,从演化洪流对照来说,那是一种畸形,换一种说法甚至可以说是演化上的孤儿。就算不限于哺乳类，例如以恐龙的情况来看，虽然曾经有过三角的巨大恐龙，但那也完全是例外。因为角是一种极其集中性的武器，并不需要三只。例如以叉子来试想就很清楚，如果有了三只角，相对地抵抗也会增加，要插刺就更费事了。而且如果其中的一只碰到什么坚硬的东西，从力学上来说，有可能三只都刺不进对方的身体。

"此外，如果敌人不止一个，要用角猛刺其中之一又拔出来，再朝另一个目标进攻时，三只角很难办到。"

"因为抵抗大，所以花时间。"我说。

"对。"说着她用三根手指抵在我胸前，"这是多角兽的缺点。命题之一。比起多角兽，二角兽或独角兽机能比较好。其次是独角兽的缺点。不，在这之前或许应该简单说明一下二角的必然性。二角的有利点是，动物的身体大致是左右对称的。所有动物都是以左右取得平衡，也就是将力量二分割，来规定行动模式的。鼻孔有两个，嘴巴也是左右对称，实质上是分成两个在运作着。肚脐虽然只有一个，但那是一种退化器官。"

"阴茎呢？"我试着问。

"阴茎和阴道合起来是一组啊。就像面包卷和香肠一样。"

"原来如此。"我说。

"最重要的是眼睛。攻击和防御都以眼睛为控制塔来进行，所以角的位置靠近眼睛是最合理的噢。犀牛就是个很好的例子。犀牛在原理上是独角兽，但它近视得很严重。近视的起因就在那个单角上。也就是说像单轮车一样的东西。虽然有这缺点，但犀牛还是生存下来了，因为它是草食兽，而且拥有盾甲一般坚硬的皮覆盖着，所以几乎没有必要防御。从这层意义上来看，可以说犀牛的体型很像三角龙啊。不过从

9. 冷酷异境　食欲、失意、列宁格勒

插画上来看，独角兽确实不在那个系列里噢。既没有盾甲覆盖，而且非常……怎么说呢……"

"无防备。"我说。

"对。在防御方面和鹿一样啊。至于近视倒是致命的问题。就算嗅觉和听觉都很发达，退路被堵住的话，就动弹不得了。要攻击独角兽就像用高性能霰弹枪攻击不会飞的鸭子一样——此外独角的另一个缺点在于，损伤是致命性的。简单说，就像没有备胎却要去横越撒哈拉沙漠。意思你明白吗？"

"我明白。"

"单角的另外一个缺点是，不容易施力。这只要拿臼齿和前齿比较就很容易了解。臼齿比前齿容易着力吧？这就是刚才说过力量均衡的问题。末端比较重，越在那里用力，整体就越安定。怎么样？这样总该明白独角兽是相当有缺陷的产物了吧？"

"非常明白。"我说，"你非常擅长说明。"

她微微一笑，手指在我胸上爬行。"不过，不只是这样呢。从理论上思考，独角兽要免于灭绝只有一个可能性。这是最重要的一点，你知道那是什么吗？"

我双手交叉在胸前，考虑了一或两分钟。不过结论只有一个。

"没有天敌。"我说。

"答对了。"她亲了一下我的嘴唇。

"设定一个没有天敌的状况看看。"她说。

"首先是那个环境被隔绝。其他动物无法侵入。"我说，"例如像柯南·道尔的《失落的世界》那样，土地高高隆起或深深陷落的地方。或者像外轮山一样周围被高墙围起来的地方。"

"了不起。"她说,食指在我心脏上方弹了一下,"事实上有记录显示在那样的状况中,发现了独角兽的头骨喏。"

我不禁吞了一口唾液。就在不知不觉之间,我正逐渐接近事态的核心。

"一九一七年在苏俄战线上被发现。一九一七年的九月。"

"十月革命的前一个月,第一次世界大战。克伦斯基内阁。"我说,"在布尔什维克发起行动的前夕。"

"一个俄军士兵在乌克兰战线挖壕沟时发现的。他以为是普通的牛或大鹿的头骨,就把它丢在一边。如果这就了事了,这东西应该会从一个历史暗影埋葬到另一个历史暗影里去,然而碰巧指挥那个部队的上尉,曾经是圣彼得堡大学生物学研究所的学生。他把那头骨拾起来带回军营仔细检查。并发现那是他从来没见过的动物头骨。他立刻和圣彼得堡大学的生物学主任教授联络,等待调查队前来,但他们终究没有来成。因为当时俄国非常混乱,连粮食、弹药、药品都不太能送到前线,到处爆发罢工,实在不是学术调查队能够跋涉到的状态。而且我想就算他们能够到达,也几乎没有空闲进行实地调查。因为俄军正节节败退,前线继续后移,那里立刻成为德军占领区。"

"后来,那个上尉怎么样了?"

"那年十一月,他被吊死在电线杆上。从乌克兰战线往莫斯科的路上有整排相连的电线杆,很多资产阶级出身的军官都被吊死在那里。他本人丝毫没有政治性,只不过是一个专攻生物学的学生。"

我试着想象俄国平原成排的电线杆上,一个军官被吊死的模样。

"不过他在布尔什维克掌握军方实权的前夕,把头骨交给了一个要往后方移送的可靠伤兵,约定如果能把它送到圣彼得堡大学那位教授

9. 冷酷异境　食欲、失意、列宁格勒

手上的话，会给他相当金额的谢礼。当那个士兵从军医院出院，带着头骨去到圣彼得堡大学时已是来年的二月，那时大学被暂时关闭。学生们成天闹革命，教授多半逃亡或被流放了，实在不是能够开课的状态。他想留着等以后再换钱吧，于是将那放了头骨的箱子寄放在圣彼得堡开马具店的姐夫家，自己则回到三百公里远的故乡去。这个男人不知道为什么再也没有回到圣彼得堡，结果那头骨就被遗忘了，长久之间沉睡在马具店的仓库里。

"头骨再度重见天日是在一九三五年。圣彼得堡改名为列宁格勒，列宁死去，托洛茨基被流放，斯大林掌握了实权。因为列宁格勒几乎不再有人骑马了，因此马具店的主人把店卖掉一半，在剩下的部分开始经营起曲棍球用品的小店呢。"

"曲棍球？"我说，"一九三〇年代苏俄很流行曲棍球吗？"

"我不知道啊。只是这里这样写呀。不过圣彼得堡在革命后变成比较摩登的地方了，所以大家打打曲棍球也有可能吧。"

"是这样吗？"我说。

"总而言之，就在整理仓库的时候，他发现一九一八年内弟留下来的箱子。打开一看，看到最上面放着一封给圣彼得堡大学某教授的信，信上写着'某某人士将本物品带上请给与相当的谢礼'。当然这马具店主就把这箱子带到大学——也就是当时的圣彼得堡大学——要求和该教授见面。由于教授是犹太人，在托洛茨基下台的同时也被送到西伯利亚去了。马具店主虽然失去可以领谢礼的对象，也不能宝贝兮兮地抱着一个莫名其妙的头骨，得不到半毛钱啊，于是他找到另外一位生物学教授，把事情的来龙去脉说了一番，领到一点麻雀眼泪一般微不足道的谢礼，便把那头骨放在大学，自己回家去了。"

"不管怎么说,花了十八年时间,头骨终于跋涉到达大学了啊。"我说。

"可是,"她说,"那个教授从头到尾仔细检查头骨,获得的结论和十八年前年轻上尉所想的一样——也就是说这头骨与现存任何动物的头骨都不相符,也不属于假定过去曾经存在过的任何动物。这头骨形状最接近鹿,从颚的形态可以类推出是草食性有蹄类,但面颊似乎长得比鹿稍微丰满。和鹿最大的差异,莫过于额头正中央有一只单角。也就是独角兽。"

"有角吗?那个头骨上?"

"嗯,对,曾经有角。当然不是完整的角,而是角的残留痕迹。在长度约三公分左右的地方角折断了,但从那残留部分推断,长度大约二十公分,像羚羊的角一般直线型的角。基部的直径,嗯,大约两公分。"

"两公分。"我反复说道。我从老人那里得到的头骨的凹洞,也正好直径两公分哪。

"培罗夫教授——也就是那个教授的名字——带了几位助手和研究生到乌克兰去,在过去年轻上尉的部队挖壕沟的一带实地调查了一个月。很遗憾没有挖到和那一样的头骨,却发现许多其他关于这个地区的有趣事实。这个地区一般被称为俘塔费尔(Voltafil)台地,是个小高丘,在平原较多的乌克兰西部,是少数的天然要塞。因此在第一次世界大战时,德军、奥地利军和俄军在这里反复进行了寸土必争的激烈浴血战,第二次大战时更受到两军炮击,整个台地的地形都被改变了,不过这是后话了。那时引起培罗夫教授兴趣的是,从俘塔费尔台地挖出来的各种动物骨骸,和那一带的动物分布状况有大幅差异。因此他提出了一个假设,也就是那个台地在古代的地形并不像现在这个样子,而

9.冷酷异境　食欲、失意、列宁格勒

是像外轮山一样,里面曾经存在着特殊的生命体系。也就是你所说的'失落的世界'噢。"

"外轮山?"

"对。周围围绕着险峻围墙的圆形台地。那围墙经过几万年的岁月而崩塌,极自然地变成和缓的山丘。在那里面成为演化子遗的独角兽便在没有天敌的情况下,静悄悄地栖息着。台地既有丰富的泉水,土地又很肥沃,因此这个假设是可以成立的。于是教授列举合计六十三项的动植物及地质学上的例证,加上独角兽的头骨,向苏维埃科学院提交以《俘塔费尔台地生命体系之考察》为题的论文。这是一九三六年八月的事。"

"评价大概很差吧。"我说。

"是啊,几乎没有人理会的样子。而且不太妙的是,当时莫斯科大学和圣彼得堡大学正在争夺掌握科学院的大权,圣彼得堡方面形势相当不利,这一类所谓'非辩证法式'的研究彻底被打入冷宫。不过唯有那独角兽头骨的存在谁也不能忽视。因为这毕竟和假设不同,而是无法混淆确实存在的实物啊。于是有几位专门的学者花了一年时间调查那头骨,对他们来说不得不得出这样的结论,那并不是人造的东西,而是不折不扣的单角动物的头骨。结果科学院委员会认定那只不过是和进化无缘的畸形鹿的头骨,不值得作为研究对象,而将那头骨送回圣彼得堡大学的培罗夫教授那里。这样就完了。

"培罗夫教授后来持续等待有朝一日风向能够改变,希望自己的研究成果终有被承认的时候,但一九四〇年德苏战争爆发,那希望又破灭了,结果一九四三年他在失意中死去。头骨也在一九四一年的圣彼得堡攻防战中下落不明。因为圣彼得堡大学在德意志军的炮击和苏维埃

军的轰炸之下被破坏得不成形迹,哪里还有闲工夫顾到头骨呢?于是就这样,能够证明独角兽存在的唯一证据便消失了。"

"那么没有一件事情是肯定的啰。"

"除了照片之外。"

"照片?"我说。

"对。头骨的照片。培罗夫教授拍了将近百张的照片呢。而且其中一部分逃过了战乱,现在还保存在圣彼得堡大学的资料馆里。你看,这就是那照片。"

我从她手上接过书来,看她手指的照片。相当不清楚的照片,但可以看出头骨的大致形状。头骨放在铺了白布的桌上,旁边并排着为了表示比例的手表。而且在额头正中央画了一个白色圆圈,表示角的位置。那不会错,就是我从老人那里得来的同一种头骨。不同的只有角的基部还留着或没留着之分而已,此外一切的一切看来似乎都一样。我瞄了一下电视机上面的头骨。被T恤完全罩住的头骨,远看简直就像一只正在睡觉的猫一样。我犹豫着要不要告诉她我持有那头骨,结果决定不说。所谓秘密,就是知道的人少才叫作秘密。

"那头骨真的在战争的时候被损坏了吗?"我说。

"不晓得。"她一面用小指尖玩弄着额发一面说,"根据那本书写的,圣彼得堡之战仿佛是用压路机把城市的每个区域都依次蹂躏压碎过的激烈战斗,大学附近据说也是其中受害最严重的地区,所以头骨当作已经被破坏了大概比较恰当吧。当然培罗夫教授也许在战斗开始之前,悄悄带出去藏在什么地方了也说不定,或者被当作德军战利品带到什么地方去了也说不定……不过不管怎么说,从此以后就没有人看过那头骨了。"

9. 冷酷异境　食欲、失意、列宁格勒

我再看了一次那张照片之后把书啪哒一声合上，放在枕头边。然后我想了一下，现在在我这里的头骨到底是圣彼得堡大学所保存的同一个东西呢，还是在别的地方挖出来的别的独角兽头骨呢？最简单的方法是直接问老人：你是从什么地方得到这头骨的？还有为什么送我呢？反正做完洗码之后的数据要送回去，必须再见到老人一次，那时候再问也可以。在那之前苦苦胡思乱想也没什么用。

我一面望着天花板一面发呆时，她把头放在我胸上，身体紧紧贴在我旁边。我伸手抱住她的身体。独角兽的问题告一段落之后，我的心情似乎也轻松了一些，但阴茎的状况并没有好转。不过她对我的阴茎是否勃起好像不在意的样子，指尖在我肚子上安静画着莫名其妙的图形。

10.
世界末日
墙

我在阴天的下午来到守门人小屋时,我的影子正在帮守门人修理板车。他们把那板车推到广场正中央,拆下老旧的台板和侧板,换上新的。守门人在新的木板上以熟练的手法刨光,影子则用铁锤敲打。影子看上去好像和分离时几乎没有差别。虽然身体情况没有特别恶化,但动作似乎有些不太灵活,眼角仿佛浮现出不太愉快的皱纹。

我走近时,两个人停下手上的工作抬起头来。

"有什么事吗?"守门人问。

"嗯,有一点事。"我说。

"工作快要告一段落了,你在里面等一下。"守门人一面低头看原本正在刨的板子一面说。影子又瞥了我一眼,但随即回到自己的工作上。我想影子大概在生我的气。

我走进守门人小屋,在桌子前面坐下等他过来。桌上和平常一样凌乱。守门人只有要在桌上研磨刀械时才会整理。脏盘子、杯子、烟斗、咖啡粉、木屑等七零八落地叠了一桌子。只有排在壁架上的各种刀械真是摆放得整齐漂亮得不得了。

守门人很久都没回来。我把手臂搭在椅背上,呆呆望着天花板消磨时间。在这街上时间多得令人厌烦。人们极自然地学会各种消磨时间的方法。

外头刨木板的声音和铁锤钉钉子的声音持续不断。

终于门开了,但进来的不是守门人而是我的影子。

"没时间慢慢谈。"影子从我身旁走过时说,"我只是到仓库去拿钉子而已。"

他打开里面的门,从仓库的右手边拿出钉子箱。

"仔细听我说。"影子一面检视箱中钉子的长度一面说,"首先把这街的地图画出来。不能问别人,而是用你自己的脚和眼睛一一确认出来的地图。把眼睛看到的东西一样不漏地画进去。不管多么小的东西。"

"那很花时间吧。"我说。

"只要在秋天结束之前交给我就行了。"影子很快地说,"另外也希望能附加说明文字。尤其希望你能仔细查清墙的形状、东边的森林、河川的入口和出口,只有这样。可以吗?"

说完这些,影子看也不看我的脸便开门走出去了。影子走了之后,我试着把他说过的话慢慢复诵一遍。墙的形状、东边森林、河的入口和出口。绘制地图确实是个不错的构想。可以掌握街的大概情况,也可以有效利用空闲时间。此外最可喜的是影子还相信我。

过一会儿守门人来了。他一进小屋就先用毛巾擦汗,其次擦擦手上脏的地方,然后一屁股在我对面坐下。

"好了,有什么事?"

"我想来看看影子。"我说。

守门人点了好几次头之后,把烟草塞进烟斗,擦亮火柴点起烟。

"现在还不行。"守门人说,"很抱歉,不过还太早了。因为现在这个季节影子还很有力。等到白天变短以后再说吧。我不会亏待他的。"

他一面这样说着,一面把火柴棒用手指折成两半丢在桌上的盘子里。

"这也是为你好啊。如果你现在半途而废地对影子移情,以后就麻烦了。我看过太多这样的例子。我不会说什么对你不好的话,请你再忍耐一下。"

我默默点头。不管我说什么,他都不像是会听我的人,而且反正我和影子也总算谈过了。接下来只有耐心等待守门人给机会了。

他从椅子上站起来走到水槽边,用一个大陶杯喝了好几杯水。

"工作还顺利吗?"

"嗯,慢慢地比较习惯了。"我说。

"那就好。"守门人说,"用心把工作做好是最重要的。不能专心工作的人就会想一些无聊的事。"

外头我的影子在钉钉子的声音一直不断。

"怎么样,要不要一起散步一下?"守门人说,"我带你看一个有趣的东西。"

我跟在守门人身后走出去。广场上我的影子正站在板车上装上最后一片侧板。板车除了支柱和车轮之外全部焕然一新。

守门人穿过广场,把我带到墙边的瞭望台下方一带。那是个阴沉沉的闷热下午。墙的上空挂着一片从西方延伸而来的黑云,好像立刻就要下雨似的。守门人穿的衬衫因为汗水而湿透,衣服紧紧贴在他巨大的身体上,发出令人厌恶的臭气。"这就是墙。"守门人说,像拍着马似的用手掌拍了几次墙,"高度是七米,把这里整个围起来。能够越过去的只有鸟而已。出入口除了这个门以外没有其他地方。从前还有个

10. 世界末日 墙

东门,但现在已经封起来了。正如你所看到的,墙是由砖砌成的,但这可不是普通的砖。谁也没办法损伤或破坏。甚至大炮、地震、暴风雨也没办法。"

守门人说着从脚边拣起一块木片,开始用刀子削。刀子锋利无比,木片立刻变成一小片楔子。

"你仔细看着啊。"守门人说,"砖和砖之间并没有砌缝,因为没有必要。砖彼此密合,那缝隙连一根头发都进不去。"

守门人用尖锐的楔子尖端刮着砖和砖的中间,但楔子尖端甚至连一毫米都钻不进去。守门人接着丢掉那楔子,用刀尖划着砖的表面。虽然发出尖锐刺耳的声音,但砖丝毫没有留下伤痕。他检查了一下刀刃,然后收回刀鞘放进口袋里。

"谁都没办法破坏墙。也没办法爬上去。因为这墙是完美的。你要好好记住。谁也出不去的。所以不要胡思乱想了。"

然后守门人把他巨大的手放在我背上。

"我知道你很难过。不过,大家都是这样经历过来的。所以你也必须忍耐才行。但是往后自然能够得救。到时候你就不会再想东想西,也不再苦恼了。一切都会消失。短暂的情绪这种东西没有任何价值。我这样说是为你好,还是把影子忘掉吧。这里是世界末日。世界到这里就结束了,哪里也去不了。所以你也什么地方都去不了啊。"

他这样说完,又再拍了一次我的背。

回家的路上,我在旧桥正中央一带靠着桥的扶手,一面眺望河川一面思考守门人所说的话。

世界末日。

为什么我非要舍弃旧世界而来到这个末日不可呢？无论我如何努力也想不起其中的经过、意义或目的了。不知道是什么样的力量,把我送进了这个世界。某种不合理的强大力量。因此我和影子丧失了记忆,而且现在还要丧失心。

河川在我脚下发出令人愉快的声音。河川有沙洲,上面长了柳树。垂到水面的柳枝顺着流水很舒服似的摇摆着。河水美丽透明,静水处的岩石旁看得见鱼的踪影。望着河的时候,我的心情总能平静下来。

从桥上可以走阶梯下到河床沙洲,柳树的阴影下有一张长椅,那旁边总是有几头兽在休息。我经常走下沙洲,把预先放在口袋里的面包撕成小片喂给兽吃。它们迟疑了几次才悄悄伸出头来,吃我手掌上的碎面包。总是较老或较幼小的兽才会吃我喂的面包的。

随着秋深了,它们那令人想起深湖的眼睛,哀伤的颜色也逐渐加深。叶子变了颜色,草枯黄了,告诉它们漫长而难过的饥饿季节正在逼近。而且正如老人所预言的一样,对我来说也可能是个漫长而难过的季节。

11.

冷酷异境
穿衣、西瓜、混沌

时钟指着九点半,她从床上站起来,把掉在地上的衣服捡起来,慢慢穿上。我还躺在床上用一只手肘支撑着身体,从眼角呆呆望着她的身影。她一件一件把衣服穿上身的样子,就像苗条的冬鸟一样流畅而没有多余的动作,充满了安详宁静。她把裙子拉链拉上,衬衫扣子从上面依序往下扣,最后坐在床上穿袜子。然后在我脸颊上亲一下。就算很多女孩子脱衣服的方式充满魅力,但穿的方式能有魅力的女孩子却不是那么多。把所有的衣服穿上身后,她再用手背往上撩把长发整理好,整个房间就好像换过空气似的。

"谢谢你的晚餐。"她说。

"哪里。"我说。

"你平常都像那样自己做饭吗?"她问。

"如果工作不太忙的话。"我说,"工作忙的时候不做。随便吃吃剩菜剩饭,或出去外面吃。"

她坐在厨房的椅子上,从皮包拿出香烟来点火。

"我不太做饭。不怎么喜欢弄吃的,而且一想到七点以前回到家,做许多菜,然后全部不剩地吃光,自己都觉得厌烦。那样好像活着就光为了吃似的,你不觉得吗?"

也许吧,我也这样觉得。

在我穿衣服的时候,她从皮包拿出小记事簿,用圆珠笔写上什么,然后撕下来给我。

"我家的电话号码。"她说,"如果想见面或东西吃不完的时候,请打电话来,我会马上过来。"

她带着我要还的三本哺乳类相关书籍回去之后,整个房间感觉上忽然变得出奇地安静。我站在电视机前把罩着的T恤拿下来,再看一次独角兽的头骨。虽然没有任何确实的证据,但我开始觉得,那一定就是在乌克兰战线被薄命的年轻步兵上尉挖掘出来的谜之头骨了。越看越觉得那头骨似乎散发着某种来历因缘似的东西。当然或许是听过那故事才有这感觉也不一定。我没有什么特别用意地又用那不锈钢火箸轻敲那头骨。

我把餐具和玻璃杯收到水槽里洗好,用抹布把厨房的桌子擦干净。差不多该开始混洗的时候了。为了不被打搅,我把电话调成答录。把门铃的电线拔掉,只留下厨房的台灯,家里其他灯光全部关掉。至少在两小时之内,我必须把所有精神集中在混洗上。

我混洗用的密码(password)是"世界末日"。我根据名为"世界末日"这个极个人的戏剧,把洗码后的数值转换以供计算机计算用。当然所谓的戏剧和电视上常见的戏剧完全是不同类的。那较为混乱,没有明确剧情,只是为了方便而称之为"戏剧"而已。不过不管怎么说,完全没有人告诉我那到底是什么样内容的东西。我所知道的只有"世界末日"这个标题而已。

决定这戏剧的是"组织"的科学家们。我为了要当计算士而接受

11. 冷酷异境　穿衣、西瓜、混沌

了一年的训练，考过最终测验之后，他们把我冷冻了两星期，在那之间仔细检查我脑波的每一个细部，从里面抽出应该被称为我的意识之核的东西，把它定为我混洗时的密码戏剧（passdrama），接着又反向输入我的脑子里。他们告诉我那个标题是"世界末日"，说那就是我混洗用的密码。因此，我的意识变成完全的二重结构。也就是先有整体是一片混沌的意识存在，然后其中正如梅干的核一样，有归纳那混沌的意识之核存在。

不过他们并没有告诉我那意识之核的内容。

"你不需要知道那个。"他们向我说明，"因为这个世界上没有比无意识性更正确的东西。只要到达相当的年龄——经过我们仔细计算之后设定为二十八岁——人类意识的总体就不会变化了。我们一般所说的意识变化，若是从脑的整体运作来看，其实只不过是微不足道的表层性误差而已。所以这个被称为'世界末日'的你的意识之核，是会准确地作为你的意识之核发挥作用直到你停止呼吸都不改变。到这里为止你懂吗？"

"我懂。"我说。

"所有理论和分析，都像试图用很短的针尖分割西瓜一样。虽然能够在皮上留下记号，却永远无法到达果肉。所以我们有必要清楚地把皮和果肉分离开来。虽然世间也有光啃皮就开心的怪胎。"

"总而言之，"他们继续说，"我们必须保护你的戏剧密码，让它永远不会被你自己的意识表层所动摇。若是我们告诉你'世界末日'的内容是如何如何的话，就像把西瓜皮削掉了一样。你一定随意摆弄而有所改变。这里要这样比较好，这里要加上这个比较妙。这样一来，作为戏剧密码的不变性就会消失，也就不能执行混洗了。"

"所以我们要给你的西瓜一层厚厚的皮。"另外一个人说,"你可以把它叫出来。因为那就是你自己。但你不能知道它。一切都要在混沌的海中进行。也就是你必须空手潜进海里,再空手从那里出来。我说的你懂吗?"

"我想我懂。"我说。

"还有一个问题是这样,"他们说,"人是不是应该明确知道自己的意识之核?"

"不知道。"我回答。

"我们也不知道。"他们说,"这可以说是超越科学的问题。就像在洛斯阿拉莫斯研究开发原子弹的科学家们所遇到的问题一样。"

"大概比洛斯阿拉莫斯的问题更严重吧。"一个人说,"根据经验不得不获得这样的结论。因此,这在某种意义上也可以说是极危险的实验。"

"实验?"我说。

"实验。"他们说,"除此之外我们不能再多告诉你了。很抱歉。"

然后他们教我混洗的方法。要单独一个人做,要在夜晚进行,既不能在刚吃饱的满腹状态,也不能在空腹状态做。而且要重复听三次固定的语音型样。这样我就能够呼叫出名为"世界末日"的戏剧。但在被呼叫出的同时,我的意识也沉进混沌之中。我在那混沌之中进行混洗。混洗结束后,被呼叫出来的"世界末日"也解除了,我的意识从混沌中出来。混洗工作完成,我没有任何记忆。逆混洗则一如字面所示。逆混洗必须听专用的语音型样。

那是安装在我体内的程序。也就是说我像是个无意识的隧道。一

11. 冷酷异境　穿衣、西瓜、混沌

切只是从我身上通过而已。所以我每次要进行混洗时，心情都因无防备而极为不安定。洗码则另当一回事。洗码虽然费事，但做的时候，会感到一股自豪。因为必须把所有能力集中在那里。

相对的混洗作业则没有任何让人自豪的地方，也不需要能力。我只不过被利用而已。有人使用我不知道的我的意识在我没有知觉的时候处理某个东西。混洗作业甚至让我觉得不能称自己为计算士。

不过当然，我没有权利选择喜欢的计算方式。我取得的是洗码和混洗这两种方式的执照。擅自改变是被严格禁止的。如果对这不满意的话，只有放弃计算士这个职业。而我并不打算放弃。只要不与"组织"发生纠纷，其实没有比计算士更个人、更能自由发挥能力的职业了，何况收入又好。只要工作十五年，就可以赚足往后一辈子悠闲度日的金钱。因此我一次又一次努力突破合格率非常低的测验，也熬过了严格的训练。

醉意并不妨碍混洗作业。为了缓解紧张，甚至有人建议适度饮酒反而更有帮助。以我自己的原则来说，在混洗之前总是先清除体内的酒精。尤其混洗方式已经被"冻结"两个月，我远离这作业太久了，所以必须非常小心。我冲了个冷水澡，做了十五分钟激烈的体操，喝了两杯黑咖啡。这样做完后醉意大体上都会完全消散。

然后我打开保险箱，拿出打字打好转换数值的纸和小型录音机，排在厨房桌上。然后准备了五支仔细削好的铅笔和笔记本，在桌前坐下。

首先设定好录音带。戴上耳机，等数位计数器前进到16，这时倒回到9，再进到26。然后就那样固定十秒钟，计数器上的数字消失，这时开始发出信号声。必须这样操作，否则录音带的声音就会自动

消灭掉。

　　录音带设定完毕之后，我把新的笔记本放在右边，转换数值放在左边。这样所有的准备工作便结束了。房间的门和所有可能侵入的窗户上，装设的警报系统都已亮起"ON"的红灯。没有任何差错。伸手一按录音机的播放键，信号音便开始了，于是一股暖烘烘的混沌便无声地来临，把我吞了进去。

　　〔我〕

　　　　　被吞没——逐渐　　　　混沌 ⟶

　　　　　　　信号音正在，变细……

12.
世界末日
世界末日的地图

从我和影子见过面的第二天开始,我就立即着手制作街的地图。

首先我在黄昏时爬上西丘顶,试着环视四周一圈。但西丘并没有高到能一眼望尽全街的程度,而且我的视力已经大为减弱,因此不可能很清楚地界定包围着街的高墙形状,只能概略知道街延伸的方式而已。

这里既不大也不小。换句话说并没有大到超出我的想象或理解,但也不是小到能直接掌握全貌。我在西丘顶上所得知的事实只有这样而已。高墙把街团团围住,河川从中流过,将之分为南北两部分,黄昏的天空把河染成深灰色。终于街里响起了号角的声音,兽群踏响的蹄声像泡沫般覆盖了四周。

结果,要想知道墙的形状,除了沿着墙步行之外没有其他办法。但那绝不是一件轻松的作业。我只能在阴天的日子或黄昏时分才能在外活动,而要到远离西丘的地方去又必须小心才行。外出时阴天可能忽然转晴,相反地也可能下起激烈的雨。因此我每天早晨都请上校帮我看天上云的走向。上校的天候预测几乎都中了。

"因为我只想着天气。"老人得意地说,"只要每天每天看着云的流动,这一点小事自然会知道啊。"

但他也无法预测天候是否骤变,我的远行所伴随的危险依然如故。

加上墙的附近多半是茂密的草丛、树林或裸露的岩石，很难靠近去看清楚地形。住家全都集中在流过街心的河边，事实上只要离开这个区域一步，要找出一条路都很困难。即便有勉强可以通过的小路，往往会突然中断，被丛生的荆棘所吞没，每次遇到这种情况，我就必须辛苦地迂回绕道，或原路折返。

　　最初我从街的西端，也就是守门人小屋所在的西门附近开始调查，打算依顺时钟方向把街绕一圈看看。刚开始这作业的进展比预期的还顺利。从门向北走到墙附近，放眼望去都是高到腰部左右的茂密野草形成的平坦原野，没有称得上是障碍的障碍，在草间也有像是缝合线的平整道路。很像云雀的鸟在原野上筑巢，它们从草里飞起，在空中绕着圈子寻找食物，然后飞回原来的地方。数量不是很多，但也看得见兽的踪影。这些兽的头和背浮在草原上，简直就像浮在水中一样，一面寻找着食用的绿芽，一面缓慢移动。

　　前进不久之后，再沿着墙往右转就可以看见南方有一个快要塌掉的旧兵营。三栋毫无装饰感的两层楼质朴建筑呈纵向排列，稍微远一些的地方，建有比官舍稍微小一点的军官用坚固住宅。建筑和建筑之间配置有树林，周围虽然有低矮的石墙围着，但现在全都被高高的草覆盖住了，没有人的踪影。我想那些住在官舍的退役军人从前一定也住过这兵营中的某个地方吧。后来因为某种原因，他们才被移到西丘的官舍去，兵营才变成了废墟。宽阔的草原当年可能是用来当练兵场的，草丛间有些地方有挖掘过战壕的痕迹，也有竖立旗杆的石台。

　　继续往东走，平坦的草原终于结束，开始有了树林。草原中刚开始看得见一丛一丛此起彼伏的灌木，然后终于变成明显的树林。灌木大多丛生，有许多细枝干互相纠缠紧密地往上长，正好在我肩膀到头部一

12. 世界末日　世界末日的地图

带高度的枝丫延伸扩张出去。树下则长着各种杂草，到处看得见开着颜色不起眼像手指尖那么大的野花。随着树木增加，地面起伏也加大了，夹杂在灌木之间也有几种高大的树木出现。偶尔有很小的鸟一面啼着，一面从这个枝头移动到另一个枝头，除此之外听不见一点声音。

沿着小路走，树丛越来越茂密。头上覆盖着高枝，遮住了视线。无法继续追踪墙的形状。没办法，我只好沿着往南转弯的小径来到街上，穿过旧桥回到家。

结果秋天来了，我只画出极模糊的轮廓。大体说来，街的地形是东西较长，南北则各有北林、南丘的部分往外凸出。南丘东侧的斜坡是坚硬的岩石区，那岩石沿着墙延续了相当长一段。比起北林来，街东侧的森林更荒凉而阴郁，并沿着河川扩展出去，这里几乎连路都没有。仅有沿着河可以走到东门的路，能够看见周围墙的样子。东门正如守门人所说的已经被水泥之类的东西厚厚地涂封起来，谁也不能从这里进出了。

从东边山脊急速流下的河川，由东门旁钻过墙下现身在眼前，流过街的中央往西一直线流出去，在旧桥一带形成几个美丽的沙洲。河上有三座桥。东桥、旧桥和西桥。旧桥最老最大，而且最美丽。河川钻过西桥之后急速往南边折，好像要回到东边似的流到南边的墙边。就在快到墙的前面，河川切入西丘的侧面形成一个深谷。

但河川并没有穿过南边的墙。河川在墙的前面一点形成深潭，在这里被石灰岩所形成的水底洞窟吞进去。根据上校告诉我的，墙外广阔无垠的石灰岩荒野下方，有无数像网络般的地下水脉。

当然我的读梦工作在那期间也持续做着。我六点推开图书馆的门,和她一起吃晚饭,然后读古梦。

　　我现在一个晚上已经可以读五到六个梦了。我的手指很有要领地探索着错综复杂的光束,逐渐能够更明确地感觉到那影像和声响了。虽然我还不了解读梦作业的意义何在,还有连古梦到底是以什么原理形成的都不清楚,但从她的反应可以看出我的作业是令人满意的。面对头骨放出的光芒,我的眼睛也不再疼痛,疲倦的感觉减少许多。我读过的头骨,她一一排在柜台上。第二天傍晚我到图书馆时,那柜台上的头骨已经一个也不剩,不知消失到什么地方去了。

　　"你进步得非常快。"她说,"好像比预期快得多。"

　　"到底有多少头骨?"

　　"非常多。有一两千吧。想看吗?"

　　她让我进去柜台后面的书库。书库就像学校教室一样,是空荡荡的宽大房间,里面排列着好几排架子,一眼望过去架上放的全都是兽的白色头骨。与其说是书库,不如说是坟场更贴切。死者发出的凉飕飕空气静悄悄地笼罩整个房间。

　　"哇!"我说,"这全部读完要花多少年工夫啊?"

　　"你没有必要全部读完。"她说,"只要把你能读的读完就行了。如果还有剩余没读的,等下一位梦读来了再读。古梦会一直沉睡到那个时候。"

　　"然后你还会帮忙下一个梦读吗?"

　　"不,我只帮忙你,这是规定好的。一个司书只能帮忙一个梦读。所以如果你不再是梦读了,我也会离开图书馆。"

　　我点点头。虽然不知道这原因何在,但感觉上这好像是极其理所当然的。我们暂时靠在墙上眺望着排列在架子上白色头骨的行列。

12. 世界末日　世界末日的地图

"你有没有到南边的深潭去看过?"我试着问她。

"嗯,有啊。很久以前去过。小时候我母亲带我去的。普通人是不太会去那里的,不过我母亲有一点不一样。南边的深潭怎么样呢?"

"我想看一看。"

她摇摇头。"那地方比你想象的危险多了。你不应该靠近深潭的。也没有必要去,去了没什么意思。为什么想去那个地方呢?"

"我想多了解这地方的事。每个角落每个细部。如果你不能带我去,我就自己去好了。"

她看了我的脸一下,终于放弃似的小声叹气。

"好吧。看起来你也不像是会听人劝告的人,也不能让你一个人去。不过你要记住一件事。我非常害怕深潭,不想再去第二次的。那里确实有什么不自然的东西哟。"

"没问题。"我说,"两个人一起去,只要小心就没有什么可怕的啊。"

她摇摇头。"因为你没去过,所以不知道深潭真正的可怕。那里的水不是普通的水,是会引诱人靠近的哟。我不骗你。"

"我会小心不要靠近。"我约定好,握住她的手,"只要远远地看就行了。我只想看一眼嘛。"

十一月的暗淡午后,我们吃过中饭就往南边的深潭出发。在南边的深潭稍前方,河川就像剜进去一般在西丘的西侧形成深谷,周围则密生着灌木与野草把路封住,我们不得不从东边绕到南丘后面进去。因为早上下过雨,走在覆盖着厚厚落叶的地面上,脚下便传来潮湿的声响。路上我们和迎面而来的两头兽错身而过。它们慢慢地左右摇晃着金黄色的头,面无表情地从我们身旁走过。

"食物越来越少了。"她说,"冬天快到了,大家都在拼命找树的果实才会来到这里。其实平常兽几乎不来这里的。"

离开南丘的斜坡之后就看不见兽的影子了,明显的路也到这里为止。经过没有人影的干枯原野和荒废房屋群落,再往西前进时,逐渐隐约听得见一点深潭的声音传来。

那和我过去所听过的任何声音都不一样。和瀑布的声音不同,和风的呼啸声不同,和地鸣也不同。那就像从一个巨大的喉咙吐出粗重的叹息一样。那声音有时低沉,有时高亢,有时断断续续地,像被什么噎住似的突然中断。

"好像在对什么人大吼大骂似的。"我说。

她只回头看看我什么也没说,用戴着手套的双手拨开草丛,继续领着我往前走。

"路况比以前更差了。"她说,"我上次来的时候还没有这么糟糕。也许我们退回去比较好。"

"好不容易来了,能走就走吧。"

在起伏很多的茂密草丛里跟着水声的引导走了大约十分钟,突然视野打开了。漫长的灌木丛在这里结束,平坦的草原沿着河川在我们眼前扩展。右手边看得见河川削落的深谷。穿过河谷的流水一面拓宽河面一面穿过灌木丛,来到我们所站立的草原。河川绕过草原入口附近最后一个弯便忽然停滞,颜色变成具有不祥感觉的深蓝色,并继续向前流。前面简直像吞进小动物的蛇一样胀起来,在那里形成一个巨大的深潭。我沿着河朝那深潭走去。

"不能靠近噢。"她轻轻抓住我的手臂,"从表面上看是没有一丝波纹的平稳,但下面其实暗藏着很厉害的漩涡呢。一旦被拉进去,就没办法再浮上来了。"

"到底有多深呢?"

"没办法想象啊。漩涡就像个锥子一样继续往下钻。所以一直深下去呀。根据传言,从前异教徒或罪人就是被丢进这里面的……"

"丢进去以后变成怎样呢?"

"被丢进去的人就再也没有浮上来了。你听过洞窟的事吧?深潭下面的洞窟开了好几个口,一旦被吸进去,就永远徘徊在黑暗中了。"

有如蒸汽一般从深潭涌出的庞大吐息支配了周遭。就像无数死者从地底发出的苦闷呻吟。

她找到一片手掌大小的木片,朝深潭中心投掷。打到水面的木片大约只浮在水面五秒钟,便突然颤动了几次,接着就像被什么东西捉住而往下拖似的消失在水中,再也没有浮上来过。

"我刚才说过,底下有强大的漩涡噢。这样你明白了吧?"

我们在离深潭大约十米的平原上坐下来,拿出塞在口袋里的面包来啃。从远处眺望,周遭的风景充满和平与宁静。秋天的野花为原野抹上色彩,树上的叶子已染成鲜艳的红叶,那中央则是没有一丝波纹平滑如镜的深潭。深潭对面耸立着白色石灰岩悬崖,好像要将那里覆盖住似的。除了深潭的吐息声之外,周遭静悄悄的,连树叶也静止不动。

"你为什么那么想要地图呢?"她问,"就算有了地图,你还是永远离不开这街。"

她把掉在膝上的面包屑拂落,眼睛转向深潭的方向。

"你想离开这里吗?"

我默默摇头。那是意味着不,还是表示自己心意未决呢?我也不知道。我连这个都不知道。

"不知道。"我说,"我只是想知道这街的事而已。街是什么形状的、是怎么成立的、什么地方有什么样的生活,我想知道这些。我想知道是什么在规定我、什么在动摇我。我也不知道前面有什么啊。"

她缓缓地左右摇头,然后注视我的眼睛。

"没有前面了。"她说,"你不知道吗?这就是名副其实世界末日啊。我们只能永远停留在这里了。"

我仰躺在地上望着天空。我能仰望的天空总是阴沉暗淡的。虽然被早晨的雨濡湿的地面还凉凉湿湿的,但大地舒适的香气正弥漫在周围。

几只冬鸟发出振动翅膀的声音从草丛里飞起来,越过墙消失在南边的天际。只有鸟才能飞越墙。低垂的厚云,正预告着严冬将近。

13.
冷酷异境
法兰克福、门、独立组织

正如平常那样,我的意识从视野的角落开始逐步恢复。首先我注意到的是右边的浴室门和左边的台灯,然后逐渐往内移动,简直就像湖面结冰时一样在正中央会合。视野正中央有个闹钟,指针指着十一点二十六分。那闹钟是我参加什么人的结婚典礼领回来的纪念品。要停止闹铃必须同时按下时钟左边的红按钮和右边的黑按钮。不然闹铃会响个不停。人们会因为还没完全清醒而反射性地压下按钮、关闭闹铃以继续熟睡,这独特装置是为了防止这常见的行为。确实这闹铃响起来时,我为了要同时按下左右两个按钮,必须完全从床上起身,把闹钟放在腿上才行,在那之间我的意识不得不踏进清醒的世界一步或两步。好像重复说过了,我这闹钟是我参加什么人的结婚典礼领回来的纪念品。是谁的结婚典礼已经想不起来了。在我周围多少存在着一些朋友或熟人之类的人,二十几岁中期正是结婚典礼不断的时期,就从那其中的一回,我领到了这个闹钟。像这样非要同时压下两个按钮否则会持续响铃的麻烦闹钟,我是不会刻意去买的,因为我算是个容易清醒起床的人。

当我的视野在闹钟一带结合起来时,我下意识地拿起闹钟放在腿上,两手按了红色和黑色按钮。然后我才发现闹铃根本一开始就没响过。我没有睡觉,因此并没有设定闹钟,只是碰巧厨房桌上放着闹钟而已。我刚刚是在做混洗数据。所以没有必要停止闹钟的闹铃。

我把闹钟放回桌上,看看周围。房间的样子和我开始做混洗数据之前完全没有改变。警报系统装置的红灯显示着"ON",桌上放着空了的咖啡杯。充当烟灰缸的玻璃托盘上有她最后一根烟的烟蒂,直挺挺地留在那里。品牌是万宝路的淡烟。并没有沾上口红。回想起来,她完全没有化什么妆。

我试着检查眼前的笔记本和铅笔。整齐地削好的五支F铅笔之中,两支折断了,两支磨圆到根部,另有一支完好如初的。右手中指还留下长时间写字时那种轻微的麻痹感。混洗数据已经完成。笔记本上密密麻麻写了十六页详细的数值。

我遵照手册上说的,把洗码的转换数值和混洗完成的数值逐项核对之后,把最初的表格在水槽里烧掉。笔记本收进保险箱,录音带和录音机一起放进保险箱。然后到客厅沙发上坐下呼出一口气。这样一来作业已完成一半。至少接下来的一天可以不做任何事情了。

我在玻璃杯里倒进两份威士忌,闭上眼喝了两口。暖暖的酒精通过喉咙,顺着食道纳入胃中。终于那暖和顺着血管溢满身体的各个部位。首先是胸部和脸颊开始暖和,接着手暖和起来,最后脚也是。我到浴室去刷牙,喝了两杯水,小便,然后到厨房去重新削铅笔,整齐地排在笔盘上。把闹钟放在床头边,把电话自动答录装置切掉去。时钟指着十一点五十七分。明天还没有沾手,全新完整地留着。我急忙脱掉衣服,换上睡衣钻进床里,把毛毯拉到下巴,把枕边的灯熄掉。心想要好好睡足十二个小时。不管鸟叫也好,世上的人们搭电车上班也好,世界的什么地方火山爆发也好,以色列装甲师团正在破坏某个中东村落也

13. 冷酷异境　法兰克福、门、独立组织

好,总之我要继续睡觉。

我转念想到计算士退休后的生活。存了足够的钱,储蓄加上退休金让我可以很悠哉地过日子,学习希腊语和大提琴。把大提琴盒子放在汽车后座开到山上去,一个人随心所欲地尽情练习大提琴。

顺利的话,或许可以在山上买一栋别墅。附有完善厨房设备的雅致山中小屋。我在那里读读书,听听音乐,看看老电影录像带,做做菜吃,过日子。说到做菜——我想起图书馆数据查询台的长发女孩。觉得她在那里——那个山中的家里——在一起好像也不错的样子。我做菜,她可以吃。

正在想做菜的事时,我睡着了。就像天空掉下来一样,睡眠突然降临头上。大提琴、山中小屋和菜色都消失无踪。只剩下我像鲔鱼般沉沉地睡着了。

有人在我头上用钻子打洞,在那里塞进硬纸绳之类的东西。好像很长的纸绳,不断被送进我的脑袋里。我挥着手想把那纸绳扯掉,但不管怎么挥,纸绳还是继续进入我脑里去。

我坐起来并用手掌摸摸头的两侧,没有纸绳。也没有开洞。是铃声在响。铃声持续响着。我把闹钟抓起来放在大腿上,用两手按下红色和黑色按钮。但铃声还是响个不停。是电话铃。时钟指着四点十八分。外面还一片黑——那么是早晨的四点十八分了。

我起床走到厨房,拿起电话听筒。每次半夜里电话铃响时,我都会决心下次一定要在睡前把电话移回卧室,但总是立刻就忘记了。因此又是胫骨撞到桌脚或瓦斯暖炉之类的。

"喂!"我说。

听筒那头是无声的。好像电话被埋在沙里一样完全无声。

"喂喂!"我吼道。

但听筒还是静悄悄的。既听不见呼吸,也听不见些微的摩擦碰撞声。透过电话线好像连我都要被拉进那沉默里去了似的安静。我生气地挂断电话,从冰箱拿出牛奶咕嘟咕嘟地喝起来,然后又钻回床上去。

第二次电话响是在四点四十六分。我起床经过同样的路程跋涉到电话边,拿起听筒。

"喂!"我说。

"喂!"女人的声音。没办法判断是谁的声音。"刚才对不起。音场乱掉了。所以声音常常会消掉。"女人说。

"声音消掉?"

"是啊。"女人说,"刚才音场突然开始乱掉了。祖父一定发生什么事了。喂,你听得见吗?"

"听得见。"我说。是给我独角兽头骨的奇怪老人的胖孙女。穿粉红套装的胖女孩。

"祖父一直没回来。而且音场又突然开始变乱了。一定发生了什么不妙的事情。我打电话到实验室也没人接……一定是黑鬼袭击祖父,发生什么严重的事了。"

"没搞错吗?是不是你祖父太专注于实验没回家这样程度的事呢?上次不是有一星期没发现把你消音的事吗?反正他是属于一专心就会忘记很多事情的人哪。"

"不是这样。我很清楚。我和祖父之间有一种互相感应的东西,只要彼此发生什么事就会知道。祖父一定出事了。非常不妙的事。而且声音屏障已经被破坏了,一定没错。所以地下的音场完全乱掉了啊。"

13. 冷酷异境　法兰克福、门、独立组织

"你说什么？"

"声音屏障，是为了防止黑鬼接近所设的特殊声音讯号装置。那个被暴力破坏了，所以旁边的声音失去平衡。一定是黑鬼攻击祖父了。"

"为什么？"

"大家都想得到祖父的研究啊。黑鬼和记号士，这些人想得到祖父的研究成果。他们向祖父提出交易条件，但被拒绝了，因此非常生气。拜托你，马上过来这里，一定会发生坏事。帮帮忙，拜托。"

我试着想象在那可怕的地下通道里黑鬼目中无人徘徊的样子。现在就要下去那样的地方，想到就毛骨悚然。

"抱歉，我的工作是计算，其他的作业并不包含在契约里面，而且我实在无法胜任。当然如果我能帮上忙的话，什么都很愿意做。不过和黑鬼打斗救出你祖父恐怕不行。那是警察或'组织'的专家们受过特殊训练的人应该做的。"

"警察根本不用提。拜托那些人只会公开所有的事，那可严重了。现在祖父的研究如果公开发表，那世界就要终结了。"

"世界就要终结了？"

"拜托。"女孩子说，"快点来帮我。不然的话会发生无法挽回的事噢。因为在祖父之后，他们接着要攻击的对象就是你。"

"为什么我会是被攻击的对象呢？你的话还可以理解，我对你祖父的研究完全不了解啊。"

"你是钥匙啊。没有你就打不开门哪。"

"你说什么我听不懂。"我说。

"详细情形没时间在电话里说，不过这事情非常重要。比你想象的还要重要得多。总之请相信我。这对你非常重要。如果不及时采取行

动就会完了。我没说谎啊。"

"真要命。"说着我看看手表,"总之你先离开那里比较好。如果你的判断没错,那里太危险了。"

"要去什么地方呢?"

我告诉她青山一家二十四小时营业的超市。"你在那里的咖啡吧等我。我五点半可以到。"

"我好害怕。好像……"

声音又消失了。我朝着听筒吼了好几次,但都没有回答。沉默像枪口冒出来的烟一样从听筒口升了上来。音场乱掉了。我把听筒放回原位,脱掉睡衣换上运动衫和棉长裤。然后走到洗手间用电动刮胡刀简单刮了胡子,洗了脸,对着镜子梳梳头。因为睡眠不足,脸像廉价奶酪蛋糕一样浮肿。我只想好好睡一觉。好好睡一觉让精神恢复,然后过着极普通的正常生活。为什么大家都不让我安静呢?独角兽和黑鬼到底和我有什么关系?

我在运动衫上穿了一件尼龙防风外套,口袋里放了皮夹、零钱和小刀。稍微犹豫一下之后,把独角兽的头骨用两条浴巾包缠起来和火箸一起放进运动提袋里,旁边再放进原本装在保险箱里的笔记本,上头有混洗资料。这公寓也绝对不安全。要打开我房门和保险箱的锁,对专业的人来说花不了洗一条手帕的时间。

结果我穿上只洗了一脚的网球鞋,抱着运动提袋走出房间。走廊没有人影。我避开电梯,走楼梯下去。因为还没天亮,公寓里没有一点声音,静悄悄的。地下停车场也没有人。

好像有点奇怪。实在太安静了。既然他们想要得到我的头骨,派

13. 冷酷异境　法兰克福、门、独立组织

个人盯梢似乎也没什么不好，居然没有。简直就像把我给忘了似的。

我打开车门，把袋子放在副驾驶座上，发动引擎。时间是五点出头。我一面张望着周围，一面把车子从停车场开往青山。道路空荡荡的，除了急着回家的计程车和夜间运货的卡车之外几乎没有车的影子。我不时看看后视镜，但并没有车子跟踪而来。

事情的发展有点奇怪。我很了解记号士的做法。他们如果想做什么的话，就会全力以赴。诸如此类收买一个半路出家的瓦斯公司职员却忘了盯梢的事情，绝对不会发生。他们总是选择最迅速最正确的方法，毫不迟疑地实行。他们两年前曾经捉到五个计算士，用电锯把头盖骨上部切掉。把计算士的脑拿出来，想要活生生地读取里面的数据。这实验没有成功，结果脑浆掏空额头以上不见了的五个计算士尸体被发现浮在东京港里。他们是会这样彻底行动的。因此事态有点奇怪。

车子开进超市的停车场时已经五点二十八分，离约定时间只差一点点了。东方的天空有点泛白。我抱着运动提袋走进店里。宽敞的店里几乎没有人影，收银台里一个穿着条纹制服的年轻男店员正坐在椅子上读店里卖的周刊。一个看不出年龄和职业的女人，把堆积如山的罐头、快餐食品等放进推车里，在走道上晃来晃去。我绕过排列着酒类的卖场角落，走到咖啡吧去。

吧台边排着一打左右的高脚椅上，看不见她的踪影。我在最旁边的座位坐下，点了冰牛奶和三明治。牛奶冰得令人不知道滋味，三明治是预先做好用保鲜膜包着的现成品，因此面包湿湿的。我缓慢地一口一口咬着三明治，小口小口喝着牛奶。望着贴在墙上的法兰克福观光海报好一会儿以消磨时间。季节是秋天，河边的树叶都变红了，天鹅在河面游泳，穿着黑色大衣戴着鸭舌帽的老人在喂天鹅。有古老石砌的

雄伟桥梁，后面看得见大教堂。仔细看时，桥的两岸入口部分，有利用桥桁建起来的石砌小屋似的东西，上面有几扇小窗。不知道是用来做什么的。天空是蓝的，云是白的。河边长椅上坐着许多人。大家都穿着大衣，很多女性用围巾裹着头。是一张漂亮的照片，但光看着就觉得冷了起来。也许因为法兰克福秋天的风景看起来很冷，我每次看见高高的尖塔也会觉得冷。

因此我把眼光移向另一面墙上贴的香烟广告海报。年轻男人脸上光滑，手指夹着点燃的带滤嘴香烟，以恍惚的眼神看着斜前方。为什么香烟广告模特儿每次都能摆出这种"什么也没看、什么也没想"的眼神呢？

看着香烟海报不像法兰克福那幅那样能够消磨时间，因此我转向后面，环视着空空的店内。在咖啡吧正面，水果罐头像巨大的蚂蚁窝般高高堆积。桃子山、葡萄柚山和橘子山三座山并排。那前面放着试吃用的桌子，但因为才刚天亮，所以还没有试吃服务。没有人在大清早五点四十五分要开始试吃水果罐头。桌子旁边贴着"美国水果展"的海报。游泳池前面有一套白色庭园椅，上面坐着一个女孩子正在吃着水果拼盘。金发蓝眼、双腿修长、晒得很健美的女郎。水果广告照片上总是出现金发女郎。不管看多久，眼睛一离开简直就立刻想不起来长得什么样子的那种美人类型。世上也有这种美存在。和葡萄柚一样，分不出来。

酒类卖场的收银台是独立的，现在却没有收银员。因为正常人是不会在早餐前来买酒的。所以那个区块既没有客人也没有店员，只有酒瓶像刚完成造林的小型针叶树似的安静排列着。可喜的是，这个角落墙上贴满了海报。算起来白兰地、波本威士忌和伏特加各一张，苏格

13. 冷酷异境　法兰克福、门、独立组织

兰威士忌和国产威士忌各三张，日本酒两张及啤酒四张。为什么光是酒的海报就有这么多呢？我真不明白。或许酒这东西在所有饮食品之中，是最具有节庆性质的吧。

不过用来消磨时间是最适合不过了，我从头开始一一巡视这些海报。看完十五张海报之后，我了解了一件事实，那就是所有酒之中威士忌加冰块在视觉上最美。简单说，最上相。在宽底大玻璃杯里放进三块或四块冰块，再注入琥珀色浓郁的威士忌。于是冰块溶出的透明的水在和威士忌的琥珀色混合之前一瞬间滑溜地渗进去。这非常美。仔细一看，威士忌海报的照片几乎都是加冰块拍的。加冰水的话印象太薄弱，而纯的大概又太无趣吧。

另一件令人注意的事是，没有一张海报上搭配有下酒菜。海报上喝酒的人，都不另外吃别的东西。全都只喝酒而已。这大概因为认为如果拍出下酒菜的话，就会失去酒的纯粹性。或者下酒菜会僵化酒的印象，或顾虑看海报的人注意力会被下酒菜抢走。这些多少可以理解。每件事情都有其必须如此的理由。

海报看着看着就六点了。但胖女孩还是没有出现。为什么她会这么晚呢？我不知道。是她叫我尽可能早点出来的。不过这问题想也没用。我已经尽可能早来了。其他就是她自己的问题了。这本来就不关我的事。

我点了热咖啡，不加糖和奶精慢慢喝着。

时钟过了六点之后，客人逐渐增加。有来买早餐面包和牛奶的主妇，有夜游回来找轻便快餐的学生。有来买卫生纸的年轻女人，也有来买三种报纸的上班族。两个背着高尔夫球具的中年男人，买了威士忌的口袋瓶。说是中年也只不过是三十五岁左右，和我差不多的年龄。

仔细想来我也已经是中年了。只是没有背高尔夫球具,没穿小丑装一般的高尔夫球衣,因而多少看来年轻一点而已。

我很高兴跟她约在超市。如果是别的地方,就不可能这么好消磨时间了。我最喜欢超市这种地方。

我在那里等到六点半,之后放弃,便走到外面上了车,开到新宿车站。我把车停进停车场,抱着提袋到临时寄物台去存放。说有易碎物请小心处理,负责的男人就把一张印有鸡尾酒玻璃杯图案的红色卡片贴在袋子把手。我确定他把那蓝色耐克运动提袋小心收进适当的架子上后,拿了收据离开。接着我到书报摊买了信封和二百六十圆的邮票,把收据放进信封里封好,贴上邮票,写上以虚构公司名义申请的秘密邮政信箱号码,用限时速递寄出。这样一来,除非发生意外,否则东西不会被发现。有时候谨慎起见,我会用这种手法。

信封丢进邮筒之后,我把车子开出停车场,回到公寓。想到这样手边就没有失窃会麻烦的东西了,心情好轻松。车子停进公寓停车场,走楼梯回到房间,冲过澡后钻进床上,若无其事地沉沉入睡。

十一点时有人来了。依照事情的发展应该会有人来了,因此我没有特别吃惊。不过那个人没有按门铃,而用身体撞门。而且不光是用身体撞门这么简单,好像是以捣碎大楼用的铁球狠狠撞击,地板都震动了。真过分。要是有这力气,不如去勒住管理员拿到通用钥匙比较省事。对我来说,直接拿通用钥匙公然开门,还可以省得我花钱修理门。何况这样大闹一场,搞不好我会被赶出这公寓也不一定。

那个人在撞门时,我穿上长裤,套上运动衫,把小刀藏在皮带里,到厕所小便。然后为防万一把保险箱打开,按下录音机的紧急按钮,先把

13. 冷酷异境　法兰克福、门、独立组织

里面的录音带洗掉,然后打开冰箱拿出罐装啤酒和土豆色拉当午餐吃。虽然阳台有太平梯,想逃其实可以逃的,但我实在太累了,也懒得逃。何况要是到处逃,我所面临的问题也完全解决不了。我正面临——或被卷入——某种麻烦问题,而靠我一个人的力量是无论如何也解决不了的。对这个问题,我有必要和什么人认真商量。

我接受委托到科学家的地下实验室去处理数据。就在那时得到了一个像是独角兽头骨的东西,把它带回家来。不久就来了一个大概是被记号士收买的瓦斯检查员,想要偷那头骨。第二天早晨,委托者的孙女打电话来,说祖父被黑鬼袭击,要向我求救。我赶到约定的地方去,她却没有出现。我可能持有两样重要物品。一个是头骨,另一个是混洗后的资料。我把那两样东西寄放在新宿车站的寄物处。

不明白的事情一大堆。我希望有人来给我一点提示。要不然在一切不明的状况之下,我可能要抱着头骨永远到处逃跑躲藏。

我喝完啤酒,吃完土豆色拉,正松一口气时,不锈钢门轰然一声爆炸似的向内侧打开,一个从来没见过的彪形大汉走进屋里来。男人穿着鲜艳的夏威夷衬衫、到处沾满油渍的卡其色军用长裤、潜水用的蛙鞋一般大的网球鞋。剃个三分头,鼻子粗短,脖子有一般人的腰那么粗。眼睑像深灰色的金属一样厚,眼白的部分特别显眼,浊浊的,看起来简直像是义眼,但仔细看的话黑眼珠却偶尔会闪动,证明还是真眼睛。身高大概有一百九十五公分吧。肩膀宽阔,那件巨大的夏威夷衫像对折后就披在身上的床单,胸前扣子好像快绷开似的紧紧贴着。

大块头瞄了一眼自己破坏的门,就像我在看拔起的葡萄酒瓶塞一样的眼神,然后转向我。看来他对我这个人并没有抱着多复杂的感情。他把我当作屋里的一个摆设或什么似的看待。如果可能,我也很想变

成屋里的一个摆设。

大块头身体往旁边一挪，后面出现了一个小个子男人的身影。身高不到一百五十公分，瘦瘦的，面貌端正。穿着浅蓝色鳄鱼牌马球衫、米黄色斜纹布长裤、浅茶色皮鞋。大概是在某个高级童装店买来的吧。手上戴的劳力士金表闪闪发光，当然没有所谓的儿童用劳力士表，因此那显得格外大。好像出现在《星际迷航》或什么里的通讯装置一样。年龄大约三十后半或四十出头左右。如果身高能够多个二十公分的话，我想或许足够当个电视荧幕上的英俊小生吧。

大块头鞋子没脱就一路走进厨房，绕到我对面，拉开椅子。小个子跟在后面慢慢走过来，坐在那椅子上。大块头坐在水槽上，两只有如普通人的腿那么粗的手臂紧紧交叉抱在胸前，缺乏光泽的眼睛则盯着我背后比肾脏稍高一些的地方。我刚才还是应该从太平梯逃走才对的。最近，我的判断力失误实在太明显了。或许应该到加油站去，打开引擎盖请人家帮我检查一下比较好。

小个子既没正眼瞧我，也没打个招呼。他从口袋里掏出香烟盒和打火机，排在桌上。香烟是金边臣的，打火机是金色的都彭。看到这些东西，使我想到所谓贸易不均衡大概是外国政府捏造的谣言。他用两根手指夹着打火机灵巧地团团转着。像是到府表演的马戏团，当然我不记得曾有邀请这样的团体。

我在冰箱上找了一下，找到很久以前酒铺送的印有"百威"商标的烟灰缸，我用手指把灰尘擦掉放在男人面前。男人在清脆的声音之后点着香烟，眼睛眯细了把烟吐到空中。他身体之小，小得有些奇怪。脸和手脚都小。简直就像一般人的身体依原样缩小复制出来的体型。正因为这样，金边臣香烟看起来就像新出品的彩色铅笔一样大。

13. 冷酷异境　法兰克福、门、独立组织

小个子一言不发,一直注视着烟头燃烧下去。如果是让·吕克·戈尔达的电影,这时候就会有"他注视着香烟燃烧"的字幕出现,但不知道是幸或不幸,让·吕克·戈尔达的电影已经过时了。烟头足够的量化成灰之后,他啪啪两下用手指把烟灰弹落在桌上。烟灰缸则看也不看一眼。

"关于门的事,"小个子以相当响亮而高调的声音说,"那是有必要破坏才破坏的,虽然要想乖乖用钥匙打开也是可以的,所以希望你别介意。"

"我家里什么也没有,我想你只要搜搜看就知道了。"我说。

"搜?"小个子好像很吃惊似的说,"搜?"他香烟还含在嘴上,用手啪啦啪啦地抠着手掌,"你说搜?搜什么啊?"

"我怎么知道?不过你们不是来找什么东西的吗?把门破坏成那样。"

"我不知道你在说什么。"男人说,"你一定误会了。我们并不是想得到什么。是来跟你谈一谈的。只有这样而已。什么也没有找,什么也不想要。有的话倒是想喝可口可乐。"

我打开冰箱,拿出两罐为了兑威士忌而买的可乐,和玻璃杯一起放在桌上。然后为自己拿一罐惠比寿啤酒。

"他也要喝吧。"我指着后面的大块头说。

小个子指头一勾叫他,大块头便一声不响地过来,拿起桌上的可乐罐。大块头动作倒是令人吃惊地灵活。

"喝完后你就秀一下那个。"小个子对大块头说。然后转向我简短地说:"余兴。"

我回过头看见大块头只一口就把可乐喝干。他喝完后把罐子倒过来表示一滴不剩之后,便夹在那手掌之间,面不改色地把罐子压得扁扁

的。发出咔沙咔沙报纸被风吹似的声音，可口可乐的红色罐子已变成一张金属片。

"这个谁都办得到。"小个子说。也许每个人都办得到，不过我不行。

大块头把那扁扁的金属片用两根手指抓起来，嘴唇只歪了一下下，就把它撕成两片。我虽然看过一次将电话簿撕成两半，却是第一次看见将压扁的可乐罐撕成两半。因为没试过所以不知道，不过一定很难吧。

"百圆硬币都可以折弯喏。办得到的人可不多噢。"小个子说。

我点头同意。

"耳朵也可以揪下来。"

我点头同意。

"他三年前是个职业摔跤选手。"小个子说，"相当优秀的选手噢。如果不是膝盖痛，恐怕已经进入冠军等级了。年轻又有实力，速度比外表看起来还快。但膝盖痛就不行了。摔跤速度不快是不行的。"

男人说到这里看看我的脸。于是我点头同意。

"从此以后我就照顾他。因为他是我的堂弟啊。"

"你们家族好像不太出中间体型的啊？"我说。

"你再说一次试试看。"小个子直盯着我。

"没什么。"我说。

小个子好像犹豫了一下不知道要怎样，终于放弃地把香烟丢在地上，用鞋底踏熄。对这点我决定不抱怨。

"你要放松一点才行噢。把心敞开来，心情放轻松。你不放松的话，我们怎么跟你聊心底话呢？"小个子说，"你还太紧绷。"

13. 冷酷异境　法兰克福、门、独立组织

"我可以去冰箱再拿一罐新的啤酒吗?"

"行啊,当然。这是你的房子你的冰箱你的啤酒不是吗?"

"我的门。"我说。

"门的事忘了吧。你老想着这些才会那么紧绷。那门不是便宜货吗? 薪水那么高,应该搬到门好一点的地方去住才对嘛。"

我放弃门的事,从冰箱拿出罐装啤酒来喝。小个子在玻璃杯里注入可乐,等泡沫散去之后喝了一半。

"让你太混乱也说不过去,所以我说明在先,我们是来帮助你的。"

"把门撞坏?"

我这样一说,小个子脸忽然变得通红,鼻孔坚硬地胀起来。

"我不是叫你别再想门的事吗?"他非常缓慢地说。然后转向大块头重复一样的问题。大块头点头表示是啊。似乎是个没耐性的男人。我不太喜欢跟性急的人打交道。

"我是抱着好意来的。"小个子说,"因为你很混乱,所以我们来告诉你很多事情。如果混乱这个说法不好的话,我们就改用疑惑也可以。对吗?"

"既混乱,又疑惑。"我说,"没有任何信息,没有任何提示,连一扇门都没有。"

小个子抓起桌上的金色打火机,还坐在椅子上就往冰箱门砸过去。发出一声不祥的闷响,我的冰箱门清楚地凹陷。大块头拾起落在地上的打火机放回原位。一切又恢复原来的状态,只留下冰箱门上的伤痕。小个子好像要平复心情似的喝掉剩下的可乐。我跟性急的人打交道时,总是不断想测试对方的耐性。

"那种无聊的门一扇两扇又怎么样呢? 想一想事态的严重性

吧。连这公寓整个炸了都没关系的,别再提门的事了。"

是我的门,我在心中嘀咕。门便宜不便宜不是问题。门是一种象征。

"门是没关系,不过发生这种事说不定我会被赶出这公寓呢。因为这里住的全是安分守己的人,是个安安静静的公寓啊。"我说。

"如果有人对你说什么,或要把你赶出去,就打电话给我。我会出面好好解决那家伙。这样行了吧?不会给你添麻烦。"

虽然我觉得那样就更麻烦了,不过为了不再刺激他,我默默点头继续喝啤酒。

"也许是多余的忠告,不过三十五岁以后,还是不要有喝啤酒的习惯比较好噢。"小个子说,"啤酒这东西是学生或体力劳动者的饮料。喝多了肚子会大,又没有品味。到了一定年纪,还是葡萄酒和白兰地对身体比较好。利尿的东西对身体的代谢机能会造成伤害,还是少喝为妙。你应该喝更高级的酒啊。一瓶两万圆左右的葡萄酒,喝下会觉得身体被洗干净似的噢。"

我点点头再喝啤酒。多管闲事。我为了能尽情喝啤酒,而定期去游泳、慢跑,消除腹部赘肉呢。

"不过我也不好说别人。"小个子说,"谁都有所谓的弱点。我的是香烟和甜食。尤其是甜食简直少不了。这对牙齿不好,也会造成糖尿病。"

我点头同意。

他又拿出一根香烟,用打火机点上。

"我是在巧克力工厂旁长大的。大概因此而喜欢上甜的东西。说是巧克力工厂,却不是像森永或明治那样的大厂牌,而是小而无名的地

13. 冷酷异境　法兰克福、门、独立组织

方工厂,就像糖果店或超市大甩卖时卖的那种粗制滥造的东西。因此总之每天每天都闻着巧克力的气味。很多东西都染上了巧克力的气味。窗帘、枕头、猫之类的一切东西。所以到现在我还是喜欢巧克力。一闻到巧克力的味道就想起小时候。"

他瞄了一眼劳力士表的面盘。我本来想再提门的事,但似乎说来话长就免了。

"那么,"小个子说,"没什么时间了,闲聊就到此为止。有没有轻松一点了?"

"有一点。"我说。

"那么,进入正题吧。"小个子说,"就像刚才说过的,我们来这里是想为你解开一些疑惑。所以如果你有任何疑问,请尽管问。我们能答的都会回答。"

然后小个子面向我做了个"来吧来吧"的手势。"什么都不妨问。"

"首先,我想知道你们是谁?掌握多少情况?"我问。

"很好的问题。"他说,好像要征求同意似的转眼看大块头,等大块头点头后又把眼睛转回我这边,"紧要关头,脑袋就灵光了。我就废话少说了。"

小个子把香烟灰弹落在烟灰缸。

"你可以这样想,我是来这里帮助你的。至于我现在属于什么组织都没有关系。其次我们几乎掌握了事态全盘。关于博士、头骨、混洗数据等事情,我们大概都知道。你不知道的事我们也知道——下一个问题呢?"

"昨天下午,你们收买了瓦斯检查员来偷头骨吗?"

"这刚才说过了。"他说,"我们并不想要什么头骨。我们什么都

不要。"

"那么,那是谁干的?是谁收买瓦斯检查员?难道那是幻觉吗?"

"这个我们不知道。"小个子说,"还有些其他的事我们也不知道。关于博士现在进行的实验,他正在做什么我们已逐步掌握,但不清楚那是朝着什么方向,我们想知道的是那个。"

"我也不知道。"我说,"明明不知道居然还会遇到这么多麻烦。"

"这个我们知道,你完全不知情,只是被利用而已。"

"那么你们来这里什么也得不到啊。"

"我们只是来打个招呼。"小个子说,并用打火机的角喀喀地敲着桌子,"我们认为还是让你知道我们的存在比较好。而且彼此能够把信息和看法事先聚集起来,以后比较方便。"

"可以让我想象一下吗?"

"可以呀。想象像鸟一样自由,像海一样宽广。谁都阻止不了。"

"我想你们既不是'组织'的人,也不是'工厂'的人。作风跟他们都不一样。可能是独立的小组织。而且企图占有新的一席。也许打算让'工厂'那边吸收。"

"你看吧。"小个子向大块头堂弟说,"刚才不是说过吗?他脑袋可灵光了。"

大块头点头。

"住这么便宜的房子,奇怪,头脑居然这么灵光。老婆都跑掉了,奇怪,头脑居然这么灵光。"小个子说。对我来说已经很久没有这么被赞美过了。我脸红起来。

"你的推测大致都对了。"他继续说,"我们想弄到博士开发的新方式,然后在这信息战争中占上风。我们有备而来,资金也够。因此我们

13. 冷酷异境　法兰克福、门、独立组织

想得到你这个人还有博士的研究。这样我们就可以彻底推翻'组织'和'工厂'这两极结构。这是信息战争的好处。非常公平。谁能获得新的优越系统，谁就胜利。而且是决定性的胜利。和实绩或任何事情都没关系。而现在的状况则明显地不自然。完全是独占状态嘛。信息的光明面属于'组织'，阴暗面则被'工厂'独占。没有所谓的竞争。这怎么想都违反自由主义经济的法则。对吗？你不觉得不自然吗？"

"这跟我没关系。"我说，"像我这样的基层只是像蚂蚁一样在工作而已。其他的什么都不想。所以如果你们想要我加入你们的话——"

"你好像不明白的样子。"小个子喷了喷说，"我们并没有要你加入我们这一伙。只说想得到你而已。下一个问题呢？"

"我想知道黑鬼的事。"我说。

"黑鬼是活在地下的东西。他们住在地铁、下水道之类的地方，吃都市的残渣、喝污水过活。几乎不跟人来往，所以很少人知道黑鬼的存在。一般来说他们不会加害人类，但偶尔也会把独自闯入地下的人抓去吃。地铁工程的工作人员有时候会不明去向。"

"政府不知道吗？"

"政府当然知道啊。国家不至于这么傻。他们很清楚——不过也只限于少数高层人士。"

"那么为什么不提醒大家，或驱逐他们呢？"

"首先第一，"男人说，"让国民知道会引起大恐慌，对吗？如果大家知道脚底下有这种莫名其妙的东西在蠢动的话，都不会觉得好过。第二，也没有办法消灭。就是自卫队也不可能钻到地下去把黑鬼全杀光。黑暗是他们的主场。那么做会引起大战哪。"

"此外，还有一点。他们在皇居底下有个不得了的大本营。一旦发

生了什么,就会在半夜里挖地爬上地面来。上面的人也可能被拉进地底下去。要是这么一来,日本就天下大乱了。对吗?所以政府不主动挑衅,不侵扰黑鬼。相反地,如果和他们联手就可以掌握巨大的力量。无论发动武装政变或战争,和黑鬼联手出击绝对不会失败。因为即使发生核战争,那些家伙也能生存下去的。不过目前这个阶段,谁也没有和黑鬼联手。毕竟黑鬼生性多疑,绝对不想和地上的人来往。"

"可是我听说记号士和黑鬼合作了。"我说。

"这种传闻是有的。不过就算有这么回事,那也只是极少部分的黑鬼为了某种理由暂时被记号士拉拢而已,应该没有其他的意思。我无法想象记号士和黑鬼会永久结盟。应该不必在意这个。"

"不过博士已经被黑鬼绑架了吧。"

"这个我也听说了。不过详细情况我们并不清楚。说不定博士为了躲起来而故意演了一出戏也有可能。因为状况错综复杂,所以发生任何事情都不奇怪。"

"博士想做什么呢?"

"博士在做特殊的研究。"说着,小个子从各种角度观看打火机,"他想在计算士组织和记号士组织相抗衡的立场之间,推展独有的研究。记号士想要超越计算士,计算士也想要排除记号士。博士则投入他的研究,想补足这之间的落差,颠覆原有的世界结构。所以他需要你这个人。而且不是以身为一个计算士的能力,是你这个人。"

"我?"我惊讶地说,"为什么需要我呢?我并没有任何特殊的能力,只是个非常平凡的人。无论如何都不可能在颠覆世界的事情上起任何作用哪。"

"我们也在找这个答案。"小个子一面捏转着打火机一面说,"虽然有点眉目，但还没有明确的答案。总之他把焦点集中在你身上进行研究。经过长久的时间，已经完成最后阶段的准备了，在你不知不觉之间。"

"而你们想在那最后一步结束后，得到我和那研究。"

"可以这么说。"小个子说，"不过情势却起了变化。'工厂'已经嗅到了什么开始行动了。因此我们也不得不开始行动起来。真伤脑筋。"

"'组织'知道这件事吗？"

"不，大概还不知道吧。虽然某种程度上确实也在严密监视着博士的周围。"

"博士到底是什么样的人？"

"博士曾经在'组织'里工作过几年。当然，虽说是工作，但不像你这种实务层级，而是在中央研究室。专攻——"

"'组织'？"我说。事情越来越复杂了。虽然身处于话题的核心，我却什么也不知道。

"对，所以博士以前是你的同事。"小个子说，"虽然没有见过面，但在同一个组织里这点算得上是同事。虽然属于同组织，但因为计算士的组织范围太广且复杂，加上极度保密，到底什么事情在什么地方怎么样了，只有极少数的高层人士才知道。换句话说，右手在做什么左手并不知道，右眼和左眼看到的是不同的东西。简单地说，信息过多，谁也处理不完。记号士想办法偷取，计算士想办法守住。但任何一方的势力再大，都没办法掌握这信息的洪水。

"于是，博士有自己的想法，他辞掉计算士组织的工作，埋头做自己的研究。他涉及的领域广泛。大脑生理学、生物学、颅相学、心理学——凡是有关研究人类意识的各领域，他都是顶尖的专家。可以说是这个时代稀有的文艺复兴式天才学者。"

一想到居然对这样的人物说明资料洗码和混洗，就觉得自己很可笑。

"建立现在的计算士这一套计算系统的，要说几乎都是他一个人的功劳也不为过。换句话说，你们就像是工蜂一样，被灌输了他所开创的know-how。"小个子说，"这种说法是不是失礼了？"

"不，不用客气。"我说。

"接着，博士辞职了。博士一辞职，记号士组织自然立刻来挖角。因为脱离组织的计算士大多都变成记号士。但博士拒绝了。他说因为手上有必须独自进行的研究。就这样，博士变成计算士和记号士的共同敌人。对计算士组织来说，他是个知道太多秘密的人。对记号士组织来说，他也是敌方的一员。凡是不属于自己一方的人就等于敌人。博士也明白这点，因此把实验室设在紧贴黑鬼巢穴的地方。你不是去过实验室了吗？"

我点点头。

"实在是个好主意。谁也不会靠近那实验室。因为周围尽是黑鬼出没，计算士组织和计号士组织都赢不了黑鬼。他自己要出入的时候就播放黑鬼讨厌的音波。这样一来就像摩西渡红海一样，黑鬼一下子全消失了。真是完美的防御系统。除了那个女孩之外，你大概是第一个被准许进入的人。换句话说，你的存在如此重要。从各种迹象来看，博士的研究终于来到最后阶段，为了完成它而把你叫过去。"

"噢。"我感叹着。有生以来自己存在的意义从来没有这样重要过。自己是重要的存在，这是多么奇妙的事啊。一下子还真不太习惯。"意思是，"我说，"我为博士处理的实验数据，只是为了叫我去的饵，实

13. 冷酷异境　法兰克福、门、独立组织

质上没有任何意义,博士的目的只是要我去而已。"

"不,倒也不是这样。"小个子说,然后又瞄了手表一眼,"那数据是设计周密的程序。就像定时炸弹一样的东西。时间一到就会轰然爆炸。当然这纯粹是想象的,正确情形我们也不清楚。不直接问博士是不会知道的。嗯,时间越来越少了,我们的对谈也差不多该告一段落了,怎么样? 接下来我还有一点事呢。"

"博士的孙女怎么样了?"

"她怎么了吗?"小个子觉得奇怪地问,"我们什么也不知道噢。总不能样样都盯得太紧哪。你是不是喜欢她啊?"

"没有。"我说。大概没有吧。

小个子的视线定在我的脸上,从椅子上站起来,拿起桌上的打火机和香烟放进长裤口袋。"我想你已经大致了解彼此的立场了。我再补充一点,我们现在有一个计划。也就是说,现在我们正掌握比记号士更详细的状况,在竞赛中领先一步。不过我们组织的力量比'工厂'弱得多。他们如果认真起来,我们很可能会被超越,会被击溃。所以在那之前,对我们来说必须牵制记号士。说到这里你明白吗?"

"明白。"我说。很明白。

"不过以我们的力量却办不到。于是,我们不得不借助别人的力量。要是你的话,会借助于谁的力量?"

"'组织'。"我说。

"看吧,"小个子又对大块头说,"就说他头脑灵光嘛。"然后他又看我的脸,"不过这需要饵。没有饵的话,谁也不会上钩。我们要拿你当饵。"

"我可没什么兴趣。"我说。

"这不是有兴趣没兴趣的问题。"他说,"我们也是在拼命啊。现在轮到我们问一个问题——这屋子里,你最宝贝的东西是什么?"

"什么也没有。"我说,"没有任何重要的东西。全都是便宜货。"

"这我们很清楚。不过总有一样东西希望不要被毁坏的吧?不管怎么便宜,你总是在这里生活啊。"

"毁坏?"我吃惊地问,"你说毁坏,是什么意思?"

"毁坏……就是单纯的毁坏呀。像那扇门一样啊。"说着小个子转身指着铰链已经飞掉的入口大门,"为了破坏的破坏呀。全部要砸烂噢。"

"为什么?"

"三言两语无法说明,而且说不说明,都一样要毁掉。所以,不想毁掉的东西你就事先交代一声吧。我们不会为难你呀。"

"录像机。"我放弃地说,"电视。这两样比较贵,而且刚刚才买的。还有柜子里的威士忌存货。"

"其他呢?"

"皮夹克和新做的三件套西装。夹克是美国空军款的飞行夹克,领子有毛的。"

"还有呢?"

我想了一下其他还有什么重要的东西。什么也没有了。我不是那种会在家里储存重要东西的人。

"只有这些。"我说。

小个子点点头,大块头也点点头。

大块头首先走过去把所有橱柜一一打开。然后从壁橱里扯出锻炼肌肉用的健身弹力棒(bullworker),把它绕到身后,来个背面压。我从

13. 冷酷异境　法兰克福、门、独立组织

来没有见过有人可以在背后将弹力棒压住的，因此印象深刻。

然后他以握住棒球棒的姿势双手握住把手，走到卧室去。我探出身子去看他要做什么。大块头站在电视屏幕前面，把弹力棒举到肩膀的高度，对准电视的显像管猛挥，一阵玻璃粉碎的声音，还有好像上百个闪光灯同时闪爆的声音，我三个月前才买的二十七英寸电视便像西瓜一样被打烂了。

"等一下……"我说着正要站起来，小个子便伸手砰地拍打桌面制止我。

大块头接着拿起录像机，猛力往电视的棱角砸。按键弹飞了好几个，电线短路冒起一股白烟，像获得救赎的魂魄一样飘浮在空中。确定录像机已经破坏殆尽之后，他把那化为废铁的机器丢在地上，然后从口袋抽出刀子。随着一声咔嚓单纯明快的声音，弹出锐利的刀刃。然后他打开衣柜，把我两件加起来将近十万圆的飞行夹克和布克兄弟西装利落地割破。

"怎么可以这样呢？"我对小个子吼道，"你不是说重要的东西不破坏的吗？"

"我没这么说。"小个子若无其事地说，"我问你什么东西重要。我可没说不破坏哟。因为是重要的东西，所以才要破坏呀。这不是一定的吗？"

"要命。"说着我从冰箱拿出啤酒来喝。然后和小个子两个人，眼看着大块头把我整洁雅致的两室一厅公寓彻底破坏的样子。

14.
世界末日
森林

终于秋天消失了。有一天早晨醒过来张开眼,抬头一看天空,秋天已经结束了。清爽的秋云消失了踪影。取而代之的是沉甸甸的厚云,像告知不祥消息的使者,从北岭露出脸来。秋走了之后,接着来的是短暂的空白。既不是秋也不是冬的奇妙空白。对街来说,秋是让人感到惬意的美丽访客,它的停留却太短暂,离去又未免太突然了。包裹着兽身体的金黄色泽缓缓失去光辉,简直像被漂白似的添加白色,告诉大家冬天即将到来。所有生物和所有的现象与事件,都为了防备冻结的季节而缩起脖子,身体僵硬。冬的预感仿佛眼睛看不见的膜一样覆盖了街。连风的声音和草木的窸窣声、夜的沉静和人们的脚步声,都好像含有某种暗示似的变得沉重冷漠,秋天里令人感觉温柔舒适的沙洲水声,也不再抚慰我的心。一切的一切都为了维持自己的存在而将外壳紧紧闭起,开始带上某种完结性。对他们来说,冬季是和其他季节都不同的特殊季节。鸟叫声变得短促尖锐,只有它们的羽翅偶尔拍扑,才能摇晃一下那冷冷的空白。

"今年冬天恐怕会格外冷噢。"老上校说,"看云的形状就可以知道。你过来看看吧。"

老人把我带到窗边,指着覆盖北岭上黑黑厚厚的云。

14. 世界末日　森林

"每到这个时节,那北岭就会飘来预兆,就像斥候般,我们就可以从云的形状预测冬天寒冷的程度。平板云表示温暖的冬。云越厚重就表示冬天越寒冷。最糟糕的是云像展开羽翼的鸟一样。那样的云一出现,就会有天寒地冻的冬天来临。就是那种云。"

我眯细了眼看着北岭的上空。虽然有些模模糊糊的,但也能认出老人所说的云。云从北岭的一端到另一端左右狭长,中央像山一样变得巨大隆起,确实就像老人所说的那样,形状像一只展翼的鸟。一只不祥的灰色巨鸟越过山岭飞来。

"五十或六十年一次的冷冻的严冬。"上校说,"对了,你没有大衣吧?"

"是啊,没有。"我说。我只有不太厚的棉上衣而已,入街时配给的。

老人打开衣柜,从里面抽出一件深藏青色军用大衣来,交到我手上。拿在手上,大衣像石头一样重,粗粗的羊毛扎扎地刺着皮肤。

"虽然有点重,总比没有好。前一阵子我为你弄到手的。希望大小能合适。"

我手穿进大衣袖口试试。肩膀幅度有点宽,没穿惯的话,会被那重量压得路都走不稳,不过还算合身,而且就像老人说的,有比没有好。

我道了谢。

"你还在画地图吗?"老上校问我。

"是啊。"我说,"还有好些地方没画完,可能的话,希望能够完成。好不容易画到这个地步了啊。"

"画地图没什么不好。那是你的自由,反正也没碍着谁。不过我这样说是为你好,冬天来了还是不要远行吧。不要远离有人烟的地方。

尤其像今年这样严寒的冬天，多注意总没错。这片土地虽然不是特别大，但冬天有很多你所不知道的危险。等春天来了再画吧。"

"知道了。"我说，"不过所谓冬天是从什么时候开始的？"

"雪。从下第一片雪开始冬天就来了。而沙洲的积雪融化的时候冬天才结束。"

我们一面看着北岭的云，一面喝着早晨的咖啡。

"还有，这也是一件很重要的事。"老人说，"冬天开始之后，尽可能不要靠近墙。还有森林。冬天里这些东西会开始拥有强大的力量。"

"森林里到底有什么？"

"什么也没有啊。"考虑了一下老人说，"什么也没有。至少对我和你来说，那里没有我们需要的东西。对我们来说森林是不必要的场所。"

"森林里没有人吗？"

老人打开暖炉，清掉里面的灰，放进几根细木柴和煤炭。

"大概从今晚开始就得生起暖炉的火。"他说，"这木柴和煤炭是在森林里采的。还有香菇、茶叶之类的食物也是在森林里采的。从这方面的意义来说森林对我们是必需的。但只有这样而已。除此之外什么也没有。"

"那么这样一来，总有一些挖煤炭、砍薪柴、采菌菇的人生活在森林里面吧？"

"这倒是。住了几个人。他们采集煤炭、薪柴、菌菇供给街里，而我们则给他们谷物和衣服之类的。这种交换每星期一次在特定场所由特定的人进行。除此之外没有别的交往。他们不靠近街，我们不靠近森林。我们和他们是完全不同种类的存在。"

"怎么个不同法呢？"

14. 世界末日　森林

"在所有的意义上。"老人说,"几乎在所有想得到的方面,他们和我们都不同。我劝你不要对他们怀有什么兴趣。他们是危险的,可能会给你什么不良的影响。因为说起来,你是个还没安定下来的人啊。在你还没好好安定在应该安定的地方之前,最好不要靠近不必要的危险比较好。森林就只是森林。在你的地图上只要写上'森林'就行了。明白吗?"

"明白了。"

"还有冬天的墙是再危险不过的。一到了冬天,墙会更严密地把街封紧。确认我们已经实实在在没有差错地被围在里面。在这里发生的事没有一件能够逃过墙的眼睛。所以你不应该和墙拥有任何形式的关联,也不能靠近。我说过很多次了,你是个还没有安定的人。会疑惑,会矛盾,会后悔,会脆弱。冬天对你来说是最危险的季节。"

但在冬天来临之前,我还是必须到森林去探个究竟。约好交地图给影子的时间快到了,而他又命令我去调查森林。只要查完森林,地图就可以完成了。

北岭的云缓慢而切实地扩张那羽翼,伸展到街的上空后,太阳光的金黄色光辉便急速减弱。天空像被覆盖上一层细细的灰一样朦胧地阴暗下来,光则微弱地停滞在那里。而这对于我受伤的眼睛来说,正是最理想的季节。天空不再晴朗,狂野的风也赶不走那沉重的云了。

我沿着河边的路进入森林,为了避免迷路,我决定尽量跟着墙走以调查森林的内部。这样的话也可以在地图上画出围着森林的墙的形状。但这绝不是轻松的探索。途中有沟壑,深深切入的样子简直就是地面完全陷落的痕迹似的,有比我身高还要高得多的巨大野莓丛。有阻挡去路的湿地，到处布满了黏糊糊的大蜘蛛网，缠满我的脸、脖子和手。有时听得见周围草丛里有东西在悄悄蠢动的声音。巨大的枝干覆盖在头上，把森林染成海底一般阴暗的颜色。树根上长满大大小小各式各样五颜六色的菌菇，看起来就像恐怖皮肤病的病兆一样。

但只要一离开墙，稍微踏进森林深处一点，里面的世界便令人感到不可思议的安静与和平。在人迹罕至的自然深处，带来大地的新鲜气息充满了四周，使我的心变得沉静且松弛下来。这地方在我眼里并不像上校警告我的那样危险。这里有树木、花草和小生物所带来无限生命的循环，就连一颗石头和一块泥土都令人感觉到生机。

越远离墙往森林深处前进，这样的印象就越强烈。不祥的影子急速变薄，树形和草叶的色彩变得逐渐安稳，鸟声似乎也逐渐清亮起来。随处出现些开阔的小草地，像是将林木间缝隙缝合起来的溪水，也不再像墙附近森林里的流水令人感觉紧张和阴郁。为什么风景会产生这样大的差异呢？我真不明白。或许墙的力量使森林的空气错乱了，或许只是地形上的问题也不一定。

虽然说越往森林里走心情越舒坦，但我还是不能完全远离墙。森林里面很深，一旦迷路了，连方向都认不出来。既没有路，也没有标志。所以我始终不让墙离开眼角的视线，以这样的离墙距离小心地走进森林。对我来说，森林到底是友方还是敌方并不容易判定，那宁静舒坦的感觉或许只是要把我诱入其中的幻影也不一定。不管怎么说，正如老人所指出的，对这个街来说，我还是个脆弱而不安定的存在。再小心也不过分。

也许因为我还没有真正踏进森林深处的关系吧，我没发现住在森林里的人的任何痕迹。既没有脚印，也没有人手碰过什么东西的形迹。

14. 世界末日　森林

我半是害怕、半是期待着在森林里遇见他们，但试着走了几天也没发生到暗示他们存在的任何事情。我推测或许他们是住在更深的地方吧。或者他们巧妙地避开我了。

在第三天或第四天的探索时，我正好在东墙往南大转弯的那一带，发现墙边有一片小草地。草地像被曲折的墙夹住似的呈扇状，附近紧密相依的树木也只在这个部分不插手而留下一片小空间。唯有这一个小区域很奇怪，居然看不见墙边风景特有的荒凉和紧张感，而散发着像在森林深处看见的安详与宁静。丰美的短草像地毯一般柔软地覆盖地面，上方被切出一片形状奇妙的开阔天空。草地的一端留有几个石头基座，显示过去这里曾经有建筑。走过去看那一个个基座，可以知道那是相当不错、格局标准的建筑。至少不是随便拼拼凑凑建造的小屋。有三个独立的房间，有厨房、浴室和玄关的门厅。我一面踏着那遗迹，一面试着想象那建筑还存在时的样子。但我不明白谁为了什么目的在这森林深处建造房子，又为了什么原因全都拆除了呢。

厨房内侧还留下石井的遗迹，但井里塞满了土，上面长满茂密的野草。也许是将这里拆除的人那时候把井填掉了吧。不知道为什么。

我坐在井边，靠在古老石栏上抬头望着天空。树将天空的一部分围成半圆形。从北岭吹来的风则使枝叶微微摇晃着，发出沙啦沙啦的声音。含着湿气的厚云从那空间缓慢地横切而过。我把上衣领子立起来，守望着云的缓缓流动。

建筑废墟背后耸立着墙。在森林里我第一次这样靠近地看墙。从这样贴近所看见的墙，名副其实感觉好像在呼吸着一样。坐在东边森林洞开的一片原野上，背靠着一口古井，侧耳倾听风的声音，我觉得好像可以相信守门人所说的话。如果这个世界有完全的东西，那就是墙。而且那可能是原本一开始就存在于那里的。就像云在天空流动，雨在大地造成河川一样。

要把墙画进一张地图里实在过于巨大了，那气息实在太强烈，曲线实在太优美了。我为了把那墙的模样描绘进素描簿里而被一股无止境的无力感所袭。墙随着眺望角度的不同，表情便产生令人难以相信的巨大改变，以至于难以准确掌握。

我闭上眼睛，决定小睡片刻。虽然尖锐的风声不停响着，但树和墙则为我阻挡了那冷冷的风。睡前我想起我的影子。该是交给他地图的时候了。当然细部并不准确，森林内部几乎空白，但冬天已迫在眉睫，冬天一来，不管哪一条路都不可能再继续探索下去。我在素描簿里把街的大致形状和每个地方所有东西的位置和形态画出来，并在笔记本上把我所得知的事实记下来。接下来影子应该可以根据这个想出一些什么来吧。

对于守门人是不是肯让影子和我见面，我没有自信，但他曾经答应过我，等白天变短影子力量变弱之后是可以和我见面的。冬天即将到来的现在，应该已经符合那个条件了。

我还是闭着眼睛，试着想想图书馆的那个女孩。但越想她，我心中的失落感越加深。虽然我无法确定那是从什么地方来又是如何产生的，但那确实是纯粹的失落感。我正在失去有关她的什么，我想。而且是在不断失去中。

虽然我每天都和她见面，但那事实并没办法填补我心中空白的扩大。当我在图书馆的一个阅览室里读着古梦时，她确实是在我身边。我们一起吃晚饭，一起喝热饮料，然后我送她回家。我们一面走着一面

14. 世界末日　森林

谈各种事情。她谈关于父亲和两个妹妹的日常生活。

但把她送到家分手之后，我觉得我的失落感好像比和她见面之前更加深了。我没办法处理那难以捉摸的失落感。那口井实在太深、太暗，不管有多少土都填满不了。

我推测那失落感或许和我所丧失的记忆在什么地方是相连接的。我的记忆在向她求取什么，但我自己却无法对那做出回应，所以那差距才会在我心中留下难以弥补的空白。然而那是目前的我无法处理的问题。我自身的存在还太脆弱且不确定。

我把脑子里的各种复杂念头赶走，让意识沉入睡眠中。

从睡眠中醒来时，周围的温度下降之大令我吃惊。我不禁打了个寒战，把上衣紧紧裹在身上。天暗下来了。我从地上站起来，把沾在大衣上的草拍掉，最初的第一片雪打在我的脸颊上。抬头看天，云比以前垂得更低，更增添那不祥的阴暗。可以看见有几片形状模糊的大雪片从天上随着风缓缓飘落地上。冬天来了。

离开那里之前，我又再望了一次墙的模样。在飘雪的阴暗沉滞天空下，更加凸显墙那完美的态势。当我抬头望墙时，感觉到好像它们在俯视着我似的。它们像刚刚睡醒的原始生物一般叉开双腿站在我面前。

你为什么在这里？它们仿佛这样问我。你在找什么？

但我回答不了那问题。冷空气中的短暂睡眠把我身体里面所有的温热都夺走了，一种形态模糊的奇怪混合物正在注入我脑里。那简直就像是别人的身体、别人的脑袋一样的感觉。一切都变得沉重，而且模糊。

我尽可能眼睛不朝向墙，快速穿过森林走向东门。路很长，而且阴暗一刻比一刻加深。身体失去了微妙的平衡感。因此我在途中好几次不得不站定下来，喘气，调集继续走下去的力气，把分散掉的迟钝神经整理集中。觉得黄昏的黑暗中好像混杂着什么东西沉重地压在我身上。在森林里仿佛听见号角的声音，但不管怎么样，那只从我的意识穿过几乎不留任何痕迹。

好不容易走出森林来到河边时，地表已经被深深的黑暗所包围。没有星星也没有月亮，只有带着雪的风和冷冷的水声支配着周遭，背后耸立着被风摇晃着的黑暗森林。接下来到底花了多少时间才跋涉到图书馆的，我已经想不起来。我所记得的只是沿着河边的道路一直无止境地继续走着。黑暗中柳枝摇曳，头上风在呻吟，路怎么走都走不完。

她让我坐在暖炉前，把手放在我额头上。那手极端地冷，因此我的头好像插进了冰柱一样疼痛。我出于反射想把那手挥开，但我的手抬不起来，勉强想抬起来时就恶心想吐。

"你在发高烧啊。"她说，"到底上哪儿去做了什么了？"

我想回答她些什么，但所有的话语都从我的意识消失了。甚至无法正确理解她的话语。

她不知道从什么地方找了几条毛毯来，把我包了好几层，让我躺在暖炉前。她让我躺下时头发碰到我的脸颊。我不要失去她，我想，但那念头是从我自己的意识中发出的呢，还是从古老记忆的片段中浮上来的呢，我无法判断。失去的东西实在太多了，我实在太疲倦了。在那样的无力感中，我感觉到自己的意识正一点一点地丧失。一种宛如意识

14. 世界末日　森林

径自要上升而去,肉体却全力阻拦的奇妙分裂感向我袭来。我不知道该投向哪一方才好。

在那段时间里她一直握着我的手。

"睡吧。"我听得见她这样说。感觉上就像是从遥远的黑暗深处花了漫长时间才终于来到的言语。

15.
冷酷异境
威士忌、拷问、屠格涅夫

大块头在水槽里把我所储存的威士忌一瓶不剩地——连一瓶也不剩地——敲破了。我和附近的酒铺老板熟了之后，就请他每次有进口威士忌大减价时帮我送一些来，现在已经有相当的库存量了。

他首先敲碎两瓶威凤凰，其次移到顺风，解决三瓶哈珀，敲碎两瓶杰克丹尼，埋葬了四玫瑰，粉碎了翰格，最后把半打芝华士全部一起抹杀。声音固然惊人，气味则更不用提。因为他把我准备喝半年的威士忌一次全敲碎了，所以那不是普通的气味。整个屋子里全弥漫着威士忌的气味。

"光待在这里就会醉啊。"小个子似乎颇佩服地说。

我只好坐在桌边托着腮，望着堆在水槽里的瓶子碎片。俗话说扶摇直上之后必是一落千丈，有形之物终将消弭于无形。在瓶子的碎裂声中，夹杂着大块头男人刺耳的口哨声。与其说是口哨声，不如说听起来更像拽下一段洁牙用的牙线，在空气裂开的锯齿状隙缝间来回拉划搓擦的噪音。我不知道这支曲子的名称——其实，它连旋律都称不上。那顶多是牙线在空气隙缝的上方拉扯、在空气隙缝的中间划搓、在空气隙缝的下方摩擦罢了，听得我几乎精神崩溃。我扭了扭脖子，灌下一口啤酒，胃囊旋即发硬，硬得像跑外务的银行职员拎的那种皮壳公文包。

15. 冷酷异境　威士忌、拷问、屠格涅夫

大块头继续无意义的破坏。当然对他们来说或许具有某种意义，但对我来说则没有任何意义。大块头把床翻过来，床垫用刀子割破，衣柜里的东西全部扯出来，书桌抽屉全部倒空在地上，冷气机的面板扯掉，垃圾筒翻倒，壁橱的内容全部扫出来，并根据需要把各种东西敲坏。作业迅速，手法利落熟练。

卧室和客厅化为废墟之后，大块头转到厨房。我和小个子移到客厅，把靠背已经破破烂烂被翻倒过来的沙发搬回原位，坐在上面，看着大块头破坏厨房的样子。沙发表面几乎没有受伤实在是不幸中的大幸。坐起来非常舒服的上等优质沙发，我是向认识的摄影师便宜买来的。那个摄影师是广告摄影方面技术高超的专家，但精神状况出了问题，隐居到长野县的深山里去，因此把工作室的沙发便宜让给我。我对他的精神状况衷心感到惋惜，但能够得到那沙发还是觉得很幸运。总之这样一来，至少我不必重新买沙发。

我坐在沙发右端双手捧着罐装啤酒，小个子在左端跷起腿靠在扶手上。发出这么大的声音，住在公寓里的人居然没有一个过来打探。住在这一层楼的大多是单身，除非有什么例外，否则平常白天几乎都没人在。他们或许知道这样的情况，所以毫无顾忌地尽情发出巨大声响吧？可能是这样。他们都心知肚明。他们看来很粗暴，其实从头到尾每个细节都是精准执行的。

小个子有时看看劳力士表，检点着作业的进展情形，大块头并不做多余白费的动作，屋子里的东西一样一样不遗漏地破坏下去。如果像这样搜寻东西的话，大概连一根铅笔也藏不了吧。但他们——正如小个子一开始宣称的那样——什么也没搜。他们只是破坏而已。

为什么呢？

大概想让第三者以为他们在搜什么吧？

第三者是谁？

我停止思考，喝完啤酒的最后一口，把空罐放在矮几上。大块头把餐具柜打开，玻璃杯扫落地上，然后解决盘子。咖啡壶、茶壶、盐罐、砂糖罐、面粉罐全部打破。米散落一地。冰箱冷冻库里的冷冻食品也遭遇相同的命运。一打左右的冷冻虾、牛排肉块、冰淇淋、最高级的牛油、三十公分长的鲑鱼和事先做好的西红柿酱，都有如陨石群落在柏油路上般稀里哗啦地全扫落在油毡地板上。

接着大块头用双手举起冰箱，转到前面，把门的那面朝下推倒在地。冷却器附近的配线大概断了，爆出细细的火花。我不知道该怎么向来修理的电器行解释故障原因，真头痛。

破坏就像开始时一样，突然结束。没有"但是""如果""然而""虽然"，一瞬间破坏完全停止，沉默在周围蔓延。口哨也停止了，大块头站在厨房和客厅中间的门槛上，以呆呆的眼神望着我。我的房间化为废料到底花了多少时间，我不知道。十五或三十分钟左右。比十五分钟长，比三十分钟短。但从小个子看劳力士表面盘时满足的表情，我想那可能很接近破坏一间两室一厅公寓所需要的标准时间吧。从跑马拉松全程的时间到使用一次卫生纸的时间，世上真是充满了各式各样的标准值。

"整理可能很花时间噢。"小个子说。

"是啊。"我说，"也很花钱。"

"钱在这时候不是大问题。这是战争。计算金钱就打不赢战争。"

"不是我的战争。"

"不是谁的战争的问题，也不是谁的金钱的问题。战争就是这么回

15. 冷酷异境　威士忌、拷问、屠格涅夫

事。看开一点吧。"

小个子从口袋拿出雪白的手帕捂着嘴，咳嗽两三次。然后检视了一会儿手帕再收回原来的口袋里。这也许是我的偏见吧，我不太信任带手帕的男人。我有很多这一类的偏见。所以不太受欢迎。不受欢迎就增加更多偏见。

"我们回去以后不久，'组织'的人就会来。然后你就告诉他们我们的事。说我们袭击你的房子想要找什么。而且被问到'头骨在哪里'。但关于头骨的事你什么也不知道。懂了吗？不知道的事无法奉告，没有的东西拿不出来。就算是被拷问也是这样。所以我们就像来的时候一样空手回去了。"

"拷问？"我说。

"你不会被怀疑的。他们不知道你去过博士那里。知道这件事的，目前只有我们而已。因此不会危害到你。因为你是成绩优良的计算士，他们一定会相信你说的话。所以会认为我们是'工厂'的人。然后开始行动。他们都已经计划好了。"

"拷问？"我说，"你说拷问，是什么样的拷问？"

"等一等会好好告诉你。"

"如果我把真相全盘向总部的人说出来呢？"我试着问。

"如果那么做，你就会被他们消灭掉。"小个子说，"这不是谎话也不是威胁。是真的。你瞒着'组织'到博士那里去，做了被禁止的混洗。光是这个就已经不得了了，何况博士还拿你来做实验。这可就麻烦大了。你目前的处境远比你自己想象的更危险。你听清楚噢，坦白说，你现在就像单脚站在桥的栏杆上一样。要掉到哪一边你最好仔细想清楚。受伤了再后悔就太迟了。"

我们从沙发的一端和另一端注视着彼此的脸。

"我想问一件事。"我说,"我帮助你们向'组织'说谎的好处到底在哪里?因为在现实问题上我是属于计算士的'组织',比较起来我对你们一无所知。为什么我非要跟自己人说谎,跟外人联合不可呢?"

"很简单哪。"小个子说,"我们几乎掌握了你所处的全部状况,还放你一条生路。你的组织对你所处的状况还几乎完全不知道。如果知道了,可能会消灭你。我们的赔率高得多。简单吧?"

"但'组织'迟早会知道状况啊。虽然不知道那是什么样的状况,但'组织'非常巨大,而且不是傻瓜。"

"大概吧。"他说,"但那还要花一点时间,顺利的话,或许在那时间内我们和你都已经把各自的问题解决了。所谓选择就是这么回事。例如会选可能性多百分之一的那一边。就像下西洋棋一样。将被将军时就逃。四处逃着的时候说不定对方会有什么失误出现。不管多强的对手,都不保证不会犯错。那么——"

说着他看了一下手表,然后向大块头啪一声打了个弹指。小个子一弹响指,大块头就像通了电的机器人一样突然抬起下巴,迅速走到沙发前面来。像一座屏风似的两腿叉开站在我面前。不,与其说是叉腿站着,不如说像露天汽车电影院的大银幕比较接近。前面变得什么也看不见。天花板的灯光完全被他的身体遮住,色调暗淡的影子把我包围住。我忽然想起小学时候,在校园里观察日蚀的事。大家用蜡烛把玻璃板熏黑,用那代替滤光镜看太阳。这早已经是四分之一世纪以前的事了。好像是这四分之一世纪的岁月把我运到这奇怪的场所来似的。

"那么——"他又重复一次,"接下来要让你稍微不太好过。我想

15. 冷酷异境　威士忌、拷问、屠格涅夫

要说是稍微也好——要说是相当不愉快也不妨。只好请你想成这也是为你自己好而忍耐了。我们并不是想做才做的。是没办法。把长裤脱掉吧。"

我只好把长裤脱掉。跟他作对也没用。

"跪在地上。"

我依照他说的从沙发上站起来，跪在地毯上。只穿运动衫和内裤，膝盖着地，那不知有多么奇怪。但还没有时间深入思考，大块头就已经绕到我背后，两手伸到我胁下，在腰间抓住手腕。他的动作干净利落。虽然没什么被强力控制的感觉，但我试着动一下身体时，肩膀和手腕就像撕裂似的疼痛。然后他用自己的脚把我的脚踝紧紧固定住。于是我便像被摆在射击游戏摊架子上的玩具鸭一样动弹不得。

小个子走到厨房，拿起大块头放在桌上的弹簧刀走回来。然后弹出七公分长的刀刃，从口袋掏出打火机把刃尖仔细烤过。刀子本身是便携式，印象并不凶暴，但一眼就能看出那不像附近杂货店卖的便宜货。要割裂人类的身体只要这种大小的刀就足够了。人体和熊不一样，是像桃子一样柔软的，因此只要坚固的七公分刃，大多数目的都可以达成。

刃尖烤过消毒之后，小个子男人暂时安静地等温度消退。然后他用左手抓住我白色内裤腹部的松紧带，往下拉到露出一半阴茎的地方。

"会有点痛，忍耐一下噢。"他说。

我感到像网球一般大的一团空气，从胃部往喉咙正中央一带上升涌起。发觉鼻头冒出汗来。我在害怕。害怕自己的阴茎恐怕要受伤了。阴茎要是受伤就永远不能勃起了。

但小个子并没有伤害我的阴茎。他在我肚脐下方五公分左右的部

分,横向切下大约六公分。还留有热度的小刀锐利刃尖,轻轻吃进我的下腹部,就像用尺画线一样地往右走。我一瞬间想缩回腹部,但被大块头从背后扣住,丝毫动弹不得。而且小个子还用左手紧紧握住我的阴茎。我感觉好像冷汗正从全身的毛孔冒出来似的。隔了一瞬间之后,忽然一阵钝重的疼痛涌上来。小个子用卫生纸把沾在刃上的血擦掉然后收起刀刃,大块头才放掉我的身体。眼看着血把我白色内裤逐渐染成红色。大块头从浴室帮我拿来干净的毛巾,我用那压住伤口。

"缝个七针就好。"小个子说,"当然是会留下一点伤痕,不过在那地方人家应该看不见吧。虽然觉得有点难过,不过这也是难免的事情,只有请你忍耐了。"

我把毛巾拿开,看看被割的伤口。虽然伤口并不怎么深,但还是可以看见带血的淡粉红色的肉。

"我们离开之后,'组织'的人会来,你就让他们看伤口。说我们还威胁你如果不说出头骨在什么地方就要割更下面的地方。不过你真的不知道在哪里,所以没办法说。我们才放弃回去了。这就是拷问。我们要是认真起来会做得更厉害,不过现在这个程度就够了。下次有机会再让你见识更厉害的啊。"

我用毛巾压着下腹部,默默点头。虽然说不上什么原因,但觉得似乎照他们说的做比较好。

"不过那个可怜的瓦斯公司职员真的是你们雇的吧?"我试着问,"然后故意失败,好让我有戒心,把头骨和数据藏到别的地方去?"

"头脑真好啊。"小个子说着看着大块头的脸,"脑袋就是要这样用的,这就可以生存下去了。要是顺利的话。"

然后二人组便离开了房子。他们没有必要开门,也没有必要关门。

15. 冷酷异境　威士忌、拷问、屠格涅夫

大门铰链都已经飞了，门框变形的不锈钢门如今正对全世界敞开。

我把被血玷污的内裤脱掉丢进垃圾桶，用浸湿的柔软纱布把伤口周围的血擦掉。身体前后弯曲时伤口便撕裂似的阵阵疼痛。运动衫下摆也沾上了血只好丢掉。然后我从散落一地的衣服里，选了颜色即使沾上血也不太醒目的T恤和小版型的内裤穿上。光是这样就费了好大的劲。

然后我走进厨房喝了两杯水，一面想事情一面等"组织"的人来。

三个总部的家伙来了是在三十分钟后。一个是固定来我这里拿数据回去的联络员，是个傲慢的年轻小伙子。他和平常一样穿着深色西装、白衬衫，打着像银行贷款员一样的领带。另外两个人穿着网球鞋，像货运公司作业员一样的装扮。虽说如此，但他们看起来根本不像银行职员或运货员。只是装成那种不起眼的样子而已。眼睛不断注意周围，全身肌肉紧绷得可以应付任何事态。

他们自然没有敲门，穿着鞋就进到我屋里来。在作业员模样的两人检查屋里每一个角落时，联络员则听取我的事件描述，从上衣内部口袋抽出黑色笔记本，用自动铅笔记下事情要点。我说有两个人来，到处搜头骨，并把腹部的伤口让他看。对方看了一下伤口，对那并没有陈述任何感想。

"你说的头骨，到底是什么？"他问。

"不知道。"我说，"我还想问呢。"

"你真的不记得吗？"年轻联络员以没有抑扬顿挫的声音说，"这是非常重要的事，所以请你好好回想一下。以后是不能纠正的噢。记号士没有根据是不会采取无谓行动的。如果他们来你这里到处搜头骨的

话,那是因为有根据显示在你屋子里有头骨。无风不起浪。而且那头骨拥有值得一搜的价值。无法想象你和那头骨没有任何关系呀。"

"你头脑那么好的话,可以告诉我那头骨有什么意义吗?"我说。

联络员用自动铅笔笔尖喀喀地敲了一会儿笔记本的角落。

"我们会查清楚。"他说,"彻底地查。我们只要认真起来,大多事情都会弄清楚。而且如果知道你隐瞒了什么,那麻烦可大了。这也没关系吗?"

没关系,我说。会发生什么已经管不了了。未来的事情谁也无法预测。

"我们隐约感觉出记号士有什么企图。他们已经开始行动了。但还不清楚他们具体的目标是什么。也不晓得那和你有什么关系,头骨又意味着什么。但只要线索越多,我们就越接近事态的核心。这个错不了。"

"那我该怎么办呢?"

"要小心哪。保持警觉和休养。工作暂时取消。有什么事情的话,请立刻跟我们联络。电话可以用吗?"

我拿起听筒。电话还好好的。那两个人大概故意留下电话吧。不知道为什么。

"可以用。"我说。

"记住,"他说,"不管多小的事情都请立刻跟我联络。不要想自己解决。也不要想隐瞒什么。他们是认真的。下次不会像这次在肚子上抓抓痒就放过你的。"

"抓痒?"我不禁脱口而出。

作业员模样在屋子里检查的两个人完成工作回到厨房来。

15. 冷酷异境　威士忌、拷问、屠格涅夫

"彻底搜过的样子。"年纪大的说,"什么也没遗漏,手法很老练。是专业的干的。一定是记号士没错。"

联络员点头后,两个人便走出屋子,只留下我和联络员。

"为什么找头骨要把我的衣服也割破呢?"我试着问,"那种地方藏不了头骨啊。不管是什么头骨。"

"他们是专家。专家会想到各种可能性。也许你把头骨寄放在寄物柜,把那钥匙藏在什么地方。钥匙的话什么地方都可以藏啊。"

"原来如此。"我说。有道理。

"不过记号士有没有向你提出什么条件?"

"条件?"

"也就是拉拢你加入'工厂'的条件呀。金钱或地位之类的。或相反的威胁。"

"这些倒是什么也没提。"我说,"只是割肚皮逼问头骨的事而已。"

"这样吧,你好好听着。"联络员说,"如果他们提出这一类事情诱惑你,你都不能接受噢。如果你变节背叛的话,我们就是追到天涯海角也会把你干掉。这可不是说假的噢。说到做到。我们有国家支持,没有办不到的事。"

"我会小心。"我说。

他们回去之后,我重新整理一次事情的发展经过。但不管多么有要领地整理,我都得不到答案。问题核心在于博士到底要做什么,不明白这个的话什么都无法推理。而且那个老人脑子里到底转着什么念头,我心里完全没有概念。

只有一件事是可以确定的,那就是我因为情势所逼已经背叛了

"组织"。如果这被知道的话——迟早会被知道——就会像那傲慢的联络员预言的一样,我一定会被逼进非常麻烦的处境。就算是因为被威胁不得不说谎,就算他们认为情有可原,也还是不会原谅我吧。

想到这些,伤口又开始痛起来,因此我从电话簿里查出附近计程车公司的号码叫了计程车来,决定去医院治疗。我在伤口上盖一块毛巾,再穿上一条宽松的长裤,穿上鞋子。为了穿鞋子弯腰向前时,痛到身体好像要从正中央断成两半似的。肚子只被割了两或三毫米深而已,人类就会变得这样凄惨。既不能正常穿鞋,也不能上下楼梯。

我搭电梯下楼,坐在大门口花台边等计程车来。手表指着下午一点半。距离二人组撞破门还不到两个半小时。真是漫长的两个半小时。感觉上好像已经过了十个钟头似的。

提着购物篮的主妇接二连三从我面前通过。从超市纸袋口露出葱和萝卜。我有点羡慕她们。冰箱没有被敲坏,肚子没有被割伤。只要想想葱和萝卜的烧法和孩子的成绩,世界就可以和平地运作。没有必要抱着独角兽的头骨让头脑被莫名其妙的暗码或复杂的处理程序所烦扰。这就是日常生活。

我想到应该正在厨房地板上,现在应该正在继续解冻的虾子和牛肉、牛油和西红柿酱汁。今天之内大概必须吃掉。然而我却毫无食欲。

邮差骑着一辆红色本田小狼过来,利落地把邮件分别投进排在大门旁的信箱里。看上去有邮件塞得满满的信箱,也有完全没有邮件的信箱。我的信箱他碰都没碰。看也不看一眼。

在信箱旁边有印度橡胶树盆栽,花盆里丢有棒冰棍和烟蒂。印度橡胶树看来也和我一样疲倦的样子。大家都走过来随便丢烟蒂,破坏叶子。这地方什么时候出现印度橡胶树盆栽,我根本想不起来。从那

15. 冷酷异境　威士忌、拷问、屠格涅夫

肮脏的情况看来，盆栽已经在那里很久了。我每天从那前面经过，却一直等到肚子被刀割伤落得在大门口等计程车，才留意到橡胶树的存在。

医师看过我肚子的伤口之后，问我为什么会受伤。

"因为女人的关系，起了一点纠纷。"我说。也只能这样说明。谁都看得出这显然是刀伤。

"这样的话，我们有义务报警噢。"医师说。

"报警不太好。"我说，"我也有错，而且幸亏伤得不深，我想还是私下解决好了。拜托。"

医师嘀嘀咕咕地抱怨一番，最后还是答应了。让我躺在床上，帮我消毒伤口，打了几针，拿了针和线来，手法利落地缝合伤口。缝合之后，护士一面以怀疑的眼光偷瞄我一眼，一面在患部贴上厚厚一层纱布，用橡皮带似的东西把我腰部固定一圈。连自己都觉得这样子看起来好奇怪。

"尽量不要做激烈运动。"医师说，"喝酒、性交，或笑得太厉害都不行。暂时念念书悠闲过日子吧。明天再来。"

我道过谢在窗口付了钱，领了消炎止脓药回到公寓。然后依照医师指示，躺在床上看屠格涅夫的《罗亭》。本来是想看《春潮》的，但要在废墟一般的屋子里找出一本书实在是难如登天，而且想想《春潮》比起《罗亭》也不见得是更优秀的小说。

腹部缠着绷带，从黄昏开始就躺在床上读屠格涅夫的古老小说，觉得任何事情好像都无所谓了。这三天里所发生的事情，没有一件是我自己找的，每一件都是从对方过来的，我只是被卷进去了而已。

我走到厨房，在威士忌酒瓶碎片堆积如山的水槽里小心地试着翻

动。几乎所有酒瓶都已经被敲得粉碎，变成四处散落的玻璃碎片了，只有一瓶芝华士还幸运地留下无伤的下半瓶，瓶底还留有一玻璃杯左右的威士忌。我把它倒进玻璃杯，透过电灯光线照照看，并没有玻璃碎片。我拿着玻璃杯回到床上，一面喝着温温的纯威士忌，一面继续看书。我上一次看《罗亭》是在大学时代，已经是十五年前的事了。隔了十五年，肚子缠着绷带读起这本书来，我发现比以前对主角罗亭好像更能够怀着善意的心情了。人是无法自己纠正缺点的。人的性向大体上在二十五岁以前就已定了，往后不管再怎么努力都无法改变本质。问题变成要看外面的世界对这性向是如何反应。威士忌的醉意也帮了忙，我同情起罗亭。虽然我几乎不会同情出现在陀思妥耶夫斯基小说里的人物，但对屠格涅夫的人物却立刻就能产生恻隐之心。对《87分局》系列里出场的人物也会同情。大概因为我自己的人性里有各种缺点吧。缺点多的人对同样缺点多的人比较容易同情。陀思妥耶夫斯基小说的出场人物所拥有的缺点往往不让人觉得是缺点，因此我对他们的缺点无法投注百分之百的同情。而托尔斯泰的情形则是那缺点有规模过大而一成不变的倾向。

　　读完《罗亭》之后，我把那文库本丢到书架上，又再到水槽里去寻找威士忌的残骸。我发现靠底下的地方，还留下很少一点点黑标的杰克丹尼，便倒进玻璃杯，回到床上，这次拿起司汤达的《红与黑》。总之我好像比较喜欢跟不上时代的小说。现在这个时代到底有多少年轻人读《红与黑》呢？不管怎么说，我一面看着《红与黑》，一面又同情起于连·索雷尔来了。于连·索雷尔的情况，在于缺点似乎在十五岁以前就决定了，这事实也引起我的同情。在十五岁的时候人生的一切要素都被固定了，这即使是从外人眼里看来也觉得非常可怜。那就像把自

15. 冷酷异境　威士忌、拷问、屠格涅夫

己关在一个坚固的牢狱里一样。封闭在被墙所包围的世界里，继续走向幻灭。

有什么打动了我的心。

是墙。

那个世界是被墙围起来的。

我把书合起来，一面把所剩无几的杰克丹尼送进喉咙深处，一面想着被高墙围起来的世界。那墙和门的样子相当简单地就浮现出来。非常高的墙，非常大的门。还有静悄悄的。而且我自己就在里面。不过我的意识非常模糊，无法看清楚周围的风景。虽然可以清楚知道整个街的细部，但只有我周围却极模糊不清。而那薄纱的另一头有人正在呼唤着我。

那简直就像电影里的画面一样，因此我试着回想过去看过的历史电影中有没有那样的场景。但《万世英雄》《宾虚》《十诫》《圣袍千秋》《斯巴达克斯》都没有那种画面。那么这大概是我胡乱捏造出来的吧。

那墙一定是在暗示我被限定的人生，我想。那静悄悄的则是消音的后遗症。周遭的风景模糊朦胧是因为我的想象力面临毁灭的危机。正在呼唤我的大概是那穿粉红色套装的女孩。

片刻之间的妄想和简易的分析之后，我又翻开书。但我的意识再也无法集中在书上了。我的人生是虚无的，我想。是零。什么也没有。过去我做了什么？什么也没做。我带给谁幸福了？没有带给谁幸福。拥有什么吗？什么也没有。既没有家庭，也没有朋友，连一扇门都没有。也没有勃起。连工作都可能要丢了。

作为我人生最终目标的大提琴和希腊语的和平世界也正面临危机。现在如果工作丢了，就不再有经济上的余裕，而且会被"组织"追

到天涯海角,不再有闲工夫去背希腊语的不规则动词了。

我闭上眼,叹了一口像印加的井般深的叹息。然后再回到《红与黑》。失去的东西既然已经失去,想东想西也不会再回来。

一回过神发现天已经完全黑了,屠格涅夫-司汤达式的黑暗低垂在我周遭。腹部伤口的疼痛大概因为一直安静躺着,变得比较不痛了。像远方在敲大鼓一样隐隐钝重的疼痛偶尔从伤口往侧腹部的方向跑,只要忍得住那一阵子,后面就可以忽略伤口。手表指着七点二十分,依然没有食欲。清晨五点半配牛奶吞进那粗糙的三明治,然后在厨房吃了土豆色拉之后,就什么也没吃,但光想起食物,胃就变得僵硬起来。我疲倦而睡眠不足,加上连肚子都被割破,一屋子就像被小矮人的工兵队爆破似的一团混乱。没有余地让食欲进来。

我几年前曾经看过世界被废弃物埋成废墟的近未来科幻小说,屋里的光景简直就是那个样子。各种不必要的废物散落一地。割破的三件套西装、毁坏的录像机、电视、破花瓶、断了头的台灯、踩破的唱片、融化的西红柿酱汁、扯断的喇叭线……散得到处都是的衬衫、内衣,大多都被鞋印践踏过,有的沾上墨水,有的沾上葡萄汁,几乎不能穿了。我三天前剩的半盘葡萄原来就那样放在床头柜上,结果滚落地上被踏得稀烂。珍藏的康拉德和哈代的小说被花瓶污水溅得湿透了。剑兰的切花像献给战死者的悼念花束一样散落在米黄色开司米毛衣的胸上。毛衣袖口沾上一个高尔夫球那样大的百利金西德制皇家蓝墨水印。

一切都化为废物了。

无处可去的垃圾山。微生物死后变成石油,大树倒下变煤炭。但在这里的一切都是无处可去的纯粹废物。坏掉的录像机到底能去什么地方?

15. 冷酷异境　威士忌、拷问、屠格涅夫

我再一次走进厨房,试着翻找水槽里威士忌酒瓶的破片。遗憾的是威士忌已经一滴也不剩了。剩下的威士忌并没有流进我的胃里,而是顺着排水管下降到地下的虚无里,像希腊神话中的奥菲斯一样下降到黑鬼所统治的世界去了。

在水槽里搜寻摸索的时候,右手中指尖被碎玻璃割破了。我一时看着血从手指上淌出,滴滴答答落在威士忌酒标签上的样子。一旦受过大伤,小伤就变得一点都无所谓了。从手指尖滴出血来,人是死不了的。

一直到四玫瑰的标签染红为止,我任由血继续流,但等了很久血还流个不停,我只好用卫生纸擦擦伤口,用邦迪把手指尖裹起来。

厨房地板上罐装啤酒像炮击战后的炮弹筒一样滚了七八罐。拾起来一看,罐子表面已经一点也不冰了,但不冰的啤酒还是比没有好。于是我用双手把啤酒罐一一捡起来抱着回到床边,一面继续看《红与黑》,一面小口小口啜着啤酒。对我来说,希望借着酒精把这三天以来身体所积压的紧张解开来,然后好好睡一觉。不管明天会有多少麻烦——一定不会错——我希望能在地球像迈克尔·杰克逊转一圈的时间里沉沉昏睡。新的麻烦以新的绝望来迎接就行了。

接近九点时睡魔来袭。在像月球背面一样荒芜的小小房间里,睡意竟然也会来临。我把看了四分之三的《红与黑》丢在地上,把逃过屠杀的读书灯熄掉,侧过身弓着背入睡。我是荒芜房间里的胎儿。在适当的时刻到来之前,谁也不能妨碍我睡觉。我是披着麻烦外衣的绝望王子。直到大众高尔夫汽车那么大的蟾蜍跑来吻我之前,我都要继续昏睡。

但是事与愿违,睡眠只持续了两小时。夜里十一点,穿粉红色套装

的女孩来了,摇着我的肩膀。我的睡眠好像廉价大甩卖似的。大家都轮流跑来,好像在测试中古车轮胎的状况一样踢着我的睡眠。他们应该没有这权利的。我虽然老旧了却不是中古车啊。

"不要烦我。"我说。

"喂!拜托,起来呀。拜托。"女孩说。

"不要烦我。"我反复地说。

"现在不是睡觉的时候啊。"她说,用拳头敲打着我的侧腹部。像打开地狱门似的剧烈疼痛贯穿我全身。

"拜托。"她说,"这样下去世界就要终结了。"

16.
世界末日
冬天来临

醒过来时,我躺在床上。床上有熟悉的气味。那是我的床。房间是我的房间。但一切的一切都好像和以前有一点不同。看起来简直像配合着我的记忆重现的风景。天花板的渍痕、泥灰斑驳的墙壁伤痕,一切的一切。

看得见窗外下着雨。像冰一样清楚的冬雨正降落地面。也听得见雨打屋顶的声音。但无法正确掌握那距离感。感觉屋顶好像就在耳边,又好像在一公里外似的。

窗边看得见上校的身影。那位老人坐在搬到窗边的椅子上,像平常一样背脊挺得笔直,一动也不动地望着外面的雨。我无法理解老人为什么如此专注地看雨。雨只是雨。雨只是打着屋顶、濡湿大地、注入河川而已的东西。

我想举起手来摸摸自己的脸,但举不起来。一切都非常沉重。想要出声告诉老人这件事,连声音都出不来。肺里面的空气团块推不上来。身体每个角落的机能好像都彻底丧失了。只能够张开眼睛眺望窗户、雨和老人而已。我的身体到底为什么会损坏到这个地步?我想不起来。试着回想,头就像要裂开似的疼。

"冬天了。"老人说,然后用手指敲着玻璃窗,"冬天已经来了。这下子你知道冬天的可怕了吧。"

我轻轻点头。

对了——是冬天的墙让我吃了苦头。而我——走出森林跋涉到图书馆。我忽然想起她的头发拂过我脸颊的触感。

"图书馆的女孩送你回来这里。守门人帮忙扶你。你发高烧做噩梦。流了好多汗。多到可以用桶子装。那是前天的事了。"

"前天……"

"是啊,你已经睡了整整两天了。"老人说,"甚至让人以为你永远醒不来了呢。你是不是到森林里去了啊?"

"对不起。"我说。

老人把暖炉上热着的锅拿下来,盛了一些汤到盘子里。然后把我扶坐起来,拿靠垫让我倚着。垫子发出类似骨头的嘎吱声。

"先吃点东西。"老人说,"有什么事情要想或是要道歉都等一下再说。有没有食欲?"

没有,我说。连吸进空气都嫌麻烦。

"不过这个是非喝不可。只要喝三口就行了。喝三口之后,不再喝也行。喝三口就完了。能喝吧?"

我点点头。

加了药草的汤苦得叫人想吐,但我总算喝了三口。喝完之后全身几乎虚脱。

"这样行了。"老人把汤匙放回盘子里说,"有点苦,但这汤可以把你的恶汗逼出来。再睡一觉,醒来以后你就会觉得好多了。放心睡吧。你醒来的时候我还会在这里。"

16. 世界末日　冬天来临

醒过来时,窗外已经一片漆黑。强风吹着雨粒打在窗玻璃上。老人在我枕边。

"怎么样?觉得舒服一些了吧?"

"好像比刚才轻松多了。"我说,"现在几点?"

"晚上八点。"

我想从床上起来,但身体还有些摇摇晃晃。

"你要去哪里?"老人问。

"图书馆。我必须去读梦。"我说

"傻瓜。现在的你五米都走不了啊。"

"可是不能休息呀。"

老人摇摇头。"古梦会等你的。守门人和女孩都知道你暂时动不了。何况图书馆也没开。"

老人叹着气走到暖炉前面,倒了一杯茶回来。风维持着一定的频率敲着窗子。

"我发现你好像喜欢那女孩噢。"老人说,"我并没有打算听,不过不听都不行。因为一直陪在你身边啊。人一发烧就会说梦话。也没什么好害羞的。年轻人谁都会恋爱的。不是吗?"

我默默点着头。

"她是个好女孩。而且非常担心你。"说着老人啜一口茶,"不过以情势的发展来说,爱上她不太适当。我虽然不太想说这种事情,不过在这节骨眼上我必须告诉你一些事情。"

"为什么不适当呢?"

"因为她不能回报你的心意。这也不能怪谁。既不是因为你,也不是因为她。如果一定要说的话,那是因为世界的构成。这是不能改变的。就像河川不能逆流一样。"

我在床上坐起来,用两手搓着脸颊。觉得脸好像缩小了一圈似的。

"你大概是指心吧?"

老人点点头。

"因为我有心而她没有,所以不管我多么爱她,都得不到什么回报是吗?"

"是啊。"老人说,"你只会持续失去而已。如你所说的,她没有心这东西。我也没有。谁都没有。"

"但你不是对我这么亲切吗?你关心我,不眠不休地看护我。那不是心的一种表现吗?"

"不,不一样。亲切和心是完全不一样的东西。亲切是一种独立的机能。说得准确一点,是表层的机能。只是习惯而已,和心不同。所谓心是更深、更强的东西。而且是更矛盾的东西。"

我闭上眼睛,把散在各个方向的想法一一收集起来。

"我是这样想的,"我说,"人们失去心是因为影子死掉了,对吗?"

"没错。"

"她的影子已经死掉了,没办法把心拿回来了,对吗?"

老人点点头。"我到区公所,试着查过她的影子的记录。所以不会错。那个孩子十七岁的时候影子就死了。影子依照规定被埋在苹果树林里。埋葬也留有记录。其他详细情形你不妨直接去问她。这样可能比从我口中听到的更让人信服。不过我想补充一件事,在懂事之前,那孩子的影子就已经被剥离了。所以她应该不记得自己身上曾经有过心的存在才对。和像我这样上了年纪才自愿舍弃影子的人不一样。我是因为这样才能推测你心意的动向,但她是不能的。"

16. 世界末日　冬天来临

"不过她还清楚记得母亲的事。听她说她母亲好像还留有心呢。即使在影子死了以后也是。虽然不知道为什么会这样,但这会不会有什么帮助?或许她多少还是会被这样的心牵扯着?"

老人摇了几次杯子里凉掉的茶,然后慢慢喝掉。

"你呀,"上校说,"不管是什么样的心的残片都逃不过墙。就算还留有这样的东西,墙也会全部吸掉。如果吸不了就会放逐。她的母亲好像就是被这样处分掉的。"

"你叫我不要有任何期待是吗?"

"我只是不想让你失望而已。这街很强,而你很弱。经过这次的事你应该很明白了啊。"

老人凝视着手上的空杯里好一会儿。

"不过你可以得到她。"

"得到?"我问。

"对。你可以跟她睡觉,也可以跟她一起生活。在这街里,你可以得到你想要的东西。"

"但没有所谓的心存在是吗?"

"没有心。"老人说,"不过你的心终究也会消失。消失之后不会失落,也没有失望。无处可去的爱也会消失。只留下生活。只留下平静而悄然的生活。你可能喜欢她,她也可能喜欢你。如果你希望的话,那就是你的。谁都没办法把那夺走。"

"真不可思议。"我说,"我还有心,但常常觉得自己的心迷失了。不,也许应该说不迷失的时候比较少。尽管如此,我还是确信有一天它会回来。这信心支持着所谓的'我'这个存在,让我尽量能集成一体。因此丧失心到底是怎么一回事我不太能够想象。"

193

老人平静地点了几次头。

"你多想想吧。还有时间。"

"我会试着想一想。"我说。

后来很长一段时间里太阳都没有露面。退烧之后我起床走去开窗,呼吸户外的空气。能够起床后,有两天身体还是没有力气,连楼梯的扶手或门把都握不牢。在那期间上校每天黄昏都让我喝那苦药草汤,做粥似的东西给我吃。然后在枕边讲古老战争的往事给我听。他从此不再提她或墙,我也不敢再多问。如果有什么该告诉我的,他都应该已经告诉我了。

第三天我恢复到可以借老人的手杖,在官舍周围慢慢散步了。试着开始走时,发现身体变得非常轻。大概因为发烧体重减少了,但又觉得原因不只是这样而已。冬天使我周围的一切都加上不可思议的重量。而只有我一个人,无法进入那个有重量的世界里去。

从官舍所在的山丘斜坡可以眺望街的西半部。看得见河川,看得见钟塔,看得见墙,而且最远处可以看见模模糊糊像是西门似的东西。戴上黑色眼镜,我视力减弱的眼睛无法再一一分辨更细微的风景,但仍然可以看出冬天的空气赋予这街过去所没有的明确轮廓。那简直就像从北岭吹下来的季节风,把囤积在这街每个角落里色调暧昧的灰尘全都吹走似的。

望着街的时候,我想起必须交给影子的地图。由于卧病在床,使得交地图给影子的日期已经比约定的延迟了将近一星期。影子或许在担心我,或许以为我已经遗弃他了。想到这里我不禁黯然。

我向老人要了一双旧鞋子。把鞋底拆开,里面塞进折叠变小的地

16. 世界末日 冬天来临

图,再把底装回去。我确信影子可能会把那鞋子拆开找到地图。然后我把那双鞋子交给老人,问他能不能帮我去见影子,直接交给他。

"他只穿一双薄薄的运动鞋,我想积雪以后恐怕脚会冻坏。"我说,"守门人不太能信任。要是你的话,应该可以见到我的影子吧?"

"这个程度的事应该没问题。"老人说着收下鞋子。

黄昏时分老人回来了,说鞋子已经直接交给影子了。

"他在担心你哟。"上校说。

"他的样子怎么样?"

"好像对寒冷有点不适应。不过还没问题。没什么值得担心的。"

发烧之后的第十天傍晚,我终于可以走下山丘到图书馆去了。

一推开图书馆的门,或许是心理作用,觉得建筑里的空气好像比以前沉闷。像长久被遗弃的房子一样,感觉不到人的气息。暖炉熄灭了,水壶是冷的。打开水壶一看,里面的咖啡白白地混浊着。天花板感觉比以前高得多。电灯也关着,只有我的鞋声在那昏暗中发出奇怪的灰扑扑的声音。没有她的踪影,柜台上积着薄薄的灰尘。

因为不知道该怎么办才好,于是我在木头长椅上坐下,决定等她。门没有上锁,因此她应该会出现的。我冷得发抖,继续等待。但不管等多久她还是不出现。只有黑暗加深而已。好像全世界只剩下我和图书馆,其他所有的事物都消灭了似的。只有我一个人被留在世界末日里。不管手伸得多长都碰不到任何东西。

房间也带着冬天的重量。里头所有东西好像都被牢牢钉在地板上或桌上。一个人坐在黑暗里,觉得身体的各部分都失去应有的重量,正任意伸展或收缩似的。那简直就像站在歪曲的镜子前面,一点一点移动着身体。

我从长椅上站起来，打开电灯开关。然后从桶子里掏出煤炭放进暖炉里，擦着火柴点上火，然后再回到长椅上。电灯点亮之后，觉得黑暗反而变得更深，生起暖炉的火之后，反而变得更寒冷似的。

也许我太深入地沉进自我里面，也许留在我体内的疲惫把我诱入短暂的睡眠中，忽然觉醒时，她已经站在我面前，低头安静看着我。由于背后承受着黄色粉末似的粗糙电灯光线，她的轮廓带着一层模糊的阴影。我抬起头看着她的身影一会儿。她和平常一样，穿着同样的蓝色外套，绑成一束的头发撩到前面塞进衣领里面。她的身上有冬风的气息。

"我以为你不来了呢。"我说，"我一直在这里等着。"

她把水壶里的旧咖啡倒进水槽，用水洗过，里面加了新的水放在暖炉上。然后把头发从衣领里撩出来，脱掉外套挂在衣架上。

"你怎么会以为我不来了呢？"她说。

"不知道。"我说，"只是这样觉得。"

"只要你需要我，我就会来。你需要我吧？"

我点点头。确实我需要她。和她见面，不管会令我的失落感加深多少，我还是需要她。

"我想谈一谈你的影子。"我说，"也许我在古老世界遇见的是你的影子也说不定。"

"嗯，是啊。我第一次也是这样想。那次你说你也许见过我的时候。"

我坐在暖炉前，暂时注视着里面的火。

"我四岁的时候,影子就被带走,放出墙外去。从此影子在外面的世界生活,我在里面的世界。她在那里做什么我都不知道。就跟她对我一无所知一样。我十七岁的时候,我的影子回到这街来,然后死去。影子快要死的时候都会回到这里来。于是守门人把她埋在苹果树林里。"

"于是你就完全变成街的居民了?"

"对。我的影子和剩下的心一起被埋掉了。虽然你说心这东西是像风一样的,但更像风的其实是我们吧? 我们什么也不想,只是通过而已。既不会衰老,也不会死去。"

"你的影子回来时你和她见过面吗?"

她摇摇头。"不,没见过。我觉得好像没有理由见她。她和我一定是完全不同的东西吧。"

"但那或许是你自己也不一定。"

"或许。"她说,"不过不管怎么样,现在都一样了。环已经封闭起来了。"

暖炉上水壶开始发出声音,但那对我来说好像是从几公里外传来的风声似的。

"即使这样你还要我吗?"

"要。"我回答。

17.

冷酷异境
世界末日、查理·帕克、定时炸弹

"拜托。"胖女孩说,"这样下去世界就要终结了。"

管他什么世界,完蛋算了,我想。我腹部的伤口像恶鬼般疼痛。就像精力充沛的双胞胎男孩用四只脚拼命踢着我想象力有限的狭窄框框一样。

"怎么了?哪里不舒服吗?"她问。

我静静地深呼吸,拿起旁边的T恤衬衫,用那衣摆擦擦脸上的汗。

"有人在我肚子上割了六公分哪。"我好像吐出一口气似的说。

"用刀子?"

"像扑满的开口一样。"我说。

"什么人为了什么这么过分?"

"不知道。不认识。"我说,"我刚才就一直在想。不过不知道,我还想问人呢。为什么大家都把我当作门垫一样践踏呢?"

她摇摇头。

"我在想那二人组是不是你认识的人呢。那动刀子的家伙。"

胖女孩满脸莫名其妙的表情,注视着我的脸一会儿。"你怎么会这样想?"

"不知道。大概是想怪什么人吧。把莫名其妙的事情推给别人之

17. 冷酷异境　世界末日、查理·帕克、定时炸弹

后,会轻松一些。"

"但什么也没解决。"

"什么也没解决呀。"我说,"不过那并不是我的错。事情不是我挑起的。是你爷爷加上油,打开开关的。我只是被卷进去而已。为什么一定要我来解决呢?"

激烈的疼痛又回来了,所以我闭上嘴,像守护铁道口的人一样等着它通过。

"今天的事也一样。首先是你一大早打电话来。然后说你爷爷失踪了,要我帮忙。我赶出去了,你却没有出现。回到家正在睡觉时来了奇怪的二人组把我房间彻底破坏,又用刀子割我的肚子。接着'组织'的人来了,把我盘问一番。然后最后是你来了。简直就像事先排好了时间表一样嘛。好像篮球的阵形一样。你到底知道多少事情?"

"老实说,我知道的事和你知道的相差不多。我只是帮祖父做研究,照他说的做而已。做这个做那个,来这里去那里,打打电话写写信,就这样。祖父到底想做什么,我跟你一样完全猜不透啊。"

"但你在帮忙做研究不是吗?"

"说是帮忙,也只不过处理数据或这种程度的技术上的事而已。我几乎没有任何专业知识,就算实际看到听到,也完全不能理解呀。"

我一面以指尖敲着前齿,一面整理思路。需要一个突破口啊。在状况完全把我存在吞没之前,有必要多理解一点。

"刚才你说过,再这样下去世界就要终结了对吗? 那是怎么回事? 世界为什么会终结? 怎么终结?"

"不知道。祖父这样说啊。他说如果他现在出了什么事,世界就要终结了。祖父不是会拿这开玩笑的人。如果他说世界就要终结,那么

世界真的就要终结了。真的,世界就要终结了。"

"我不太明白。"我说,"世界就要终结,到底是怎么回事?你爷爷确实是说'世界就要终结'吗?不是'世界会毁灭'或'世界会被破坏'之类的吗?"

"嗯,是啊,他说'世界就要终结'啊。"

我又一面敲着前齿,一面思考世界的终结。

"那么……那个……世界的终结是在什么地方和我有关系啰?"

"是啊。祖父说过你是钥匙啊。他说他从几年前开始就把重点集中在你一个人身上继续研究着呢。"

"请你再多回想一点。"我说,"定时炸弹到底是指什么?"

"定时炸弹?"

"用刀子割伤我肚子的人这样说过。说我为博士处理的数据就像定时炸弹一样,只要时间一到,就会爆炸。到底是怎么一回事?"

"这只是我的想象。"胖女孩说,"我想祖父一直都在研究人的意识。他自从创造了混洗数据系统之后一直在研究这个。我觉得混洗数据系统应该也是一切的开始吧。因为在开发出混洗数据系统以前,祖父跟我谈过很多事。关于他自己的研究、现在在做什么、再来要做什么。就像刚才说过的那样,我几乎没有任何专业知识,但祖父的话却非常易懂而且有趣。我最喜欢两个人这样谈话了。"

"但是混洗系统完成之后他却不太说话了对吗?"

"嗯,对。祖父一直窝在地下的实验室,完全不跟我谈专业方面的事了。我问他什么,他也只是敷衍而已。"

"那真寂寞啊。"

"是啊,非常寂寞。"她又凝视着我的脸一会儿,"嗨,我可以到床上去吗？这里非常冷啊。"

"只要你不碰我的伤口，不要摇我的身体。"我说。怎么好像全世界的女孩子都想钻到我床上来似的。

她走到床的另一侧，依然穿着粉红色套装就窸窸窣窣地钻进棉被里来。我把叠着的两个枕头给她一个，她拿过去就砰砰地翻身拍松，然后放到头下面。她的脖子像第一次见面时一样有哈密瓜的香味。我费力地翻身转向她。于是我们就在床上面对面了。"我第一次跟男人这么靠近。"胖女孩说。

"噢。"我说。

"我也很少上街。所以没办法找到约定的地方。正想问你怎么走的时候，声音就消掉了。"

"你只要跟计程车司机讲什么地方，就会把你载到啊。"

"我几乎没带钱。出来的时候非常慌张，完全忘了需要钱的事。所以只能走路来呀。"她说。

"没有其他的家人吗？"我问。

"我六岁的时候，父母和兄弟都车祸死了。坐在车上的时候，卡车从后面撞上来，引起汽油起火，全都烧死了。"

"只有你被救起来？"

"我那时候住院，大家正在来看我的路上。"

"原来如此。"我说。

"然后我就一直在祖父身旁。既没去上学，几乎都不出门，也没有朋友……"

"没上学？"

"嗯。"女孩若无其事地说，"祖父说没必要去上学。祖父教我每一门学科。从英语、俄语到解剖学。烹饪和裁缝是欧巴桑教的。"

"欧巴桑?"

"住在家里帮忙做家事和清洁的欧巴桑。人非常好。三年前得了癌症死了。欧巴桑死了以后就只有我和祖父两个人。"

"那么从六岁开始就没上过学吗?"

"嗯,是啊。不过这也没什么不得了的。因为我什么都会呀。我会四种外国语,会弹钢琴吹萨克斯风,会组装通讯机器,学过航海术和走钢索,书也看了不少。三明治也做得不错吧?"

"嗯。"我说。

"祖父说学校教育只是花十六年时间,把脑浆磨损而已。祖父也几乎没上过学哟。"

"真了不起。"我说,"不过没有同年龄的朋友,不觉得寂寞吗?"

"不晓得。因为我非常忙,没时间想这种事。而且我想我和同年龄的人大概也谈不来……"

"噢。"我说。也许是这样。

"不过我对你非常有兴趣哟。"

"为什么?"

"因为,你好像很疲倦的样子,疲倦这件事好像正变成一种能量似的。这种事,我不太清楚。我所认识的人没有一个是这种类型的人。祖父是绝不会疲倦的,我也是。嘿,你真的很疲倦吗?"

"确实很疲倦。"我说。就算重复说二十次都可以。

"疲倦是怎么样的感觉呢?"女孩问。

"情绪的各部分都变得不明确。对自己怜悯、对别人愤怒、对别人怜悯、对自己愤怒——就是这么回事啊。"

17. 冷酷异境　世界末日、查理·帕克、定时炸弹

"这些我全都不太明白。"

"最后会变得什么都不明白。就像转动涂了各种颜色的陀螺一样，转得越快区别越不明确，结果变成一片混沌。"

"真有意思。"胖女孩说，"你对这种事情非常清楚噢？一定是。"

"对。"我说。对蚕食人生的疲劳感，或对从人生中心汩汩涌起的疲劳感，我可以说出上百种之多。这也是学校教育不会教的东西之一。

"你会吹萨克斯风吗？"她问我。

"不会。"我说。

"你有查理·帕克的唱片吗？"

"我想我有，但现在实在不是找得到的状态，而且音响设备也被弄坏了，总之没办法听。"

"你会什么乐器吗？"

"什么也不会。"我说。

"可以摸一下你的身体吗？"女孩子说。

"不行。"我说，"摸错地方会非常痛。"

"伤好了可以摸吗？"

"伤好了之后，如果世界还没终结的话可以。总之现在继续谈重要的事吧。我们谈到你爷爷完成混洗数据系统之后，人格完全变了。"

"嗯，对了。从此以后祖父完全变了。变得不太开口，脾气古怪，老是自言自语。"

"他——你爷爷——对混洗数据系统怎么说，你记得吗？"

胖女孩一面用手指摸着耳朵上的金耳环，一面思考起来。

"他说过混洗数据系统是通往新世界的门。本来这是为了重组输入计算机的数据而开发出来的补足手段，但他说要是会用的话，说不定

可以拥有改变世界组成的力量噢。就像原子物理产生原子弹一样。"

"也就是说，混洗数据系统是通往新世界的门，而我是那门的钥匙？"

"综合起来，大概就变成这样了吧。"

我用指甲敲着前齿。真想喝大玻璃杯里放有冰块的威士忌，但我房间里的冰块和威士忌都已经绝迹了。

"你想你爷爷的目的是终结这个世界吗？"我问。

"不。不是这样。祖父虽然性格别扭而任性孤僻，但其实是个非常好的人。就跟我和你一样。"

"谢谢你。"我说。这辈子第一次被人这样说。

"而且祖父非常害怕这研究被人滥用。所以祖父不会用在坏的方面。祖父辞掉'组织'的工作，也是认为如果继续研究下去，'组织'一定会拿来用在坏的方面。所以决定辞职，一个人继续研究。"

"不过'组织'是在世界好的一方啊。因为他们和从计算机偷取数据流给黑市的记号士组织对抗，在保护信息的正当所有权哪。"

胖女孩一直注视我的脸，然后耸耸肩。"不过祖父好像不太把哪一边是善、哪一边是恶当问题哟。他说善和恶是人类根本资质层次的属性，他说和所有权的归属方向是不同的问题。"

"嗯，或许是吧。"我说。

"还有祖父对所有种类的权力都不信任。虽然祖父确实曾经有一段时期属于'组织'，但那是为了能够自由使用丰富数据和实验材料，还有大型的模拟机器。所以完成复杂的混洗数据系统之后，他说自己一个人进行研究比较轻松且有效。混洗数据系统完成之后，就不再需要设备，也就是说只剩下思考性的作业了。"

"噢。"我说，"你爷爷从'组织'辞职的时候，没有把我个人的数据

17. 冷酷异境　世界末日、查理·帕克、定时炸弹

拷贝带出来吗？"

"不知道。"她说，"不过，如果他想这样做的话，应该做得到。因为祖父是'组织'的研究所所长，对数据的持有和利用拥有全部权限。"

大概正如我所想的。博士把我个人的资料带出来，利用在自己私人的研究上，拿我当作主要样本把混洗理论推展到极尖端的地步。这样一来很多事情都可以说得通了。正如小个子说的，博士已经达到这研究的核心了，所以把我叫过去，把适当的数据给我，设计使我在混洗时的意识对隐藏在那里面的特定编码产生反应。

如果是这样的话，我的意识——或潜意识——已经开始反应了。定时炸弹，小个子说。我试着在脑子里计算一下我做完混洗之后到现在所经过的时间。结束醒过来是昨天夜里十二点前，所以自此经过了将近二十四小时。相当长的时间了。虽然不知道定时炸弹到底被设定在几小时后爆炸，但总之时钟的指针已经走过二十四小时之多了。

"还有一个问题。"我说，"你刚才说'世界就要终结'对吧？"

"嗯，是啊。祖父这样说的。"

"你爷爷说'世界就要终结'，是在开始研究我的资料之前，还是之后？"

"之后。"她说，"我想大概是这样。因为祖父是在最近才明确地说出'世界就要终结'的。怎么了？有什么关系吗？"

"我也不太清楚。不过好像有什么令人担心。因为我混洗的密码就叫作'世界末日'啊。我实在不认为这只是巧合。"

"你的'世界末日'是什么样内容的东西？"

"我也不知道。这一方面既是我的意识，但又隐藏在我碰不到的地方。我所知道的，只有'世界末日'这个名称而已。"

"这不能拿回来吗?"

"不可能。"我说,"就算派出一个师的兵力也没办法从'组织'的地下保险柜里偷出来。警戒既森严,又有设计特殊的装置。"

"祖父利用地位把那带出来了吗?"

"大概吧。不过这纯属推测。接下来除了直接问你爷爷没有别的办法。"

"那么你愿意帮忙从黑鬼手上救出我祖父了?"

我用手压着伤口,从床上坐起来。头脑的深处阵阵抽痛。

"大概不得不这样吧。"我说,"虽然我不知道你爷爷所说的'世界末日'到底是什么意思,但总之不能不管。我觉得如果不设法阻止的话,大概有什么人要倒大楣了。"而那个什么人大概就是我自己。

"不管怎么样,为了这个你也不能不救我祖父了。"

"因为我们三个都是好人?"

"是啊。"胖女孩说。

18.
世界末日
梦读

我在无法看透内心的情况下，回到读古梦的作业上。一方面冬天正逐渐加深，总不能老是拖拖拉拉不开始工作。就算是暂时的，至少在集中精神读梦的时候，我可以忘记内心的失落感。

但另一方面，越投入地读古梦，我心中另一种形式的无力感就越强。那无力感的原因在于不管怎么读，我都无法理解古梦向我诉说的讯息。我能读它——却解不开那意思。就像每天每天都读着不懂意思的文章一样。就像每天望着流过的河水。我什么地方也到不了。读梦的技术虽然进步了，那也无法让我得到安慰。只是技术进步了，能够很熟练地读更多古梦，但继续这作业的空虚感反而更加明显了。人们为了进步可以持续那应有的努力。但我却无以为继。

"我不知道古梦到底意味着什么。"我对她说，"你以前说过从头骨读古梦是我的工作噢。但那只是通过我体内而已。我既无法理解任何事情，而且越读越觉得我自己逐渐耗损了啊。"

"话虽这么说，但你好像被什么迷住了似的继续读着梦啊。那又是为什么？"

"不知道。"我说着摇摇头。我是为了填满失落感而集中精神在工作上。但原因不只是那样，我自己也很清楚。就像她所指出的，我确实像被什么迷住了似的专注在读梦中。

"我想那大概也是你自己的问题吧。"她说。

"我自己的问题?"

"我想你必须把心放开来才行。虽然我不太懂关于心的事,但我可以感觉到你的心好像关闭得紧紧的。就像古梦在求你读一样,你自己应该也在渴求着古梦啊。"

"为什么这样想呢?"

"所谓梦读这种人就是这样啊。就像季节一到鸟就往南或北飞一样,梦读都继续读梦。"然后她伸出手,越过桌子叠在我手上。然后微笑。她的微笑令人感觉好像从云间透出来的柔和春光一样。

"把心放开一点。你不是囚犯哪。你是追求让梦在空中飞翔的鸟啊。"

结果我只好拿起一个个古梦试着专心探索了。我从排列在书架上一望无际的古梦中拿起一个,轻轻抱着移到桌上。在她帮忙下,用稍微含有一点水的湿布擦拭灰尘和污垢,接着用干布慢慢花时间擦过。细心地擦完之后,古梦的表面变得像刚积起的雪一样洁白。正面洞开的两个眼窝,光线之强让它们看起来简直像一对深不见底的井。

我把两手轻轻覆盖在头骨上部,等它感应我的体温后开始微微发热。达到一定的温度时——不是多高的温度,大概像冬天日光下的暖意——擦拭得雪白的头骨,就开始述说刻在里面的古梦。我闭着眼睛深深吸入空气,敞开心,用手指摸索他们所诉说的故事。但他们的声音实在太细,投射出来的影像就像黎明时分浮在天际的遥远星光一样虚浮。我能够从中读到的只有几个不确定的片段,不管怎么连接那些片

18. 世界末日　梦读

段,都无法掌握全体形貌。

那里有没见过的风景、没听过的音乐、无法理解的低喃话语。而且那些忽而浮现,忽而又沉入黑暗底部去。一个片段和另一个片段之间没有任何共通性。就像快速转着收音机的选台钮,从一个电台转到另一个电台。我试着以各种方法集中精神在手指上,但不管多么努力结果都一样。即使知道古梦正向我说些什么,仍无法像听故事一样地读懂它。

或许因为我的读法有什么缺陷。或者,他们的话语经历漫长岁月而磨损、风化了也不一定。或者他们所想的和我所想的故事之间,有时间上或文体上的决定性差异也未可知。

无论如何,面对这些浮上来又消失掉的异质片段,我只能默默地注视而已。当然里面也有一些我看惯了、极平常的风景,例如绿色的草在风中摇曳,白云在天空流动,日光在河面摇晃,这一类没有任何奇特之处的风景。但这些普通的风景却让我心里充满了一种不可思议的哀伤,难以形容。到底这些风景的什么地方秘藏着勾起哀伤的要素,我无论如何也无法理解。就像从窗外通过的船一样,出现后没留下任何痕迹就消失而去了。

这样持续十分钟左右之后,古梦就像退潮一样逐渐失去温度,恢复成冷冷的普通白色头骨了。古梦再次沉入漫长的睡眠中。所有的水从我两手的指间流溢出去被吸进地里去了。我的"读梦"作业就是这种没有结果的一再反复。

古梦完全失去温度之后,我便把头骨交给她,她把头骨排在柜台上。在那期间我两手支在桌上让身体休息,放松精神。我一天所能读的古梦数,顶多五个或六个。超过的话就会集中力涣散,指尖也只能读取些微杂音似的东西而已。屋里的钟指着十一点时,我已经筋疲力尽,甚至暂时无法从椅子上站起来。

她总是会在最后帮我泡咖啡。有时候会把白天烤的饼干、水果面包之类的东西从家里带来当作宵夜。我们大多相对喝着咖啡且不开口说话,吃着饼干和面包。我累得一时说不出话来,她也很明白,于是和我一样沉默不语。

"你的心不放开,是因为我的关系吗?"她问我,"因为我无法响应你的心,所以你的心就紧紧地关闭起来吗?"

我们像平常一样,坐在旧桥中央沙洲往下去的阶梯上望着河。冷冷的白月变成一片片小碎点在河面漂摇。不知道谁系在沙洲木桩上的细长木舟微妙地改变着水声。因为并排坐在狭小的阶梯上,我的肩头一直能感觉到她身体的温暖。真是不可思议,我想。人们用温暖来形容心,但心和身体的温暖之间没有任何关系。

"不是这样。"我说,"我的心不能好好放开,大概是我自己的问题。不是因为你。我没办法认清自己的心,因此我觉得很混乱。"

"心这东西连你也不太能理解吗?"

"有些时候是。"我说,"有些情况下要等很久以后才能理解,那时候往往已经太迟了。很多情况下我们在无法认清心意之前就必须选择并行动了,这使得大家很迷惘。"

"我觉得心这东西好像非常不完整似的。"她微笑着说。

我从口袋里抽出双手,在月光下看着。被月光染成白色的手,看起来像是一对雕像,完结于那小小世界并丧失了去处。

"我也这样想。是非常不完整的东西。"我说,"不过那会留下痕迹。而且我们可以再一次踏寻那痕迹。就像踏寻雪地上的足迹一样。"

18. 世界末日 梦读

"那会到什么地方去呢?"

"我自己。"我回答,"心这东西就是这样。没有心的话,什么地方也到不了。"

我抬头望月。冬天的月极不谐调地放出鲜明的光,浮在被高墙包围的街之上。

"没有一件事是因为你的关系。"我说。

19.
冷酷异境
汉堡、天际线、最后期限

我们决定先找个地方把肚子填饱。虽然我几乎没有食欲，但接下来不知道什么时候才能吃东西，而且觉得吃饱会比较好的样子。如果是啤酒和汉堡大概胃还容纳得下。女孩从中午到现在只吃了一块巧克力，因此肚子非常饿。因为她身上居然只有够买巧克力的零钱。

我一面小心不要刺激伤口，一面把两脚伸进牛仔裤，在T恤上套上运动衫，再加上一件薄毛衣。为了慎重起见又打开衣柜，拿出登山用的尼龙中长款防风外套。她的粉红套装怎么看都不适合地底探险，但我的衣柜里遗憾地并没有适合她体型及尺寸的衬衫和长裤。我身高大概比她高十公分左右，而她体重大约比我重十公斤。其实最好能到店里去买方便行动的衣服，但这样的三更半夜里，到处的店都没有开门。好不容易找到一件从前穿过的衣服可以合她的尺寸，是美军淘汰下来的厚战斗夹克，于是把那件给她。问题是高跟鞋，但她说到事务所有她的慢跑鞋和雨靴。

"粉红色的慢跑鞋和粉红色的雨靴。"她说。

"你喜欢粉红色吗？"

"祖父喜欢。他说我穿上粉红色衣服非常搭配。"

"是很搭配。"我说。并没有说谎。真的很搭配。胖女人穿粉红色

19. 冷酷异境　汉堡、天际线、最后期限

衣服往往令人觉得像巨大草莓蛋糕一样朦胧。但她不知道为什么让人感觉色调安定且调和。

"还有你爷爷喜欢胖女孩对吗?"为了确定我试着问她。

"嗯,那当然。"粉红色女孩说,"所以我经常注意让自己发胖。像吃的东西啦。要是不注意的话,会一直瘦下去,所以我吃很多黄油和鲜奶油之类的。"

"噢。"我说。

我打开壁橱拿出背包,确定没有被割破之后,把两人份的上衣、手电筒、指南针、手套、毛巾、大型刀子、打火机、绳子和固体燃料塞进去。然后到厨房,从散落地上的食物中挑出两个面包和腌牛肉、桃子、香肠、葡萄柚的罐头放进背包里。水壶里装满水。然后把放在家里的全部现金塞进裤袋。

"好像要去郊游啊。"女孩说。

"说得也是。"我说。

我在出发前再回头看了一圈呈现大型垃圾集中场样貌的房间。所谓生命构筑在什么时候都一样。要建立起来相当花时间,但破坏只要一瞬间就够了。这三个小房间里,曾经有我虽然有些倦怠但也还能自得其乐的生活。但这些东西只要喝两罐啤酒的工夫,就全部像朝雾一样消失了。我的工作、我的威士忌、我的平稳、我的孤独、我的毛姆小说和导演约翰·福特的收藏——这些全部化为没有任何意义的破烂垃圾了。

天涯何处无芳草[①],我不出声地朗读着。然后伸手把入口的总开关

[①] 编者注:出自威廉·华兹华斯(1770—1850)的《花之荣耀》(*Glory of the Flower*),原文为"Of splendour in the grass, Of glory in the flowers"。译者此句采用整首诗的引申义。

拨下，把全屋子的电切掉。

想要深入思考事情，但肚子的伤口太痛，也太疲倦了，因此我决定还是什么都不想。与其做半途而废的思考，不如什么都不去想要好得多。我大大方方地搭电梯下地下室停车场，打开车门把行李放进后座。如果有人监视的话，就让他们发现好了，想跟踪就让他们跟踪好了。这些事情我已经完全不在乎了。第一，我到底该对谁保持警戒？记号士吗？还是"组织"？还是那带刀的二人组？要对付三方人马也不是不可能，只是现在的我没那个能耐。肚子被横切了六公分，加上睡眠不足，光是被胖女孩拉着到地底下的黑暗中和黑鬼对决，已经很要我的命了。他们想干什么就让他们去干好了。

能不负责驾驶最好，但问女孩会不会开车，她说不会。

"抱歉，骑马我倒会。"她说。

"好啊，说不定什么时候会有必要骑马。"我说。

确认油表的指针靠近F后，我把车开出去。穿过曲折的住宅区，来到大马路上。虽说是半夜里，但路上满是车子。大约有一半是计程车，另一半是卡车和私家车。我真不明白为什么有这么多人有必要在三更半夜里开车满街跑。为什么大家不要六点一到就下班回家，十点以前就上床熄灯睡觉呢？

不过那毕竟是别人的问题。不管我怎么想，世界还是依照那原则扩大下去。不管我怎么想，阿拉伯人还是会继续挖石油，人们还是会用那石油发电和提炼汽油，在深夜的街头各自追逐着不同的欲望吧。与其去管这些，不如去处理自己现在正面临且不得不处理的问题。

我把双手放在方向盘上，等红绿灯的同时打了个大呵欠。

19. 冷酷异境　汉堡、天际线、最后期限

我的车子前面停着一辆货台上纸束堆成天高的大型卡车。右侧跑车型的白色天际线里坐着一对年轻男女。不知道是要去夜游的途中还是要回家的路上，两个人的表情都有点无聊的样子。左手腕戴着两串银手链并将手伸出窗外的女人往我这边瞟了一眼。并不是对我有什么兴趣，只是没什么其他可看的东西，所以看了我的脸，不管是Denny's餐厅的广告牌也好，交通标志也好，我的脸也好，什么都好。我也瞟了她一眼。虽然可以说是美人，但生得一张到处都看得见的脸。以电视剧来说，是女主角的朋友，在咖啡店一面喝着茶一面问"怎么了？最近你好像不太有精神啊？"之类的配角脸。大多只会出现一次，从画面消失后就想不起是什么样子的脸。

交通信号灯转绿之后，我车子前面的卡车还在拖拖拉拉，白色天际线已经发出豪放的排气声，随着汽车音响里杜兰杜兰的音乐一起从我的视野消失。

"你帮我注意后面的车好吗？"我对胖女孩说，"如果有人一直跟在后面就告诉我。"

女孩点点头转向后面。

"你觉得会有人跟踪吗？"

"不知道。"我说，"不过还是小心一点好。关于吃的东西，汉堡可以吗？那个比较省时间。"

"什么都可以。"

一靠近这途中第一家得来速汉堡店，我就把车子开进去。穿着红色短连衣裙的女孩走过来在车窗两侧放下托盘，听取点餐。

"双层奶酪汉堡、炸薯条、热巧克力。"胖女孩说。

"普通汉堡和啤酒。"我说。

"对不起,我们没有啤酒。"女服务生说。

"普通汉堡和咖啡。"我说。我怎么会以为得来速汉堡店里有啤酒呢?

餐点送来之前,我们注意了一下后面来车,但没有一辆车进来。其实如果有人认真跟踪的话,他们可能不会进到停车场里来,而应该会躲在不显眼的地方,等我们的车子出去。我不再张望,把送来的汉堡、薯片、像高速公路收费单那么丁点大的生菜叶子和咖啡一起机械化地送进胃里。胖女孩细心地花时间,津津有味地咬着奶酪汉堡、吃炸薯条、喝热巧克力。

"要不要吃一点炸薯条?"女孩问我。

"不要。"我说。

女孩把托盘上的东西全部吃得一干二净,喝完热巧克力的最后一口,然后将手指上沾的西红柿酱和芥末酱舔干净。用纸餐巾擦擦嘴和手指。在一旁看着都觉得很好吃的样子。

"关于你爷爷,"我说,"我们应该先到地下的实验室去吧。"

"应该是。或许会留下什么线索。我也可以帮忙。"

"不过能从黑鬼巢穴的附近通过吗?驱黑鬼的装置不是坏了吗?"

"没问题。我有一个紧急用的小型驱黑鬼器。虽然威力不怎么大,但带着走时,身边的黑鬼就会远离。"

"那么没问题啰。"我安心地说。

"也没那么简单。"女孩说,"那便携式的装置因为用的是电池,只能维持大约三十分钟左右。三十分之后必须切掉开关再充电。"

"哦。"我说,"那么要多久才能充电完毕?"

"十五分钟。运行三十分钟,休息十五分钟。在办公室和研究室之

19. 冷酷异境　汉堡、天际线、最后期限

间来往只要有这时间就够了,所以容量做得小。"

我不再说什么。这比什么都没有好,只能凑合着用了。我把车子开出停车场,途中找到一家深夜营业的超市,买了两罐啤酒和口袋瓶威士忌。然后我停下车喝了两罐啤酒,四分之一左右的威士忌。这样一来心情好像稍微轻松了一点。把剩下的威士忌盖好交给女孩,请她为我放进背包。

"为什么要这样喝酒呢?"女孩问。

"大概害怕吧。"我说。

"我也害怕啊,却不喝酒。"

"你的害怕和我的害怕,种类不同。"

"我不明白。"女孩说。

"年纪大了之后无法挽回的事情数目就会增加啊。"我说。

"而且会累?"

"对。"我说,"会累。"

她朝向我伸出手,摸一下我的耳垂。

"没问题。不用担心。我会一直陪在你身边。"她说。

"谢谢。"我说。

我把车子停在她祖父事务所那栋大楼的停车场。下了车背起背包。伤口每隔一段时间就隐隐作痛。就像装满干草的板车慢慢碾过肚子那种痛法。这只不过是单纯的疼痛而已,我采取简单的想法。只是表层的疼痛,和我的本质没有关系。就像下雨一样。是会过去的。我把剩余不多的自尊心全数收集起来,把伤口这件事从脑子里赶走,加紧脚步跟在女孩后面。

大楼入口有高大的年轻警卫,要求她出示本大楼住户的身份证明。她从口袋拿出塑料卡片交给警卫。警卫把卡片插入桌上的电子卡槽,从屏幕上确认姓名和门牌号码,再按开关把门打开。

"这是一栋非常特殊的大楼。"女孩在穿过宽敞门厅的同时向我说明,"进入这栋大楼的人全都拥有某种秘密,为了保守秘密而导入保安系统。例如从事重大研究或秘密集会之类的。像现在这样在入口检查身份,再从监视器上确定进来的人是不是到达一定的场所。所以即使有人跟踪也没办法进来。"

"你祖父在这大楼里造了一个通往地底的竖井,这事他们也知道吗?"

"这个我就不确定了。我想大概不知道吧。祖父在这栋大楼完工之前就将它特别设计成能从房间直接通到地底下去了,不过知道的人只限于一小撮人。比方说大楼的主人和设计者而已。对施工的人只说是排水沟,而图纸的申请也巧妙蒙混过去。"

"一定花了很大一笔钱吧?"

"是啊。不过祖父很有钱。"女孩说,"我也是。我也非常有钱喏。父母的遗产和保险全投资在股票上赚的。"

她从口袋掏出钥匙打开电梯门。我们搭上那奇大无比的电梯。

"股票?"我问。

"嗯。祖父教我怎么操作股票。选择信息,读取市况,节约税金,海外银行的汇兑,等等。股票,诸如此类。蛮有意思的噢。你操作过吗?"

"很遗憾没有。"我说。我连定期存款都没存过。

"祖父在当科学家之前做过股票,因为做股票累积了太多财富,于是不再操作,而当起科学家。很了不起吧?"

19. 冷酷异境　汉堡、天际线、最后期限

"了不起。"我同意。

"祖父做什么都是一流的。"女孩说。

电梯和上次搭的时候一样，以不清楚是在上升或下降的速度行进。仍旧花了很长时间，而且当我想到在那期间内一直被监视器监看时，就觉得镇定不下来。

"祖父说如果要成为一流的人，学校教育效率就显得太差了，你觉得呢？"她问我。

"是啊，大概是吧。"我说，"我上了十六年学校，也不觉得特别有什么出息。语言不行，乐器不会，股票不懂，马也不会骑。"

"那为什么不休学呢？如果想要随时都可以吧？"

"嗯，这倒是。"我说，试着想了一下。确实如果想休学随时都可以，"不过那时候没想到这个。我家和你家不一样，只是平凡而普通的家庭。也没想过自己要在哪一方面成为一流。"

"这样不对呀。"女孩说，"每个人至少都有一项特质能够成就一流。只是没有好好把它引导出来而已。因为不懂得引导的人接近并破坏了它，所以很多人不能变成一流，就那么耗损下去。"

"像我一样。"我说。

"你不一样。我觉得你有某种特别的东西。你的情况是感情外壳非常坚硬，所以很多东西还完好无伤地留在里面。"

"感情外壳？"

"嗯，是啊。"女孩说，"所以现在开始还不迟。怎么样，事情结束以后要不要跟我一起生活？不是结婚之类的，只是一起生活。到希腊或罗马尼亚或芬兰，到那种悠闲的地方去，两个人骑骑马、唱唱歌过日子。钱要多少有多少，那时候你就可以变成一个一流的人。"

"噢。"我说。不错的建议。反正我的计算士生涯正因为这次事件面临着微妙的局面,到外国悠闲地生活很诱人。但我真的能成为一流吗?我再怎么样都没信心。一流的人通常都是强烈相信自己能成就一流而变成一流的。一面认为自己大概不会成为一流,一面顺其自然,结果变成一流的人非常少见。

我心不在焉想着这件事时电梯门开了。她走出去,我也跟在后面。和第一次见面时一样,她踩着高跟鞋发出咔哒咔哒的声音,快步走在走廊上,我跟在后面。眼前形状美好看起来舒服的臀部摇摆着,金色耳环闪闪发光。

"不过即使那样,"我朝着她的背开口,"只有你给我很多东西,我却什么也不能给你,我觉得那样非常不公平而且不自然。"

她放慢脚步和我并排一起走。

"你真的这样想?"

"是啊。"我说,"不自然,又不公平。"

"我想一定有你可以给我的东西。"她说。

"例如呢?"我问。

"例如——你的感情外壳。我对这个非常好奇。到底是怎么造成的、如何发挥作用,这一类的谜团。我从前没什么机会接触这些,觉得非常有意思。"

"这没什么吧。"我说,"虽然多少有别,但每个人都背有感情外壳,有壳的人其实很多。只是因为你没进入社会,不能理解平凡人的心是怎么样的。"

"你真是什么也不知道。"胖女孩说,"你不是拥有混洗的能力吗?"

"当然是有的。不过那顶多只是作为工作手段是由外部赋予的能力。譬如接受手术或训练之类的。大多数人只要经过训练都能学会混洗的工作啊。这和会打算盘、会弹钢琴没有太大的分别。"

"这可不见得喏。"她说,"刚开始确实大家都跟你想得一样,只要接受应有的训练谁都行——虽然这么说,还是指在某种程度的测验下选拔出来的人——应该一律可以拥有混洗数据的能力。祖父也这么想。而且实际上有二十六个人接受了和你一样的手术与训练,学会了混洗数据。当时并没有任何不妥的事情发生。问题发生在后来。"

"这件事我倒没听过。"我说,"我所听到的是计划一切顺利……"

"公开发表是这样。其实不然。学会混洗数据的二十六个人里面,有二十五个人在训练结束后的一年到一年半之间死了。只有你一个人生存下来哟。只有你一个人活了三年以上,没有任何问题和障碍地持续混洗。这样你还觉得自己是个平凡人吗?你现在已经变成最重要的人物了呢。"

我两手插在裤袋里,暂时沉默地继续走在走廊上。状况好像超过我个人的能力,不断膨胀。最后到底要膨胀到什么地步,我已经无法推测。

"为什么大家都死了?"我问女孩。

"不知道。死因不清楚。只知道脑部功能出现损伤而死,但为什么变成那样则原因不明。"

"应该有什么假设吧?"

"嗯,祖父说,普通人可能无法忍受意识之核的放射线照射,脑细胞试图对这产生某种抗体,但那反应太激烈,结果导致死亡。其实原本更复杂的,简单说明就是这样。"

"那么,我活下来的原因呢?"

"大概是因为你具备自然的抗体。就像我所说的感情外壳一样的东西。由于某种原因,那种东西早就存在于你脑子里,因此你可以活下来。祖父想要尝试人工制造那种壳来保护脑,但结果太弱了。"

"你所谓的保护,就是像哈密瓜皮一样的东西吗?"

"简单说是这样。"

"那么,结果呢?"我说,"我那种抗体、保护膜、壳、哈密瓜皮,是属于先天的资质,还是后天的?"

"某部分是先天的,某部分是后天的吧?不过关于这点祖父并没有说明。他说我知道太多的话,处境会变得太危险。不过,根据祖父的假设来计算,像你这样具有自然抗体的人,大约一百万或一百五十万人里面才有一个,而且现在如果不实际上赋予混洗能力,也就无法找到这样的人。"

"那么,如果你祖父的假设正确,我被包含在二十六个人之中,等于是很侥幸了?"

"所以你是宝贵的样本,而且可以成为开门的钥匙。"

"你祖父到底想要我做什么?他要我做混洗的数据和那独角兽的头骨,到底意味着什么?"

"如果我能知道的话,立刻就可以救你了。"女孩说。

"救我和世界噢。"我说。

事务所里和我的房间一样,即使没那么严重,但也被相当粗暴地乱翻过。各种文件散落一地,书桌翻倒了,保险箱被撬开,橱柜的抽屉全部拉开倒掉,撕得破破烂烂的沙发床上散着柜子里翻出来的衣服,是博士的衣服和她换穿用的连衣裙。她的连衣裙果然全部是粉红色的。从

19. 冷酷异境　汉堡、天际线、最后期限

深粉红色到浅粉红色,层次之多十分可观。

"太过分了。"她摇摇头说,"大概从地下上来的吧。"

"是黑鬼干的吗?"

"不,不是。黑鬼不会到地面上来,而且如果是他们应该会留下臭味。"

"臭味?"

"像鱼腥味、腐泥味一样讨厌的臭味。这不是黑鬼做的。会不会是破坏你房间的同一伙人呢?手法很相似啊。"

"也许。"我说,再重新转一圈仔细看一遍。翻倒的桌前有一盒之多的回形针,到处散落并闪闪发亮地反射着日光灯的光。我先前就对回形针特别在意,于是装成检查地板的样子,弯腰抓起一把塞进长裤口袋里。

"这里放有什么重要东西吗?"

"没有。"女孩说,"这里有的全都是没什么意义的东西呀。是账簿、收据,或不太重要的研究资料之类的东西而已。几乎没什么被偷了会伤脑筋的东西。"

"驱黑鬼的发射设备没事吧?"

她从散乱在柜子前面的手电筒、录音机、闹钟、胶带切割台、止咳喉糖罐之类零零碎碎堆积如山的东西里面,翻出形状像紫外线侦测一样的小型机器,试了几次开关。

"没问题,可以用。他们大概以为是无意义的机器吧。而且这机器原理非常简单,轻微碰撞是不太会坏的。"她说。

然后胖女孩走到房间一个角落,蹲下身拆掉插座盖子,把里面的小开关压下之后,站起来在墙壁的一部分用手掌轻轻一压。墙壁的那部分就开了像电话簿那么大的开口,从里面露出类似保险箱的东西。

"怎么样？这样就不会被发现吧？"女孩好像颇得意地说。然后对了四个号码，保险箱便开了。

"你帮我把里面的东西全部拿出来排在桌上好吗？"

我忍着肚子的疼痛把翻倒的桌子扶正复原，把保险箱里的东西全部排成一列放在桌上。有五公分厚的一沓用橡皮圈绑起来的存款簿，有股票、权状之类的东西，有现金两百万到三百万左右，有装在布袋里沉甸甸的东西，有黑皮手册，有茶色信封。她把茶色信封里的内容物放在桌上。里面有旧的欧米茄手表和金戒指。欧米茄的玻璃已经有细细的裂纹，整个变色成漆黑一片。

"这是父亲的遗物。"女孩说，"戒指是母亲的。其他东西全烧光了。"

我点点头，她就把戒指和手表放回原来的信封，把一沓钞票塞进套装的口袋。"对了，我完全忘了这里放有现金。"她说。然后打开布袋，从里面拿出一个用旧衬衫裹卷起来的东西，把衬衫打开让我看里面。是一把小型自动手枪。从那古老的样子看来，很显然不是模型枪，而是可以射出子弹的真枪。虽然我对枪不太清楚，但大概是布朗宁或贝瑞塔之类的。在电影上看过。枪附有备用的一个弹匣和一盒子弹。

"你会射击吗？"女孩问。

"怎么可能。"我吃惊地说，"从来没有碰过这种东西。"

"我很行噢。练习了很多年。到北海道别墅去住的时候，一个人在山里射击，十米左右的距离，明信片大小的程度我可以射中噢。厉害吧？"

"厉害。"我说，"不过这种东西是从哪里弄来的？"

"你真的很傻噢。"女孩好像很惊奇地说，"只要有钱，什么都买得到啊。你不知道吗？不过反正你不会用枪，我来带好了。可以吧？"

19. 冷酷异境　汉堡、天际线、最后期限

"请便。不过因为很暗，希望你不要射到我。要是再受伤的话，我恐怕连站都站不起来了。"

"哎呀没问题。不用担心。我是非常小心的人。"她说着把自动手枪放进上衣右边口袋。真不可思议，她的套装口袋不管塞进多少东西，看起来都一点也不会鼓起来，也不会变形。也许有什么特殊设计也不一定。或者只是缝制手工很好而已。

接着她翻开黑皮手册中间一带的某一页，在灯光下认真地盯了很久。我也瞄了一下那一页，但手册上只排列着莫名其妙的密码和英文字母，仿佛暗号似的，上面写的东西没有一样我看得懂。

"这是祖父的手册。"女孩说，"用只有我和祖父才看得懂的密码写的。记着预定的事和当天发生的事。祖父说如果他出了什么事，就读这本手册。嗯，请等一下。九月二十九日你做完洗码对吗？"

"确实没错。"我说。

"那上面写着①。那大概是第一步骤吧。然后你在三十日夜里或十月一日早晨做完混洗。对吗？"

"没错。"

"那是②。第二步骤。其次，嗯，十月二日中午。这是③。写着'程序解除'。"

"二日中午预定要见博士的。那大概要把安装在我身上的特殊程序解除吧。为了不要让世界终结。但状况有了变化。博士可能被杀了，或被带到什么地方去了。现在这是最大的问题。"

"等一下。先看下去。密码非常复杂。"

她眼睛在手册上浏览时，我整理背包里的东西，把手电筒的电池换新。原来在柜子里的雨衣和雨靴胡乱被丢在地上，但幸亏并没有被破

坏到不能穿的地步。如果不穿雨衣而钻过瀑布的话，会全身湿透冷到骨髓。身体一冷，伤口又要开始痛起来。我把她那同样被丢在地上的粉红色慢跑鞋放进背包里。手表的数字显示快接近午夜十二点了。也就是说离程序解除的限定时间还有正好十二小时。

"那后面排着相当专业的计算。电量、溶解速度、抵抗值、误差之类的。我搞不懂。"

"不懂的地方就跳过去好了，没什么时间了。"我说，"只要懂的地方就可以，能不能帮我解读一下那密码？"

"没有必要解读。"

"为什么？"

她把手册交给我，指着那个部分。那个部分没有任何密码，只记着一个巨大的×号、日期和时刻而已。比起旁边必须用放大镜看才能读出来的密密麻麻的字来，×号未免太大了，那不平衡感更加深一层不祥的印象。

"这是表示最后期限（Deadline）吗？"她说。

"或许这是④吧。在③程序解除之后，这×记号就不会发生。但如果由于某种原因没有被解除的话，那程序就继续跑，到达这个×号，我想。"

"那么我们无论如何都必须在二日正午见到祖父才行啰？"

19. 冷酷异境　汉堡、天际线、最后期限

"如果我的推测正确的话。"

"你的推测正确吗？"

"大概。"我小声说。

"如果真是这样的话，还有几个小时？"女孩问我，"不管是到那个世界末日，还是到大祸降临为止。"

"三十六小时。"我说。没有必要看手表。地球转一圈半的时间。在那时间里，早报送两次晚报送一次。闹钟响两次，男人们刮两次胡子。运气好的人在那之间可能做两到三次性交。所谓三十六小时就是这么多的时间。假定人能活七十年的话，是人生中的一万七千零三十三分之一的时间。而那三十六小时过去之后，有什么事——可能是世界末日——将会来临。

"现在要怎么办？"女孩问。

我从滚落在柜子前面的急救药箱里找到了止痛药，和着水壶里的水吞进去，背起了背包。

"只能到地下去呀。"我说。

20.
世界末日
兽的死

兽群已经有几头同伴不见了。第一次持续下了一夜雪之后的隔天早晨，年老的几头就已埋身在五公分厚的积雪中。那金色的身体更增添冬天的白。早晨的阳光自被撕裂的残云间射穿，鲜明地辉映着冰冻的光景。超过千头的兽群吐出气息，那空气在光线中白花花地舞着。

我在黎明前醒来，发现街完全被白雪罩住了。那真是漂亮的景色。在纯白一色的风景中，黑黑的钟塔耸立着，下面流着像是一条黑暗带子似的河川。太阳还没升起，天上厚云密布没有一丝空隙。我穿上大衣戴上手套，走进没有人迹的路前往街上。雪从我一睡着就开始无声地降下来，在我快醒来的不久前才停止。雪上还没有任何足迹。拿到手上试试看，那触感简直像糖粉般柔软、松滑。河边停滞的水结了一层薄薄的冰，上面有斑斑花花的积雪。

除了我所呼出来的白气，街上没有任何会动的东西。没有风，连鸟都不见踪影。只有靴底踏雪的声音，简直像合成的音效似的发出大得不自然的声音，回声响遍家家户户的石壁。

来到接近门的地方时，看得见广场前面守门人的身影。他钻进上次和影子两人一起修理过的板车下面，正在给车轴上机油。板车上头

20. 世界末日　兽的死

排着几个装菜籽油用的陶瓮。用绳子牢牢固定在侧板上以免倾倒。那么大量的油,守门人到底要做什么,我觉得很奇怪。

守门人从板车下面露出脸来,举起手跟我打招呼。他看起来很高兴的样子。

"早啊。什么风把你吹来了?"

"我来看雪景。"我说,"从山丘上看非常漂亮。"

他大声笑起来,像平常那样把他的大手放在我背上。他连手套都没戴。

"你这个人也真怪。从现在开始雪景可以让你看到腻呢,何必特地下来看。你真是怪人。"

他一面像是蒸汽机似的呼出一大口白气,一面紧盯着门的方向。

"不过你来得正好。"守门人说,"你到瞭望台上去看看。可以看见有趣的东西噢。这个冬天的第一次。等一下会吹号角,你好好看看外头的景色吧。"

"第一次?"

"你看了就知道。"

我不明就里地爬上门边的瞭望台,眺望外面的世界。苹果树林上简直像云本身飘下来似的积满了雪。北岭、东岭的表面都染成白色,只有留下形状像伤疤一般隆起的岩石肌理。

瞭望台正下方就像平常一样有兽在睡觉。它们像把脚折叠起来一样弯曲着,安静地窝在地面,颜色和雪一样纯白的角笔直向前突出,各自贪恋着安静的睡眠。兽的背上也积了好多雪,但它们好像没发觉似的,睡得深沉极了。

终于头上的云裂开了一点,阳光开始照射地面,但我依然站在瞭望台上，继续眺望周围的风景。光像聚光灯般，只照在部分地表上，而且我也想确认一下守门人所说的"有趣的东西"。

守门人终于把门打开，像平常一样吹响一长、三短的号角声。兽在那最初的第一声醒过来，抬起头，眼睛望向声音传来的方向。从那白色气息的量可以知道它们的身体又开始新一天的活动了。兽正在睡觉时的呼吸相当微弱。

最后一次号角声被吸进大气里去之后，兽站了起来。首先前脚慢慢试着伸直，上身抬起来，其次把后腿伸直。然后角朝向空中扬起几次，最后才像忽然想起来似的摇摇身子把积雪抖落地面。然后朝着门迈步前进。

兽群进到门里之后，我终于明白守门人要我看的到底是什么。看起来好像在睡觉的兽中的几头，保持同样的姿势冻死了。这些兽与其说是死了，不如说看起来好像在对什么重要命题认真深思一样。但对它们来说答案并不存在。它们的鼻子和嘴巴都没有一丝白气上升。它们停止了肉体的活动，意识已经被吸进深沉的黑暗中去了。

当其他的兽都朝着门走掉之后，几具尸体像大地上长出的小瘤般留在原处。白色的雪衣包裹着它们的身体。只有几只角奇妙而生动地射向太空。当活下来的兽群通过它们身旁时，有些头深深低垂，有些蹄声轻响。它们在哀悼着死者。

我直到朝日高升，墙的影子往眼前拉进，阳光开始安静融化着大地之雪为止，都在眺望着它们静悄悄的尸骸。因为我觉得清晨的阳光会连它们的死都融化，使看来像已经死掉的兽又忽然站立起来，像平日一样开始前进。

但它们并没有站起来，只有被融雪濡湿的金色的毛沐浴着日光，

20. 世界末日 兽的死

持续发出闪闪亮光而已。我的眼睛终于开始痛起来。

我走下瞭望台，跨过河川，爬上西丘回到家之后，才知道早晨阳光比想象中更强烈地伤害了眼睛。我闭上眼时，眼泪不停涌上来，发出滴落膝盖的声音。我试着用冷水洗眼睛，但没有效。我把厚重的窗帘拉上，安静闭着眼睛，连续好几小时像在丧失距离感的黑暗中，看见许多形状奇怪的线条和图形在黑暗中浮起又消失。

到了十点，老人用托盘端着咖啡来敲我的门，看见趴在床上的我，于是用冷毛巾为我擦眼睑。耳朵后面阵阵疼痛，但眼泪的量似乎总算少了一些。

"到底怎么了？"老人问我，"早晨的阳光比你想象中强多了。尤其积雪的早晨。你应该知道'梦读'的眼睛是经不起强烈日光的，为什么到外面去呢？"

"我去看兽群哪。"我说，"死了好些。八头或九头，不，更多吧。"

"从现在开始还要死更多呢。每次下雪就会这样。"

"为什么这么简单就死去呢？"

我仰卧着，把毛巾从脸上拿开，试着问老人。

"它们很脆弱啊。不耐寒也不耐饿。从以前就一直这样。"

"会绝种吗？"

老人摇摇头。"它们已经在这里生存了几万年，以后也还会继续活下去吧。虽然冬天里死掉很多，但春天又会生小孩。只是新的生命取代旧的生命而已。光以这街里生长的草木能养活的兽数是有限的。"

"它们为什么不迁移到别的地方去呢？到森林里去有好多树木，到南边去雪也下得少。我觉得没有必要执着地留在这里呀。"

"这个我也不清楚。"老人说，"但兽不能离开这里。它们附属于这街,被限制在这里。就像你我一样。它们都根据它们的本能,知道没办法逃出这个街。或者它们只能吃这里生长的草木也不一定。或者无法越过往南途中广阔的石灰岩荒野也不一定。但不管怎么说,兽都无法离开这里。"

"尸体会怎么样?"

"烧掉啊。守门人会烧。"老人一面用咖啡暖着粗糙的大手一面这样回答,"从现在开始会有一阵子,这就是守门人的主要工作。首先把死掉的兽头割下来,把脑和眼睛挖出来,然后用大锅子煮,做成漂亮的头骨。剩下的尸体堆起来,浇上菜籽油,点火燃烧。"

"于是那头骨就带着古梦,被排在图书馆的书库里,对吗?"我仍然一直闭着眼睛问老人,"为什么呢? 为什么是头骨呢?"

老人什么也没回答。只听见他走在地板上木头嘎吱嘎吱响的声音。那声音从床边慢慢远去,停在窗前。然后沉默又持续了一阵子。

"等你理解什么是古梦的时候就知道了。"老人说,"为什么古梦会进到头骨里去? 我不能告诉你。你是梦读。答案必须由你自己去寻找。"

我用毛巾擦擦眼泪,然后张开眼睛。站在窗边的老人看起来形影模糊。

"很多事物的姿态在冬天里都会变得更明确。"老人继续说,"不管你喜不喜欢,都会这样继续下去。雪下个不停,兽继续死去。谁也阻止不了。一到下午就可以看见烧兽的灰烟升起。冬天里每天就这样继续下去。白色的雪和灰色的烟。"

21.
冷酷异境
手链、本·约翰逊、恶魔

壁橱后面和上次见过的一样黑暗,现在也许因为知道黑鬼的存在,感觉比以前更深更冷似的。从来没见过这样完全的黑暗。在都市使用街灯、霓虹灯、橱窗照明等把黑暗从大地驱逐之前,世界应该是像这样令人窒息地充满黑暗吧。

她首先下了梯子。她把驱黑鬼的发射机塞进雨衣的深口袋里,把肩挂型大闪光灯斜背在身上,踩着雨靴发出咯吱咯吱的声音,快速下到黑暗的底部。过了一会儿,伴随着流水声从下面传来"可以了,下来吧"的声音,并摇着黄色的灯光。那地狱最下层的底部似乎比我记忆中的还要深得多的样子。我把手电筒放进口袋里,开始走下梯子。阶梯依然是湿的,不注意就可能滑落。我走下来,想起坐在天际线车上的男女和杜兰杜兰的音乐。他们什么都不知道。不知道我口袋里塞着手电筒和大型刀子,抱着伤并走下黑暗。他们脑子里有的只是速度表上的数字和性的预感或记忆,或流行排行榜上起起落落的无害热门歌曲而已。当然我不能责备他们,他们只是不知道而已。

我如果什么都不知道,也可以不做这个的。我试着想象自己正坐在天际线的驾驶座上,旁边载着一位女孩子,听着杜兰杜兰的音乐疾驰在深夜的都市里。那女孩子在做爱时左手上两条细细的银手链会脱下来吗？要是不脱就更好了，我想。衣服全部脱掉之后，那两条手链就像她身体的一部分一样，应该戴在那手腕上。

不过，也许她会脱掉。因为女孩子在洗澡的时候，会把各种东西脱掉。那么，我有必要在洗澡之前和她相交，或者请她不要脱掉手链。这两样哪一样好我不太清楚，但不管怎样，总要想办法在她戴着手链的情况下和她相交。这很重要。

我试着想象自己和戴着手链的她睡觉的样子。因为完全想不起她的脸，因此我决定把房间的照明弄暗。因为暗，所以脸看不清楚。脱下紫藤色或白色或浅蓝色光滑漂亮的内衣之后，手链就成了她身上戴的唯一东西了。那手链承受着微弱的光而闪着白光，在床单上发出轻轻的悦耳声。

我一面模糊地想着这样的事一面走下梯子时，感觉我的阴茎在雨衣下面开始勃起。要命，我想，为什么偏偏选这个地方开始勃起呢？为什么和那个图书馆的女孩——大胃王女孩——在床上的时候不勃起呢？居然在这莫名其妙的梯子正中间勃起？只不过是两条银手链到底有什么意义呢？而且还是在世界末日快到的时候。

我下完梯子站在岩盘上，她把灯光团团转一圈，把周围的风景照出来。

"黑鬼确实好像在这一带出没。"她说，"可以听见声音。"

"声音？"我反问她。

"好像用鳃在拍打地面似的噼呀噼呀的声音，虽然很小声，但仔细听就听得出来。还有迹象和臭味。"

我侧耳细听，试着闻一闻，但没有感觉。

"不习惯是不知道的。"她说，"习惯的话，连他们说话的声音都好像可以听见。说话声据说也只是像音波一样的东西。就像蝙蝠一样。其实和蝙蝠不一样,有一部分音波和人类的可听范围重叠,他们彼此之间意思可以沟通。"

"那么记号士是怎么和他们联络的?不说话怎么能联络呢?"

"如果要制造那种机器的话,是能制造的啊。把他们的音波转换成人类的声音,把人类的语言转换成他们的音波。也许记号士已经制造出这样的机器了。祖父要是想的话,也可以很轻易地制造出来,只是他并没有制造。"

"为什么?"

"因为不想和他们说话。他们是邪恶的生物,他们说的话也邪恶。他们只吃腐肉或腐败的垃圾,只喝腐败的水。他们过去就住在坟场下面吃被埋葬的死人的肉。在火葬以前的时代。"

"那么他们不吃活人的肉吗?"

"抓到活人就先泡水几天,从开始腐败的部分按顺序吃起。"

"要命。"我说着叹了一口气,"不管发生什么,我真想这就回家去了。"

不过我们还是沿着流水前进。她走在前面,我跟在后面。我把灯光照着她的背时,像邮票一般大的金耳环便闪闪发亮。

"老是戴着那么大的耳环不重吗?"我从后面试着开口说。

"习惯就好。"她回答,"和阴茎一样啊。你感觉过阴茎重吗?"

"没有。没这回事。"

"和那一样啊。"

我们又暂时没说话地继续走。她大概太熟悉脚下的路况了,一面用灯照出周围的风景,一面快步往前走。我则一步一步确认着,辛苦地追赶在后面。

"嗨,你泡澡或淋浴时戴着耳环吗?"我为了不被她丢下而再度开口。她只在说话时稍微放慢脚步。

"戴着啊。"她回答,"衣服脱光还是戴着耳环哪。这样你觉得性感吗?"

"这个嘛。"我急忙说,"这么一说,也许是噢。"

"做爱你都是从前面吗,面对面的?"

"嗯,多半。"

"也有从后面吧?"

"嗯,是啊。"

"除此之外还有很多种是吗? 在下面啦,坐着啦,用椅子啦……"

"有各种人,有各种场合啊。"

"关于性的事情,我不太清楚。"她说,"没看过,也没做过。这种事没有人会教你。"

"这种事不需要教,是要自己去发现的。"我说,"你如果有了男朋友,和他睡觉自然很多事情就会懂了。"

"我不太喜欢这样。"她说,"我比较喜欢,怎么说呢,更……压倒性的事情。我希望被压倒性地侵犯,并且压倒性地去接受,而不是很多事情自然知道的。"

"你大概和年纪大的人相处太久了。天才且拥有压倒性资质的人。不过这个世界并不是只有这种人。大家都是平凡人。都在黑暗中摸索着活着。像我一样。"

"你不一样。如果是你就OK了。这我上次见面时已经说过了吧?"

我决心把性的印象从脑子里清扫掉。虽然我的勃起还继续着,但

21. 冷酷异境　手链、本·约翰逊、恶魔

在这地底的黑暗中勃起没有任何意义，起码走路就不方便。

"总之你那发射机已经发出黑鬼讨厌的音波了吧？"我试着改变话题。

"有啊。只要这音波在发射中，他们就不可能靠近离我们大约十五米以内的地方。所以你也不要离开我十五米以上噢。要不然，会被他们捉回巢穴去吊在井里，腐败后开始被啃呢。按你的情况会从肚子的伤口先腐烂，一定的。他们的牙齿和爪非常锐利。简直就像排成一列的粗锥子。"

我听了急忙紧跟在她后面。

"你的伤口还痛吗？"女孩问。

"吃了药好像好一点了。身体动得厉害时还会抽痛，平常不太痛。"我回答。

"如果能见到祖父，我想他可以让你不痛。"

"你爷爷？为什么？"

"很简单哪。他也帮我弄过几次。头很痛的时候，他会在你的意识里输入忘记疼痛的信号。本来疼痛对身体来说是重要的讯息，不太适合这样做，但这次是非常事态，所以没关系吧。"

"如果能这样的话就太好了。"我说。

"当然这要能见到祖父才行。"女孩说。

她左右摇着强烈的灯光，以踏实的脚步朝地底河流的上游继续走。左右岩壁上附有各种裂开似的岔路和恐怖的横穴，从某些岩缝渗出水来形成小水沟注入河里。沿着这些流水，滑溜溜像泥土般的青苔丛生。青苔发出不自然的鲜绿色。在不能进行光合作用的地底，青苔为什么会变成那样的颜色，我无法理解。或许地底有地底的

真理存在吧。

"嗨,黑鬼知道我们现在正走在这里吗?"

"当然。"女孩以平静的口气说,"这是他们的世界呀。地底发生的事他们无所不知。现在他们应该也在我们旁边,一直注视着我们。从刚才开始我就一直听到吵吵闹闹的声音了。"

我把手电筒照向旁边的壁上,除了粗粗的岩壁和椭圆形的青苔之外,什么也看不见。

"他们都躲在岔路或横穴里,藏在光线照不到的黑暗中。"女孩说,"而且他们应该也会跟在我们后面。"

"打开发射机开关后过几分钟了?"我问。

女孩看看手表然后说:"十分钟。十分二十秒。再五分钟就到瀑布了,你放心。"

正好五分钟后我们来到瀑布。消音装置好像还在运作着,瀑布和上次一样几乎无声。我们把帽子戴紧,绑好下颚的带子,戴上护目镜,穿过无声的瀑布。

"奇怪。"女孩说,"消音还在运作中,表示研究室没被破坏。如果黑鬼偷袭这里,他们一定会破坏里面才对呀。因为他们非常恨这个研究室。"

好像要证实她的推测一样,研究室的门锁是好好锁上的。如果黑鬼进去过的话,他们出来时不会再上锁,那么是黑鬼以外的人侵袭这里了。

她花很长的时间对门锁的号码,然后再用电子钥匙开门。研究室里黑黑冷冷的,有咖啡的气味。她急忙把门关上锁好。确定门打不开之后,再打开室内的电灯开关。

研究室里的样子,和上面办公室以及我的房间大概一样,都是被逼到极限状况的样子。文件散了一地,家具东倒西歪,餐具都砸破了,地毯被掀开,上面被泼倒了一桶之多的咖啡。为什么博士煮了这么大量的咖啡呢?我真搞不懂,不管多爱喝咖啡,一个人也喝不了这么多咖啡呀。

不过这研究室遭到的破坏,和其他两个房子有根本上差异的地方。那就是破坏者对要破坏的东西和不破坏的东西区别得很清楚。他们对该破坏的东西便破坏得体无完肤,除此之外的东西一根寒毛也没碰。计算机、通信装置、消音装置、发电设备都完全留下没动,只要开关一开都可以运作。只有大型的驱黑鬼的音波发射机有几个设备被扯掉不能用了,但只要换上新的设备立刻就可以开始运行。

后面一间的状况也一样。猛一看好像无可救药的一团混乱,但一切都是经过仔细安排计算的。排在架子上的头骨完全无恙,研究必需的仪器类全都留下来。只有其他可以轻易买到的便宜机器和实验材料痛快地砸坏了。

女孩走到保险箱前打开门,检查里面。门没上锁。她用两手从里面拨出烧成白灰的纸的灰烬,扫落地上。

"应急自动燃烧装置好像起了作用。"我说,"他们什么也没得到啊。"

"你想是谁干的?"

"是人类干的。"我说,"可能是记号士或什么人和黑鬼勾结起来跑到这里把门打开,只有人类能进到这里,把屋子里捣得天翻地覆。他们为了以后自己能够使用这里——大概想在这里继续做博士的研究——

而把重要的机械类保留没动。而且为了不让黑鬼乱来又把门锁上。"

"但他们并没有得到重要的东西。"

"也许。"我说着环视室内一周,"不过他们反正已经得到你爷爷了。要说重要,那是最重要的了。我因此没办法得知博士到底在我体内装了什么。已经无从知道了。"

"不。"胖女孩说,"祖父没被抓。你放心。这里有一条秘密出路。祖父一定从那里逃出去了。和我们一样用驱黑鬼的发射机。"

"你怎么知道?"

"虽然没有确实证据,但我知道。祖父是个非常细心的人,没那么容易被抓。只要有人想开钥匙进到里面时,他应该一定会逃出去的。"

"那么博士现在已经逃到地上了吗?"

"不。"女孩说,"事情没那么简单。那逃出口像迷魂阵一样,和黑鬼巢穴的中心连在一起,不管多么急,从那里逃出来也要花五小时啊。驱黑鬼的发射机只能用三十分钟,因此祖父应该还在那里面。"

"或者被黑鬼抓走了。"

"这倒不担心。祖父在这地底下保有一个黑鬼绝对不能靠近的安全避难所以防万一。祖父大概正躲在那里,安静等着我来吧。"

"确实是个小心谨慎的人。"我说,"你知道那地方吗?"

"嗯,我想我知道。因为祖父也告诉过我到那里的路线。而且手册上画有简单的地图。附上各种该注意的危险。"

"例如什么样的危险?"

"我想这个你还是不要知道比较好。"女孩说,"你这个人听完这种事情可能会过于紧张。"

我叹一口气,对于自己即将面临的危险我决定不再发问。我现在已经相当紧张了。

"要到那黑鬼无法接近的地方要花多少时间呢？"

"二十五或三十分钟就能到那入口。然后到祖父在的地方还要一小时到一小时半。只要到入口就不必担心黑鬼了,不过问题在于到入口之前。不赶快走的话,驱黑鬼装置的电池会用完。"

"如果我们的发射机电池在途中用完的话怎么办？"

"就只能碰运气了。"女孩说,"不断在身体周围扫射手电筒的光,让黑鬼不能靠近并赶快逃。因为黑鬼讨厌被光线照到。不过只要那光稍有空隙,黑鬼就会伸出手来把你或我抓走。"

"要命。"我无力地说,"发射机充电完了吗？"

她看看发射机的电力表,再瞄一眼手表。

"再五分钟就完成。"

"动作快一点比较好。"我说,"如果我推测正确的话,黑鬼可能正在通报记号士说我们来这里了,那么他们一定会立刻折回这里来。"

女孩把雨衣和雨靴脱掉,换上我带来的美军夹克和慢跑鞋。

"你也换一下衣服比较好,现在要去的地方必须轻装才能通过。"她说。

我也和她一样脱掉雨衣,在毛衣上套一件尼龙防风外套,拉链拉到脖子底下为止。然后背起背包,脱掉雨靴换上网球鞋,时钟指着将近十二点半。

女孩走进里面的房间,把壁橱里挂着的衣架丢到地上,两手握住挂衣架的不锈钢棒子开始旋转起来。转了一下之后,听见齿轮咬合的咔锵声。接着又继续往相同方向旋转,壁橱的墙壁右下方便忽然张开一个纵横七十公分大的洞。往里面一探,那洞后面看起来黑漆漆的,好像伸出手就会被捞走。可以感觉到冷且带霉味的风吹进屋里来。

"设计得相当巧妙吧?"女孩两手还握着不锈钢棒转向我说。

"确实做得真好。"我说,"这种地方还有逃生口,一般人是想不到的。真疯狂。"

"唉呀,才不是什么疯狂呢。所谓疯狂是指固执于一个方向或倾向的人对吗?祖父不是这样,他只是各方面都比别人优秀而已。从天文学、遗传学到这种土木工程。"她说,"像祖父这样的人再也找不到了。虽然在电视、杂志上大出风头高谈阔论的大有人在,但那些都是草包。真正的天才是在自己的世界充实满足的人。"

"不过本人充实满足,周围的人则未必如此。周围的人会想打破那充实满足的壁垒,设法利用那才能。所以会发生像这次这样的意外。不管什么样的天才,什么样的白痴,都不可能自己一个人活在纯粹的世界里。不管躲在多深的地下,或围在多高的墙里。终有一天会有人来把这推翻。你爷爷也不例外。托他的福我肚子被割了一刀,世界再三十五小时多就要终结了。"

"只要找到祖父,一定一切都可以顺利解决的。"她走近我身旁挺起背,在我耳朵下面轻轻吻一下。被她一吻,我身体觉得多少暖和一点,伤痛也稍微减轻了一些似的。也许我耳朵下面有这种特殊的点也不一定。或者单纯只为了很久没被十七岁的女孩亲吻了。上次被十七岁女孩亲吻已经是十八年前的事了。

"只要相信什么事都会顺利的话,世上就没有什么可怕的东西了。"她说。

"年纪大一点,相信的事情就会少一点。"我说,"这和牙齿磨损一样。并不是变得爱嘲笑,或变得多疑,只是磨损下去而已。"

21. 冷酷异境　手链、本·约翰逊、恶魔

"可怕吗？"

"可怕啊。"我说，然后弯腰再看一次洞穴深处，"我向来对又窄又暗的地方没办法。"

"不过已经不能向后退了。只好向前走吧？"

"理论上噢。"我说。我渐渐开始觉得身体已经不是自己的了。高中时代打篮球时就经常有这种感觉。球的运动实在太快，身体想要对应它，但意识却没办法赶上。

女孩一直注视着发射机的仪表，终于对我说："走吧。"充电完成了。

和刚才一样女孩先走，我跟在后面。走进洞里之后女孩转过身，把入口旁的把手旋转几次，关起门。随着门的关闭，从正方形洞射进来的光就逐渐变细，变成一条直线，终于消失。比以前更完全的、过去从来没经历过的浓密黑暗覆盖了我身体周围。手电筒的光都无法打破那黑暗的支配，只能在其中打出一个微弱又令人不放心的光之洞穴而已。

"我真不明白。"我说，"为什么你爷爷要特地选择通过黑鬼巢穴中心做逃出口呢？"

"因为这样最安全哪。"女孩一面用光照我一面说，"黑鬼巢穴中心对他们来说是神圣地域，他们不能进入。"

"那是宗教性的吗？"

"嗯，我想大概是吧。我自己虽然没看过，但祖父这样说。称之为信仰虽然令人厌烦，但那是一种宗教则不会错吧。他们的神是鱼。巨大且没有眼睛的鱼。"她这样说着就把光转向前方，"总之向前走吧。不太有时间了。"

洞窟的顶很低，不得不弯着身子走。岩壁的肌理大致还平滑很少

凹凸，但偶尔还是会被凸出来的岩角撞到头。即使撞到头也没时间理会。我把手电筒的光线紧紧照在她背上，拼命盯着她的背影，唯恐她失去踪影，只能紧紧跟着前进。她虽然胖，但身体动作还很敏捷，脚步也快，耐力似乎也相当持久。我虽然算强壮，但用腰部力量走时下腹部的伤口便阵阵疼痛。简直像把冰楔敲进肚子里一般疼。汗衫都湿透了，冷冷地贴在身上。但与其走失看不见她，一个人被留在黑暗里，还不如忍着疼痛好多了。

随着向前走，身体不属于我的意识越来越强。我想那大概因为看不见自己身体的关系吧。即使手掌举到眼前也看不见。

看不见自己的身体是一件很奇怪的事。一直处于这样的状态下，不久就开始觉得身体这东西也许只是个假设而已。虽然头撞到岩洞会感觉疼，肚子伤口也不停地继续痛，脚底感觉到地面，但那只不过是疼痛或触感而已。也就是在所谓身体这假设之上成立的一种概念而已。所以身体消失了，只留下概念在产生机能并不是不可能。就像因手术被切掉手脚的人，切掉之后还留下手指痛痒的记忆一样。

好几次我想用手电筒照自己的身体以确定它还存在，但又怕失去她的踪影而作罢。身体还好好地存在着，我试着这样对自己说。如果我的身体已经消失了，只剩下灵魂的话，我应该会变得更轻松才对。如果灵魂也必须永远抱着腹部的伤痛、胃溃疡、痔疮的话，到底要到什么地方才能得救呢？如果灵魂不是和肉体分离的东西的话，灵魂有什么理由存在呢？

我一边思考这些问题，一边追在胖女孩穿的橄榄绿战斗夹克和那下面露出的粉红色紧身裙、粉红色耐克慢跑鞋的后面。她的耳环在光线中闪闪发亮，摇摇晃晃，看起来就像在她脖子周围成双飞舞的萤火虫一样。"

　　她都没有回头看我，只是默默继续前进。好像我的存在已经从她的念头里消失了似的。她一面用探照灯快速检查着岔路或横穴，一面往前走。有岔路出现时，她就站定从胸前口袋拿出地图，用光照着确认该走哪一边才好。在那时我才能又跟上她。

　　"没问题吗？路对不对？"我试着问她。

　　"嗯，没问题。到目前为止都对。"她以笃定的声音回答。

　　"你怎么知道是对的？"

　　"因为对呀。"她说，光线照着脚下，"你看地面吧。"

　　我弯下腰试着注视光线照出的圆形地面。看得见岩石的凹洞里有几个银色闪亮的小东西散落着。拿起来一看，原来是金属制的回形针。

　　"对吗？"女孩说，"祖父经过这里了。而且想到我们会跟过来，所以在这里留下记号啊。"

　　"原来如此。"我说。

　　"经过十五分钟了。快点走吧。"女孩说。

　　前面也有几个岔路，但每次都有回形针撒落地上，因此我们可以不至于迷路地继续前进，并且节省很多宝贵的时间。

　　偶尔地面会突然出现深穴开口。穴的位置在地图上用红色记号笔做了记号，因此接近时我们会稍微减低速度，一面确认地面一面前进。穴的直径大约五十到七十公分，可以跳过去或绕到旁边，很容易通过。我试着捡一块拳头大的石子丢进里面，但等了好久都听不见声音，简直就像一路穿透通往巴西或阿根廷一样。如果踏个空掉进那洞里，光是想象胃就紧缩起来。

　　路像蛇行般左右弯曲，一边分出几条岔路，一边往下再往下，虽然坡度不陡，但路一直是往下走的。感觉上好像每走一步，后面光明的世界就从我背上被剥走一点似的。

路上我们曾经拥抱过一次。她突然停住，向后转身，把灯熄掉两手环抱我的身体。然后用手指寻找我的嘴唇，把嘴唇凑过来。我也搂住她的身体，轻轻抱紧。在一片漆黑里互相拥抱真是奇妙。我想司汤达应该写过在黑暗中互相拥抱的情形。我忘了书名，我试着回想，但怎么样都想不起来。司汤达有没有在黑暗中拥抱过女人？我想如果能活着从这里出去，而且世界还没有终结的话，我要找出司汤达的书来看看。

她脖子上哈密瓜古龙水的气味已经消失了。代替的是十七岁女孩脖子的气味。脖子下有我自己的气味。渗进美军夹克里的我的生活气味。我所做的菜，我所泼倒的咖啡，我的汗臭味。那些东西渗进去就那样固定下来了。在地底的黑暗中和十七岁少女拥抱着时，觉得这样的生活好像是再也不会回来的幻觉似的。可以想起那曾经存在过。但脑子里无法浮现我回到那里的情景。

我们安静拥抱很久。时间一直在过去，但我觉得那不是什么大问题。我们借着拥抱而互相分摊彼此的恐惧。而那是现在最重要的事。

终于她的乳房紧紧压在我胸前，她嘴唇张开，柔软的舌头随着温暖的气息探进我口中。她的舌尖在我舌头周围舔着，指尖在我头发里探索。但十秒左右就结束了，她突然离开我的身体。我简直就像一个人被遗留在外层空间的航天员一样，被无底的绝望感所袭扰。

我打开灯，她站在那里，她自己的灯也亮起。

"走吧。"她说。然后背转身，和刚才一样地开始走起来。我的嘴唇还留有她嘴唇的触感。我胸前还能感觉到她心脏的鼓动。

"我的，相当棒吧？"女孩没回头地说。

"相当棒。"我说。

"可是有点不够吧?"

"是啊。"我说,"有点不够。"

"什么不够呢?"

"不知道。"我说。

走了五分钟平坦的路之后,我们出到一个宽阔的地方。空气中的臭味不同了,脚步声响的方式改变了。拍手时,好像正中央膨胀起来似的椭圆形回音传了回来。

她拿出地图确认位置时,我用灯光照亮周围。顶上正好呈圆形,室内也和那搭配呈圆形。很明显是人为加工的平滑圆形。墙壁很光滑,没有凹凸。地面中心有一个直径一米左右的浅底洞穴,洞穴里积有不知是什么滑滑的东西。虽然不是特别臭,但空气中散发着令人口中涌起酸味的讨厌感觉。

"这好像是圣域的入口。"女孩说,"这样一来算是得救了。黑鬼不会进这里面来了。"

"黑鬼不会进来固然好,但我们能逃出去吗?"

"那只要交给祖父就行了。祖父一定会想办法帮我们。而且两个发射机组合起来,黑鬼就不能靠近了对吗?换句话说,一个发射机在运作时,另一个可以充电。这样就没什么可怕的。也不必担心时间了。"

"原来如此。"我说。

"有没有稍微鼓起勇气呀?"

"有一点。"我说。

进入圣域入口的两侧,设有精致的浮雕。两条巨大的鱼相互以口尾连接形成一个圆球形图纹。那鱼样子奇怪。头简直就像轰炸机前的防风部分一般高高隆起,没有眼睛,代替的是突出两只又粗又长的触角,像植物藤蔓一样扭曲旋转。口大得和身体不成比例,笔直裂开到鳃的附近,正下方根部跳出一根像动物切断的肢体般粗短的器官。起初我以为那是作用像吸盘似的器官,但仔细一看那尖端有三只锐利的爪。我第一次看到有爪的鱼。背鳍呈椭圆形,鳞片像刺一般从身上浮出来。

"这是传说中的生物吗?还是实际存在的东西?"我试着问女孩。

"谁知道。"女孩说着弯下腰,又从地上拾起几枚回形针,"不管怎么说,我们总算没走错路。走,快点进里面去吧。"

我再用手电筒的光照一次鱼的浮雕,然后跟在她后面。黑鬼在这完全黑暗的里面能做出如此精致的浮雕,对我来说真是相当吃惊。虽然脑子里知道他们能在黑暗中看见东西,但实际眼睛看到时的惊讶依然并不因此而稍减。而且现在这个瞬间,说不定他们就从黑暗深处紧紧盯着我们的举动。

进入圣域之后,路转为和缓的上坡,随着顶部越来越高,终于用灯光照射也无法认出顶来了。

"从这里开始进入山里。"女孩说,"习惯登山吗?"

"从前每星期登一次山。不过没在黑暗中登过山就是了。"

"好像不是什么了不起的山。"她把地图塞进胸前口袋说,"不是能称得上山的山。可以算是丘吧。不过据说对他们来说这就是山了。祖父说过的。地底唯一的山是圣山呢。"

"那么我们现在岂不正要污染它了吗?"

"不,相反。山本来就被污染了。所有的污物都集中在这里。这个世界,也就是说,是被地壳封闭的潘多拉的盒子。而我们现在正要穿过那中心。"

"简直像地狱一样嘛。"

"嗯,对呀。确实这里也许很像地狱。而且这里的空气透过下水道、各种洞穴和钻探孔上升到地面。也可能进入人们的肺里。"

"进到这里面,我们还能活下去吗?"

"要有信心哪。刚才不是说过了吗?只要有信心,就没什么可怕的。只要继续想一些快乐的回忆,爱过的人、哭过的事、小时候的事、将来的计划、喜欢的音乐,什么都可以,就不会害怕了。"

"可以想本·约翰逊吗?"

"本·约翰逊?"

"出现在约翰·福特的老电影里很会骑马的明星啊。骑马骑得帅极了。"

她在黑暗里非常愉快地咯咯咯笑起来。"你这个人真妙。我好喜欢你。"

"年龄相差太多了。"我说,"而且我乐器一样也不会。"

"从这里出去以后,我教你骑马。"

"谢谢。"我说,"不过你在想什么?"

"想和你接吻的事。"她说,"为了这个所以刚才和你接吻哪。你不知道?"

"不知道。"

"祖父在这里想什么你知道吗?"

"不知道。"

"祖父什么也不想。他可以让头脑一片空白。所谓天才就是这样。头脑变成一片空白的话,邪恶的空气就没办法进入里面。"

"原来如此。"我说。

正如她所说的,路越走越危险,终于到了必须用两手攀登才行的峭壁。在那之间,我一直想着本·约翰逊。骑在马上的本·约翰逊。我尽可能在脑子里回想《要塞风云》《黄巾骑兵队》《驿马车》《一将功成万骨枯》等电影里本·约翰逊骑马的姿势。荒野中烈日高照,天空飘着像用毛刷刷出似的白云。牛群聚集在山谷里,女人们一面用白围裙擦着手,一面走出门口。河川流着,风摇着光波,人们在唱歌。而本·约翰逊在那样的风景中像箭似的奔驰而过。镜头在轨道上不停移动,把他的雄姿收入画面。

我一面探索着岩石之间可以落脚的点,一面继续想着本·约翰逊和他的马。不知道是不是由于这个原因,腹部伤口的疼痛竟像假的一样完全收敛了,可以不再被自己正负伤的意识所烦扰而能自由走动。想到这里,她刚才说的——如果能在意识中输入某种特定信号,就能缓和肉体疼痛——或许未必是夸张,我想。

以登山而言,那绝对不算是多么难的攀岩。落脚点都很牢固,也不是太陡的峭壁,只要一伸手就可以发现手边有岩壁的凹洞。以地上的基准可以说是适合初学者的,而且是星期天早晨小学生一个人攀登都不危险的程度,算是简单的路程。但因为是在地底的黑暗中,因此情况就不一样了。首先,不用说,什么都看不见。前面有什么、还要爬上多少、现在自己所在的位置是哪里、脚底下是什么情况、自己走的路线对不对,这些都不清楚。我真不知道丧失视力竟然是这么恐怖的事情。有时候连价值标准,或附属存在的自尊心和勇气似的东西都被剥夺了。人要达成什么的时候,极自然地必须把握三个要点:自己过去达成了什么、自己现在站在什么位置、接下来要做什么。如果这三点被夺走的话，只剩下恐惧、自信低落和疲劳感而已。我现在所处的位置就是如此。技术并不成问题。问题在于自己能够掌控多少情况。

我们在黑暗中继续上山。因为不能拿着手电筒攀登悬崖，因此我把手电筒放进裤袋，她也把手电筒皮带斜背，把光照到背后。因此我们什么也看不见。在她腰上摇晃的灯光，只照出空虚黑暗中的空洞。我们以那摇晃的灯光为目标继续默默攀登悬崖。

她为了确认我没有落后，偶尔会出声招呼。"没问题吗？"或"快到了"之类的。

"要不要唱歌？"过了一会儿她说。

"什么样的歌？"我问。

"什么都可以。只要有旋律有歌词就行了。你唱嘛。"

"我不在别人面前唱的。"

"唱嘛。没关系啦。"

没办法，我唱了《佩其卡》。

　　雪花飘飘的夜晚
　　快乐的佩其卡
　　炉火熊熊　啊　佩其卡
　　谈起从前的往事
　　噢　佩其卡

接下来的歌词我记不得了，因此自己随便编歌词唱。大家围着佩其卡时，有人敲门了，爸爸去开门，门外站着一只受伤的驯鹿说："我肚子饿了，有什么可以吃吗？"于是打开桃子罐头给它吃，这样的内容。

最后大家坐在佩其卡前面唱歌。

"唱得很棒嘛。"她赞美道,"很抱歉不能鼓掌,真是很好听的歌。"

"谢谢。"我说。

"再唱一曲吧。"女孩催促着。

于是我唱了《白色圣诞节》。

  梦见那白色圣诞节

  雪白的风景

  温柔的心

  古老的梦境

  献给你

  我的礼物

  梦见那白色圣诞节

  只要一闭上眼

  雪橇的铃声

  雪花的光辉

  就在我心中

  醒过来

"好极了。"她说,"那歌词是你作的吗?"

"只是想到什么就唱什么。"

"为什么老是唱冬天和雪的歌呢?"

"不知道。到底为什么噢?大概因为又黑又冷吧。我只能想到这种歌。"我身体一面从一个岩壁凹洞移向另一个岩壁凹洞一面说,"现在该你唱了。"

"我唱《自行车之歌》好吗?"

"请便。"我说。

> 四月的早晨
> 我骑着自行车
> 经过陌生的路
> 骑向森林里
> 新买的自行车
> 颜色是粉红色
> 把手和座位
> 全是粉红色
> 连煞车的橡皮
> 也都是粉红色

"怎么好像是你自己的歌嘛。"我说。

"是啊,当然。是我自己的歌。"她说,"喜欢吗?"

"喜欢哪。"

"要不要继续听?"

"当然要啊。"

> 四月的早晨
> 搭配的是粉红色
> 其他的颜色

世界末日与冷酷异境

　　一概都不行
　　新买的自行车
　　鞋子是粉红色
　　帽子和毛衣
　　也是粉红色
　　长裤和内衣
　　也都是粉红色

"我已经知道你对粉红色的感觉了,能不能说说别的啊。"我说。

"这是必要部分哪。"女孩说,"嗨,你觉得有没有粉红色的太阳眼镜?"

"艾尔顿·约翰好像戴过的样子。"

"噢。"她说,"算了没关系。我继续唱吧。"

　　我在路上
　　遇见爷爷
　　爷爷身上穿的
　　全是蓝色
　　胡子好像忘记刮了
　　那胡子也是蓝色
　　好像漫长的夜
　　深蓝色
　　漫长漫长的
　　永恒的蓝色

21. 冷酷异境　手链、本·约翰逊、恶魔

"那是指我吗?"我试着问。
"不,不是的。不是你。这歌里没有你。"

　　森林里
　　不要去
　　爷爷说
　　森林的规定
　　为了那些兽
　　就算是四月的早晨
　　水也不会倒流
　　四月的早晨

　　但是我
　　骑着自行车
　　骑进森林里
　　粉红色的自行车
　　四月晴朗的早晨
　　没什么可怕的
　　颜色是粉红色
　　只要骑在车上
　　什么都不怕
　　不是红不是蓝不是咖啡
　　纯粹是粉红色

她唱完《自行车之歌》不久之后,我们似乎完全爬上悬崖,来到宽阔的台地上了。我们松了一口气,试着用手电筒照照四周。台地好像相当宽大,像桌面一般光滑的平面无止境地延伸。她在台地的入口处蹲下身体,又发现半打左右的回形针。

"你爷爷到底到什么地方去了?"我问。

"快到了。就在这附近。我听祖父提过这台地好几次,所以大概可以知道。"

"那么你爷爷以前也来过几次啰?"

"那当然。祖父为了制作地底的地图,曾经在这附近的每个角落都绕过。这一带他什么都知道。从支穴的去向,到秘密走道,全都知道。"

"他一个人走的吗?"

"嗯,对呀。当然。"女孩说,"祖父喜欢一个人行动。他不是讨厌或不信任别人,只是别人跟不上他而已。"

"我好像可以了解。"我同意道,"不过这台地到底是什么?"

"这山上过去是黑鬼祖先住的地方。他们在山岩上挖洞穴,大家住在里面。现在我们站着的平坦地方,是他们举行宗教仪式的场所。对他们来说是神住的地方。祭司或巫师站在这里,呼唤黑暗之神,献上牺牲祭品。"

"所谓神,就是那可怕的长爪鱼吗?"

"对呀。他们相信那鱼主宰着黑暗地界。这地底的生态体系、各种东西应有的样子、理念、价值体系、生、死这些东西。他们传说从前最早的祖先,就是在那鱼的引导下来到这地底的。"她把灯照着脚下,向我显示地面挖有深十公分、宽一米左右的沟。这沟从台地入口一直线地导向黑暗深处。"沿着这道路一直往前走,应该可以走到从前的祭坛。

"我想祖父大概躲在那里。因为在这圣域之中祭坛是最神圣的地方,无论谁都不能靠近,所以只要躲在那里,就绝对不用担心被抓。"

我们顺着那沟似的笔直道路前进。道路终于转为下坡,两侧的墙壁也随着逐渐高起。简直就像两边的墙立刻要靠近来把我们身体夹住、挤破、压扁似的。周围依然像井底般安静,没有东西移动的迹象。只有我和她的橡胶鞋底踏在地面的声音,在墙和墙的缝隙之间发出奇妙的韵律声响。我一面走着,一面无意识地抬头看了几次。人在黑暗中,似乎极自然地就会去寻求星光或月光。

当然我头上既没有月亮,也没有星星。只有黑暗形成的几层东西,压在我身上而已。没有风,空气阴沉沉地停在同一个地方。感觉上包围着我的一切的一切都比以前沉重。觉得连自己的存在都更加沉重似的。吐气、鞋子的声音、手举起放下,都像拖着泥土似的被沉沉拉向地表。感觉不像是钻在地底深处,而像在外太空中某个不明天体上似的。引力、空气的密度和时间的感觉,一切的一切都和我记忆中的完全不同。

我把左手举高,把手表的灯打开,确认时间。两点十一分。下地底时正好是午夜,因此在黑暗中只过了两小时多一点而已。但我感觉好像人生的四分之一都在黑暗中度过似的。连手表的微弱光线,看久了眼睛深处都觉得微微刺痛。我的眼睛很可能已经逐渐被黑暗同化了。手电筒的光照向我的眼睛时也有一样的感受。长久身在黑暗中,好像黑暗才是本来应有的状态,光反而变成不自然的异物了。

我们一直闭着嘴,继续走下那深而狭窄的沟道。路是平坦的单线道,也不用担心头会碰到顶,因此我把手电筒关掉,靠着她橡胶鞋底的声音继续向前走。继续走着,自己的眼睛是张开或闭着都变得不确定了。睁开眼睛时的黑暗和闭着眼睛时的黑暗，完全相同。我试着一会儿睁着眼睛一会儿闭上眼一面走，最后竟然无法准确判断到底是睁眼还是闭眼。人类的某种行为，和与其相反的行为之间，本来存在着某种有效的差异，如果那差异消失了，分隔行为A和行为B的墙也就自动消亡了。

我现在能感觉到的，只有回响在耳边的她的鞋子声而已。这鞋子声由于地形、空气和黑暗的关系，响法显得很扭曲。我在脑子里试图把那响法化为语音，但那和任何语音都不相合。简直就像非洲，或中东等我们不懂的语言声音。在日本语的语音范围内，无论如何都无法规定它。如果是法语、德语或英语的话，或许多少有些接近那声音。总之我决定暂且以英语试一试。

首先最初那听起来好像是：

Even-through-be-shopped-degreed-well

实际上嘴巴念起来，又发现那和鞋底声完全不一样。更准确地表现应该是：

Efgvén-gthǒuv-bge-shpèvg-égvele-wgevl

的样子。

简直像芬兰语一样，但很遗憾，我完全不懂芬兰语。从语言本身的印象来说，好像在说"农夫在路上遇见年老的恶魔"一样的感觉，但那纯粹只是印象而已。没有任何根据。

我一面轮流以各种语言和文字来搭配那鞋声一面走。并在脑子里想象她粉红色耐克鞋交互踩在平坦路面的样子。右边脚跟踩下地面，重心移到脚尖，等快离开地面时左边的脚跟着地。那动作无限延续。时间的流动方式越来越慢。好像手表的弹簧松了，因此指针没办法往前走似的。粉红色慢跑鞋在我脑子里慢慢地忽而往前走,忽而往后退。

Efgvén-gthǒuv-bge-shpèvg-égvele-wgevl

Efgvén-gthǒuv-bge-shpèvg-égvele-wgevl

Efgvén-gthǒuv-bge……

鞋声这样响着。

芬兰乡下的石子路上坐着一位年老的恶魔。恶魔一万岁或两万岁,看起来很疲倦,衣服和靴子都满是灰尘。连胡须都快磨光了。"这么急,你要去哪里?"恶魔这样问农夫。"锄头缺口了,我要拿去修理。"农夫回答。"不用急。"恶魔说,"太阳还很高,不必这么着急呀。到这边坐一下,听我说话。"农夫小心地望着恶魔的脸。农夫知道被恶魔缠上了可不得了,但看起来恶魔非常寒冷而且筋疲力尽的样子,于是农夫就……

——有什么打在我脸颊上。柔软而扁平的东西。柔软而扁平,不怎么大而令人怀念的东西。那是什么?我正在整理思绪的时候,那东西又打了我的脸颊一次。我想举起右手把那拂开,但没有办到。我的脸颊又被打了一次。我的脸前面,有什么不愉快的东西一闪一闪地摇晃着。我张开眼睛。在张开眼睛之前,我没发现自己是闭着眼睛的。原来我是闭着眼睛的。我眼前是她的大型闪光灯,打我的是她的手。

"不要这样。"我吼道,"太耀眼了,好痛啊。"

"你在说什么傻话!在这种地方睡着会怎么样你知道吗?好好站起来呀!"女孩说。

"站起来?"

我打开手电筒,看一看四周。虽然自己没发现,但我竟然坐在地上靠着墙。大概在不知不觉之间睡着了。地上和墙上都被水濡到了似的湿答答的。

我慢慢直起腰站了起来。

"我真不明白什么时候睡着了,不记得曾经坐下来,也不记得想睡觉啊。"

"是那些家伙设计的。"女孩说,"他们希望我们就这样昏睡过去。"

"那些家伙?"

"住在这山上的东西呀,虽然不知道是神还是恶魔,不过就是这种存在。想要来阻碍我们。"

我摇摇头,把留在脑子里的硬块摇落。

"头脑一片模糊,逐渐搞不清楚眼睛到底是张开还是闭上了。而且你的鞋子也响得好奇怪……"

"我的鞋子?"

我把在她鞋子声响中如何登场的年老恶魔的事说给她听。

"那是骗术。"女孩说,"像催眠术一样的东西。如果我没注意的话,你一定会在这里睡着而误事。"

"误事?"

"对。误事。"虽然她说过了,但并没有告诉我那是哪一种误事,"你背包里有绳子吧?"

"嗯,有五米左右的绳子。"

"拿出来吧。"

我把背包从背上放下来,伸手进去里面,从罐头、威士忌酒瓶和水壶之间拉出绳子来交给她。女孩把绳子的一端绑在我皮带上,另一端缠在自己的腰上。然后绕起绳子,试着拉拉彼此的身体。

"这样就没问题了。"女孩说,"这样就不会走散了。"

21. 冷酷异境　手链、本·约翰逊、恶魔

"如果两边没有同时睡着的话。"我说,"你也睡很少吧?"

"问题在于不要让他们有机可乘。如果你因为睡眠不足而同情自己的话,恶势力就会从这里靠近来。你明白吗?"

"明白了。"

"明白就走吧。没时间拖拖拉拉的了。"

我们用尼龙绳连接彼此的身体并往前走。我努力不注意她的鞋子声音。而且用手电筒的光线照着女孩背后,一面注视着橄榄绿色的美军夹克一面走。我买那件夹克是在一九七一年。越南战争还在继续打着,一脸不祥的尼克松还在当总统的时候。那时候每个人都留长头发,穿脏鞋子,听恍惚的摇滚乐,穿背上有和平标志的美军淘汰的战斗夹克,心情好像彼得·方达一样。那已经是恐龙可能出现的古老时代的事了。

我试着回想当时发生的一些事情,但一件也想不起来。没办法只好试着想想彼得·方达骑着摩托车奔驰的场面。然后试着把那场面和荒原狼乐队的《Born to Be Wild》重叠起来看看。但《Born to Be Wild》在不知不觉之间变成马文·盖伊的《I Heard It Through The Grapevine》。大概因为前奏很相似的关系吧。

"你在想什么?"胖女孩从前面开口问。

"没什么。"我说。

"要不要唱歌?"

"不唱了。"

"那么,想一点什么吧。"

"来谈一谈吧。"

"谈什么?"

"谈下雨怎么样?"

"好啊。"

"你记得什么样的雨?"

"爸爸妈妈和兄弟死的那天傍晚下了雨。"

"谈一些快乐一点的吧。"我说。

"没关系。我想谈这个。"女孩说,"而且,除了你以外没有其他人可以说……如果你不想听,当然那就算了。"

"如果想说就说吧。"我说。

"那雨好像在下,又好像没下的样子。从早上起就一直是那样的天气。天空被灰色覆盖着,朦朦胧胧的纹风不动。我躺在医院的床上,一直仰望着那样的天空。十一月初,窗外长有樟树。很大的樟树。叶子已经落了一半,从那树枝的空隙可以看见天空。你喜欢眺望树吗?"

"不知道。"我说,"并不讨厌,不过也从来没有认真眺望过。"

说真的,我连柯树和樟树都无法区别呢。

"我最喜欢看树。从以前就喜欢,现在还是一样。一有时间就坐在树下,一面摸摸树干,抬头看看树枝,一面发呆好几个钟头。那时候我住的医院里,庭院中有非常高大的樟树。我躺在床上,一整天什么也没做,光是看着那樟树的树枝和天空。最后几乎记住了每一根树枝。就像铁路迷记住每条路线的名称和站点一样。

"然后,经常有鸟飞来那棵樟树上。各种的鸟。麻雀、伯劳、白头翁等。还有不知名的漂亮的鸟。有时候斑鸠也飞来。这些鸟飞过来,在树枝上停留一会儿,然后又不知道飞到什么地方去了,鸟对下雨非常敏感。你知道吗?"

"不知道。"我说。

21. 冷酷异境　手链、本·约翰逊、恶魔

"下雨的时候,或好像快下雨的时候,鸟绝对不会出现在枝头。不过一下完雨立刻就会飞来,大声啼叫。简直就像大家都在祝贺雨停了似的。不知道为什么,也许因为雨停了虫子会跑出地面吧。又或许鸟只是单纯的喜欢雨停而已。不过因此,我就可以知道天气的情况了。看不见鸟就是雨天,鸟飞来啼叫就是雨停了。"

"住院很久吗?"

"嗯,一个月左右。我从前心脏瓣膜有问题,不得不动手术。因为听说是非常困难的手术,所以家里人对我已经放弃一半信心了。不过很奇怪,结果居然只有我还生存着,而且活得很健康。其他的人全都死了。"

说到这里她继续沉默地走着。我也一面想着她的心脏、樟树和鸟一面走着。

"大家死的那天,对鸟来说是非常忙碌的一天。因为那天不知道有下或没下的,雨一直下下停停,所以鸟也配合着一会儿出来一会儿躲起来,反复了几次。那天非常冷,正在预告冬天似的一天,因为病房里有暖气,所以窗户的玻璃立刻就雾雾的,我不得不擦了几次。从床上起来,用毛巾擦窗子,又回到床上。本来是不可以下来的,但我想看树、鸟、天空和雨。长久住院以后,那些东西看起来就像是生命本身似的。你住过院吗?"

"没有。"我说。我大体上就像春天的熊一样健康。

"有一种鸟,羽毛是红色头是黑色的。每次都是成对一起行动。和这比起来,白头翁简直像银行职员一样朴素。不过雨一停大家都一样飞到枝头啼叫起来。

"那时候我这样想,世界真奇妙啊。世界上长有几百亿、几千亿棵

的樟树——当然不一定非要樟树不可——在那里太阳照射、雨水降临，因而有好几百亿、好几千亿只的鸟停在上面，或从那上面飞走。在想象这光景的时候，我心情竟然变得非常悲伤。"

"为什么？"

"大概是因为世界充满了数不清的树、数不清的鸟和数不清的雨吧。然而我觉得自己连一棵樟树、一阵雨都无法理解。永远。就在无法理解一棵樟树、无法理解雨的情况下，变老而死去。想到这里，我就觉得非常寂寞，一个人哭起来。一面哭一面希望有人紧紧抱着我。但是没有一个人来抱我。因此我就孤零零的一个人，在床上一直哭。

"不久天渐渐黑了，周围暗下来，鸟也不见了。所以我不知道是在下雨还是没下雨，也没办法确认。那天傍晚我的家人全部死掉了。虽然很久以后别人才告诉我。"

"知道的时候很难过吧。"

"不太记得了。我觉得那时候大概什么也没感觉到吧。我只记得，在那秋雨的黄昏没有人来紧紧拥抱我。那简直就像——对我来说就像世界末日一样。又黑又难过又寂寞得不得了，想要人家拥抱的时候，周围却没有人来抱你，这是怎么一回事，你懂吗？"

"我想我懂。"我说。

"你曾经失去过心爱的人吗？"

"好几次。"

"所以现在是孤零零一个人？"

"也没有。"我一面捻着绑在皮带上的尼龙绳一面说，"在这世界上谁都不能孤零零一个人活着。大家都在某个地方有一点联系。雨会下，鸟会叫。肚子也会被割破，在黑暗中会和女孩子接吻。"

21. 冷酷异境　手链、本·约翰逊、恶魔

"不过如果没有爱的话,世界等于不存在呀。"胖女孩说,"如果没有爱,那么世界就和窗外吹过的风一样。既触摸不到,也闻不到气味。不管能用钱买到多少女孩子,不管和多少迎面而来的女孩子睡觉,那都不是真实的。谁都没有认真拥抱你的身体。"

"并没有那么常买女孩子,也没和迎面而来的人睡觉。"我抗议。

"一样啊。"她说。

也许是吧。我想。谁也没有认真拥抱我的身体。我也没有认真拥抱什么人的身体。就这样逐渐老去。我像贴在海底岩礁上的海参一样,孤零零地老去。

我一面呆呆想着一面走,没注意她已经停下来,于是又碰到那柔软的背。

"抱歉。"我说。

"嘘!"她说着抓住我的手臂,"有什么声音,你仔细听!"

我们安静站着,侧耳倾听从黑暗深处传来的声音。那声音从路的正前方远远传来,很小声,不注意的话就听不到。像微弱的地鸣,又像非常沉重的金属互相摩擦的声音。但不管那是什么,声音继续响着,随着时间过去,音量好像逐渐提高。好像有一只大虫子在背上悄悄痒痒地往上爬似的。发出一股令人厌恶且冷飕飕的声音。人的耳朵勉强能听见的低沉声音。

连周围的空气,都配合那音波开始摇晃起来似的。沉甸甸的风,像被水冲走的泥一样,在我们身体周围由前往后慢慢移动着。空气似乎含着水汽似的湿湿冷冷。而且周遭充满了即将发生什么的预感。

"是不是快要地震了?"我说。

"不是地震。"胖女孩说,"比地震更严重的事情。"

22.
世界末日
灰色的烟

正如老人预言的,烟每天都在升起。那灰色的烟由苹果树林一带升起,就那样被吞进空中沉甸甸的厚云中去。一直注视着,会被错觉侵袭,觉得所有的云都是从苹果树林中制造出来的。烟升起的时刻准确说来是下午三点,至于持续多久则依死兽的数目而不同。大风雪的第二天或冷冻的夜晚之后,那浓重的烟简直令人联想到森林火灾,持续好几小时。

为什么人们不想办法防止它们的死呢?我真不明白。

"为什么不找个地方盖个小屋什么的呢?"我在下棋时试着问老人,"为什么不为兽群想办法防雪防风防寒呢?不必做得很好也可以。只要稍微加个屋顶围个围墙就能救很多条命啊。"

"那是白费力气。"老人眼睛不离棋盘地说,"就算造了小屋兽也不会进去。它们从以前开始就一直睡在大地之上啊。就算因此会送命,它们还是要睡外头。宁可冒着风雪冰寒。"

上校把主教放在国王正面,坚固地封锁阵地。两侧则有两个角落正张开火线,正等着我攻进去。

"听起来兽简直就是自找苦吃,自寻死路嘛。"我说。

"在某种意义上或许确实是这样。不过对它们来说这就是自然。寒

22. 世界末日　灰色的烟

冷和痛苦,对它们来说或许才是救赎也不一定。"

老人沉默下来,因此我让猿猴潜入城墙旁边。我打算诱使城墙移动。上校正要上当,忽然警觉而止住,改为移动骑士往后退缩,把防御范围缩成针山一样。

"我看你也逐渐狡猾起来了啊。"老人笑着说。

"跟您比还差多了。"我也笑着说,"不过您所说的救赎是什么意思呢?"

"我是说它们也许因死而得救也不一定啊。兽确实是死了,但春天一来又生了。以新的孩子出生。"

"而那些孩子又渐渐生长,遭遇同样的苦难,然后又死去对吗?为什么它们非承受这苦难不可呢?"

"那是规定啊。"老人说,"该你了。只要无法打倒我的主教,你就赢不了。"

三天之间雪断断续续地下着,然后忽然晴天来临。凝冻成一片白色的街,终于又见到久违的太阳,在阳光普照之下,周遭充满了雪融的水声和炫目的光辉。雪块从枝头落下的声音此起彼落。我为了避开光线而把窗帘拉紧,静静躲在屋里。尽管藏身在窗户紧闭窗帘深垂的背后,我还是无法逃过那亮光。结冻的街像精巧切割的巨大宝石般,所有角度反射着阳光,把那奇妙而直接的光送进房间,射进我的眼睛。

我在那样的午后一直趴在床上用枕头覆盖眼睛,侧耳听着鸟的声音。鸟发出各式各样的声音飞到窗边来,又飞到别的窗前去。鸟都知道住在官舍的老人们把面包屑撒在窗边,也听得见老人们坐在官舍前的阳光下聊天的声音。只有我一个人不得不远离温暖太阳的惠顾。

天黑之后我起床用冷水冲洗肿胀的眼睛,戴上墨镜,走下积雪的山丘斜坡到图书馆去。但在炫目光线刺痛我眼睛的日子里,我无法像平常那样读那么多梦。处理了一两个头骨之后,古梦所发出的光就会使我的眼球像被针刺似的疼痛。我眼睛深处模糊的空间便像被沙子填满似的变得沉重呆滞,手指尖便失去了平日微妙的感觉。

这时候她会以濡湿的冷毛巾为我敷眼睛,热一些淡汤或牛奶给我喝。无论汤或牛奶都有点粗粗的,舌头的触感怪不舒服,味道也缺乏柔润的美感,喝了几次之后嘴巴终于逐渐习惯,渐渐能感觉那特别的美味了。

我这样一说,她就高兴地微笑了。

"这表示你已经逐渐习惯这街了。"她说,"这街的食物和其他地方有些不同。我们只用少数种类的材料做出各种不同的东西。看起来像是肉的东西其实不是肉,看起来像蛋的东西其实不是蛋,看起来像咖啡的东西也不是咖啡。全部都是做得像而已。这汤对身体非常好噢。怎么样?身体暖和起来头脑轻松一点了吧?"

"是啊。"我说。

确实我的身体因为热汤而恢复了温暖,头脑的沉重感也比刚才轻松多了。我为热汤道过谢,闭上眼睛让身体和头脑休息。

"你现在是不是在寻求什么?"她问道。

"我吗?除了你以外?"

"虽然不太清楚,不过我忽然这样觉得。如果有了那东西,或许可以让你因为冬天而僵硬的心多少放开一些。"

22. 世界末日 灰色的烟

"我需要阳光。"我说,并且摘下墨镜,用布擦一擦镜片,然后再戴上,"但是不行。我的眼睛不能承受日光。"

"一定是更微小的东西。能让心放松的一点小东西。就像我刚才用手指帮你按摩眼睛一样,一定有什么方法可以让你的心放松的。你想不起来吗?在你居住过的世界里,心变僵硬的时候都做些什么呢?"

我在残存不多的记忆片段里花时间寻找,但想不起她所指的任何一件事情。

"不行。什么也想不起来。我应该拥有的记忆几乎全部丧失了。"

"不管多微小的事情都可以。如果你想到了请试着说出来。我们两个一起来想想看。希望我能多少帮你一点忙。"

我点点头,再一次集中意识,试着挖掘埋在古老世界里的记忆。但那岩盘实在太坚硬了,不管绞尽多少力气,还是丝毫不能动弹。头再度疼痛起来。想必在和影子分离时,已经致命地丧失了所谓我这个自己了。留在我身上的只有不确定也无从掌握的心而已了。而且连那心都因为冬天的寒冷而逐渐坚固地封闭起来了。

她的手掌贴在我的太阳穴上。

"没关系,下次再想好了。或许以后你会忽然想起来也不一定。"

"最后再读一个古梦吧。"我说。

"你好像非常疲倦的样子。明天再继续读好吗?不需要太勉强。古梦是多久都可以等的。"

"不,读着古梦总比什么也不做轻松。至少在读梦的时候可以什么都不想啊。"

她看了我的脸一会儿,终于点头从桌边站起来,消失到书库里去了。我在桌上托着腮闭起眼睛，让身体浸在黑暗中。冬天到底要持续到什么时候？老人说，漫长而难过的冬。而且冬天才刚开始呢。我的影子能撑过这漫长的冬天吗？不，甚至我自己抱着这样纠缠不定的心能不能撑过这个冬天都成问题。她把头骨放在桌上，像平常那样用湿布擦去灰尘，然后用干布摩擦。我依然托着腮静静注视着她手指的动作。

"我能为你做什么吗？"她忽然抬起脸说。

"你已经为我做很多事了。"我说。

她停下正在擦头骨的手，在椅子上坐下，从正面看我的脸。"我说的不是指这些。而是其他的事。例如和你上床这一类事。"

我摇摇头。"不，我并不想和你睡觉。虽然很高兴听你这么说。"

"为什么？你不是想要我吗？"

"是想要。不过至少现在不能和你睡。这和想不想要是另外一个问题。"

她沉思了一下，终于又开始擦起头骨来。我在那期间抬起头，望着高高的天花板和吊在那里的黄色电灯。不管我的心变得多么僵硬，不管冬天把我勒得多么紧，我现在都不能和她睡觉。那样一来，我的心会比现在更混乱，我的失落感会更加深吧。我觉得这个街很可能希望我和她睡觉。对他们来说，那样更容易得到我的心。

她把擦好的头骨放在我前面，但我并没有去碰它，只看着她放在桌上的手指。我试着从那手指读出什么含意，却不可能。那只是十根纤细的手指而已。

"我想听一听你母亲的事。"我说。

"我母亲的什么事？"

22. 世界末日　灰色的烟

"什么都可以。"

"噢——"她一面手摸着桌上的头骨一面说,"我对我母亲好像怀有和对别人不同的感觉。当然那已经是很久以前的事了,所以记不清楚,不过好像总有一点那样的感觉。那种感觉好像和对父亲和妹妹们不一样。虽然我不知道为什么。"

"心就是这样的东西。绝对是不均等的。和河川的流动一样,随着地形的不同,流法也会改变。"

她微笑了。"那好像不公平啊。"

"就是啊。"我说,"而且你到现在还喜欢你母亲对吗?"

"我也不知道。"

她把桌上的头骨改变各种角度,一直注视着。

"问题是不是太模糊了呢?"

"嗯,对呀。我想大概是吧。"

"那么再谈一谈别的事吧。"我说,"你记得你母亲喜欢什么东西吗?"

"嗯,我记得很清楚。她喜欢太阳、散步、夏天的戏水,还有也喜欢接近兽。我们在暖和日子经常散步呢。平常街里的人是不会散步的。你也喜欢散步吧?"

"喜欢哪。"我说,"也喜欢太阳,喜欢戏水。其他还能想起什么吗?"

"对了,母亲常常在家里自言自语。我不知道这能不能算喜欢,不过总之她常常自言自语。"

"关于什么呢?"

"不记得了。不过不是一般的自言自语。我没办法说明清楚,不过那大概对母亲来说是很特别的事吧。"

"特别?"

"嗯,好像有什么很奇妙的腔调,把话拉长缩短。简直像被风吹着似的。忽而高亢忽而低沉……"

我一面看着她手中的头骨,一面试着从模糊的记忆中探索。这次有什么打动了我的心。

"是歌。"我说。

"你也会说这样的话吗?"

"歌不是用说的,是用唱的。"

"你唱唱看吧。"她说。

我深呼吸一下,想要唱出什么,但我想不起任何一首曲子。我心中所有的歌都失去了。我闭上眼睛叹了一口气。

"不行。我想不起歌来。"我说。

"要怎么样才能想起来呢?"

"如果有唱片和唱机的话。不,那大概没办法吧。有乐器也可以。如果有乐器能发出声音的话,或许逐渐可以想出一首歌也不一定。"

"所谓乐器是什么形状的东西呢?"

"乐器也有上百种之多,不能用一句话说明。由于种类不同,用法和发出的声音都不同。从四个人合力才能抬起来的到能够放在手掌心的,大小和形状完全不同。"

说到这里,我感觉到记忆的思绪虽然极细微,但似乎已经逐渐解开。或许事情正往好的方向继续进展。

"说不定在这栋建筑后面的资料室里有这样的东西。说是资料室,其实现在只不过堆满古老时代的破烂东西而已,我也只是大概瞄过一眼。怎么样,要不要找找看?"

22. 世界末日 灰色的烟

"试试看吧。"我说,"反正今天好像也无法再读梦了。"

我们穿过排满头骨的宽大书库,走到另一个走廊,打开和图书馆入口形体相同的毛玻璃门。虽然黄铜把手上积着薄薄的灰尘,但没有上锁。她打开电灯开关,黄色粉粉的灯光便照亮了狭长的房间,地上堆积着各种物体的影子投映在白色的墙上。

地上的东西大多是一些旅行箱、皮包之类的。其中也有放在盒子里的打字机或网球拍之类的东西,但那是例外的存在,屋子里的空间大半都被各种大小的皮包所占满。大概有上百个吧。而且那些皮包上可以说是覆盖着宿命性的大量灰尘。虽然不知道那些皮包是经过什么样的历程而来到这里的,但要一一打开来似乎太费时费力了。

我弯下腰试着打开打字机盒来看。白色的灰尘简直像雪崩时的雪烟一般飞舞在空中。打字机像收款机一样附有很大的圆形老式按键。好像用过很久似的,许多地方的黑色漆都剥落了。

"你知道这是什么吗?"

"不知道。"她站在我旁边交抱着双臂说,"没有看过这东西,这是乐器吗?"

"不,这是打字机。印刷文字的东西。非常旧的。"

我把打字机盒子盖起来还原,接着打开旁边的藤篮来看。篮子里有野餐的用具。刀子、叉子、盘子、杯子,还有变色发黄的一组白色餐巾,整理得很整齐地塞在里面。这也是古老时代的东西。自从铝盘和纸杯出现之后,就再也没有人带着这种东西外出了。

猪皮制的大旅行皮包里放着衣服之类的。西装、衬衫、领带、袜子、内衣——大部分都被虫蛀得不成样子了。衣服之间有洗脸盥洗用具和装威士忌用的扁平水壶。牙刷和刮胡刀都变僵硬了,水壶盖子打开也闻不到任何气味。除此之外什么也没有。没有书没有笔记没有手册。

我打开几个旅行箱和旅行皮包,内容大致都相同。衣服和最少限度的杂物——好像是在极端急迫的慌乱中塞进去的旅行准备似的。都缺少旅行者通常身上会带的什么,因而让人有种不太自然的印象。没有人会只带衣服和洗脸用具去旅行的。也就是说,那皮包里没有任何东西可以让人感觉出那所有者的人格和生活。

衣服说起来也都是到处可见的东西。既不特别高级,也不特别寒酸。虽然因时代、季节、男女、年龄的不同而有种类和款式的差别,但那里并没有留下什么给人特别印象深刻的东西。连气味都差不多一样。大抵都被虫子咬过。而且每件衣服上都没有名字。简直就像在某人手中把每件行李仔细剥掉名字和个人性似的。留下来的东西没有名字,只有各个时代必然产生的像残渣似的东西而已。

我打开了五个或六个旅行箱和皮包来看,其他就放弃不看了。灰尘实在太厚,而且那样的皮包里显然不会放乐器。我觉得如果这街上有乐器的话,一定不会在这里而应该在完全不同的地方。

"我们离开这里吧。"我说,"灰尘太多眼睛痛起来了。"

"找不到乐器你很失望吗?"

"是啊。不过下次再到别的地方找吧。"我说。

和她分手后我一个人走上西丘,强烈的季节风像从后面追赶我似的吹上来,在林间发出撕裂天堂般的尖锐声音。我回头看时,缺了将近一半的月亮,正孤零零地浮在钟塔上方。周围流动着厚厚的云块。在月光下看起来,黑黑的河川水面简直就像流动的焦油。

我忽然想起资料室里发现的皮箱,其中有看来颇温暖的围巾。虽

22. 世界末日　灰色的烟

然被虫子咬过留下几个大洞,但只要缠上几层应该可以御寒。我想只要问守门人大概可以知道一些事情。那些行李是谁的、那里面的东西我可以用吗,这些事情。没围围巾站在风里,耳朵像要被刀子割裂般的痛。明天早上决定去见守门人。而且有必要知道我的影子到底怎么样了。

我重新背对着街,朝向官舍走上冻结的坡道。

23.
冷酷异境
穴、蛭、塔

"不是地震。"她说,"是比地震更严重的事。"
"例如什么?"
她想说什么,一瞬间吸了一口气,但立刻又打消地摇摇头。
"现在没时间说明。总之不顾一切地往前跑。除此之外没有别的选择。你的伤口也许会有些痛,但比死掉好吧。"
"大概。"我说。
我们以绳子系着彼此的身体,全速朝前方跑过沟道。她手上的提灯随着她的步伐激烈地上下摇晃,沟道两侧是笔直纵切的高墙,上面有折线般的锯齿状。我背包里的东西发出咔哒咔哒的声音摇晃着。罐头、水壶、威士忌酒瓶,那些东西。如果可能的话,真想只留下必要的,其他全部倒出来丢掉,但实在没有时间停下。连想我腹部伤口的疼痛都没空。只能跟在她身后一味地往前跑。由于身体被绳子绑着,我不能依自己的适当速度慢下来。她吐气的声音和我背包摇晃的声音在切成细长的黑暗中规律响着,但终于地鸣的声音高扬起来覆盖了这一切。
随着我们的前进,那声音变得更大、更明确。原因是我们正朝着声音源头一直线冲过去,以及那音量本身逐渐变大。刚开始时觉得像是地底下的地鸣,终于变成好像从巨大的喉咙漏出的激烈喘息似的。像

23. 冷酷异境 穴、蛭、塔

从肺部挤出大量气息，在喉咙深处变成不成调的声音。坚硬的岩盘像要追过那个似的继续发出辗轧声，地面开始不规则地震动起来。不知道是什么，但我们脚边不祥的事情正在进行中，好像立刻就要把我们吞没似的。

朝着那声音源头继续跑，身体觉得要缩紧了，但女孩既然选择了这个方向，我就没有依自己喜好选择的余地。只能继续跑到不能再跑为止。

幸亏这条路既没有转弯，也没有障碍物，路面像保龄球道一样平，因此我们可以不必分神地继续跑。

喘气的间隔逐渐缩短。那似乎一面激烈地摇动着地底的黑暗，一面朝向某个宿命性的一点冲进去。偶尔还可以听见仿佛巨大岩石和岩石以压倒性的力量互相压碎摩擦似的声音。好像在黑暗中企图压缩凝聚在体内的所有力气拼命挣扎扭动，想要挣脱桎梏似的奋力苦斗。

声音在持续一段时间之后突然停止。之后有一瞬间怪异杂音充斥四周，好像聚集了上千个老人一齐从齿缝间吸进空气似的，除此之外听不见任何声音。地鸣、喘气、岩石摩擦声、岩盘辗轧声，一切都静止下来。只有咻咻咻的空气杂音在一片黑漆漆中鸣响着。那听起来简直像一面储备力气，一面安静等待猎物更靠近身边的野兽，悄悄吐纳着欢喜气息。又像无数地底虫子正被某种预感所驱使而将可怕的身躯像手风琴一般不停伸缩的样子。不管怎么说，那都是我从来没听过的声音，如此充满恶意而令人厌恶。

那声音让我最厌恶的是，与其说是拒绝，不如说是伸手招呼我们两人。它们知道我们正逐渐接近，它们邪恶的心正因欢喜而震颤着。一想到这里，我一面跑一面觉得背脊都要冻僵了。确实那并不是什么地震。像她说的,比地震还要可怕。但我也不知道那到底是什么。状况远超出我历来想象力的领域,换句话说,已经到达意识的边境。我已经无法再想象什么了。只能够使肉体达到能力的极限,跳越横在想象力和状况之间的无底深沟。与其什么都不做,不如继续做点什么。

有很长一段时间我们继续跑着,准确说来并不清楚过了多久,觉得好像有三四分钟,但也许有三十或四十分钟。恐怖和因而带来的混乱使我肉体中的正常时间感麻痹了。不管跑多久,我都没感觉到疲劳,腹部伤口的疼痛也似乎不再爬上意识的角落了。虽然两只手臂奇怪地僵硬,但我一面跑着一面产生的肉体上的感觉只有这个而已。连继续在跑的这个意识,在我身上也几乎可以说不存在了。脚极自然地往前踏出去,然后踢到地面。我简直像被一股浓密的气团从背后推着似的一直往前再往前地继续跑。

虽然当时不知道,但我两只手臂的僵硬我想是从耳朵来的。我为了不让意识倾向那令人烦躁的空气声,而极自然地使耳朵肌肉紧张起来,因此变得僵硬,并顺着肩膀延续到手臂。我发现这个事实,是在我身体激烈撞上她的肩膀,把她压倒在地上,并越过她上面往前方跌倒时。她大声喊叫的警告,我的耳朵并没有听进去。虽然确实觉得听见了什么,但我耳朵所听取的物理性声音,和从那当中听出什么意义的认识能力,两者之间的联系回路加上盖子了。因此无法把她的警告辨认为警告。

我冲了出去,头撞在坚硬地面那一瞬间首先想到的就是这个。我在潜意识中调节着听力。这难道不正像"消音"一样吗,我想。被逼迫到极限状态时,人类的意识这东西或许可以发挥各种奇妙的能力。或许我正逐渐接近进化也不一定。

23. 冷酷异境 穴、蛭、塔

其次——更准确地说，应该是和那重叠发生的——我感觉到的可以说是压倒性的偏头痛。我觉得眼前的黑暗好像迸裂飞散似的，时间的脚步停顿下来，而我的身体似乎扭曲旋转进入那时空的歪斜里去了。那么剧烈的疼痛。我想我的头骨一定破裂了或缺损了或凹陷了。或者我的脑浆已经不知飞溅到什么地方去了。因此我应该已经死了，只有意识还跟随着寸断的记忆，像蜥蜴的尾巴一样痛苦地扭曲挣扎着。

不过那瞬间过去之后，我可以清楚地意识到自己还活着。我还活着继续呼吸，结果感觉到头部激烈的疼痛，眼睛涌出眼泪濡湿了两颊。眼泪顺着脸颊滴落在坚硬的岩盘上，也流到了嘴角。有生以来头部第一次这样激烈地碰撞。

我很可能就这样失去知觉，但有什么把我和那痛苦维系在这黑暗的世界里。那就是我正在做着什么的途中，这模糊的记忆片段。对了——我正在做着某一件事。我正在奔跑着，在那途中跌了一跤。我正要逃离什么。我不能在这里睡着。虽然记忆只不过是模糊得可怜的残破片段，但我正使出全身的力气用双手紧紧抱住那片段。

我真的紧紧抱住了。但随着意识逐渐恢复，我发现自己紧紧抱住的不只是记忆的片段。我紧紧抱住的是尼龙绳。一瞬间觉得自己好像变成等着被风吹干的洗好衣物。为了抗拒风和重力或其他所有的力量把我敲落地面，为了达成作为洗好衣物的使命而拼命努力着，我想。为什么会想到这个呢？自己也不太明白。大概已经养成这样的癖性，习惯把自己所处的状况转换成各种方便的形式吧。

接着我所感觉到的是，我的下半身和上半身正处于相当不同的状况。准确地说，我的下半身几乎没有任何知觉。我已经可以相当自如地统御上半身感知。我的头在痛，脸颊和嘴唇贴在冷冷硬硬的岩盘上，我的双手正紧紧抓着绳子，我的胃上升到喉咙一带，我的胸部正卡在什么凸出的东西上。到这里为止，我都很清楚，但从这以下的身体到底怎么了？我完全没有概念。

也许我的下半身已经不见了，我想。由于摔到地面的冲击，我的身体正好从伤口的地方撕裂成两半，下半身不知飞到什么地方去了。我的脚——我想——和我的指甲尖，我的腹部、我的阴茎、我的睾丸、我的……但怎么想都觉得很不自然哪。如果下半身全部不见的话，我所感觉到的疼痛应该不止这个程度而已呀。

我决定试着更冷静地认识状况。我的下半身还好好地存在着。只是处于无法感知的状态而已。我紧紧闭上眼睛，将波浪般阵阵涌上来的头痛熬过去，精神集中在下半身。要把精神集中在感觉不存在的下半身，这样的努力居然和要让阴茎勃起的努力很相似。那就像正在把力气推进一个什么都没有的空间去的感觉一样。

我一面这样做一面想起在图书馆工作的长头发大胃王女孩子。要命，为什么我和她上床时没有能够好好勃起呢，我又再想起。大约从那时候开始一切情况都狂乱起来。但也不能一直想着这种事。人生的目的并不只在使阴茎有效勃起。那也是在很久以前我读司汤达的《帕尔马修道院》时所感觉到的。我把勃起的事从头脑里赶出去。

我认识到我的下半身正处于某种尴尬状态，例如悬在空中之类的……对了，我的下半身正悬在岩盘的另一侧，而我的上半身好不容易勉强阻止它落下。而且双手正因为这样而紧紧拉住绳子不放。

一睁开眼睛时才发现炫目的灯光。是胖女孩用灯光照着我的脸。

我抓着绳子的手拼命使力，努力想把下半身拉到岩盘上。

"快点。"女孩吼道，"不快一点我们两个都会死掉噢。"

23. 冷酷异境　穴、蛭、塔

我试着把脚攀到岩盘上，但并不如想象中顺利。虽然想把脚抬起来，却没有着力的东西。没办法我只好干脆把手上抓的绳子放掉。用双肘紧紧贴住地面以悬垂的巧妙手段把整个身体往上方拉起。身体重得可恶，地面好像被血濡湿了似的滑溜。我不清楚为什么会这样滑溜，但也没有闲工夫去多想。腹部的伤口被岩石棱角擦到，简直就像再用刀子割裂一次那么疼。好像有人用靴底使劲践踏我的身体。把我的身体、我的意识和我的存在，全部踏得支离破碎。

虽然如此，但我似乎成功地将我的身体一公分一公分地往上拉起了。皮带捉住了岩盘的一端，同时我发现和皮带绑在一起的尼龙绳也正好把我的身体往前拉。但那与其说在现实上帮助了我的行动，不如说正刺激着腹部的伤痛而妨碍我集中意识。

"不要拉绳子！"我朝着光线来源吼道，"我会自己想办法，你不要再拉绳子了。"

"没问题吗？"

"没问题。总会有办法的。"

我让皮带的绊扣依然扣住岩盘的一端，使出全身的力气把一只脚往上举，成功地脱离那不知底细的黑暗洞穴。确定我已经平安脱离洞穴之后，她走到我身旁，用手在我身体四周探索，以确认我的身体各部分是否完整无缺。

"对不起，我想拉你，但拉不上来。"她说，"为了避免两个人都掉下去，我好不容易勉强抓紧那岩石。"

"那倒没关系，但你为什么不事先告诉我有这样的洞穴？"

"没那闲工夫告诉你呀。所以我不是停下来大吼了吗？"

"没听见。"我说。

"总之必须早一刻离开这里。"女孩说,"这里有很多洞穴,所以你要小心地通过。目的地就快到了。要是不快一点,会被吸血然后睡着,于是就死掉噢。"

"血?"

她把灯照向我刚才险些跌落的洞穴。洞穴简直就像用圆规画出来似的漂亮圆形,直径大约一米。她用灯一照,可以看见和那一样大小的洞穴在地上无止境地排列着。那样子令人想起巨大的蜂巢。

原先在道路两侧延续的陡峭岩壁突然消失,前方展开有无数洞穴的平面。地面像洞穴和洞穴之间缝合处似的延伸着。最宽的地方宽度一米,窄的地方只有三十公分左右。如此险恶的通道。如果小心注意,看来是勉强可以通过的。

问题是那地面看起来好像在摇晃。那真是奇异的景象。应该是坚硬实在的岩盘,看起来却像流沙一般扭曲流动,起初我以为是由于自己的头猛烈撞击后视力变得不正常的关系。因此我试着用手电筒的光照着自己的手,但手并没有摇动,也没有扭曲。我的手和平常一样。那么我的神经并没有受损,是真的地面在摇动。

"是蛭。"她说,"大群的蛭从洞穴里往上爬过来。要是动作慢吞吞的话,血会全部被吸光变成空的躯壳。"

"要命。"我说,"这就是你所说的更严重的事对吗?"

"不是。蛭只不过是前兆而已。真正要命的事还在后头呢。快点。"

我们的身体依然以绳子连接。脚开始踏在满是蛭的岩盘上。网球鞋的橡胶底踩在无数的蛭上,滑溜溜的感觉从脚底爬上背脊。

"脚不要踩空啊。要是掉进这个洞穴里就完了。这里面的蛭虫成群结队的一大堆,那才叫作像海一样呢。"她说。

23. 冷酷异境　穴、蛭、塔

她紧紧握住我的手臂，我抓紧她夹克的下摆。要在宽度只有三十公分左右而且湿答答滑溜溜的岩盘上穿过黑暗真是极困难的事情。被踏扁的蛭流出泥泞的体液，像厚厚一层的果冻一样粘在鞋底，因此更无法确实巩固脚底的立足点。大概刚才跌倒时粘在衣服上的蛭正爬到脖子和耳边吸着血，但我也没办法把它拂掉。我的左手握着手电筒。右手抓紧她的衣服下摆，任何一只手都无法放掉。一面用手电筒确认落脚点走着时，一面不得不正眼看着蛭群。无数的蛭令人快要晕倒。而且蛭群正从黑暗的洞穴里前仆后继地往上爬。

"从前黑鬼一定是把牺牲品往这些洞穴里丢吧。"我问女孩。

"说的没错。你真懂啊。"她说。

"这种程度可以猜得着。"我说。

"蛭被认为是那鱼的使者。换句话说，像手下一样。所以就像黑鬼要向鱼献上牺牲品一样，对蛭也要献上牺牲品。充满血和肉的新鲜祭品。一般都是拿从什么地方捕来的地上的人类当祭品。"

"现在这风俗习惯大概不存在了吧？"

"嗯，大概吧。他们把人类的肉自己吃掉。只割下头当作祭品的象征献给蛭和鱼，祖父这么说。至少这地方成为圣域之后，就没有人进来过了。"

我们越过几个洞穴。鞋底大概踩烂了几万只滑溜溜的蛭。我和她有好几次都差一点踩溜了，每次我们都互相扶持着彼此的身体，总算是渡过了难关。

咻咻咻的空气声令人厌恶，好像是从黑暗洞穴的底下涌上来的。像暗夜的树木般从洞穴底下伸出触手，完全围住我们的周围。侧耳倾听那声音仿佛唏哟唏哟地叫着。简直就像被砍头的人群张开气管哀鸣着在向人诉说什么。

"快接近水了噢。"她说,"蛭只是前兆而已。等到蛭的踪影消失之后,水就来了。这些洞穴现在开始会喷出水来,在这一带形成沼泽。蛭知道会这样,所以想从洞里逃出来。我们要在水来以前想办法赶到祭坛。"

"你本来就知道会这样吗?"我说,"为什么不预先告诉我呢?"

"说真的我也不太清楚。水并不是每天都涌出来,一个月大概两次或三次。没想到这么巧今天就是那样的日子啊。"

"祸不单行噢。"我把从早上一直在想的事说出口。

从一个洞穴的边缘到另一个洞穴的边缘,我们细心注意着继续前进。但走着走着那洞穴还是没完没了。也许要一直延伸到地的尽头也说不定。鞋底粘满了蛭的尸骸,脚已经几乎失去踏在地面的感觉了。每一步都要集中精神,脑髓都恍惚了。要保持身体的平衡渐渐觉得困难起来。肉体能力的极限状态往往可以拉长,但精神的集中力远比自己所想的有限。无论处于任何危机状况,只要是同性质的状况一直延续,集中力必然开始下降。随着时间拖长,对危机的具体认识和对死的想象力都会变得迟钝,意识之中的空白也会变得明显。

"快了。"女孩对我出声,"再过一会儿就可以逃进安全地带了。"

我不敢出声,因此什么也没说,只是点头。等点过头之后,才发现在黑暗中点头也没有任何意义。

"你听得见吗?没问题吗?"

"没问题。只是想吐而已。"我回答。

恶心从很早开始就感觉到了。地上蠕动的蛭群、它们放出的恶臭、滑溜溜的体液、可厌的空气声、黑暗、身体的疲劳和困倦,这些东西浑然

23. 冷酷异境　穴、蛭、塔

化为一体,把我的胃绞成铁轮子一样。恶心闷臭的胃液涌上舌根一带。精神的集中力似乎已经接近极限了。感觉正在弹着只有三个八度的琴键、已经五年没调音的钢琴似的。我到底在这黑暗里迷走了多少小时,我想。外面的世界现在是几点了?天空已经发白了吗?早报已经开始分送了吗?

我连看手表都不能。用手电筒照着地面,两脚分别往前迈出都觉得吃力。我好想看看黎明时逐渐变白的天空。想喝热热的牛奶,闻闻早晨里树木的气味,翻翻早报的每一页。黑暗呀、蛭呀、洞穴呀、黑鬼呀,都已经受够了。我体内的一切内脏器官肌肉和细胞都在渴求着光明。不管是多么些微的光,不管是多么可怜的一线天光都好,我不要什么手电筒的光,我想看到自然光。

一想到光,我的胃就像被什么握紧似的缩了起来,嘴里面充满了讨厌的臭气。简直就像意大利腊肠披萨一样臭。

"只要穿过这里,就可以让你痛快地吐了,再忍一下。"女孩说。而且用力握紧我的手臂。

"我不会吐。"我在口中哼道。

"相信我。"她说,"这些都会过去。虽然祸不单行,但总会结束的。不会永远继续下去。"

"我相信。"我回答。

但我觉得那洞穴好像会永远继续下去。甚至觉得好像在同一个地方一直打转似的。我再想一次刚印刷好的早报。手指都要沾上油墨似的崭新早报。里面还夹着广告页,非常厚的一沓。早晨的报纸上什么都刊载着。关于在地上营生的一切生命。从首相起床时间、股票行情、全家自杀、宵夜的做法,到流行的裙长、唱片评语、不动产广告的一切。

问题是我没有订报纸。我在三年前就停止看报纸的习惯了。为什么不看了，我自己也不明白，但总之不看了。大概是因为我的生活领域和新闻报导或电视节目都无缘的关系吧。把别人给我的数字放进脑子里翻来覆去，转换成别的样子出来之后，只有这部分和世间有关联。其余时间都是一个人读读老旧的小说，看看从前好莱坞电影的录像带，喝喝啤酒或威士忌过日子。所以并没有必要看报纸和杂志。

然而在这失去光明而莫名其妙的黑暗中，被无数洞穴和蛭包围之下，我却非常想看报纸。找个照得到阳光的地方坐下，像猫舔牛奶盘子那样把报纸从头到尾一字不漏地读过。把阳光下人类营生的各种片段吸进体内，让每一个细胞都获得充分的润泽滋养。

"看见祭坛了。"她说。

我想抬起眼睛，但脚下很滑没办法抬起来。不管祭坛是什么颜色什么形状，总之不到达那边就什么都谈不上。我把最后剩余的力量凝聚起来小心翼翼地向前迈进。

"剩下十米左右了。"女孩说。

正好配合她的话似的，唏哟唏哟地从洞穴底下吹上来的空气声消失了。就像有人在地底下挥动一把非常锐利的巨斧把那声源从根部一刀切断似的，不自然而唐突的结束方式。没有任何前兆，没有任何余韵，长久之间压制着地面，从地底吹上来让耳朵不得清静的空气声在一瞬间便消失了。与其说声音消失了，不如说感觉上像含有那声音的空间本身完全消亡了似的。由于那消失方式实在太过唐突，我一瞬间失去了身体平衡，脚底下险些滑了一跤。

耳朵都快痛起来似的寂静覆盖了周遭。在黑暗中突然出现的寂静比任何令人不悦的可厌声音更加不祥。对声音，不管是什么样的声音，

23. 冷酷异境　穴、蛭、塔

我们都可以保持相对的立场。但对沉默则是零,是无。那一方面既包围着我们,一方面又不存在。我们的耳朵里产生了空气压力变化时模糊的压迫感,我的耳朵肌肉没办法对应突然的状况变化。我只能提高听力的能量,在沉默中准备听取任何信号。

但那是全然的沉默。声音一旦中途切断,就不再升起。我和她都保持原来的姿势静止不动,在沉默中侧耳倾听。我为了除去耳朵里的压迫感而试着吞下口中的唾液,但没什么效果,耳朵里响着的声音像唱针碰到转盘角落时那般不自然而夸张。

"水退了吗?"我试着发问。

"现在开始才要喷水呢。"女孩说,"刚才的空气声,是因为迂回曲折的水路里积存着的空气被水压挤压出来。已经全部挤出来了,所以没有什么可以妨碍水了。"

女孩拉住我的手,越过最后几个洞穴。大概是心理作用吧,觉得在岩盘上移动的蛭的数量似乎比以前少了一些。越过五六个洞穴之后我们再度走上宽阔的平地。那里已经没有洞穴,也没有蛭的影子。蛭大概和我们走相反方向去避难吧。我总算熬过最恶劣的部分了。就算在这里被涌出来的水袭击淹死,也比掉进蛭的洞穴里死掉要好得多。

我几乎是下意识地伸手想把脖子上粘着的蛭拂掉,女孩抓住我的手臂阻止我。

"这个等一下。不先爬到塔上的话会溺死噢。"说着她仍然抓着我的手臂快步往前进,"五只或六只蛭要不了命,而且勉强要抓掉蛭,连皮肤都会脱掉一层。你不知道吗?"

"不知道。"我说。我像挂在水上浮标灯底下的铅锤一般黑暗而愚蠢。

287

走了二十或三十步左右时她制止我，用手上的大型灯照出眼前耸立的巨大的"塔"。"塔"是平板的圆筒形，一直线矗立在头上的黑暗之中。看起来就像灯塔一样，从基部越往上就越细。实际上有多高并不清楚，整体结构实在太大了，我们没有足够的时间用灯从一个角落照到另一个角落去确认。她只是用灯大略地掠过"塔"的表面，什么也没说地就往那边跑去，开始沿着"塔"旁的阶梯往上爬。当然我也急忙追了上去。

从稍微有点距离的地方并在光线不十分充足的情况下来看，人们或许会觉得那"塔"是历经漫长岁月，利用值得惊叹的技巧建筑起来的精致而壮丽的纪念碑，但实际靠近用手触摸，才发现这原来是粗糙的椭圆形岩块。是自然的侵蚀作用所形成的偶然产物罢了。

黑鬼在这岩块周围刻上螺旋形的阶梯，但要称之为阶梯又多少有些不成样子。既不整齐也不规则，只能勉强放上一只脚的宽度，好些地方都忽然少一阶。缺的地方只好找靠近的岩石突起当作踏脚的代用台阶。我们为了防止跌落，不得不用双手攀住岩石以支撑身体，没办法用手电筒的光照着每一阶以确认下一步，往往踏出去的脚找不到落脚点而往下踩个空。对于在黑暗中眼睛仍然锐利的黑鬼固然没什么，但对我们却极端麻烦且不方便。我们只好像蜥蜴一般紧紧贴在岩壁上，一步又一步小心谨慎地往前走。

走上三十六阶时——我有数阶梯台阶数的毛病——听得见从脚底下的黑暗中传来奇怪的声音。就像有人把巨大的烤牛肉使劲摔在扁平的墙上时所发出的声音。声音扁平而有水分，含有不顾一切的决心似的。接着像鼓手要落下鼓槌之际在空中暂停一拍似的，可以说是临时起意的瞬间沉默。可怕的悄然一瞬。我等待着什么事情即将来临，双

23. 冷酷异境　穴、蛭、塔

手用力抓牢手边岩石的凸起,紧紧贴在岩壁上。

接着来到的是不折不扣的水声。水从刚才通过的无数洞穴一起往上喷出。而且不是普通的水量。我想起小学时候在新闻影片里看到水库开通典礼的场面。县长或什么首长戴着工程帽按下机械按钮时,水门打开了,随着一阵水雾和轰然一声,粗壮的水流便朝着遥远的虚空喷了出去。那还是电影院会放映新闻和卡通片的时代。我一面看着那新闻影片,一面想象自己如果出于某种原因正好站在水库下,喷出压倒性大量洪水之后会发生什么事情呢? 幼小的内心感到一阵惊悸。没想到经过大约四分之一世纪之后,自己竟然会实际身历其境。孩子往往会认为世间不管发生什么种类的灾难,自己最后多半会被某种神圣力量保护。至少我小时候是这样。

"水到底会上升到什么地方呢?"我试着出声问比我高两到三步上面的女孩。

"相当高噢。"她简短地说,"如果想得救的话,只有尽可能往上爬。总之水不会升到最上面。我只知道这个而已。"

"到最上面还有多少层阶梯呢?"

"还有不少。"她回答。答得真高明。有某种诉诸想象力的地方。

我们以尽可能快的速度继续爬上"塔"的螺旋山。从水的声音判断,我们紧靠的"塔"直立在空荡平面的正中央,周围似乎团团围着蛭穴。就像巨大喷水池中间装饰性的柱子,我们正好在这样的东西上努力往上爬。而且如果她说的没错,像广场一般空荡荡的空间正被淹没成一片汪洋,水面正中央的"塔"的上半部或尖端则变成一个岛似的被留下。

肩背斜挂在她身上的灯在腰上不规则地摇晃,那光线在黑暗中画出乱七八糟的图形。我以那光为目标继续爬上阶梯。台阶数在途中搞混了，不过应该爬了一百五十到两百阶吧。从空中落下的水刚开始时敲打着脚下岩盘发出激烈声音，之后一度变成落在瀑布水潭的水流声，这时声音又变得像盖了盖子似的咕嘟咕嘟混沌不清。水位确实上升着。因为看不见脚下，所以不清楚水位到底升到什么地方，但即使这一瞬间凉凉的水冲洗到我的脚，我也一点都不觉得奇怪了。

一切的一切像心情恶劣时所做的梦一样，让人感觉恶劣。某个东西正在追我，但我的脚不能顺利往前迈出。那东西已经迫近我的背后，正要用滑溜溜的手抓住我的脚跟。光以梦来说已经是没救的梦，何况完全变成现实的话，事态就更严重了。我已不去想哪里是踏脚的地方，而是用双手紧紧抓住岩石，以悬空的巧妙手段提着身体前进。

干脆泡在水里再往上游算了，我忽然这样想。那样反而轻松，至少不必担心掉下去。我暂时在脑子里试着思索这个念头，觉得我想到的点子似乎不错。

但我把这想法说出来之后。"不行。"她当场否决，"水面下有相当强烈的水流漩涡，被卷进去的话别提游泳了，根本不会再浮上来，就算能顺利浮上来，在这一片漆黑里哪里也游不到啊。"

总而言之不管多么着急，除了一步一步往上爬之外没有其他法子。水声像马达逐渐减速一般渐渐降低音量，变成低吟。水位仍不停上升。如果能有正常光的话，这样的岩场就可以轻松往上爬，也可以清楚确认水涨到什么地方了。我打从心底憎恨黑暗。在追逐逼迫我们的不是水，而是横在水面和我的脚跟之间的黑暗。那黑暗正把冷冰冰不见底的恐怖吹进我的体内。

我脑子里的新闻影片又继续转着。银幕上巨大的拱形水库正继续

23. 冷酷异境　穴、蛭、塔

往眼底下研磨钵状的底部不停放水。摄影机正从各角度执着地捕捉那光景。从上方、从正面，然后镜头从侧面，像要舔个干净似的缠着水花飞溅的水流不放。看得见水库的水泥墙上映着水流的影子。水影简直就像水本身在平板的白色水泥上舞动着身姿。一直看着那影子，最后那就变成我的影子。我自己的影子在那弯曲的水库墙上跳着舞。我坐在电影院的椅子上，目不转睛地盯着自己那样的影子。虽然我立刻就知道那是我的影子，但身为电影院观众之一的我却完全不知道对那应该采取什么行动才好。我才不过是九岁或十岁的无力少年。或许我应该跑近银幕把我的影子拿回来，或者应该冲进放映室把那影片抢出来。但我无法判断那样做是不是妥当。因此我什么也没做，只是一直继续盯着我自己的影子看。

除了我之外，观众里似乎没有人发现映在水库墙上水流的影子其实是我的影子。我身旁坐着哥哥，但他也没发现。如果他发现的话，一定会向我悄悄耳语才对，因为哥哥总是爱一面看电影一面啰啰嗦嗦跟我讲悄悄话。

我也没有告诉别人那是我的影子。我想他们一定不会相信我的话。而且看来影子似乎只想对我传达某种讯息。他从别的场所别的时间，透过所谓电影银幕这媒体，向我诉说着什么。

在弯曲的水泥墙上，我的影子是孤独的，被所有人遗弃了。他是怎样跋涉到那水库墙上的，还有往后打算怎么办，我都不知道。黑暗终究会来临，他会被吞进那里面吧？或者他会被那奔腾的流水冲到海里去，在那里再度完成作为我的影子的任务吗？想到这里，我的心情变得非常悲伤。

不久水库新闻结束了，画面换成某个国家的国王戴着皇冠的光景。

几匹头顶附有装饰品的马拉着漂亮的马车穿过铺石板的广场。我在地面寻找我新的影子,但那上面只映着马、马车和建筑的影子。

我的记忆到这里终了。但我无法判断那是不是真的在我身上发生过的事情。因为直到现在我忽然想起来之前,从来没有一次在过去的记忆里想起这些事情。或许那是我身处在这样的黑暗中一面听着水声一面随便捏造出来的心象风景也不一定。从前,我曾经在心理学书籍上看过这一类心理作用的文章。人类在被逼进极限状态时,往往为了自我防卫,以对抗蛮荒粗暴的现实,而在头脑里描绘出白日梦——这是那位心理学家的说法。但以捏造出来的心象风景来说,我所看见的形象又未免太明确生动,好像拥有一股和我存在本身息息相关似的强大力量。我可以清清楚楚地想起那时候包围着我的气味和声音。而且我的身上可以感觉到九或十岁的我所感到的迷惑、混乱和无从掌握的恐怖感。不管别人怎么说,那都是真的在我身上发生过的事。曾经被某种力量封闭在意识的深层,由于我自身被逼迫到极限状态了,于是那籖扣松了,因此浮到表面上来。

是什么力量?

那很可能起因于我为了学洗码、混洗数据的能力而做的脑手术。他们把我的记忆,压进意识的墙里去了。他们长久以来把我的记忆从我的掌握之中夺走。

想到这里我逐渐生起气来。谁也没有权力剥夺我的记忆。那是我的,我自己的记忆呀。剥夺别人的记忆就和剥夺别人的岁月一样。随着生气之后,我再也不在乎恐怖了。不管怎么样,总之先活下去吧,我这样决心。我要活着逃出这疯狂的黑暗世界,把我被剥夺的记忆原原本本地要回来。不管世界末日或什么都没关系。我必须以完全的我重新再生才行。

"绳子噢!"突然女孩叫道。

"绳子?"

"嘿,快点到这边来看。有绳子垂下来了。"

我急忙登上三或四级台阶,来到她身旁,用手掌在墙面试探摸索。确实有绳子。不太粗但是登山用的牢固绳子,一端就悬垂在我胸前一带。我用一只手抓住,很小心地稍微用力拉拉看。从手的反应来看似乎很结实,而且和什么东西相连接。

"一定是祖父。"女孩叫着,"祖父帮我们垂下绳子来了。"

"为了小心起见,再爬上一圈吧。"我说。

我们迫不及待地确认着落脚点,再往"塔"的螺旋山转上一圈。绳子依然垂在原来的位置。绳子每隔三十公分还打了一个供踩脚的结。如果这绳子真的通往"塔"的尖端的话,我们就可以节省很多时间了。

"是祖父,没错。他就是会在很小的地方用心的人。"

"真的啊。"我说,"你会爬绳子吗?"

"当然哪。"她说,"我从小就很会爬绳子。我没说过吗?"

"那你先上吧。"我说,"你爬到上面以后再向下面闪灯光。然后我才开始爬。"

"这样一来水会涨上来。两个人一起爬不行吗?"

"爬山的原则是一条绳子一个人。这跟绳子的强度有关,而且两个人抓紧一根绳子也不好爬,又费时间。何况即使水涨上来,只要握紧绳子,总可以爬到上面吧。"

"你比看起来还勇敢喏。"她说。

我想她或许会再吻我一次也不一定。在黑暗中稍微等了一下,但她没有理会我便开始溜溜地往绳子上爬。我双手抓住岩石，抬起头一面看她的灯飘飘忽忽胡乱摇晃着，一面看她往上爬。那简直就像一个烂醉的灵魂一面东倒西歪地踉跄前行，一面飘飘忽忽地回到空中去。一直看着时忽然非常想喝威士忌，但威士忌在背后的背包里，在这样不稳定的姿势下要扭转身子把背包放下，拿出威士忌瓶子简直不可能。于是我决定放弃这念头，只在脑子里想象自己正在喝威士忌的情景。清洁而安静的酒吧、装有核果的钵子、低沉的声音播放着现代爵士四重奏的《Vendome》，然后双料的威士忌加冰块。柜台上放着玻璃杯，暂时还不去碰它，先仔细盯着它看。威士忌这东西最先是应该先凝神注视一番的。等到看够了之后再喝。和女孩子一样。

想到这里，我才发觉自己已经没有西装，没有大衣了。那两个脑袋有问题的二人组把我原来拥有的好端端的西装用刀子全部割成破破烂烂的。要命，我想。我到底该穿什么去酒吧才好呢？要去酒吧之前首先有必要做西装。深蓝色斜纹软呢西装好了，我决定。品味优良的蓝色。三个扣子，自然的肩线，不缩紧腰身的老式西装。像一九六〇年代初期乔治·佩帕德穿的那种。衬衫是蓝色。非常恰到好处的色调，感觉好像有点漂白过的那种蓝。料子是有点厚的牛津棉，领子是几乎到处可见的平常领子。领带是双色条纹的好。红和绿。红是深红的红，绿是分不出是青还是绿的，像暴风雨之海一样的绿。我在某个别致的男装店里齐备了这些。穿上身走进一家酒吧，点了双料苏格兰威士忌加冰块。管他的蛭、黑鬼、长爪鱼，你们尽管在地下世界横行嚣张好了。我在地上世界正穿着深蓝色斜纹软呢西装，喝着远从苏格兰而来的威士忌呢。

一回过神，发现水声消失了。也许水已不再从洞穴里喷出来。也

23. 冷酷异境　穴、蛭、塔

许只是水位过高,听不见水声而已。但我觉得不管怎么样都无所谓了。水想上来就上来好了。不管发生什么,我都要活下去,我这样决定,而且要把我的记忆拿回来。再也没有人可以随便把我弄得团团转。我想向全世界这样怒吼。再也没有人可以把我弄得团团转了!

不过我想在这样的地底黑暗中贴紧岩壁并吼叫毫无用处,所以我放弃吼叫,试着扭头往上看。她比我预料的爬得更高了。虽然不知道距离有几米,但以百货公司楼层来说应该有三楼或四楼那么高了。大约到了女装卖场或和服卖场一带。到底这岩山整体有多高呢,我有点不耐烦地试着想想。到目前为止她两个人一起爬上来的部分就相当高了。如果上面还要继续上去的话,整体上来看确实是一座相当高的岩山。我曾经有一次发神经爬上摩天大楼的二十六楼,这次的攀岩好像也攀登到这样的程度了。

不管怎么说,因为黑暗看不见下面反而幸亏了。虽说是再怎么习惯登山,但在没有任何装备的条件下,只穿着普通网球鞋贴在这样高而危险的地方,一定害怕得无法往下看了。就和在摩天大楼正中央一带既没有救命网也没有吊篮却要擦玻璃一样。什么都不想而继续摸黑胡乱往上爬的时候还好,一旦站定下来,就渐渐对高度在意起来了。

我再一次扭转脖子抬头往上看。她好像还在继续爬的样子,看得见灯光仍一样地飘忽摇晃,但比刚才更高更远了。确实正如她自己说的,她好像很擅长爬绳子。虽然如此,但也还是相当高。真是高得莫名其妙。到底为什么那个老人要逃到这样夸张的地方呢,我想。如果在比较简单干脆的地方安静等我们来,也不必让我们这样狼狈不堪哪。

一面想着一面发呆时,好像听见头上有人的声音。抬头一看可以看见黄色小灯像飞机的尾灯般慢慢一闪一闪的。看样子她总算爬到顶了。我一只手抓住绳子,另一只手抽出手电筒,往上送出一样的信号。然后我顺便把光往下照,想确认一下水面上升到什么地步,不过光线太微弱,几乎什么也看不见。黑暗太浓重了,如果不靠近看,简直不知道那里有什么。手表指着上午四点十二分。天还没亮。报纸还没送。电车也还没开始动。地上的人们应该是什么都不知道地沉沉睡着吧。

　　我用双手绕着绳子,深呼吸一次之后,开始慢慢往上爬。

24.
世界末日
影子广场

连续三天都是大晴天,那天早晨我醒过来时晴天却已经结束。天空被色调阴暗的厚云一分空隙都不留地满满覆盖着。能够穿透这云层勉强到达地面的阳光,早已被剥夺了它大部分的温暖和光辉。在那样灰色调且模糊不清冷冰冰的光线中,树叶凋零而裸露的枝干朝向天空,仿佛裂缝般向上张扬着。河川僵硬冻结的水声响遍周遭。即使随时开始下起雪来都不会令人觉得意外的行云走势,但雪并没有下。

"今天大概不会下雪吧。"老人教我,"那不是会下雪的云。"

我打开窗户抬头再看一次天空,但看不出什么是会下雪的云,什么是不会下雪的云。

守门人坐在大铁炉前面,脱下靴子正在烘脚。炉子和图书馆的是同一型的。上面附有可以放水壶或锅子用的两个炉台,最下面有可以取出灰烬的抽屉。前面像个装饰架,有一个很大的金属把手。他坐在椅子上,两手放在把手上。屋子中央由于水壶的蒸汽和便宜烟斗的烟草臭味——那很可能也是烟草替代品——空气充满了湿气和闷臭。其中当然应该也混合了他脚的气味。他坐的椅子后面有一张大木桌,上面排列着整排柴刀和斧头。每一把柴刀每一把斧头的握把已经用得完全变色了。

"是关于围巾的事。"我直接切入主题,"没有围巾脖子非常冷。"

"这倒是真的。"守门人仿佛十分赞同地说,"这我非常清楚。"

"图书馆后面的数据室里,有没人用的衣服之类的。所以我想是不是可以用一部分。"

"噢,是这么回事啊。"他说,"那些都可以拿去用。如果是你想要的话,都没关系。围巾也好,大衣也好,只要你喜欢尽管拿去好了。"

"那些没有主人吗?"

"你不用介意主人的事。就算有,他们也早就忘了有这些东西。"守门人说,"噢对了,你好像在找乐器啊。"

我点点头。他什么都知道。

"乐器这东西原则上在这街里是不存在的。"他说,"但不是完全没有。你也工作得很认真,想要乐器的话没有什么不恰当。你到发电所去问一问那里的管理员吧。那样你就可以找到乐器了。"

"发电所?"我吃惊地说。

"我们也有发电所啊。"他说着,指着头上的电灯,"这电到底从哪里来的?你以为苹果树会发电吗?"

他笑着画了一张前往发电所的地图。"沿着河南边的路一直往上游走。走大约三十分钟之后就可以看见右手边有一个古老的谷物仓库。已经没有屋顶,门也脱落了。在那个转角往右转,顺着路走一小段。然后有山丘,山丘那边是森林。走进森林大约五百米左右就是发电所了。知道吗?"

"我想我知道了。"我说,"不过走进冬天的森林去不是很危险吗?大家都这么说,我自己也碰过一次,很惨呢。"

24. 世界末日　影子广场

"啊,对了。我完全忘了那件事。我还用板车把你送回山丘上去的。"守门人说,"现在好了吗?"

"没问题了。谢谢。"

"受到一点教训了吗?"

"嗯,是啊。"

他眯眯笑着,变换一下搭在把手上的脚的位置。"教训是一件好事。人受到教训以后就会小心注意。小心注意才不会受伤。所谓好樵夫,是身上只有一个伤痕。不多,也不少。只有一个。我说的事情你懂吧?"

我点点头。

"不过关于发电所的事你不用担心。就在森林一进去的地方,路也只有一条,不会迷路。可以不用和森林里的人见面。危险的是森林深处和墙的旁边。只要避开这个,也没有什么值得担心的。只是绝对不要离开路,也不能到发电所的后面去。去的话又会很惨唷。"

"发电所的管理员是不是住在森林里的人?"

"不,他不是。他和森林里的家伙不一样,和街里的人也不一样。是个中间的人。既不能进入森林,也不能回到街里。没什么妨碍,但也没什么胆量。"

"住在森林里的是什么样的人呢?"

守门人歪着头,沉默地望着我的脸一会儿。"我记得最初已经跟你说过了,要问什么是你的自由,但回不回答是我的自由。"

我点点头。

"没关系。总之我不想回答。"他说,"对了,你一直说想见见你的影子。怎么样,差不多可以见面了?冬天一到影子的力量多少减弱了,让你们见面大概也无妨了。"

"他不舒服吗?"

"没什么不舒服的。还活蹦乱跳呢。我每天都放他到那边运动几小时,食欲也很旺盛。只是冬天一到,日子变短天气变冷,不管是什么样的影子都会比较消沉。这不能怪谁。是极普通的自然道理。既不是因为我,也不是因为你。好吧,我让你们见面,你亲自和他本人谈谈好了。"

他拿下挂在墙上的整串钥匙放进上衣口袋里,边打着呵欠,边穿上粗厚的皮靴子。看来非常重,靴底钉着可以在雪地行走似的铁钉。

影子住的地方是街和外面的世界的中间地带。我没办法出去到外面的世界,影子没办法进到街里面,因此"影子广场"就是失去影子的人和失去人的影子见面的唯一场所。从守门人小屋的后门走出去就是影子广场。虽说是广场,其实只是名字,没有特别宽广的空地。比普通人家的庭院稍微宽一点的程度,周围还围着森严的铁栏杆。

守门人从口袋拿出钥匙串打开铁门,让我进到里面,然后自己也进来。广场是个端正的正方形,尽头就是围着街的墙。角落里有老榆树,树下放着简单的长椅。不知道是活着还是枯死了的焦焦白白的榆树。

墙角有用旧砖瓦和废木材拼拼凑凑盖起来的小屋。窗子上没有玻璃,只附有上推式木板而已。从没有烟囱这点来推断,大概也没有供暖设备。

"你的影子就睡在那边。"守门人说,"其实没有看起来那么不舒服。既有水,也有厕所。还有地下室,那里隙风就吹不进来。虽然不能和饭店比啦,但是挡风遮雨是绝对够了。要进去看吗?"

"不,在这里见面好了。"我说。小屋里严重发臭的空气使我头好痛。就算稍微冷一点但还是能吸到新鲜空气的地方好多了。

"好吧,我这就去带他来这里。"他说着一个人进到小屋里去。

我把大衣领子立起来坐在榆树下的长椅上,用鞋跟哒哒地踏着地面等影子出来。地面很硬,好些地方还留着结冻的残雪。墙脚下照不到阳光的阴影里,雪还如原原本本没融化的样子残留着。

过了一会儿之后他带着影子从小屋走出来。守门人用靴底的钉子压碎冻结的地面,大跨步地横越广场,我的影子慢慢跟在后面走来。我的影子看上去不像守门人所说的那样有精神。他的脸比以前憔悴了几分,眼睛和胡子出奇地显眼。

"我让你们单独谈一下。"守门人说,"你们大概有不少话想说,慢慢谈吧。不过也不能太久噢。要是发生什么你们又黏在一起的话,要再剥开太花时间了。而且这样也没任何好处。只有增加彼此的麻烦而已。对吗?"

是啊,我这样表示地点头。大概像他说的吧。黏在一起,只有再剥离一次而已。而且同样的事情不得不从头再来一次。

我和我的影子一直目送守门人把门上了锁,消失到小屋里去为止。鞋钉咯吱咯吱咬咬进地面的声音逐渐远去,终于沉重的木门大声关上了。看不见他之后,影子在我旁边坐下。并且和我一样用鞋跟哒哒地踏着地面挖洞。他穿着硬邦邦、编织粗糙的毛衣和工作长裤,还穿着我给他的旧工作鞋。

"你好吗?"我试着问他。

"不可能好啊。"影子说,"太冷了,吃的也很差。"

"我听说你每天还有运动。"

"运动?"说着影子很奇怪地看着我的脸,"噢,那个不能叫作什么运动吧。只是每天从这里被拖出去，帮忙守门人烧兽而已呀。把尸体堆积在板车上，运到门外的苹果树林里，浇上油烧。在烧以前，他用柴刀把兽的头砍下来。你也看过他那漂亮的刀械收藏吧？那个男人怎么看都不正常。要是允许的话，他可能会想把全世界所有的东西都拿来砍断。"

"他也是街里的人吗？"

"不，不是。那家伙大概只是被雇来的。那家伙很乐意烧兽呢。要是街里的人，那真是难以想象。入冬以来已经烧好多了。今天早上也死了三头。等一下要去烧。"

影子和我一样用鞋后跟挖着冻结的地面有一会儿。地面像石头一样硬邦邦的。冬天的鸟发出尖锐的啼叫声从榆树枝头飞起来。

"我发现地图了。"影子说，"比我想的画得更好，说明部分也很得要领。只是稍微迟了一点。"

"我身体搞坏了。"我说。

"我听说了。不过冬天来了之后就太迟了。我希望能更早得到。那么事情就会进行得更顺利，计划也可以早一点拟好。"

"计划？"

"从这里逃出去的计划啊。这不是一定的吗？除了这个还有什么计划？难道你以为我只是为了消遣时间才要这地图的吗？"

我摇摇头。"我以为你要告诉我这奇怪的街所拥有的意义呢。因为你几乎把我所有的记忆都带走了啊。"

"不是这样。"影子说，"确实我拥有你大部分的记忆，却不能有效利用。因此我们必须重新合为一体才行，但现实上又不可能。那样做的话，我们从此以后就再也见不到面了，这计划本身也不能成立。所以

24. 世界末日　影子广场

现在我一个人在思考这个街所拥有的意义。"

"你想到什么了吗?"

"想到一点了,但还不能告诉你。因为细节不好好补足的话没有说服力。让我再想一阵子。我觉得只要再想一想就会知道一些事情。不过到那时候或许已经太迟了,因为自从入冬以来我的身体确实持续虚弱下去,这样下去即使能完成逃出计划,恐怕也没有体力能实行了。所以我才希望能在冬天来临之前得到这地图。"

我抬头看头上的榆树。粗大的枝干之间看得见被细细区分开来的冬天灰暗的云。

"不过从这里没办法逃出去。"我说,"你仔细看过地图了吧?没有任何地方有出口啊。这里是世界末日了。既不能回到原来的地方,也不能往前走。"

"也许是世界末日,但这里一定有出口。这一点我很清楚。天空这样写着。有出口。鸟不是能飞越墙吗?越过墙的鸟到什么地方去呢?外面的世界呀。这墙外一定有其他的世界,所以墙才要把街围起来不让人们出去。如果外面没有什么的话,又何必特地用墙围起来呢?而且一定在什么地方有出口。"

"也许。"我说。

"我一定要找到出口。和你一起逃出这里。我不想死在这样凄惨的地方。"

影子说到这里便沉默下来,又开始挖着地面。

"我想我最初也跟你说过了,这街是不自然的,是错误的。"影子说,"我现在还这样相信。是不自然的,是错误的。问题就在于这街成立于不自然及错误之下,一切都是不自然而歪斜的,结果一切都能吻合地整合成一体哟。很完整的。就像这个样子。"

影子用鞋跟在地面画圆。

"环封闭起来。所以长久存在这里,想到各种事情时,会渐渐开始以为他们才是正确的,自己可能是错误的。因为他们看起来实在太完整了。我说的你懂吗?"

"我很清楚。我也常常这样觉得。心想比起街来,我是不是一个软弱矛盾而微小的存在呢?"

"不过那是错的。"影子一面在圆的旁边画没有意义的图形一面说,"对的是我们,错的是他们。我们是自然的,他们是不自然的。你要这样相信喏。尽所有的力量去相信。要不然你也会在不知不觉之间被这街吞进去,被吞进去之后就太迟了。"

"不过,什么是对、什么是错,毕竟是相对的东西,首先对我来说要比较这两者的话,应该用来当作对照的记忆都被剥夺了啊。"

影子点头。"我很了解你现在很混乱。但请你试着这样想想看:你相信所谓的永动这东西吗?"

"不,永动在原理上不存在。"

"和这一样哟。这街的完全性和完整性就跟那永动一样。在原理上完全的世界这东西在任何地方都不存在。但这里却是完全的。那么在什么地方应该会有自动操作的装置才对。眼睛看来像永动的机械一定在背后利用眼睛看不见的外力。"

"你发现了吗?"

"不,还没有。刚才我也跟你说过了,假设我已经拟好,但细节还没补足。这还需要花一点时间。"

"能不能告诉我那假设?或许我能稍微帮你补足细节也不一定。"

24. 世界末日　影子广场

影子把双手从长裤口袋伸出来，在上面吹出温暖的气息之后又在膝盖上互相摩擦。

"不，你大概不行。我身体在受苦，你是心在受苦。你应该先修复那个。不然在逃出去之前两个人都不行了。我会一个人想，你要想尽办法救你自己啊。这才最重要。"

"我确实很混乱。"我望着地面画的圆说着，"你说得很对。我连该向哪边走都认不清。自己过去是怎么样的人也不知道。失去了自我的心这东西到底还拥有多少力量呢。而且是在拥有这么强大力量和价值基准的街里。自从入冬以来我对自我逐渐失去信心了。"

"不，不是这样。"影子说，"你并没有失去自我。只是记忆巧妙地隐藏起来了而已。所以你会混乱。但你并没有错。就算记忆丧失了，心还是会朝着它原来的方向前进。心这东西拥有它自己的行动原理。那也就是自我呀。你要相信自己的力量。要不然你会被外部的力量拉着往莫名其妙的地方去。"

"我会努力试试看。"我说。

影子点点头望了一下阴云的天空，终于好像在沉思什么似的闭上眼睛。

"我迷惑的时候总是看鸟。"影子说，"看鸟就会很清楚自己没有错。街的完全性对鸟没有任何影响。墙、门、号角，也没有任何影响。在那样的时候只要看鸟就可以了。"

听得见守门人在槛栏入口喊着我。会面的时间过了。

"以后暂时不要来看我。"临别时影子跟我悄悄耳语，"有必要时我会想办法见你。守门人是疑心很重的人，如果见很多次，他会戒备是不是有什么，他一有戒备，我们的工作就难办了。如果他问起来，你就假装跟我谈不来。好吗?"

"知道了。"我说。

"怎么样?"回到小屋时守门人问我,"好久没见了,能见到自己的影子一定很高兴吧?"

"真搞不懂他。"我说着否定地摇摇头。

"就是这么回事啊。"守门人似乎很满意地说。

25.
冷酷异境
用餐、象工厂、圈套

　　爬绳子比阶梯轻松多了。绑得结实的确实每隔三十公分出现一个。绳子本身粗细也正好合手，抓得很顺。我用双手握绳子，身体稍微前后摇摆着保持劲道弹性，一步一步往上爬。好像在看空中飞人电影里的一幕场景一样。不过空中飞人的绳子没有绳结。要是用有结的绳子，会被观众看不起。

　　我偶尔往上看，但因为光线直接照着这边，太过炫眼而无法正确掌握距离感。我想她大概正担心着而从上面注视着我往上爬吧。腹部的伤口配合心脏的鼓动再度隐隐阵痛起来。跌倒时头部撞到的位置依然痛着。虽然说不上妨碍了爬绳子，但疼痛仍旧不变。

　　越接近顶部，她手上的灯越把我的身体和周围的风景照亮。但那怎么说也是多此一举。我已经习惯了在黑暗中往上爬，因此被光一照反而乱了步调，好几次脚踩滑了，无法适当掌握光所照到的部分和阴影之间的距离上的平衡。被照亮的部分比实际上显得凸出，而阴影部分则显得凹陷。而且太炫眼。人类的身体对任何环境都能立刻习惯。从很久以前就潜入地下的黑鬼们如果身体机能已经配合黑暗而改变了，我也不觉得有什么奇怪。

　　爬上第六十或七十个绳结时，我终于到达像是顶部的地方。我双手攀住岩石边缘像游泳选手跃上池畔一样地跨上去。但可能爬了好长一段绳子的关系，手臂似乎已经耗尽力气了，身体要搭在岩石上都花了相当的时间。简直像游了一或两公里自由式之后的感觉一样。她抓着皮带帮我爬上去。

"好危险的地方啊。"她说，"再迟四五分钟的话，我们两个都已经死掉了。"

"要命。"我说着在平坦的岩石上躺下来，深呼吸了几次，"水涨到什么地方了？"

她把灯放在地上，把绳子一点一点往上卷起来。然后在拉到三十个结左右的地方，把那绳子让我握。绳子湿答答的。水上涨得相当高了。确实正如她所说的，如果我们迟了四五分钟才抓到绳子就很危险。

"噢，找到你爷爷了吗？"我试着问她。

"嗯，当然。"她说，"在后面祭坛里。不过脚扭伤了。说是逃走的时候脚踩到凹陷的地方。"

"不过脚扭伤还能逃到这里啊？"

"对。祖父身体很强壮。我们家族里大家身体都很强壮啊。"

"了不起。"我说。我认为自己也算是相当强壮的，但实在不能和他们比。

"走吧。祖父在里面等呢。他说有好多话想跟你说。"

"我也是。"我说。

我再度背起背包，跟在她后面走向祭坛。虽说是祭坛，但只是岩壁上有个圆形横穴凹进去而已。横穴里面形成一个宽大空间，墙壁的凹洞里放着煤气灯，黄色模糊的光线照亮内部。不整齐的岩肌奇怪形状，造成无数阴影。博士在那灯旁卷着毛毯坐着。他的影子有一半在阴影下。由于光线的关系,眼睛看来好像深深凹陷,实际上可以说是精神抖擞。

"嗨,你们好像正好遇到危险啊。"博士很高兴似的对我说,"我也知道水会出来,不过我以为你会早一点来的,所以没有太在意。"

"我在路上迷路了,爷爷。"胖孙女说,"所以慢了将近整整一天才见到他。"

"好了,好了,都没关系了。"博士说,"到现在花不花时间都一样了。"

"到底什么事情、怎么一样法?"我试着问。

"算了算了,这些麻烦事等一下再说。你先在那边坐下来吧。先把脖子上粘着的蛭抓下来。要不然会留下疤痕喏。"

我在离博士稍远一点的地方坐下。孙女在我旁边坐下,从口袋里拿出火柴来点上火,把我脖子上粘着的巨大蛭烧掉。蛭吸满了血,涨得像葡萄酒瓶塞一般大。火柴的火一烧就发出嗞的湿湿的声音。掉在地上的蛭抽扭着身子,她用慢跑鞋底踩烂。皮肤因烧伤抽紧拉扯着疼。脖子使劲往左边转时感觉皮肤就像长得过熟的西红柿皮一样一不小心就要裂开似的。这种生活如果再继续下去的话,不到一星期我全身都会变成伤痕样本了。像药房店头贴的香港脚病例照片,印成彩色漂亮海报发给大家。腹部的割伤、头部的撞伤、蛭虫吸血的伤疤——还有或许勃起不全也可以放进去。这样会更可怕。

"有没有带什么吃的东西来呀?"博士对我说,"因为太着急了,没工夫带出足够的粮食,从昨天到现在只吃了巧克力呢。"

我打开背包拿出几个罐头、面包和水壶,连开罐器一起交给博士。博士首先拿起水壶喝得很可口的样子,接着像在检查葡萄酒年份似的

——仔细校阅罐头。然后把桃子罐头和牛肉罐头打开。

"你们也来吃一点吗?"博士问我们。不用,我们说。在这样的地方、这样的时候,实在引不起什么食欲。

博士撕下面包,上面放块牛肉,很美味似的嚼起来。接着吃了几个桃子,拿起罐头对着嘴嘶嘶地吸着果汁。在那期间我掏出口袋瓶威士忌,喝了两三口。由于威士忌的关系,身体各部分的疼痛多少变轻松了一些。并不是疼痛减少了,而是酒精使神经麻痹了,使得感觉上那疼痛变成好像和我自己没有直接关系的一种独立存在。

"啊,真是幸亏你了。"博士对我说,"平常我都准备有两三天不愁的粮食,但这次正好疏忽了没有补充。连自己都觉得不好意思。安逸日子过惯了,警戒心就渐渐散漫了。这是个很好的教训。应该要未雨绸缪的,古人说得真好。"

博士独自一个人呼呵呵地笑了一会儿。

"这下子吃的也解决了。"我说,"差不多该进入主题了吧?可以从最开始一一告诉我吗?到底您想做什么、已经做了什么、结果会怎么样、我该做什么,请全部告诉我。"

"我想这会是相当专业的话题。"博士有些迟疑地说。

"专业的地方就请深入浅出地带过。只要了解轮廓和具体策略就行了。"

"要全部说出来,我想你大概会生我的气吧,这有点……"

"我不生气。"我说。事到如今再生气也没用了。

"首先我不得不向你道歉。"博士说,"虽然说是为了研究,但瞒着你利用你,而且把你逼到无法退出的状况。关于这一点我也在深切反省。不光是嘴巴上说说,而是打心底里觉得抱歉。但是,我所做的研究，说起来是无与伦比地重要而且珍贵的，这一点无论如何请你要了解。科学家站在知识的矿脉之前，往往有看不见其他状况的毛病。而且正因为有这倾向，科学才不断地进步到现在。所谓科学这东西，说得极端一点，正因为它的纯粹性而增殖……你读过柏拉图吗？"

"几乎没有。"我说，"不过总之请回到事情的要点。关于科学研究目的的纯粹性我已经很清楚了。"

"非常失礼。我只是想说科学的纯粹性这东西往往会伤害很多人。就像所有的纯粹自然现象有时候会伤害人一样。火山爆发埋没城镇，洪水冲走人群，地震摧毁地面的一切——如果因而要说那类的自然现象是恶劣的话……"

"爷爷。"胖孙女从旁插嘴道，"你不快点讲就要来不及了不是吗？"

"对对。你说得对。"博士说着拉起她的手拍一拍，"不过，嗯——从什么地方说起好呢？我好像不太擅于从纵向顺序来掌握状况啊，到底该怎么说起才好呢？"

"您把数字交给我要我混洗数据对吗？那有什么意义呢？"

"要说明这个必须回溯到三年前。"

"那么就请回溯当年吧。"我说。

"我当时在'组织'里就职。不是正式的研究员，而是像私人的外包工作队一样的形式。我手下有四五个成员，'组织'给我们很好的设备，资金可以随便运用，钱对我是无所谓的，以我这个人的个性是绝对不在人家下面做事的，但'组织'给我们研究用的丰富实验材料是在其他地方不太可能得到的，最主要是因为把那研究成果付诸实践对我真是充满了挡不住的魅力。

"那时候'组织'正处于相当危急的状况。他们为了保护信息而混合各种方式所建立起来的数据扰乱(scramble)体系可以说被记号士解读出来了。'组织'把那方法复杂化,记号士就用更复杂的方法来解读——这样反复不断。简直就像在筑墙竞争。这一家把墙筑高,隔壁也不甘示弱地筑得更高。于是最后墙因为太高了而失去实用性。虽然如此,却没有一方愿意罢休。因为谁先罢休谁就输掉了。输的这一方便失去存在价值。于是'组织'决定根据完全不同的原理,开发不能轻易解读的数据扰乱方式。于是找我担任这开发小组的头头。

"他们找我正是找对了。为什么呢? 因为我在当时是——当然现在还是——大脑生理学领域里最有能力而且最积极的科学家。虽然我不做发表论文、在学术会议演讲之类的傻事,所以在学会里始终被忽视,但脑知识之深没有一个人能跟我相提并论。'组织'知道这件事,所以才选我作为主导者。他们希望的是完全的构思上的转换。不是将现有方式复杂化或玩弄花样,而是从根本上彻底转换。而且那些工作是在大学研究室里从早到晚忙于写无聊论文、勤于计算薪资的学者所做不来的。真正有独创性的科学家必须是个自由人。"

"但因为进入'组织',却把自由人这立场舍弃了是吗?"我试着问。

"是啊,就是这样。"博士说,"就像你所说的。关于这点我自己也在反省。虽不后悔,却在反省。不过不是我在为自己辩解,因为我非常想要一个能让我的理论付诸实践的场所。那时候我脑子里已经有了很完整的理论似的东西,但苦于没有实际确认的手法。这就是大脑生理学研究困难的点,不能像其他生理学一样用动物进行实验。因为猴子的脑并不具备能够对应人类深层心理和记忆的复杂功能。"

"于是您就,"我说,"把我们用在人体实验上了。"

"嗯,请不要太快下结论。首先我先简单说明一下我的理论。暗号

25. 冷酷异境　用餐、象工厂、圈套

有一般论。也就是所谓'没有无法解读的暗号'。这确实是对的。为什么呢？因为暗号这东西是根据某种原则而成立的。所谓原则这东西，不管多么复杂而精致，终究是多数人类可以理解的精神性共通项。所以只要理解那原则，就可以解暗号了。暗号之中信赖度最高的是 book to book system——也就是互送暗号的两个人拥有同样版本的同一本书，以该书的页数和行次决定单字的系统——这只要找到书就完了。而且必须随时把那书放在手边，这危险太大了。

"于是我想，所谓完美的暗号只有一个。那就是以谁都不能理解的系统做扰乱混合。也就是透过一个完全的黑盒子把信息扰乱后混合，这样处过的东西又再透过同样的黑盒子做逆扰乱混合。而且那黑盒子的内容和原理连本人都不了解。会使用，但不知道那是什么样的东西——就是这么回事。因为本人都不知道，所以别人也没办法偷那信息。怎么样？很完美吧？"

"也就是说那黑盒子就是人类的深层心理了？"

"对，就是这样。让我继续说明。是这样的。每一个人都根据各自的原理去行动。没有一个人跟别人是一样的。怎么说呢？也就是身份问题。什么叫作身份（identity）？这是指每一个人根据过去体验的记忆累积形成思考体系的独特性。更简单地说，也可以称为心。人心各有不同，没有一个人和别人拥有同样的心。但人类无法掌握自己思考体系的大部分。我是如此，你也一样。我们对这些能够确实掌握的——或者被推测为掌握中的部分只不过占全体的十五分之一到二十分之一左右。这连冰山的一角都称不上。例如我简单地问问看：你是胆大的，还是胆小的？"

"不知道。"我坦白说，"有时候很胆大，有时候又很胆小。不能一

概而论。"

"所谓思考体系正像这样,不能一概而论。面对不同的状况和对象,你会几乎是自然地在瞬间选择胆大和胆小这两极之间的某一点。这个精密的程序在你体内,但你对那程序的细节原理和内容几乎一无所知。因为没有必要知道。即使不知道,你也能够以你自身去产生机能。这简直就是黑盒子啊。换句话说,我们脑子里面其实埋葬着人迹未至的大象坟场。大宇宙除外的话,这也许被该称为人类最后的未知大地吧。

"不,象的坟场这说法不好。因为那并不是死掉的记忆的集结场。准确地说或许该称之为象工厂。在那里无数的记忆和认识的片段被选择分类,被选择分类后的片段则被复杂地组合起来做成线,那线又被复杂地组合成束,而那束则形成系统。这就是'工厂'啊。这里在进行生产制造。当然厂长就是你。不过很遗憾你不能到那里去访问。就像爱丽丝梦游异境(Wonderland)一样,要进去那里必须吃一种特别的药。唉!刘易斯·卡罗尔这故事真是想得妙啊。"

"而且那象工厂所发出的指令就决定了我们的行动模式是吗?"

"对。"老人说,"也就是说……"

"等一下。"我把老人的话打断,"请让我问个问题。"

"请便、请便。"

"我懂你所说的意思。不过,总不能把行动的模式拿来延伸到作为现实上表层行为的决定性因素。譬如早晨起床后吃面包时要喝牛奶还是咖啡还是红茶,这不是要看心情吗?"

"一点也没错。"说着博士深深点头,"另外一个问题是人类那深层心理是经常在变化的。就像每天修订的百科全书一样。要让人类的思

25. 冷酷异境　用餐、象工厂、圈套

考体系安定下来,就有必要让两种困扰去除。"

"困扰?"我说,"什么地方又有困扰呢? 那不是人类极当然的行为吗?"

"这个嘛。"博士好像在安抚我似的说,"要追究这个,会变成神学上的问题。应该说是决定论,或这一类的。人类的行为到底是由神预先决定的,还是自发性(spontaneity)的。近代以来的科学当然是把重点放在自发性上进行的。但是呢,如果要问自发性是什么,谁也没办法好好回答。因为没有谁能够掌握我们体内所有象工厂的秘密。虽然弗洛伊德和荣格发表了各种推论,但那只不过发明了可以谈论这方面事情的术语而已。虽然变得比较方便了,但并没有确立人类的自发性。以我的观点来看,只不过是为心理科学赋予学院哲学的色彩而已。"

说到这里博士又呼呵呵地笑个不停。我和女孩一直安静等他笑完。

"说起来我是属于采取现实性思考法的人。"博士继续说,"借用一句古话来说,就是属于上帝的归上帝,恺撒的归恺撒。形而上学这东西毕竟只不过是符号性的闲话而已。在将一切脱离现实之前,有成堆的事情必须在这限定的场所里完成。例如这黑盒子问题。黑盒子只要以黑盒子的原样放着不去动它就行了。而且只要利用那黑盒子本身就行了。只是——"说着博士举起一根手指,"只是——刚才提到的两个问题不能不解决。一个是表层行为层次的偶然性,另一个是随着新体验的增加而来的黑盒子的变化。这可不是很简单就能解决的问题哟。如果问为什么的话,就像你刚才说过的,因为是人类当然的行为。人只要活着总有一些体验,那体验会一分一秒地储存在体内。要让它停止等

于是要一个人死一样。

"于是我拟了一个假设。如果在某一个瞬间把人在那一时点上的黑盒子固定下来会怎么样？如果后来会变化，就让它随便变化好了。但不同的是该时点的黑盒子被确实固定了，只要呼唤它就能以那样的形式被叫出来。就像瞬间冷冻一样。"

"请等一下。"我说，"那是说一个人体内藏有两种不同的思考体系吗？"

"一点都不错。"老人说，"就像你说的。你理解得很快。我预料得没错。正如你说的。思考体系A是经常保持着的。但另一方面则不断地在以A'、A''、A'''变化着……这就像在右边裤袋放进一个停止的手表，左边裤袋放进一个走动的手表一样。必要时，随时可以拿出任何一边。这样就可以解决一边的问题了。

"同样的道理，另一边的问题也能够解决。只要把原始思考体系A的表层层次的选择性切除掉就行了。你了解吗？"

不了解，我说。

"也就是说像牙医削除珐琅质那样把表层去掉，只留下具有必然性的中心性因素，也就是意识之核。这样做了以后就不会产生称得上误差的误差了。然后把这削除表层后的思考体系冷冻起来丢进井里。噗通一下。这就是混洗数据方式的原型。我在进'组织'之前所研究出来的理论大概是这样的东西。"

"做脑手术是吗？"

"脑手术是必要的。"博士说，"研究如果更进步的话，可能就渐渐不需要做手术了。也许采用某种像催眠术的东西，利用外部操作就能做出这样的状态。不过目前的阶段还没办法做到。只能给脑做电流的刺激。也就是人为改变脑回路的电流。这并不怎么稀奇。只是多少应用了一点对精神性癫痫患者现在也在进行的定位脑手术而已。利用它与脑扭曲所产生的放电互相抵消……可以省略专业性的东西吧？"

"请省略。"我说，"只要提要点就行了。"

"简单说就是在脑波的流动里设置中继接点（junction）。也可以说分歧点。旁边埋进电极和小型电池。然后用特定的信号咔嚓咔嚓地把那中继接点预先切换好。"

"这么说，我们头脑里面也已经被埋进那电池和电极了噢？"

"当然。"

"要命。"我说。

"不，那并不像你所想象的那么可怕或特殊。大小也只不过像小豆粒的程度而已，像这么一点大的东西放进体内到处走动的人多的是呢。还有一件事必须先告诉你才行，那就是原始思考体系，也就是停止的手表这边的回路是盲目回路。也就是说，在那时间内你完全不知道自己在想什么在做什么。不这样的话，恐怕你会自己改变那思考体系。"

"其次，那削除表层的意识之核也有照射的问题对吗？手术之后我从你工作小组的一个人那里听过那样的事。说是那照射或许对人类的脑会造成强烈的影响。"

"是的。这点也有。但关于这件事并没有确定的见解。只不过是当时的一个推论而已。并没有试过，只是或许有这样的事情而已。

"刚才你提过人体实验，但说真的，我们是做过几个人体实验。刚开始因为不能让你们这些身为贵重人才的计算士遭遇危险，所以由'组织'找了十个适当的人选，我们对他们实施手术，观察结果。"

"什么样的人？"

"这个没让我们知道。总之是十个年轻健康的男性。条件是没有精神上的病历，IQ在一百二十以上。至于是什么样的人怎么带来的，我们并不知道。结果，还马马虎虎。十个人里面有七个人的中继接点可以顺利运作。三个人的中继接点完全不产生作用，思考体系只能单方面运作，或混合在一起。但七个人则没问题。"

"混合起来的人后来怎么样了？"

"当然让他们平安回去了。没有什么害处。剩下的七个人继续训练时有了明显的问题。一个是技术性的问题，另一个是被实验者方面的问题。首先是中继接点切换的呼叫记号（call sign）混杂不清这一点。最初我们用任意的五位数字作为那呼叫记号，但不知道为什么其中有几个人闻到天然葡萄果汁的气味就把中继接点切换掉了。吃中餐端出葡萄果汁时发现的。"

胖女孩在旁边咯咯咯地偷笑，对我来说那却不好笑。以我来说，接受完混洗数据的处置之后，会对各种气味在意得不得了。比方闻到她哈密瓜味的古龙水之后，脑子里会觉得好像听得见声音似的就是其中一个例子。如果每次闻到什么气味思考体系就改变的话，那可受不了。

"后来在数字之间夹进特殊的音波后解决了这个问题。原来某种嗅觉反应和由呼叫记号所产生的反应很像。另外一点是有些人即使中继接点切换了，原始思考体系也不能顺利运作。经过各种检查，结果才知道被实验者本来的思考体系有问题。被实验者意识之核的本质不安定而且稀薄。虽然身体健康而且拥有不错的智力，却没有确立精神性的身份认知。此外相反地，对自己驾御不足的例子也有。虽然身份认知本身已经十分足够，却没有对它加以秩序化因而不能使用。也就是说，并不是任何人只要做过手术就能够混洗数据，事后才明白还是有所

25. 冷酷异境　用餐、象工厂、圈套

谓适性这回事。

"经过种种情况最后留下的是三个人。这三个人准确地以中继接点被指定的呼叫记号切换,使用被冻结的原始思考体系达成了有效而安定的机能。而且在一个月里用他们重复做实验,在那个时点出现了进行记号（go sign）。"

"然后我们接受了混洗数据的处置是吗？"

"正是。我们从接近五百人的计算士之中一再考试和面谈,选出了二十六个具有精神自主性,而且能控管自己行动和感情的类型,既健康又没有精神病史的男性。这是非常费事的作业。因为有些事是光从考试和面谈没办法了解的。然后'组织'对这二十六个人的每个人都做了详细资料。关于成长经历、学校成绩、家庭成员、性生活、饮酒量……总之所有的点。你们就像初生的赤子一般被洗得干干净净。所以我对你也像对自己一样了解得很啰。"

"我有一个不明白的地方。"我说,"我所听到的是我们的意识之核,也就是黑盒子,保管在'组织'的图书馆里。那怎么可能呢？"

"我们彻底追踪（trace）你们的思考体系,描绘出图形。然后做成模型,以主要储藏库（main bank）储存起来。如果不这样的话,万一你们身上发生什么时就会动弹不得。就像保险一样。"

"那模型完全吗？"

"不,当然不能算完全,但表层部分有效削除之后做追踪描绘就轻松了,因此以机能来说是相当接近完全吧。详细地说是由三种平面坐标和全息投影（holograph）构成这模型。过去的计算机当然不可能做到,现在新的计算机本身因为含有相当象工厂式的机能,所以能够对应那样的意识性复杂结构。考虑的也就是测绘地图（mapping）的技

术，这个又说来话长不谈了。非常简单易懂地说明追踪绘图的方法就是这样：首先把你各种意识的放电类型输入计算机。类型因各种情况不同而有微妙的差异。线里面的接头重新组合，束里面的线又重新组合。在这组合之中有些是在测量上无意义的东西，有些有意义。计算机会判断。把无意义的排除，有意义的刻进基本类型。这过程以几百万次为单位，一而再再而三地重复无数次。就像塑料纸重叠起来一样。然后确定差异不再浮上来之后，就把那类型当作黑盒子保存起来。"

"让脑再现吗？"

"不，不是。脑实在无法再现。我们所做的只不过是把你的意识体系以现象层次固定下来而已。而且那还是在特定的时间点里。面对不同时间点脑所发挥的灵活与弹性（flexibility）是我们完全举手投降的。不过我所做的不只是这个而已。我在黑盒子映象化方面也成功了。"

博士这样说完，便轮流看看我和胖孙女的脸。

"是意识之核的映象化。过去从来没有人做过这个。因为不可能。而我把它变成可能了。你们想我是怎么做的？"

"不知道。"

"让被实验者看某个物体，从那视觉所产生脑电波的反应来分析，把它转换成数字，然后再转换成点阵符号。最初只浮现极单纯的图形，但修补调整几次，补充细节之后，逐渐能够把被实验者所看见的映象照样在计算机屏幕上描绘出来。作业不像嘴上讲的这么简单，非常麻烦而花时间，但简单说起来就是这样。而且在做了好几次好几次之后，计算机可以记住那类型而且可以从脑的电流反应自动映出映象。计算机这东西实在可爱。只要发出一贯的指示，它一定就能完成一贯的工作。

25. 冷酷异境　用餐、象工厂、圈套

"其次终于可以试着把黑盒子输入记住类型的计算机里了。结果真的可以让意识之核原原本本地映象化显示出来。不过当然那映象是极其片段而混沌的，那样子实在无法构成什么意义。这时候就需要编辑作业。对，简直就像电影的剪接编辑作业一样。把映象的累积剪下贴上，有些东西拿掉，再重新组合。于是组成有剧情的故事。"

"故事？"

"这也不怎么奇怪呀。"博士说，"优秀的音乐家可以把意识转换成声音，画家可以转换成形与色。而小说家就转换成故事。道理一样啊。当然因为要转换，所以其实不是准确的追踪描绘，不过可以理解意识的大部分样貌真是方便。不管多么准确，光看着混沌映象的罗列，总是不太能掌握全貌啊。而且，并不是要把那视觉版拿来做什么用，所以没有必要从头到尾都准确。这可视化毕竟只是作为我个人的兴趣在做的啊。"

"兴趣？"

"我以前，那已经是战前的事了，曾经做过类似电影剪辑助理一样的工作，因此这方面的作业非常拿手。也就是在混沌中赋予秩序的工作。所以我不用其他助手而自己关在研究室里一个人继续操作。我在做些什么相信别人都不清楚。而且我把那映象化数据当作私人的东西悄悄带回家。这是我的财产。"

"您把二十六个人全部的意识都映象化了吗？"

"是啊。全部一应做过。而且每一个都给他一个标题，那标题也当作每个人黑盒子的标题。你的是'世界末日'噢。"

"对了。是'世界末日'。我常常觉得很不可思议，为什么给按上那样的标题呢？"

"这个以后再说。"博士说,"总之谁都不知道我成功地把那二十六个人的意识映象化了。我也没有告诉任何人。我想把那研究带到和'组织'无关的地方进行。'组织'委托我的计划已经成功了,必要的人体实验我也做完了。而且我对于为别人的利益而做研究感到厌烦了。接下来只想依自己的意思做各种不同的东西,恢复随心所欲的研究生涯。我好像不是那种埋头于单一研究工作的类型。同时并列地做各种不同研究比较适合我的个性。那边做做骨相学,这边玩玩音响学,同时研究脑医学。但帮别人做事就不太能够这样。所以我在研究告一段落,自己被赋予的使命已经达成,剩下的只是技术性作业时,便向'组织'辞职。他们却迟迟不肯许可。为什么呢?因为我对那个计划知道太多。目前这个阶段如果我往记号士那边靠拢的话,混洗数据计划也许就要因此泡汤了,他们这样想。对他们来说,不是朋友就是敌人。再等三个月,他们这样拜托我。你可以在这研究所里继续做你喜欢的研究。工作什么都不必做,还给你特别奖金,就这样。说是在这三个月里让我们完成森严的机密保护系统,你在那以后再出去。我是天生的自由人,被那样束缚起来真是非常不痛快,但以条件来说倒还不坏。于是那三个月里,我在那里做着我喜欢的事,悠闲地过日子。

"不过人要是闲着总不是一件好事。我闲得没事,于是想到在被实验者——也就是在你们——的头脑中继续点接上另一种回路。第三个思考回路。而且把我编辑过的意识之核组合进那个回路里。"

"为什么又要这样做呢?"

"第一我想试试看那对被实验者会发生什么样的效果。由别人手里赋予秩序重新编辑过的意识在被实验者体内会产生什么样的机能,我想知道这点。因为在人类历史中并没有任何这样的明确例子。另外一点——这当然只是附随的动机——'组织'既然随他们自己高兴地处置我,那么我也要随自己高兴地来处置看看。试着做一种他们所不知道的机能。"

"只为了这个理由,"我说,"你就在我们脑子里组合进好几个像铁路机车的线路一样复杂的回路吗?"

"不,你这样一说我也很没面子。真是没面子。但你也许不明白,科学家的好奇心这东西,是无论如何都很难压抑的。当然我也憎恨那些帮助纳粹的医师学者在集中营里所进行的无数实验,但在心底也会想反正要做为什么不做得更利落更有效果呢?以活体为对象做研究的科学家在心里所想的事都差不多。而且我们做的绝对不会危及生命。只是把原有两个的做成三个而已。只是稍微改变一下电路的流向而已。并没有增加脑的负担。同样是利用英文字母卡片,并没有制造其他的单词。"

"但实际上除了我之外其他接受混洗数据处置的人都死了。这是为什么?"

"这个我也不明白。"博士说,"确实正如你所说的,二十六个接受混洗数据处置的计算士之中二十五个都死了。大家都像一个模子印出来似的一样的死法。晚上上床睡觉,早晨就死了。"

"那么对我来说,"我说,"明天说不定就会像那样死掉啰?"

"然而事情并没有那么简单。"博士身体一面在毛毯里不安地动着一面说,"因为那二十五个人的死亡时间集中在大约半年里。也就是从处置后一年两个月至一年八个月之间。那二十五个人一个不剩地在那期间死掉。只有你在过了三年又三个月的今天,还没有任何障碍地在继续做着混洗数据的工作。那么,不得不认为只有你拥有其他人所没有的特别资质。"

"所谓特别,是什么意思上的特别呢?"

"请等一下。对了,你在做过混洗数据处置之后,有没有发生什么奇怪的症状？例如幻听、幻象、失神等之类的现象?"

"没有啊。"我说,"既没有幻象,也没有幻听。只觉得对某种气味好像变得非常敏感的样子。大概以水果气味之类的比较多。"

"这是全体都共通的特点。特定水果的气味对混洗数据有影响。不知道为什么,但就是会这样。不过以结果来说,没有造成幻象、幻听、失神之类的现象吧?"

"没有啊。"我回答。

"噢。"博士思考了一下,"其他呢?"

"这是刚才第一次发觉的,好像隐藏的记忆又回来了似的。过去都是些片段似的东西我没有太留意,但刚才却是清楚的,连续一段时间。原因我知道。是水声诱发的。不过那不是幻觉,是确实的记忆。我可以确定。"

"不,不对。"博士断然地说,"虽然或许你感觉像是记忆,但那却是你自己制造出来的人为桥梁。也就是说,你自身的身份认知和我所编辑并输入的意识之间当然会有误差,你为了使自己的存在正当化,于是在那误差之间试图架上桥梁。"

"我不太明白。到目前为止从来没发生过这样的事。为什么现在突然会这样呢?"

"因为我把中继接点切换过,也把第三回路解放了。"博士说,"不过,按照顺序来说吧。要不然事情很难解释,你也不容易明白。"

25. 冷酷异境　用餐、象工厂、圈套

我拿出威士忌酒瓶又喝了一口。事情似乎远比想象的还要麻烦。

"最初的八个人相继死掉之后,'组织'把我叫去。要我找出死因。对我来说,坦白说已经不想和他们有什么关联了,但因为是我开发出来的技术,而且关系着人命,总不能丢下不管。总之我决定去看个究竟。他们向我说明八个人死亡的经过和脑解剖的结果。刚才我也说过了,八个人全都是相同的死法,都是死因不明。身体和头脑没有任何损伤,都是安安静静像睡着了似的断了气。简直就像安乐死一样。脸上也没有任何苦闷的表情痕迹。"

"死因不明吗?"

"不清楚。不过当然可以做推论或假设。因为八个都是接受过混洗数据处置的计算士而又相继死去,因此这绝对不能以偶然敷衍过去。必须想出什么对策才行。因为不管怎么说这是科学家的义务。我的推论是这样,也就是说也许设定在脑子里的中继接点机能松弛或烧掉或消灭了,使思考体系混浊,那能量使脑无法承受?或者假定中继接点没有问题,就算意识之核是在短时间内解放的,本身也许有根本上的问题?那对人类的脑也许无法承受?"

博士说到这里把毛毯一直拉到脖子下,停顿了一会儿。

"这是我的推论,没有确实的证据,但试着思考前前后后的状况之后,我想应该是这两种可能之一,或两方面都有。我想以这个为原因的推测似乎最为妥当。"

"脑解剖也弄不清楚吗?"

"脑这东西和烤吐司机不同,和洗衣机也不同。不像线路和开关是眼睛看得见的。脑里有的只是眼睛看不见的放电流动变化而已,所以不能在死了之后把那中继接点拿出来检查。活着的脑如果有异常还可

以知道,但死了则什么也不知道了。当然如果有损伤或肿块、溃疡是可以知道,但也没有。完全干干净净。

"于是我们把活着的十个被实验者找到研究室来,试着再做检查。取得脑波做思考体系的切换,检查中继接点是否能顺利运作。也做了详细的面谈,试着问他们身体有什么异常,有没有发生幻听、幻象等现象。但没有任何可以称得上问题的问题。大家都很健康,混洗数据作业也能顺利进行。于是我们想到死掉的那些人大概是先天上脑有什么缺陷,不适合混洗数据吧。虽然不知道那是什么样的缺陷,但只要研究逐步进行就可以解开谜底,只要在施行第二代的混洗数据处置之前解决就行了。

"但结果错了。因为接下来的一个月又死了五个人,而其中的三个是经过我们彻底再检查的被实验者。再检查时被判断为没有任何问题的人,在那之后紧接着就猝然死去。这对我们来说是个很大的打击。在原因不明之下,二十六个被实验者之中已有半数死去了。这样一来已经不能说是适不适合的问题,而是更根本的问题了。换句话说,以两个思考体系切换着使用这件事对脑来说本来就是不可能的。于是我向'组织'提出冻结计划的建议。把还活着的人脑子里的中继接点除去,中止混洗数据的作业。不这样做的话,很可能全体都会死亡。但'组织'说这不可能。我的建议被拒绝了。"

"为什么?"

"混洗数据系统运作得极有效,而且现在要把那系统全部归零事实上是不可能的。这样一来'组织'的机能会麻痹掉。而且也不一定全部都会死掉,如果有人活了下来,那么就可以作为有效的样本进行下一个研究,他们这样说。于是我就退了出来。"

25. 冷酷异境　用餐、象工厂、圈套

"而且只有我一个人活下来。"

"就是这样。"

我把后脑勺往岩壁靠靠，呆呆望着顶棚，用手掌摩擦脸颊的胡子，上一次是什么时候刮的胡子已经想不太起来了。脸色一定很难看。

"那么为什么我没有死呢？"

"这也只不过是假设。"博士说，"假设之上再加的假设。不过以我的第六感，我想这应该八九不离十。是这样的，也就是说你本来就以复数的思考体系在分开使用着。当然是在潜意识中噢。在潜意识中，自己都不知道的情况下，把自己的身份认知分为两个在使用。如果用我刚才的比喻的话，就像右边裤袋的手表和左边裤袋的手表。本来就有自己的中继接点存在，因此你已经具有精神性的免疫了。这是我的假设。"

"有类似根据的东西吗？"

"有。我前一阵子，两三个月以前，又把二十六个人全部映象化的黑盒子全部重新看过。然后发现一件事情。那就是你的思考体系整理得最好，非但没有破绽，而且有条有理。用一句话说就是完美无瑕。甚至可以原原本本拿来用在小说或电影上都通用的程度。但其他二十五个人的却不是这样。都混乱、混浊、没有条理，不管怎么加以编辑都没办法有清楚的条理，没完没了的。好像只是梦的接续这样程度的东西。跟你的完全不一样。这简直就像专业画家和幼儿画相比一样的不同。

"为什么会这样呢？我试着想了很多，结论只有一个，也就是你用你自己的方法把那些整理好了。所以才会有极其清楚的结构存在于映象的累积中。再用比喻来说，就是你亲自下到自己意识底下的象工厂去用自己的手制造象。而且是在自己不知道的情况下。"

"真是难以相信。"我说,"为什么会有这样的事呢?"

"有各种原因。"博士说,"幼儿体验、家庭环境、自我过剩的客体化、罪恶感……尤其你具有极端固守自己的外壳的倾向。不是吗?"

"也许是。"我说,"那么到底会怎么样?如果我是这样的话?"

"不会怎么样啊。只要没什么事,你会就这样活得很长寿吧。"博士说,"不过现实中没什么事大概也不太可能。不管你喜不喜欢,你都是关键,能决定这愚蠢的信息战争走向。'组织'不久之后大概就会把你当作实验品展开第二次的计划。你会被彻底解析,被做各种摆布。具体会怎么样我也不知道。不过不管怎么样,一定会遇到各种不愉快的情况是错不了的。我虽然不太知道现实社会,但这些我倒是知道。以我的立场也多少想要帮助你一些。"

"要命。"我说,"您已经不参加那个计划了吗?"

"我好像已经说过几次了,我不想为别人而出卖我的研究,这不合我的个性。而且今后不知道还要再死多少人,我不想参加这样的事。我也有很多地方应该反省。所以我才不怕麻烦千方百计地到这样的地底下做研究室以便避开别人。光是'组织'还好,连记号士都想利用我。我实在不喜欢这种大组织。因为他们都只为自己着想。"

"那么您为什么对我做了奇怪的设计呢?说了谎话把我叫去,还特地让我计算呢?"

"我想在'组织'和记号士把你捉去胡乱摆布之前,试着证实我的假设。如果能找出答案的话,你也不必再遭遇各种麻烦事了。我交给你的计算数据中预先隐藏有第三思考体系的切换呼叫记号。也就是说,在你切换到第二思考体系之后,可以再切换一次,在第三思考体系进行计算。"

"所谓第三思考体系,就是您映象化后重新编辑的系统吗?"

"正如你说的。"博士点头。

"但为什么这个可以证明您的假设呢?"

"是误差的问题。"博士说,"你在潜意识中确实掌握着自己的意识之核。所以在使用第二思考体系的阶段完全没有问题。但第三回路是我所重新编辑过的东西,当然这两者之间会产生误差。而那误差对你应该会带来某种反应。我想要测量对那误差的反应。从那结果,本来应该可以更具体地推测出你意识底层所封闭着的东西的强度、性格和那成因等。"

"本来应该可以?"

"对。本来应该可以。但现在一切都白费了。记号士和黑鬼勾结起来,跑到我研究室把一切都破坏光了。把所有的数据也全部带走。他们走了以后我又回到研究室去看过。重要的东西一件都没留下。这样一来根本没办法做什么误差测量了。因为他们连映象化的黑盒子都带走了啊。"

"这和世界末日有什么关系呢?"我试着问。

"准确地说,并不是现在这个世界要终结了,而是世界在人的心中终结了。"

"我实在不明白。"我说。

"也就是说,那是你的意识之核。你的意识所描绘的东西是世界末日。我不知道你为什么会把那种东西秘藏在意识底下。但总之,就是这样。在你的意识中世界已经终结。反过来说你的意识活在世界末日里面。在那个世界里现在这个世界应该存在的东西大多欠缺。那里既没有时间也没有空间的延伸,既没有生也没有死,也没有正确意义上的价值观和自我。那里兽控制着人们的自我。"

"兽？"

"是独角兽。"博士说，"在那个街里有独角兽。"

"那独角兽和你给我的头骨有什么关系吗？"

"那是我所做的复制品。做得不错吧？根据你的视觉映象做的，不过做得挺辛苦的。并没有什么特别的意思，只是对骨相学有兴趣，所以就试着做了一下。送给你当礼物啊。"

"请等一下。"我说，"你说我的意识底下有那样的世界，这我大概可以理解。而且你把它重新编辑成更明确的形式，并输入当作我脑子里的第三回路。接着送进呼叫记号，把我的意识导进那个回路里，让我做混洗数据。到这里没错吧？"

"没错。"

"而且做完混洗数据的时候，那个第三回路也就自动关闭，我的意识又回到原来的第一回路。"

"这点不对。"博士说，咔啦咔啦地抓着后脑，"要是这样就简单了，但没办法。第三回路并没有自动关闭功能。"

"那么我的第三回路还是随时开着的吗？"

"是的。"

"但我现在正这样根据第一回路思考、行动着啊。"

"那是因为第二回路上了栓盖了。以图来说是这样的结构。"博士说着，从口袋里拿出手册和圆珠笔画了图，然后交给我。（下图左）

"是这样子。这是你平常的状态。中继接点A接在第一回路里，中继接点B接在第二回路里。但现在是这样。"博士在另一张纸上再画了一张图。（下图右）

25. 冷酷异境　用餐、象工厂、圈套

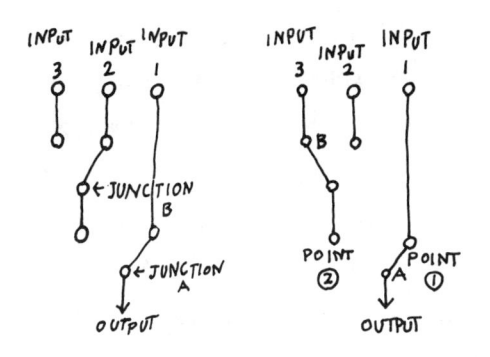

"看得懂吗？ B点还接在第三回路上，A点自动切换接在第一回路上。因为这样，所以你才可能以第一回路思考、行动。不过这只是暂时的。必须尽快把B点切回第二回路才行。为什么呢？因为第三回路准确地说并不是你自己的。要是放着不去管它，那误差产生的能量会把B点烧掉，变成永远接在第三回路上，而那放电会使A点往接B点拉近，连带把A点也烧掉。我本来准备要在那之前测量出误差的能量，让它恢复原状的。"

"本来准备？"我问。

"我现在已经没办法做到了。就像刚才说的那样，我的研究室已经被那些笨蛋破坏，重要数据全都带走了。所以我觉得很抱歉，但我一点也帮不上忙了。"

"那么这样一来的话。"我说，"我这样下去就会永远陷在第三回路里，再也没办法恢复原来的样子了？"

"是的。你将会活在世界末日里，虽然我觉得很可怜。"

"可怜？"我茫然地说，"这不是可怜就了事的问题吧？或许您只要说一声可怜就好了，但我到底会变怎样呢？说起来事情原本也是您开

始的不是吗？别开玩笑了！我从来没听过这样过分的事。"

"但我做梦也没想到记号士和黑鬼会勾结起来呀。他们知道我在开始做什么，想要得到混洗数据的秘密于是来偷袭。而且现在也许'组织'也知道了。我们两个人对'组织'来说是两刃剑。你懂吗？他们大概以为我和你联合起来到'组织'以外的别的地方开始做起什么。而且也知道记号士正在打主意。记号士故意设计让'组织'知道。以为这样一来'组织'为了保守机密会想抹杀我们。不管怎么说，我们都背叛了'组织'，就算混洗数据方式暂时停滞，他们还是会除掉我们吧。因为我们两人是第一次混洗数据计划的关键，如果我们一起落入记号士手中那可不得了。另一方面以记号士来说这正中他们的下怀。如果我们被'组织'抹杀的话，混洗数据计划便完全终止了，如果我们逃走而去投靠他们的话，那更没话说。不管怎么样，他们都没有任何损失。"

"要命。"我说。到我的公寓去把房间破坏，又把我肚子割伤的到底还是记号士。他们为了要使"组织"注意我们这边，而故意设计演出了一场全武行。那么我是完全中了他们的圈套了。

"这样一来我岂不是要举双手投降了吗？记号士和'组织'两头都不放过我，我再不采取行动的话，现在所谓我这个存在岂不就要消失了。"

"不,你的存在还不会结束。只是进入另一个世界而已。"

"这也一样啊。"我说，"您知道吗？我这个人是不用放大镜看就几乎看不见的存在，这我自己也知道。向来都如此。看学校的毕业照要找到自己的脸都非常花时间。又没有家人，即使我现在就消失了，都没有谁会觉得难过。也没有朋友，所以我不在了没有人会伤心。这点我很了解。不过也许说起来很奇怪，我对这个世界其实也还算满足。为什么我不知道。也许是因为我自己分裂成两个人像在说着对口相声般快乐地生活过来。这我不知道。不过总之我还是在这个世界比较自在。虽然我讨厌存在这个世上的多数东西,对方也似乎讨厌我,但其中也有我中意的东西,中意的东西就会很中意。不管对方是不是中意我那没关系。我就是这样活着的。什么地方都不想去。也不必不死。虽然逐渐变老会难过,但不只我会变老。大家都一样会变老。我不要独角兽也不要壁。"

"不是壁,是墙。"博士更正。

"不管叫作什么。壁也好墙也好,这些都不需要。"我说,"我总可以生一点气吧?平常我很少这样,但我渐渐要生气了。"

"嗯,在这个节骨眼也没办法吧。"老人抓着耳垂说。

"说起来这件事的责任百分之百在您。我没有任何责任。是您开始的,您扩大的,您把我卷进来的。在人家的头脑随便插进回路,做了假委托书让我做混洗数据,害我背叛了'组织',被记号士穷追,被逼进这莫名其妙的地底下来,而现在还要把我的世界终结掉。从来没听过这样过分的事。您不觉得吗?总之请您把我恢复原来的样子。"

"噢。"老人哼了一声。

"他说得对,爷爷!"胖女孩插嘴道,"爷爷有时候太专注于自己的事,结果为别人带来麻烦呢。那个足鳍实验的时候不也是这样吗?您总要帮人家想点办法才行啊。"

"我原来以为在做一件好事,没想到状况越变越糟。"老人很抱歉似的说,"而且已经到了我没法子收拾的地步了。我没办法,你也没办法。车轮正逐渐加速滚动,谁也停不下来了。"

"要命。"我说。

"不过你在那个世界,或许可以把你在这里所失去的东西重新找回来。你已经失去的东西,和正在继续失去的东西。"

"我所失去的东西?"

"是的。"博士说,"你所失去的一切东西,都会在那边。"

26.
世界末日
发电所

读梦结束之后,我提出要去发电所的事时,她脸色暗淡。

"发电所在森林里呢。"她一面把烧红的煤炭埋进篮子里的沙中熄灭一面说。

"只在森林入口的地方而已。"我说,"连守门人都说没问题。"

"谁也不知道守门人在想什么。虽然说只在入口而已,但森林毕竟是危险的地方啊。"

"不过总之我想去看看。我无论如何都想找到乐器。"

她把煤炭全部拿出来之后,打开火炉下的抽屉,把积在那里的白灰清到篮子里。然后摇了几次头。

"我也跟你去。"她说。

"为什么?你不是不想接近森林吗?而且我也不想连累你。"

"因为不能让你一个人去呀。你还不太了解森林的可怕。"

我们在阴云的天空下沿着河往东走。仿佛春天已经来临的温暖早晨。没有风,河水的声音也失去平常的清冷明晰,听起来好像有些郁闷。走了十或十五分钟时我拿下手套,拿掉围巾。

"好像春天啊。"我说。

"是啊,不过这种暖和持续不了一天。每次都这样。还会立刻回到冬天的。"她说。

穿过桥南岸稀稀落落排列的人家之后,路的右边就只能看见旱田了,而且原来卵石铺成的路也变成狭窄的泥路。田畦之间冻结的白雪像抓伤的痕迹似的留下几条。左手边河岸上有整排柳树,柔软的树枝垂在河面。小鸟停在那不稳定的枝条上,几度为了保持平衡而摇摆着树枝,然后终于放弃地飞到别的树上去了。阳光淡淡的,柔柔的。我几次抬起头,感受着那安静的温暖。她右手放进自己的大衣口袋,左手放进我的大衣口袋。我左手提着小旅行箱,右手握着口袋里她的手。旅行箱里放着我们的午餐和要送给管理员的礼物。

要是春天来了,相信很多事情都会变得比较轻松愉快,我握着她温暖的手这样想着。如果我的心能够熬过冬天,影子的身体能够撑过冬天的话,我应该可以让我的心复原成更正确的形式吧。正如影子所说的,我必须战胜冬天。

我们浏览着周围的风景,慢慢朝河的上游走。在那期间我和她虽然几乎都没说什么,但那并不是因为没话说,而是没有必要说。沿着大地凹陷的地方留下的白色残雪,喙尖衔着红色树木果实的小鸟,田里硬邦邦梗厚厚的冬季蔬菜,河里的流水在四处形成的澄清小水洼,被雪覆盖的山岭姿态,我们好像在一一确认似的边走边眺望。映在眼里的所有事物,让胸中好像吸进了突然降临的满满片刻温暖,浸进了身体的每一个微细角落。覆盖天空的云也好像没有平常那么沉闷,可以感觉到好像有一双温柔的手围绕着我们这微小的世界似的不可思议亲密感。

我们也遇见一些兽在枯草上徘徊着寻找食物的身影。它们身上包着带有泛白色泽的浅金色毛皮。那体毛比秋天长多了,而且更厚,但

26. 世界末日　发电所

可以明显看出它们的身体比以前消瘦憔悴。肩膀像旧沙发弹簧似的形状，骨骼清晰地凸了出来，嘴边的肌肉松弛得甚至显得邋遢地垂下来。眼睛失去了光彩灵动，四肢关节呈球形地鼓胀起来。唯一没有改变的只有从额头突出的一只白角而已。角和以前一样，笔直而自豪地指向天空。

兽以三头或四头为一小群，沿着田畦从一个树丛移往另一个树丛。但树木果实和适合食用的柔软绿叶已经几乎看不见了。比较高的树枝上还残留着若干树木果实，但以它们的身高实在够不到。那些兽在树下寻找着掉落地面的果实，鸟用尖喙把树木果实啄走时，它们便以哀伤的眼神一直抬头望着。

"为什么兽不去动田里的作物呢？"我试着问。

"那是规定好的啊。我也不知道为什么。"她说，"兽对人类吃的东西绝不动手。当然我们给它们的话，它们会吃，不给就不会吃。"

河边有几头兽折叠起前脚弯下身子在喝水洼的水。我们紧挨着它们身边经过时，它们头也没抬一下地继续喝着水。水洼表面清晰映出白角的影子，但那看来简直就像掉落水底的白骨一样。

正如守门人说的，沿着河岸走大约三十分钟，过了东桥附近就有一条右转的小路。那么细小的路，要是平常走着很可能会看漏。那一带已经没有田地，路的两侧只有高而茂密的草而已。这种草原好像隔在东边森林和田地之间似的一片宽广。

走进草原之间的路时，稍微有点坡度，草也逐渐变得稀稀落落。转为斜坡的山路，终于变成岩山。虽说是岩山，也不是完全没办法攀登，上头有稳固且可供行走的踏阶。岩石属于比较柔软的砂岩，踏阶的转角已经被踏得磨圆了。走了大约十分钟,我们已经登上那座山丘的顶上。以整体高度来说,大约比我所住的西丘稍微矮一点。

山丘南侧和北侧不同,而是转为和缓的下坡。干枯的草原延伸有好一段,对面则是黑黑的东边森林,像海一般广阔。

我们在那里坐下来调整呼吸,眺望了周围的景色一会儿。从东边看街的风景和我平常所看到的样子印象相当不同。河川令人吃惊地呈一直线,看起来没有一处沙洲,水笔直流着像人工水路一样。河对面是一大片北边湿地,湿地右手边隔着河,东边森林像飞地般占据大片土地。河川这边的左侧看得见我们所经过的田地。一望无际都没有人家,东桥也空荡荡的有点寂寥的样子。仔细眺望时虽然也认得出职工区和钟塔,但总觉得那好像是从遥远的地方送来的幻觉,没有实体感。

休息了一下之后,我们朝着森林走下山坡。森林的入口有一口看得见底的浅池,中央立着一株像骨头颜色般枯死的巨大树根。上面停着两只白鸟一直注视着我们。雪是硬的,我们的鞋子在那上面没留下任何脚印。漫长的冬天使森林里的风景彻底改变。没有鸟的声音,也没有虫的影子。只有巨大的树木从不冻结的深深地底吸取养分,指向阴暗的天空。

走在森林的路上时,觉得好像听得见奇妙的声音。听起来很像是风声在森林里飞舞,但周围可以说完全没有风吹的气息,而且以风的声音来说又未免太单调而没有音调变化。越往前进,声音变得越大越清楚,但我们还是不知道那意味着什么。她也是第一次到发电所附近来。

我们看见粗壮的橡木,对面是个空旷的广场。广场最里面有像发电所一样的建筑。虽然这么说,但那建筑却没有任何一个显示发电所

26. 世界末日　发电所

机能的特征。只像是一个巨大的仓库。既没有什么特别的设备,也没有出现高压电线。我们耳朵听到的奇妙风声似乎是从砖瓦房里发出来的。入口有两扇坚固的铁门,墙壁高处看得见有几扇小窗。路到这个广场就结束了。

"这大概就是发电所吧。"我说。

但正面的门好像上了锁,我们两个人合力去开,门都纹丝不动。我们决定绕建筑一周试试看。发电所的侧面比正面宽了几分,那边的墙上也和正面一样高处有一排小窗,从窗口传出那奇妙的风声。但侧面没有门。只有平平板板没有任何凹凸变化的砖墙耸立着。看起来就像围住这街的墙,但靠近仔细看会发现这边的砖和构成墙的砖质地完全不同且较为粗糙,用手摸时扎扎的,还有好些地方有缺损。

后面和建筑邻接着一栋同样砖砌的雅致房子。像守门人小屋般的大小,设有极普通的门和窗。窗上挂着谷物袋的布以代替窗帘,屋顶立着被煤熏黑的烟囱。至少这边可以感觉得到有人生活的气息。我在木门上试着敲了三次三声,没有回答。门上了锁。

"那边有发电所的入口。"她说着牵起我的手。我往她手指的方向一看,确实建筑后面角落里有个小入口。那铁门是朝外开着。

站在入口前时风声更大了。建筑内部比预想中更暗,在眼睛适应黑暗之前,以双手为遮檐仔细张望,也看不出里面有什么。里面一盏电灯也没有——发电所居然一颗灯泡也不装,真有些不可思议——从高窗射进来的微弱光线好不容易到达天花板一带而已。只有风声肆无忌惮地在空荡荡的建筑里喧闹着。

即使出声也没有人会听见的样子,因此我站在入口把墨镜拿下,等眼睛习惯黑暗。她稍微离开一点,站在我后面。看来她好像尽可能不要靠近建筑的样子。风声和黑暗使她畏怯。

因为平常就习惯黑暗,所以没有花多少时间,我的眼睛就发现建筑地板的正中央一带站着一个男人。一个瘦瘦小小的男人。男人前面有一根三到四米的粗圆铁柱笔直耸立到天花板,男人目不转睛地望着那圆柱。除了那圆柱之外,其他没有任何像设备的设备,像机械的机械,建筑里面像室内跑马场一样空旷。地板和墙壁都是用砖砌的。简直像个巨大的炉灶。

我把她留在入口,自己一个人进到建筑里去。进到入口和圆柱的正中央一带时,男人似乎留意到我的存在了。他身体没动只有脸转过来,一直注视着我走近。是个年轻男子。大概比我小几岁。他的外貌在所有的方面都和守门人成对比。手脚和脖子纤细修长,脸色很白。皮肤很光滑,几乎没有胡子的痕迹,发根后退到宽阔额头的最上面。服装也很清爽整洁。

"你好。"我说。

他嘴唇紧闭一直凝视我的脸,然后稍微点了头。

"会不会打搅你?"我试着问。由于风声的关系不得不大声说。男人摇摇头表示不会,然后对着我指向圆柱上像明信片大小的玻璃窗。大概示意要我往里面看吧。我仔细看看,圆柱上有门,玻璃窗是门的一部分。门用坚固的螺栓固定着。玻璃窗后有一个像巨大电风扇一样的东西,和地面平行,正以激烈的风势旋转着。那简直就像让几千马力的马达绕着轴心旋转一样。我想象可能利用某个地方吹进来的风压推动风扇,利用那力量发电吧。

"是风啊。"我说。

是啊。男人点点头。然后他拉起我的手朝入口的方向走。他比我矮半个头左右。我们像好朋友似的并肩走向入口。她站在入口。年轻男人对她也像对我一样稍微点一下头。

"你好。"她说。

"你好。"他也回答。

他带我们两人到不太有风声干扰的地方去。在小屋后面一块切开森林开拓而成的田地里,我们坐在几个成排的锯木桩上。

"对不起,我不太能大声说话。"年轻的管理员解释道,"你们理所当然是街里的人吧?"

是啊,我回答。

"正如你们所看到的,"年轻男人说,"街里的电力是靠风的力量供给的。这地面上有很大的洞穴开口,就是利用从那里吹来的风。"

男人暂时闭嘴注视着脚下的田地。

"风三天吹起来一次。这一带地下有许多空洞。在那里面风和水来来去去。我在这里保养这设备。没有风的时候就把风扇的螺栓关掉,涂一涂机油。或者保持让开关不要冻结。而这里发的电再利用地下电缆输送到街上。"

管理员这样说完又环视田地一圈。田地的周围,森林像墙一样高高围起来。田地的黑土虽然被用心整理过,但上面还不见作物的影子。

"有空的时候,就一点一点地把森林开拓出来,扩大田地范围。因为只有我一个人,所以不可能大规模地做。碰到大树就迂回着避开,尽可能选择能下手的地方。不过以自己的手来做一点什么倒是一件好事。到了春天还可以种菜。你们是到这里来考察的吗?"

"差不多。"我说。

"街上的人是不会出现在这里的。"管理员说,"谁都不会进到森林里来。当然送东西的人除外。每周一次,那个人会帮我送粮食和日用品。"

"你一直一个人住这里吗?"我试着问。

"嗯,是啊。已经相当久了。现在甚至只要听声音就知道机器的微细状况了。因为好像每天都在跟机器说话似的。做久了这些自然就知道了。机器情况好的话,我自己也非常安心。还有森林的声音我也听得懂。森林会发出各种声音,简直像生物一样。"

"一个人住在森林里苦不苦?"

"苦不苦这个问题我不太知道。"他说,"森林在这里,我住在这里。只是这么回事。必须有个人在这里看机器的样子。而且我所在的地方只是森林的入口,所以对里面的情形我不太清楚。"

"其他还有像你这样定居在森林里的人吗?"她问。

管理员想了一下,终于微微点了几次头。

"我知道有几个。住在更里面的地方,是有几个人。他们挖挖煤炭,开垦森林成为田地。不过我遇见过的只有少数几个而已,而且只有极少数开过口。因为我并不被他们接受。他们定居在森林里,而我只是生活在这里而已。森林深处可能有更多这样的人吧,除此之外我也不知道了。我既没有到森林深处去,他们也几乎没有出到入口的地方来。"

"有没有看见过女人?"她问,"三十一二左右的女人。"

管理员摇摇头。"没有。女人一个也没见过。我遇见的都是男的。"

我看看她的脸,她从此没再多问。

27.
冷酷异境
百科全书棒、不死、回形针

"要命。"我说,"真的没什么办法吗?依您计算,现在的状况进行到什么地步了?"

"你是说你脑子里的状况吗?"博士说。

"当然是啊。"我说。其他到底还有什么状况可言?"我脑子里到底毁坏到什么地步了?"

"根据我的计算,你的接点B,大概在六小时前,已经开始溶解了。这所谓的溶解,当然只是简单来说,实际上并不是脑的一部分溶解了,而是——"

"第三回路被固定下来,第二回路死掉了是吗?"

"是的。因此就像刚才我也说过的那样,你体内已经架起修补桥梁了。也就是说记忆开始被生产。如果让我打个比方的话,也就是配合着你意识底下象工厂样式的变化,它和表层意识之间联系的管道已经架好了。"

"这表示什么?"我说,"连接点A都无法正确发挥机能吗?也就是说信息会从意识底下的回路泄漏出来是吗?"

"准确地说不是这样。"博士说,"管道本来就存在。不管思考回路如何分化,都不至于遮断那管道。因为你的表层意识——也就是第一回路——是吸收你的下意识,也就是第二回路的养分而成立的。那管道是树木的根,也是泥土。没有了它,人类的脑就无法产生机能。所以我们留下那管道。维持最低必要限度,在正常状态下没有不必要的漏出或逆流的程度。然而由于接点B的溶解所引起的放电能量会带给那管道不正常的冲击。因此你的脑吓了一跳,开始做起修补的作业。"

"那么这样一来,这记忆的新生产以后还会继续下去吗?"

"会呀。简单说是像既视感一样的东西。原理上没有什么改变。这种现象大概会继续一阵子,最终会迈向以那新记忆引发的世界的重整。"

"世界的重整?"

"对。你现在正准备往另一个世界迁移。所以你现在所看见的世界也配合着逐渐改变。所谓认知就是这样的东西。光凭认知的不同,世界就会改变。世界确实是如此这般实际存在这里,但从现象性层次来看,世界只不过是无限可能性中的一个。说得详细一点的话,你伸出右脚或左脚世界就改变了。由于记忆的变化,世界也随着改变并不奇怪。"

"这听起来好像是诡辩啊。"我说,"太过于观念性了。你忽视了时间性这东西。这种事情实际上会成问题只有在时间悖论(time paradox)里。"

"这在某种意义上正是时间悖论啊。"博士说,"你造出了记忆,因而造出了你个人的平行世界(parallel world)。"

"那么,我现在正体验着的这个世界会一点一滴地和我本来的世界逐渐错开吗?"

"这很难说清楚,谁也没办法证明。只是我想这种可能性不是没

27. 冷酷异境　百科全书棒、不死、回形针

有。当然我指的并不是像科幻小说那样极端的平行世界。那纯粹是认知上的问题而已。由认知所捕捉到的世界姿态。我想那在各方面都不同吧。"

"而且在那变化之后，中继接点A一切换，一个完全不同的世界出现了，我就变成生活在那里了是吗？而且那转换是我所无法逃避的，只有坐着等它来而已对吗？"

"是的。"

"那个世界会继续多久？"

"到永久。"博士说。

"我不懂。"我说，"为什么一定要永久呢？肉体应该有限度的。只要肉体死了，头脑也死了。脑死了，意识也终结了。不是吗？"

"这不对。以意念来说是没有时间限制的。这是意念和梦的差别。意念在一瞬之间能够看见全部。可以体验永远，也可以设定封闭回路（closed circuit）在那里继续转圈子。这就是意念。不会像梦一样被打断。就像百科全书棒一样。"

"百科全书棒？"

"所谓百科全书棒是某个地方的科学家所想出来的理论游戏。说是可以把百科全书刻在一根牙签上。你知道怎么做吗？"

"不知道。"

"很简单。就是把信息，也就是百科全书的文章全部转换成数字。一个个文字改成两位数的数字。A是01、B是02，这样子。00是空格，同样地，句点、逗号都可以数字化。然后这些排出来的最前面放上小数点。于是变成小数点以下相当长的数字。就像0.1732000631……这样。然后把它刻进和那数字完全相应的牙签的一点。也就是和

0.50000……相应的部分正好在牙签的正中央,如果是0.3333的话则是从前面数来三分之一的点。意思你懂吗?"

"我懂。"

"那么不管多长的信息都可以刻在牙签的一点上。当然这毕竟只是一种理论而已,现实中这种事情有困难。要刻到那么细的点,以现在的技术是不可能的。但可以使我们理解意念这东西的性质。时间是牙签长短的问题。里面填进的信息量和牙签的长短没有关系。这要多长都可以。也可以接近永远。只要用循环数字,就会继续到永久。不会停止。你懂吗?问题在于软件。和硬件没有任何关系。那不管是牙签也好,是两百米长的木材也好,是赤道也好,没有任何关系。不管你的肉体死灭了意识消散了也好,还可以取得你的意念那一瞬间之前的点,永远可以分解下去。请你回想一下关于飞矢的古老悖论。也就是'飞矢不动'。肉体的死就是飞矢。它朝着你的脑一直线飞来。谁也没办法避开。人都难免一死,肉体一定会消灭。时间把矢往前送。但是啊,正如刚才也说过的那样,所谓意念这东西却会一直一直分解时间。所以那个悖论在现实中居然成立。矢永远还没射上目标。"

"也就是,"我说,"不死啰。"

"对。进入意念中的人是不死的。准确地说,即使不是不死,也无限接近不死。永远的生。"

"你研究的真正目的在这里吗?"

"不,不是。"博士说,"我刚开始也没注意到这件事。最初只是因为一点点兴趣而开始研究,研究途中却遇到这种问题。于是我发现了,人类并不是将时间扩大而达到不死的,而是把时间分解而达到不死的。"

27. 冷酷异境　百科全书棒、不死、回形针

"于是把我拉进那不死的世界是吗?"

"不,这完全是意外事故。我并没有这个打算。请你相信我。是真的。我并没有打算要把你弄成那样。但事情到如今这地步已经没有选择。要让你免于不死的世界只有一个办法。"

"什么办法?"

"现在立刻死去。"博士以事务性的口气说,"在中继接点A连接之前死去。这样的话什么也不会留下。"

深深的沉默支配了洞窟。博士干咳着,胖女孩叹着气,我拿出威士忌来喝。谁也没说一句话。

"那……是什么样的世界?"我试着问博士,"我是指那不死的世界。"

"就像我刚才已经说过的那样。"博士说,"那是个安静的世界。那是你自己做出来的自己的世界。在那里可以成为自己。那里什么都有,同时什么都没有。这样的世界你能够想象吗?"

"不能。"

"不过你的下意识已经把它做出来了。那并不是每一个人都能做到的。有些人不得不在矛盾的莫名其妙的混沌世界里永远徘徊。但你不一样,你是适合不死的人。"

"那个世界的转换什么时候会发生?"胖女孩问。

博士看看手表。我也看看手表。六点二十五分。天已经完全亮了。早报也分送完了。

"根据我的试算,应该还有二十九小时三十五分。"博士说,"也许会有加减四十五分左右的误差也不一定,但应该不会错噢。为了容易理解,不妨定在正午。明天的正午噢。"

我摇摇头。什么为了容易理解？于是又喝了一口威士忌。但不管怎么喝，身体内部都完全没有酒精进入的感觉。连威士忌的味道都没有。就像胃已经变成化石的那种心情。

"你现在打算怎么办？"女孩把手放在我膝盖上问我。

"唉！不知道啊。"我说，"不过总之先回到地上去吧。我讨厌在这样的地方等事情发生。我要到太阳出来的地方去。接下来的事那以后再想了。"

"我的说明这样够不够？"博士问。

"够了。谢谢。"我回答。

"你一定在生气啊？"

"有一点。"我说，"不过生气也没有用，而且事情实在是太离谱了，事实上我还没办法理解。也许过些时候，我会更生气也不一定。不过那时候我已经在这个世界上死去了。"

"我本来没有打算这样仔细说明的。"博士说，"这种事最好是在不知不觉中结束比较好。或许那样在精神上会比较轻松。但，并不是死噢，只是永久失去意识而已。"

"那也一样啊。"我说，"不过不管怎么样，我还是想知道事情的原委。至少这是我的人生啊。我不希望在不知不觉之间开关被切换。我的事情要我自己来处理。请告诉我出口。"

"出口？"

"从这里到地上的出口。"

"很花时间，而且要通过黑鬼巢穴旁边，没关系吗？"

"没关系。到了这个地步，已经没有什么可怕的东西了。"

"好吧。"博士说，"从这里的岩山下去碰到水面。水已经完全静止

27. 冷酷异境　百科全书棒、不死、回形针

下来了，所以可以很轻松地游泳。游向西南偏南方向。方位我会用灯帮你照出来。一直往那边游去之后，对岸的壁上离水面稍高一点的地方有一个小洞。只要沿着那里走，就可以出到下水道。那下水道笔直通往地铁的铁路轨道。"

"地铁？"

"是的。地铁银座线的外苑前和青山一丁目两站的中间一带。"

"为什么能通到地铁呢？"

"因为黑鬼支配着地铁的轨道啊。白天倒没什么，一到夜里他们就会在地铁的沿线嚣张跋扈呢。东京的地铁工程使黑鬼的活动范围飞跃式地快速扩张。因为帮黑鬼制造了通路啊。他们有时候会偷袭维护工人把他们吃掉呢。"

"为什么这件事没有公开出来呢？"

"这种事情要是发表出来的话，那可就事态严重了。要是大家知道这件事的话，谁还会在地铁上班？谁还敢搭地铁的电车？当然当局是知道的，虽然把墙做厚，把洞塞起来，把电灯加亮设置警备，但这一点小事是防不了黑鬼的。他们可以在一夜之间把墙敲破、把电缆咬碎呀。"

"从外苑前和青山一丁目之间出去的话，那一带到底是哪里？"

"这个嘛，大概是明治神宫靠近表参道一带吧。我也不太清楚准确地点。总之路只有一条。相当曲折狭小的路，多少要花些时间，但应该不会迷路才对。你从这里先往千驮谷的方向去。黑鬼巢穴大体在国立竞技场的前面一带，你先记得这点。从那里路会往右转。往右转之后，就往神宫球场的方向走，从那里的美术馆走到青山道的银座线。到出口大约需要两小时。大概的情形了解了吧？"

"了解了。"

"在黑鬼巢穴附近尽量快一点通过。在那种地方慢吞吞的准没好事。还有地铁也要多留意。有高压电通过,而且电车不断在跑。因为现在是高峰时段啊。好不容易才从这里逃出去,竟然被电车轧死,那就太无聊了吧。"

"我会小心。"我说,"不过您现在开始要做什么呢?"

"我脚也扭伤了,而且现在出去只会被'组织'和记号士穷追不放。所以我暂时躲在这里。如果是在这里的话,谁也不会追来。幸亏你们也帮我带食物来了。因为我吃得少,所以有了这些就可以活三四天了。"博士说,"你请先走吧。不用为我担心。"

"驱黑鬼的装置怎么办呢?到出口去需要有两个装置,这样你手边就一个也没留了。"

"把我孙女也一起带去吧。"博士说,"这孩子把你送出去之后可以再回来带我。"

"这样好啊。"孙女说。

"但如果她发生什么事的话怎么办?如果被抓去了,那怎么办?"

"不会被抓的。"她说。

"你不用担心。"博士说,"这孩子虽然年纪轻轻,但真是很可靠。我相信她。而且万一出事也不是没有非常手段。其实只要有干电池、水和薄金属片,就可以当场立即做出驱黑鬼的东西。原理上很简单,虽然效力没有装置那么强,但因为我对这里的地形很了解,所以要甩掉他们是没问题的。我不是在一路上撒了很多金属片吗?那样做之后黑鬼很嫌忌。虽然效力只能持续十五到二十分钟左右。"

"金属片是指回形针吗?"我试着问。

27. 冷酷异境　百科全书棒、不死、回形针

"对对。回形针最合适。又便宜又不占空间,马上可以带有磁力,也可以做成一圈套在脖子上。说什么也是回形针最理想。"

我从防风外套口袋抓出一把回形针交给博士。

"有了这些就行了吧?"

"唉呀呀!"博士吃惊地说,"这个可太有帮助了。其实我在来的路上有些撒过头了,正愁数量不够呢。你真聪明。唉,实在过意不去。像你头脑这么灵光的人还真稀奇呢。"

"差不多该出发了,爷爷。"孙女说,"没什么时间了。"

"要小心啊。"博士说,"黑鬼很狡猾噢。"

"没问题。我会平安回来的。"孙女说着在博士额头上轻轻吻一下。

"还有,结果变成这样,我对你真的很过意不去。"博士对我说,"如果可能的话,我真愿意代替你。我的情形是已经充分享受够人生,也没什么遗憾了。然而对你来说也许就太早了。事情发生得太突然,也没有什么心理准备吧。我相信你在这个世界还有很多没做完的事。"

我默默点点头。

"不过也不必太害怕。"博士继续说,"没有什么可怕的,好吗?这不是死,是永远的生。而且在那里你可以做你自己。比较起来,现在这边这个世界只不过像个浮华虚假的幻影而已。这点请不要忘记。"

"好了,走吧。"说着女孩握住我的手臂。

28.
世界末日
乐器

发电所的年轻管理员让我们两人进去他的小屋。他走进小屋后就先调整暖炉里的火势，然后把水已经煮开的水壶提到厨房去，帮我们泡了茶。我们因为森林的寒冷已经冻僵了，因此有热茶可以喝真是感激。我们在喝着茶的时候，风声一直持续不断。

"这是森林里采的茶。"管理员说，"夏天里事先阴干，这样整个冬天就有得喝。既有营养，又可以热身子。"

"味道真好呢。"她说。

很香。味道有一种纯朴的甘美。

"这是什么植物的叶子？"我问。

"嗯，名字倒不知道。"年轻人说，"是森林里长的草，因为香味不错，所以拿来试着当茶喝啊。绿色低矮的草，七月间会开花。那时候就把短叶子采下来阴干。那些兽喜欢吃这花。"

"兽也会到这边来吗？"我问。

"嗯，到秋初为止吧。冬天一接近，它们就突然不再靠近森林了。天暖的时候会成群来这里和我玩呢。我也会分一些粮食给他们。不过冬天就不行。就算知道可以分到食物，它们也不靠近森林。所以我冬天一直都是单独一个人。"

28. 世界末日 乐器

"要不要一起吃个中饭?"她说,"我们带了三明治和水果来,两个人吃好像太多了,怎么样?"

"那真谢谢了。"管理员说,"好久没有吃别人做的东西了。我有森林里采的菌菇炖汤,要不要尝一点?"

"好啊。"我说。

我们三个人吃了她做的三明治,吃了菌菇炖汤,餐后啃水果喝茶。吃东西的时候我们没怎么开口。沉默的时候风声像透明的水一样潜入房间里来把那沉默掩埋。刀子、叉子和餐具相碰的声音也混在风声里,听起来总好像带有一点超现实的意味。

"你有没有离开过森林?"我问管理员。

"没有。"说着他静静地摇摇头,"这是规定。我要一直在这里管理发电所。也许有一天会有什么人来代替我也不一定。虽然不知道是什么时候,不过那样我就可以离开森林回到街上了。不过那之前则不行。我一步也不能离开森林。我要在这里等着三天来一次的风。"

我点点头喝完剩下的茶。风声开始后才经过不久。这声音大约还会继续两小时或两小时半吧。一直听着风声,觉得身体好像会被拉往那边去似的。我想一个人在森林里空空的发电所听着风声,一定很寂寞。

"对了,你到发电所来不只是为了考察吧?"那个年轻人问我,"刚才我也说过,因为街里的人大都不会来这里。"

"我们是来找乐器的。"我说,"有人告诉我说只要来你这里问,就知道乐器在哪里了。"

他点了几次头,注视了一下重叠放在盘子上的刀叉。

"确实这里是有几个乐器。因为是旧东西,不知道能不能用,不过如果有还能用的,你就拿去吧。反正我什么也不会弹。只是排着看而已。你们要看吗?"

"如果可以的话。"我说。

他拉开椅子站起来,我也学他。

"请走这边,我装饰在卧室里。"他说。

"我留在这里收拾餐具泡咖啡好了。"她说。

管理员打开通往卧室的门打开电灯,让我进去。

"在这里。"他说。

沿着卧室的墙壁排着各种不同的乐器。那全部旧得可以说是古董品了,大部分是弦乐器,曼陀林、吉他、大提琴和小型竖琴之类的。弦大多都红红的生锈了、断了,或根本就遗失了。这街里大概找不到替换品吧。

其中也有我没见过的乐器。形状简直像洗衣板一样的木制乐器,排着一排像爪子一样的金属突起。我拿起来试了一下,声音根本出不来。也有几个小鼓排在那里。虽然也附有专用的鼓棒,但似乎也敲不出什么旋律来。还有一个像巴松管一样的大型管乐器,但看来我是吹不来的。

管理员坐在木制的小床上,看着我一一检视乐器的样子。床罩和枕头都很干净,整理得很整洁。

"有没有看来还可以用的呢?"他出声道。

"嗯,不晓得。"我说,"因为全是旧东西呀,我试试看好了。"

他离开床走到门口,把门关上再回来。卧室因为没有窗,所以门一关风声就变小了。

"我为什么会收集这些东西,你不觉得奇怪吗?"管理员问我,"这个街没有人对东西有兴趣。当然生活上必需的东西大家都有了。锅碗

28. 世界末日　乐器

瓢盆床单衣服之类的啊。不过只要有这些也就够了。只要够用就好。其他东西谁也不求。然而我却不是这样。我对这些东西非常有兴趣。我自己也不太知道为什么。不过我会被这些东西吸引。被一些精细的东西、美丽的东西所吸引。"

他把一只手放在枕头上,另一只手插进长裤口袋。

"所以坦白说,我也喜欢这个发电所。"他继续说,"这个大风扇、各种仪器和变压装置之类的。也许我身上本来就有这个倾向,所以才被送到这里来。或者来到这里一个人生活以后,逐渐养成这种倾向也说不定。我到这里来已经是很久以前的事了,那以前的事完全忘光了。所以有时候会觉得我也许永远不会再回到街里去了。只要我有这种倾向,街一定不会接受我吧?"

我拿起只剩两根弦的小提琴来,试着用手指拨了一下。发出一声干巴巴的断音。

"乐器是从什么地方收集来的?"我问。

"很多地方啊。"他说,"我托送粮食来的人帮我收集的。在很多人家的壁橱里或储藏室里有时候会有古老的乐器被埋没在里面。大多因为没有用了被当木柴烧掉。有少数还留着。我说如果发现这种东西就帮我带来。乐器这种东西形状都很好。我不知道怎么用,也不想用,只要看着就可以感觉到那种美感。虽然复杂,但没有多余。我平常总是坐在这里看得出神。只要这样就满足了。这种感觉方式你觉得奇怪吗?"

"说起来乐器是很美的东西。"我说,"并没有什么奇怪。"

我在大提琴和大鼓中间看见一个滚落的手风琴,便试着拾起来。很古风地以钮扣代替键盘。蛇腹的部分已经变僵硬了,好些地方有细细的裂痕,但看起来空气并不会漏的样子。我把手伸进两侧的皮带里试着伸缩了几次。但必须比想象中用力才行,不过只要按键能够动,似乎就还可以用。只要不漏气,手风琴是很少出故障的乐器,而且即使会漏气也比较容易修理。

"我可以试着发出声音吗?"我问。

"请便,没关系。因为这东西就是为了这个啊。"青年说。

我一面把蛇腹往左右拉长再缩紧,一面试着依顺序按按下面的按键。有些按键只能发出很小的声音,但整个音阶的声音倒是齐全的。我试着再一次由上往下按按看。

"真是不可思议的声音啊。"青年兴趣浓厚地说,"简直就像声音会改变颜色似的。"

"按这个键时会出现波长不同的声音。"我说,"每个键都不一样。每个波长各有合与不合的音。"

"所谓合或不合我不太了解。所谓合是怎么回事?是互相追求的意思吗?"

"可以这么说。"我说。我试着按一组和弦。虽然音程并不那么准确,但听起来不刺耳的程度还算合的。只是想不起歌来。只有和弦而已。

"这是合的声音吗?"

是啊,我说。

"我不太清楚。"他说,"只觉得那响声很不可思议,我是第一次听到这种声音。不知道该说什么才好。和风的声音不同,和鸟的声音也不同。"

他这样说着便把双手放在膝上,轮流看着手风琴和我的脸。

"总之那个乐器送给你。既然你喜欢,就请你放在手边。这种东西

28. 世界末日　乐器

还是交给懂得使用的人保存最好。我拥有它也没办法用。"他这样说完暂时侧耳倾听风声,"我要再去看一次机器的情形。必须每三分钟检点一次才行。看风扇是不是好好转着,变压器是不是没问题地运作着。你可以在那边那间等一下吗?"

青年出去以后,我回到餐厅兼客厅,喝她泡的咖啡。

"那就是乐器吗?"她问。

"是乐器的一种。"我说,"乐器有很多种,每一种都发出不同的声音。"

"简直就像风箱一样嘛。"

"因为原理一样啊。"

"可以摸吗?"

"当然。"说着我把手风琴交给她。她好像在处理容易受伤的动物新生儿似的用双手轻轻接过去,专注地看着。

"好奇妙的东西啊。"她说着有些不安地微笑,"不过真好,能够得到乐器,很高兴吧?"

"来这一趟真是值得啊。"

"那个人是影子没有好好剥掉的人。只有极少一点点,还留着影子呢。"她小声说,"所以住在森林里。虽然胆子不够大不能进到森林深处,但也不能回到街里。真是可怜的人。"

"你觉得你母亲也在森林里吗?"

"也许是,也许不是。"她说,"我不知道实际上怎么样,只是忽然这样想而已。"

青年在七八分钟后回到小屋来。我为乐器向他道谢,打开旅行箱拿出里面的礼物排在桌上。小型的旅行手表、棋盘和烧油的打火机。这些都是从资料室的皮箱里发现的。

"这些是答谢你的乐器的一点礼物。请收下。"我说。

青年最初坚决不肯收,但最后还是收下了。他看看手表,看看打火机,然后一一看着每个棋子。

"你知道怎么用吗?"我问。

"没关系,没有那必要。"他说,"光是看着就够美的了,用法慢慢再自己研究。反正时间多得是。"

差不多该告辞了,我说。

"赶时间吗?"他好像很寂寞似的说。

"要在天黑前回到街上,我想先睡一下,然后开始工作。"我说。

"是啊。"青年说,"我明白。让我送你们到外面。本来我想送你们到森林出口,但因为在工作中离不开。"

我们三人在小屋外告别。

"下次再来吧。而且请你让我听听那乐器的声音。"青年说,"随时都欢迎。"

"谢谢。"我说。

随着离开发电所越来越远,风声也逐渐转弱,到接近森林出口的地方时就消失了。

29.
冷酷异境
湖水、近藤正臣、裤袜

我和胖女孩游泳时把行李整理成一小包,用预备的衬衫缠起来,固定在头上。看起来样子非常奇怪,但没时间去取笑了。因为把粮食、威士忌和多余的装备留下来了,因此行李并不算多。只有手电筒、汗衫、鞋子、皮夹、刀子和驱黑鬼的装置之类的东西。她那边的行李也是差不多程度。

"小心啊。"博士说。在黑暗的光线中看起来,博士显得比第一次见到时老多了。皮肤没有弹性,头发好像种错地方的植物一样干干蓬蓬的,脸上到处长出茶色的斑点。这样看来,他也只不过是个疲倦的老人。不管是不是天才科学家,人都会老,都会死啊。

"再见。"我说。

我们在黑暗中沿着绳子降到水面。我先下去,到了之后用灯光打信号,她再下来。在黑暗中身体要泡在水里总觉得怪恐怖的没勇气,但当然没有选择的余地。我首先把脚伸进水里,然后浸到肩膀的地方。水冷得像要冻结似的,但水本身似乎没有什么问题。是非常普通的水。好像没什么混浊物,比重也似乎一样。四周像井底一般安安静静。空气、水和黑暗,都纹丝不动。只有我们泡着的水声,扩大好几倍地在黑暗中响着。那简直就像巨大的水生动物在咀嚼着猎物似的声音。我进入水中之后才想起完全忘了请博士帮我治疗伤口的疼痛了。

"这里会不会有那长爪鱼在游泳呢?"我试着往有她动静的方向发问。

"没有。"她说,"大概没有吧。那应该只是传说而已呀。"

虽然如此,我还是没办法把脑子里的念头赶走,总觉得会突然有巨大的鱼从底下游上来把我的脚吃掉。黑暗真的会助长各式各样的恐怖。

"也没有蛭吗?"

"不知道。大概没有吧。"她回答。

我们以绳子绑住彼此的身体,尽量不让行李湿掉地慢慢用蛙式绕着"塔"游,正好在内侧附近发现了博士所照的手电筒的光。光像倾斜的灯塔一般贯穿黑暗,把那部分的水面染成淡黄色。

"只要往那个方向一直游就可以了。"她说。也就是说,照在那水面的光和手电筒的光重叠成一列就行了。

我在前面游,她在后面。我的手划水的声音和她的手划水的声音交互响着。我们有时候停下来回头看,确定方向,调整前进的道路。

"行李不要泡水了啊。"她一面游一面向我出声说,"装置湿掉的话,就不能用了噢。"

"没问题。"我说。但说真的,为了不让行李泡水我必须很努力才行。因为一切都被黑暗包围着,不知道水达到什么地方。有时连自己的手现在在哪里都不知道了。我一面游一面想到奥菲斯为了跋涉到死之国度而不得不渡过的冥土之河。世界上有数不清的各种形式的宗教和神话,人们对于死所想到的事情却大多相同。奥菲斯乘着船渡过黑暗的河。我把行李绑在头上泳渡。在这意义上古代希腊人比我聪明多

29. 冷酷异境 湖水、近藤正臣、裤袜

了。虽然担心伤口的事,但光担心也没有任何用处。也许因为紧张的关系吧,并不太感觉到疼痛,就算伤口裂开,那伤也不至于会死。

"你真的不太生爷爷的气吗?"女孩问。由于黑暗和奇妙的回声,她到底在什么方向离我多远,我完全搞不清楚。

"不知道啊,自己也不知道。"我随便往一个方向喊,连自己的声音都好像是从奇怪的方向发出来的,"我在听着你爷爷解释时,已经觉得会变怎样都无所谓了。"

"怎么说无所谓呢?"

"反正也不是什么大不了的人生,不是什么大不了的脑袋。"

"不过你刚才不是说对自己的人生很满足吗?"

"那是语言上的花样啊。"我说,"什么样的军队都需要旗子。"

女孩想了一下我话里的意思。在那期间我们继续默默游着。像死本身一样深沉的沉默支配着地底的湖面。那条鱼在哪里呢?我想。我开始相信那可怕的长爪鱼一定真正存在于什么地方。鱼是不是一直安静地睡在水底?还是在别的洞窟里游来游去?或者已经嗅出我们的气息正在往这边游来的途中呢?我想象鱼的爪子捉住脚时的触感,不禁战栗起来。就算我在不久的未来即将死去或消亡也好,至少我必须避免在这样凄惨的地方被鱼吃掉。反正要死的话,也希望能在看惯了的太阳下死。冷冷的水使我双臂沉重、疲惫至极,但我依然拼命使劲地划水。

"不过你真的是个很好的人。"女孩说。女孩的声音听不出有丝毫疲倦。好像泡浴缸那样悠闲的声音。

"很少人这样想的。"我说。

"但是我这样想啊。"

我一面游一面回头看。博士照射出来的手电筒灯光已经在离我们很远的后方,我的手却还没碰到目标中的岩壁。不管怎么说,怎么会这么远呢?我好不耐烦地想。要是这么远,明白说一声很远不就行了?要是那样我自然会有所觉悟地游啊。鱼怎么了呢?是不是还留意着我的存在呢?

"我不是在为祖父辩护。"女孩说,"不过祖父并没有恶意。只是一专注起来,就看不见周围的事了。这本来也是基于善意而开始做的啊。他想在'组织'把你胡乱摆布之前想办法自己解开你的秘密以便救你。祖父帮助'组织'勉强做不合理的人体实验,自己也觉得很羞耻。那件事是不对的。"

我默默继续游。事到如今,说不对也没什么用了。

"所以请你原谅祖父噢。"女孩说。

"我原不原谅,我想对你爷爷都没什么关系的。"我回答,"不过为什么你爷爷中途丢下计划不管了呢?如果那么有责任感的话,不是应该在'组织'里继续进行研究,以阻止更多人牺牲吗?因为再怎么说不喜欢在大组织里工作,也是在他的研究的延伸范围内有人接二连三地死掉。"

"祖父不再信任'组织'本身了。"女孩说,"祖父说计算士的'组织'和记号士的'工厂'是同一个人的右手和左手啊。"

"为什么?"

"也就是说'组织'和'工厂'所做的事在技术上几乎是一样的。"

"在技术上啊。不过我们是在守护信息,记号士是在盗取信息。目的完全不同啊。"

"不过,如果,"女孩说,"'组织'和'工厂'是同一个人的手在操作

29. 冷酷异境　湖水、近藤正臣、裤袜

呢？也就是说左手偷东西，右手守东西？"

我在黑暗中一面慢慢划着水，一面试着回想一下她所说的事。虽然令人难以相信，但并不是完全没有可能。确实我以前是为"组织"工作过，但如果有人问我"组织"内部是什么样的构成，我也完全不清楚。因为那实在太巨大了，而且内部的信息也被秘密主义所限制着。我们只不过是接受上级的指示，把那些工作一一完成而已。至于上面是怎么样的，对于像我们这种末端的人是无法想象的。

"如果正如你说的那样，那么这生意可就非常赚钱啰。"我说，"让两边去互相竞争，价钱要吊多高都可以。只要让两边势均力敌，也就不用担心会崩盘了。"

"这是祖父在'组织'里进行研究的时候发现的。'组织'只不过是把国家也卷入的私家企业。私家企业的目的是追求盈利哟。为了追求盈利什么都做得出。'组织'表面上虽然挂着保护信息所有权的广告牌，但那只是挂在嘴上的而已。祖父推测如果自己再继续这样研究下去的话，事态可能会更严重。如果能够把头脑随心所欲地改造、改变的技术继续进步下去的话，世界的状况和人类的存在可能都会陷入一片混乱。这必须加以抑制和阻止。然而'组织'和'工厂'都没有这样做。所以祖父退出研究计划。虽然对你和其他的计算士很抱歉，但没有理由再继续研究了啊。那样下去会有更多的牺牲者出现哪。"

"我想问你一个问题。你从头到尾都知道事情的全部对吗？"我试着问。

"嗯，知道啊。"稍微犹豫一下之后她坦白了。

"为什么你在刚开始的时候不全部告诉我呢？那样就不必到这愚蠢的地方来，也可以节省很多时间哪。"

"因为我希望你能见到祖父,正确理解事情的原委呀。"她说,"而且,就算我告诉你,你也一定不会相信?"

"也许。"我说。确实突然听到什么第三回路、什么不死恐怕也不太能相信。

再游了一会儿之后我的手突然碰到硬的东西。由于正在想事情,刚开始还不知道那到底是什么意思,头脑一瞬间混乱了一下。终于想到那是岩壁。我们总算已经游完地底的湖水了。

"到了噢。"我说。

她也游到我旁边来确认了岩壁。回头向后面看时手电筒的光像星星一样小地在黑暗中闪烁着。我们跟着那光指的方向往右边移动了十米左右。

"大概在这一带吧。"女孩说,"从水面往上大约五十公分的地方应该开有一个横洞噢。"

"会不会跑到水面下去了呢?"

"没这回事。这水面高度总是维持一样的。不知道为什么,但总之都是那样。相差不到五公分呢。"

我一面小心注意着行李不要散掉,一面从缠在头上的衬衫里拿出小型手电筒,一只手放在岩壁的凹陷处以保持身体平衡,一面试着照照五十公分左右的上方。黄色炫亮的光照出岩石。眼睛要习惯那亮度又花了相当一些时间。

"好像没有什么洞穴呀。"我说。

"再往右边移动一点看看。"女孩说。

我一面用灯照着头的上方,一面沿着岩壁移动。但没看见像是横穴似的地方。

29. 冷酷异境　湖水、近藤正臣、裤袜

"是不是真的往右呢？"我问。不游泳而安静泡在水里时，觉得水的冰冷好像直往身体的骨髓里渗透进去似的。全身的关节冻得快要僵了，连开口说话都有点困难。

"没错啊。再往右一点吧。"

我一面发抖一面再往右移动。终于沿着岩壁爬行的左手碰到感触奇妙的物体。像盾一般圆圆鼓起的东西，整体大小像LP唱片。以手指触摸时，发现那表面是经过人工精细雕刻过的。我用手电筒的光照着仔细检视。

"是浮雕啊。"她说。

我发不出声音来，因此只默默点头。那确实是和我们在进入圣域时所见过的同样图形的浮雕。两条看来怪可怕的鱼长了爪子，口尾相接地包住世界。圆形的浮雕简直像正在沉入海里的月亮一样，三分之二浮出水面，剩下的三分之一沉入水中。和刚才见过的一样非常精致的雕刻。在这样不稳定而只能勉强站着的地方，要刻这样精细可观的雕刻一定很费事的。

"那就是出口了。"她说，"大概入口和出口都有那浮雕吧。你看上面。"

我用手电筒的光试着照到岩壁上方。岩石多少不太平整，有些往前凸出，因而形成阴影。虽然看不清楚，但可以看出那里好像有什么。我把手电筒交给她，决定爬上去看看。

浮雕上正好有凹进去的地方可以让双手方便着力。我使出全身的力量把僵硬的身体往上拉，脚踩到浮雕上。然后伸出右手抓住岩石凸出的棱角，把身体举起来，头伸到岩石上面。那里确实有横穴的开口。由于很暗看不清楚，但可以感觉到风轻微的流动。凉凉的像地板下发臭的气息般令人厌恶的风。总之知道那里有隧道了。我两肘顶着岩壁

凸出的地方,脚放在凹陷的地方,把身体往上拉。

"有洞穴噢。"我一面压抑着伤口的痛一面向下喊。

"谢天谢地。"她说。

我接过手电筒,握住她的手往上拉。我们并排坐在洞穴入口,暂时在那里浑身颤抖。好像衬衫和长裤都吸满了水然后被丢进冰箱冷冻起来似的那么冷。就像刚刚从一个巨大的威士忌加冰水的玻璃杯里游过来的心情。

然后我们从头上把行李解下来打开,换过干衬衫。我把毛衣让给她。把湿掉的衬衫和内衣丢掉。下半身还是湿的,但因为没有预备长裤和内裤没办法。

在她检查着驱黑鬼的装置时,我让手电筒的光明灭闪烁几次,通知在"塔"上的博士我们已经平安到达横穴了。在黑暗中孤零零浮现的黄色小光也配合着明灭了两三次,然后熄灭。那光熄灭之后,世界再度回到完全的黑暗。一个无法测度距离、厚度、深度的无之世界。

"走吧。"她说。我把手表的灯打开看时间。是七点十八分。正是电视台一起播放晨间新闻的时刻。正是地上的人们边吃着早餐边让气象预告、头痛药的广告和关于汽车对美输出问题的进展信息填满还没完全清醒的头脑的时刻。但没有任何人知道我花了一整个晚上徘徊游走在地底的迷宫里。没有人知道我在冰水中游泳,被蛭吸走大量的血,抱着腹部的伤痛受苦受难。也没有人知道我的现实世界再过二十八小时又四十二分钟就要结束了。因为电视新闻节目不会告诉任何人这样的事情。

洞穴比我们以往所经过的地方狭小,几乎必须用爬的、弯着身体

29. 冷酷异境　湖水、近藤正臣、裤袜

才能前进。而且好像五脏六腑般上下左右弯弯曲曲。有些地方像竖穴般凹下去然后又必须再爬上来。也有些地方像过山车的轨道般画着复杂环线。因此前进非常费时费力。看来这不是黑鬼挖的，而是自然的侵蚀作用所形成的。就算是黑鬼应该也不会故意去做出这样麻烦的通道吧。

走了三十分钟，换了一次驱黑鬼的装置，然后又走了大约十分钟时，弯弯曲曲的路结束了，突然出到一个天花板很高的开阔地带。好像一栋古老建筑的玄关似的，静悄悄黑漆漆的，有发霉的臭味。路呈丁字形往左右两边伸出，可以感觉到和缓的风从右边往左边流过去。她用大型灯交互地照一照往右边延伸的路和往左边延伸的路。两条路分别笔直地被吸进前方的黑暗中。

"该往哪一边走才好呢？"我问。

"右边哪。"她说，"从方向来说是这样，从风向来说也是从这边吹进来的。就像祖父说的，这一带是千驮谷，从那边往右转不就是要到神宫球场的方向吗？"

我试着在脑子里想想地上的风景。如果正如她说的那样，那么这上面一带应该有两间并排的拉面馆、河出书房和 Victor Studio。我平常习惯去的理发厅也在那附近。我已经有十年都是去那家理发厅的。

"这附近有一家我常去的理发厅呢。"我说。

"哦？"她似乎没什么兴趣地说。

我想到在世界末日之前到理发厅去剪个头发似乎也是个不错的想法。反正在二十四小时或差不多的时间里也做不了什么伟大的事。也许充其量也不过是洗个澡、换个衣服、到理发厅去之类的。

"小心噢。"她说，"差不多快要接近黑鬼巢穴了。听得见声音，也

闻得到臭味。你不要离开我,要跟紧一点噢。"

我侧耳静听,试着闻闻有没有臭味,但无法感知那类的声音或臭味。虽然好像听得见咻咻的奇怪音波,但无法清楚地感知它。

"他们知道我们接近了吗?"

"当然哪。"她说,"这里是黑鬼的国度。他们没有什么不知道的。因此他们都正在生气呢。尤其我们经过他们的圣域接近巢穴。如果我们被捉去,一定会很惨。所以你不能离开我噢。只要离开一点点就可能会有手从黑暗中伸出来把你拉到什么地方去哟。"

我们把绑着彼此的绳子拉得更短,保持只有五十公分的距离。

"小心!这边的墙不见了噢。"女孩以尖锐的声音说着,把灯往左手边照。正如她所说的,左侧的墙不知道什么时候已经消失了,代替的是浓密的黑暗空间展现眼前。光像箭一般直线地贯穿黑暗,在前方被更深的黑暗完全吞没。令人觉得黑暗仿佛活生生地呼吸着蠢动着。像果冻一般阴沉混浊而可怕的黑暗。

"听得见吗?"她问。

"听得见了。"我说。

黑鬼的声音现在我的耳朵里也能清楚地听见了。但准确地说,那与其说是声音,不如说更接近耳鸣。仿佛切进黑暗中,像钻头的刃一样尖锐刺耳的无数羽虫的嗡嗡声。那在周围的墙上造成激烈的回响,在我的鼓膜里往奇怪的角度扭曲钻动。我真想就那样丢下手电筒,蹲到地上用双手紧紧捂住耳朵。全身能叫作神经的神经都被憎恨的锉子钉住的感觉。

那种憎恨和我所体验过的任何种类的憎恨都不一样。他们的憎恨就像从地狱的洞穴吹上来的烈风一般想把我们压碎、冲散。好像有幽

29.冷酷异境　湖水、近藤正臣、裤袜

暗思想把地底的黑暗凝聚为一体,和扭曲污染的时间之流,在丧失光与视力的世界里混合,化为巨大的团块,整个压盖在我们上面。我从来不知道憎恨可以拥有这样的重量。

"脚步不要停下来!"她朝着我的耳朵吼。她的声音虽然干干的,但没有颤抖。这是第一次被她吼,我才发现自己的脚步停下来了。

她干脆用力拉扯绑在我们两人腰间的绳子。"不可以停下来。停下来就完了。会被拉进黑暗里去哟。"

但我的脚动不了。他们的憎恨,把我的脚紧紧压在地面。我觉得时间仿佛朝向那令人厌烦的太古记忆逆流而去似的。我已经哪儿也去不了了。

她的手在黑暗中使劲打我的脸颊。一瞬间耳朵像要变聋似的那么激烈。

"右边哪!"可以听见她吼的声音,"右边!知道吗?右脚踏出来呀!我说右脚啊,笨蛋!"

我好不容易才把发出咔哒咔哒声的右脚往前挪。我可以感觉到他们的声音中混杂有些微的沮丧。

"左边!"她喊着,我把左脚往前跨进。

"对,就是这样。慢慢一步一步往前跨出去哟。有没有问题?"

没问题,我说,但那是不是真正变成声音了连我自己都不知道。我所知道的,是正如她所说的黑鬼们正想把我们拉进、拖进那浓密的黑暗中。他们让恐怖从我们的耳朵潜进身体,首先就让我们脚步停下来,然后再慢慢把我们卷进他们手里。

一旦脚开始动起来之后,这下我相反地被想要跑起来的冲动所驱使。希望能提早一刻离开这个令人厌恶的地方。

但她似乎已经察觉我这种心情了,伸出手紧紧握住我的手腕。

"照着你的脚下。"她说,"背靠墙上,一步步往横向走。知道吗?"

"知道了。"我说。

"绝对不要把光照上面噢。"

"为什么?"

"因为黑鬼就在那里呀。就在那里哟。"她好像在耳语似的说,"绝对不能看黑鬼的样子。因为看了就没办法走了。"

我们一面以手电筒的光确认立足点,一面一步一步横着走。不时有阵阵冷风抚过脸颊,吹送像死鱼般可厌的臭味过来,每次都令我快要窒息。觉得好像陷进一只内脏露出生虫的巨大鱼体内。黑鬼的声音还持续着。那简直就像从不该有声音存在的地方勉强挤出来的令人不快的声音。我的鼓膜被扭曲变形后就那样僵化掉,嘴里腐败发臭的唾液不断涌起积多。

虽然如此,我的脚还是反射地横向前进。我把精神完全集中于右脚和左脚交互的运行上。有时她会对我发出声音,但我的耳朵无法好好听出她在说什么。我想也许只要我还活着一天,他们的声音恐怕就无法从我的记忆中消失。不知道他们的声音会不会有一天再度和深沉的黑暗一起来袭击我。而且总有一天,他们那滑溜溜的手一定会紧紧捉住我的脚踝。

自从进入这噩梦般的世界以来经过了多少时间,我已经迷糊了。她手上拿着的驱黑鬼的装置还亮着运作中的绿灯,因此应该才经过不太长的时间,但对我来说,感觉上却像有两小时或三小时之多。

然而不久之后可以感觉到空气的流动忽然改变了。腐臭逐渐缓和,施加在耳朵上的压力像退潮般减弱,声音的响法也变化了。一回过

29. 冷酷异境　湖水、近藤正臣、裤袜

神,黑鬼的声音也已经变成像远方海鸣的程度。已经度过最恶劣的部分了。她的灯往上照时,那光再度照出岩壁。我们靠在墙上深深叹气,用手背把满脸黏黏的冷汗擦掉。

她和我一样很久都没开口。黑鬼遥远的声音终于也消失了,寂静再度包围四周。只有某个地方水滴敲打地面的微小声音空虚地响着。

"他们到底憎恨什么呢?"我试着问她。

"恨有光的世界和住在那里的人哪。"她说。

"真难相信记号士会和黑鬼联手合作。不管有什么好处。"

她没有回答这个。而是以再一次握紧我的手腕来代替。

"嗨,你知道我现在在想什么吗?"

"不知道。"我说。

"我在想如果你今后要去的世界,我也可以跟着一起去的话,不知道该有多么美妙。"

"把这个世界丢掉?"

"嗯,是啊。"她说,"一个无聊的世界。在你的意识中生活好像会快乐得多。"

我什么也没说地摇摇头。我可不想在我的什么意识中生活。也不想在任何人的意识中生活。

"总之往前走吧。"她说,"不能一直在这里拖拖拉拉的。我们必须找到出口的下水道。现在几点了?"

我按下手表的按钮点亮面盘的灯。手指还有些颤抖。要停止颤抖恐怕需要一些时间。

"八点二十分。"我说。

"装置要换过了。"女孩说着把新的机器开关打开启动,把原来用

着的切成充电状态,然后随便往衬衫和裙子之间一塞。这时我们进入横穴之后正好经过一小时。根据博士的说法,再往前进一点就会到达往美术馆林荫道方向的一条左转的路。只要能走到那里,地铁的轨道就近在眼前了。而且至少地铁是地上文明的延伸。这样我们总算可以从黑鬼的国度逃出了。

一直往前赶,再来的路果然以直角往左转。我们总算走进银杏树的林荫道。因为季节正是初秋,银杏叶应该还翠绿茂密没有转黄掉落。我在脑里试着想象温暖的阳光、碧绿草坪的气息和秋天最初的风。我想躺在那里一连好几小时望着天空。到理发厅去剪头发,信步走到外苑去躺在草地上看天空。并且痛快地喝冰凉的啤酒。在世界末日之前。

"外面是晴天吗?"我试着问走在前面的女孩。

"谁知道?不晓得啊。不可能知道吧?"女孩说。

"你没看气象预告吗?"

"怎么会看嘛。我一整天都在到处找你家啊。"

我想回忆一下昨天晚上离开家时天上是不是有星星,但不行。我想得起来的只有坐在天际线车上听着杜兰杜兰音乐的年轻男女的样子而已。星星的事简直想不起来。试想一下这几个月以来一次也没抬头看过星星。假定三个月以前星星就全部从天空搬走了,我也一定完全没注意到。我所看到的、感觉到的只有一些戴在女人手腕上的银链子,或掉到橡胶树盆里的冰糖棒之类的东西。这么一想,我发现自己似乎一直过着一种非常不完美且不恰当的人生。我忽然想到说不定我也可以生来是一个南斯拉夫乡下的牧羊人,每天晚上望着北斗七星过日子呢。而觉得天际线、杜兰杜兰、银手链、混洗和深蓝色斜纹软呢西装,都

29. 冷酷异境　湖水、近藤正臣、裤袜

好像是非常遥远的从前所做过的梦一样。就像用高压碾碎机把汽车轧成一片扁平铁板，各色各样的记忆变得奇怪而扁平。记忆复杂地纠缠在一起之后化为像信用卡一般薄的一张卡片。从正面看只有一点不自然的程度，从侧面看时则几乎是一条无意义的细线。那里确实塞进了我全部的一切，那本身却只不过是一张塑料卡而已。如果不插进为了解读而制作的专用机器里，就完全没有意义。

我想象也许第一回路正在逐渐失效，因此我的现实性记忆才会如此扁平，感觉上就像是别人的事情一样。我的意识是不是正逐渐远离现在的我本身，而且那个我的身份证也会变得比现在更薄更薄，变成一张纸一样，最后终于也忽然消失掉呢？

我跟在她后面机械式地前进，试着再回想一次坐在天际线车上的男女的样子。虽然我不知道自己为什么会对他们这样在意，但除此之外我没有想起其他任何什么。他们两人现在正在做什么？我试着想想。但早晨的八点半他们能做什么？我完全无法想象。也许还在床上睡得很熟，也许正在通勤电车上分别赶往各自的公司。哪一边是对的，我也不清楚。现实世界的动向和我的想象力无法巧妙连接。如果是电视剧的编剧的话，一定会随便编出个剧情。女的到法国留学期间和法国男人结婚，但后来丈夫因为遭遇交通事故变成植物人。她厌倦那样的生活而抛弃丈夫回到东京，在比利时或瑞士的大使馆上班。银链子是结婚的纪念品。在这里切入冬天里在尼斯海岸的回忆画面。她总是戴着那银链子。洗澡的时候和做爱的时候也是。男的是安田讲堂学生运动的残存分子，像《灰烬与钻石》的主角一样总是戴着太阳眼镜。他是电视公司的当红导播，常常被催泪瓦斯的梦魇所困。妻子在五年前割腕自杀。在这里又切入回忆画面。总之是回忆画面很多的戏剧。他

每次看见她左手腕上摇曳的银链子，就会想起妻子割裂开来血淋淋的手腕，因此请求她把那手链换到右手好不好。"不要。"她说，"我总是只有左手才戴链子的。"

像《北非谍影》那样出现一个钢琴师也好。一个酒精中毒的钢琴师。钢琴上总是放着一个玻璃杯装着只滴上柠檬汁的纯金酒。他是男女主角两个人共同的朋友，知道两个人的秘密。他曾经是个有才华的爵士钢琴手，但因为酒精中毒而弄坏了身子。

想到这里觉得自己实在有够无聊，于是我决定停止多想。这些剧情和现实没有任何关系。可一旦开始想到那么现实又是什么呢？我的头就更混乱了。现实就像一个大纸箱里塞得满满的沙子一样沉重，而且不得要领。我已经好几个月连星星月亮的样子都没看了。

"我已经无法忍受了。"我说。

"对什么？"她问。

"对黑暗啦，恶臭啦，黑鬼啦，对这一切。还有对湿掉的长裤、腹部的伤口之类的也是。连外头的天气都不清楚。今天是星期几？"

"快到了。"女孩说，"快结束了。"

"头脑好像很混乱。"我说，"不太想得起外面的事情。想什么好像都会偏到奇怪的方向去。"

"你在想什么呢？"

"近藤正臣、中野良子和山崎努。"

"忘掉吧。"她说，"什么都不要想。再过一会儿就可以从这里出去了。"

于是我决定什么都不想。什么都不想之后却发现长裤冷冷地缠在腿上，因此身体觉得好冷，腹部又开始隐隐地疼痛起来。但即使身体这

29. 冷酷异境　湖水、近藤正臣、裤袜

么冷,奇怪我却没有尿意。在这之前最后一次小便是什么时候？我把所有的记忆都收集起来,试着寻思回想,但都没有。我想不起什么时候小便过。

至少下到地下以来一次也没有小便过。在那之前呢？在那之前我开车,吃汉堡,看见坐在天际线车上的男女。在那之前呢？在那之前我睡觉。胖女孩跑来把我叫醒。那时候小便了吗？大概没有。她好像把行李塞进皮箱似的把我拍醒,就那样把我带出来。连小便的时间都没有。在那之前呢？在那之前发生过什么我记不清楚了。去看过医师,好像。医师帮我缝肚子。但是什么样的医师呢？不知道。总之是医师。穿着白衣的医师在我阴毛上方边界的一带缝合。在那前后我有没有小便？

不知道。

大概没有吧。如果在那前后我小便过的话,我应该还清楚记得小便时伤口疼痛的情形才对。不记得这个,那么我一定是没有小便。那么我已经相当长一段时间没有小便了。几个小时？

一想到时间,我的脑中就像黎明时分的鸡舍一样混乱。十二小时？二十八小时？三十二小时？我的小便到底消失到什么地方去了？在那时间内我既喝了啤酒也喝了可乐,又喝了威士忌。水分到底跑到什么地方去了呢？

不,我腹部被割,到医院去也许是前天的事了。觉得昨天和那又是完全不同的另外一天似的。那么昨天又是怎么样的一天呢？我完全搞不清楚。所谓昨天,只不过是一团模糊的时间块而已。那形状仿佛像吸了水而膨胀起来的巨大洋葱。什么地方有什么？压什么地方就会跑出什么来？一切都不一定。

很多事情就像旋转木马一样接近了又离开。那二人组割伤我的腹部到底是什么时候的事了？那是我坐在超市的咖啡吧台之前还是之后呢？我什么时候小便了？还有我为什么这样在意小便的事呢？

"有了。"她说着回过头来，用力抓住我的手肘，"是下水道。是出口啊。"

我把小便的事赶出头脑，看看她用手电筒照出的墙壁一角。那里开着有一个人可以勉强钻进去的垃圾管道似的四角形横穴。

"不过这不是下水道呀。"我说。

"下水道在这后面哪。这是通往下水道的横穴呀。你看，有水沟的臭味。"

我把脸伸进那个洞穴的入口试着用鼻子闻闻臭味。果然是熟悉的水沟臭味。在地底下的迷宫绕来绕去之后，连那样的水沟臭味都觉得亲切怀念起来。同时可以清楚地感觉到风从后面吹来。接着地面一阵咔哒咔哒地轻微震动，洞穴里面传来地铁电车通过轨道而去的声音。声音持续了十到十五秒之后，像水龙头的栓子慢慢关闭时一样逐渐变小，终于消失。没错。这是出口。

"好像终于到了噢。"她说着在我脖子上吻一下，"心情怎么样？"

"请不要问这种事情。"我说，"我不太清楚。"

她先一头钻进横穴。等她那好像很柔软的屁股消失在洞穴里之后，我也跟着进去里面。狭小的洞穴继续笔直延伸出去。我的手电筒只能照出她的屁股和小腿肚子。她的小腿肚子使我联想起白色滑溜溜的中国蔬菜。裙子湿答答的像无依无靠的孩子似的紧紧贴在她的大腿上。

"喂，你有没有跟上来？"她喊着。

29. 冷酷异境　湖水、近藤正臣、裤袜

"有啊。"我也喊。

"有鞋子掉下来呢。"

"什么样的鞋子？"

"男人的黑皮鞋。只有一只。"

终于我也看见了。是一只旧鞋子，鞋跟的地方快要磨破了。粘在鞋尖的泥土变白硬化了。

"为什么在这种地方有鞋子呢？"

"是啊，不知道为什么？也许是被黑鬼捉住的人，鞋子在这一带脱落了吧。"

"也许噢。"我说。

因为没有其他特别可看的东西，于是我一面观察她的裙子下摆一面前进。裙子有时候掀到大腿的很上面，看得见纤尘不染的白白胖胖的肌肤。以从前来说，是女人的吊袜带绊扣附着的那一带。从前丝袜的顶端和吊袜带之间有一段肌肤露出的地带。那是在裤袜出现以前的事了。

如此这般之间，她的白皙肌肤勾起我从前的回忆。像吉米·亨德里克斯、奶油、披头士和奥蒂斯·雷丁那个时代的事情。我试着用口哨吹吹彼得与戈登的《I Go to Pieces》开头的几小节。真是好歌。又甜又凄美。比什么杜兰杜兰好多了。不过我会这样感觉也许因为我已经年纪大了。因为那歌流行已经是二十年前的事了。二十年前到底有谁会预测到裤袜的出现呢？

"你为什么吹口哨呢？"她喊着。

"不知道。因为想吹呀。"我回答。

"那歌叫什么？"

我告诉她歌名。

"不知道有这种歌。"

"因为是你出生以前流行的歌啊。"

"是什么内容的歌?"

"身体变成支离破碎而消失掉的歌啊。"

"为什么要用口哨吹那样的歌呢?"

我想了一下,但不明白理由。只是忽然浮现在脑子里而已。

"不知道。"我说。

在我正在回想其他曲子的时候,我们走到了下水道。虽说是下水道,但那只不过是粗大的水泥管道而已。直径有一米半左右,底部流着高度两公分左右的水。水的周围长着滑滑的像苔的东西。从前方传来不知第几次电车通过的声音。现在声音是清楚得会嫌吵的程度,甚至看得见微弱的黄色灯光。

"为什么下水道会和地铁的轨道相连呢?"我问。

"准确地说,这并不是下水道。"她说,"只是把这一带从地下涌出来的水集起来导入地铁的水沟里而已。不过因为民生排放废水也渗进来了,所以才变脏的。现在几点?"

"九点五十三分。"我告诉她。

她从裙子里抽出驱黑鬼的装置打开开关,和刚才用着的交换。

"好了,快到了。不过还是不能大意哟。连地铁的沿线黑鬼的力量都可以到达呢。刚才不是看见鞋子了吗?"

"看见了啊。"我说。

"很可怕吧?"

"相当可怕。"

29. 冷酷异境　湖水、近藤正臣、裤袜

我们在水泥管里沿着水流前进。鞋子的橡胶底把水溅起来的声音像舌头舔东西似的响遍四周，而电车接近又远去的声音又把那声音盖住。有生以来第一次感觉地铁行进的声音是这么可喜的。那感觉上简直就像生命本身似的活生生、热热闹闹的，充满了光辉。在那里有各种人搭乘，大家分别读着报纸、周刊，赶往各自要去的地方。我想起彩色印刷的悬吊广告、门上的路线图。路线图上银座线总是以黄色线条显示。为什么是黄色我不清楚，总之那规定是黄色的。所以我每次想到银座线时就会想起黄色。

没多久时间就到达出口了。出口虽然嵌着铁栅，但那正好被破坏成一个人可以进出的程度。水泥被挖得深陷，铁棒被拔除一空。很明显地是黑鬼的杰作。只有这次例外，我非得感谢他们不可了。因为如果铁栅还好好地嵌着，我们只好看着外面的世界近在眼前却无法进退。

圆形出口外面看得见信号灯和器具收藏箱似的四角形木箱。轨道与轨道之间隔着水泥砌的发黑支柱，像桩子似的隔着相等间隔排列着。附在支柱上的灯模糊地照出路线结构范围，但那光线却感觉超出必要之外的炫眼。由于长时间潜入地底下的关系，眼睛已经被黑暗同化了。

"在这里等一下，让眼睛习惯吧。"她说，"十或十五分钟就可以习惯这样的亮度了。习惯了再往前走。然后在那里还要习惯一下更强烈的光线。要不然眼睛会瞎掉。在那之前电车通过也绝对不能看喏。知道吗？"

"知道了。"我说。

她拉起我的手臂，要我坐在水泥干的部分，并在旁边并排坐下。然后好像要支撑身体似的两手握住我右手臂的稍高一带。

由于电车的声音接近了，所以我们低下头闭起眼睛。眼睑外一闪

一闪的黄色光线明灭了一会儿,终于随着耳朵都要痛起来的轰然巨响一起消失了。由于炫眼的关系,眼睛涌出好几滴眼泪。我用衬衫袖子把落在脸颊上的眼泪擦掉。

"没关系,很快就会习惯的。"她说。她眼睛也流泪了,脸上留下几道泪痕。

"再等三到四班车通过之后就好了。那样眼睛就会习惯,可以走到车站旁边去,只要能到那里去,黑鬼就不会来袭,而我们就可以走上地面了噢。"

"我以前也有过和这相同的记忆。"我说。

"走在地铁的范围内吗?"

"怎么可能?不是这个。我是指光。炫亮的光照得我眼泪都流出来的事。"

"这种事谁都有过。"

"不,不一样。和那不一样。是特殊的眼睛,特殊的光。而且非常寒冷。我的眼睛也和现在一样一直长时间习惯阴暗不能见光。是非常特殊的眼睛。"

"还想得起更多吗?"

"只有这样而已,只能想起这个。"

"一定是记忆逆流了。"她说。

她靠着我,因此我的手臂一直持续感觉到她乳房的隆起。由于湿长裤一直贴着,身体冷得紧,但只有那靠着乳房的部分是温暖的。

"等一下就要走上地面了,你有没有什么打算?要到什么地方,要做什么,或去看什么人之类的?"她说着看看手表,"还有二十五小时五十分。"

29. 冷酷异境　湖水、近藤正臣、裤袜

"回家洗个澡。换个衣服。然后也许会去理发厅。"我说。

"那样时间还剩下很多啊。"

"剩下的事情等到时候再想啊。"我说。

"我也一起去你家好吗？"她问，"我也想洗个澡换个衣服。"

"没问题呀。"我说。

第二班电车从青山一丁目的方向开过来，因此我们又再度低下头来闭起眼睛。光依然炫眼，但眼泪不像刚才流得那么多了。

"你头发并没有长到必须上理发厅的程度嘛。"女孩用灯光照照我的头说，"而且长头发一定比较适合你。"

"留长已经腻了。"

"不过不管怎么说，都没长得需要上理发厅哪。上次去是什么时候？"

"不知道。"我说。上次什么时候去的理发厅，我实在想不起来。我连昨天什么时候小便过都不怎么想得起来了。何况是几星期前的事，简直就像古代史一样。

"你那里有没有合我尺寸的衣服？"

"不知道，大概没有吧。"

"算了，随便凑合吧。"她说，"你用床吗？"

"床？"

"也就是说要叫女孩子来做爱吗？"

"不，我没想到那件事。"我说，"我想大概不会。"

"那么，可以在那里睡吗？回祖父那里去之前我想睡一觉。"

"是没关系，不过我的房间也许已经有记号士或'组织'的人闯进来了哟。因为我最近突然变得人气很旺似的，门也没有锁了。"

"那个我不在意。"她说。

大概真的不在意的样子,我想。每个人在意的事都不一样。

由涩谷方向开过来第三班电车,从我们眼前通过,我闭起眼睛在脑子里慢慢数着数目。数到十四时,电车车尾通过了。眼睛几乎不再痛了。这样好不容易总算通过走上地面的第一个难关了。这就再也不会被黑鬼捉去吊在井里,也不会被巨大的鱼吞噬凌迟了。

"好了。"说着她放开我的手站了起来,"差不多可以走了。"

我点头站起来。跟在她后面走下地铁的轨道。朝青山一丁目的方向开始走。

30.
世界末日
洞穴

　　早晨醒来时,森林里发生的所有事感觉像梦里发生的一样。但那不可能是梦。桌上的古老手风琴像一只衰弱的小动物缩着身体躺着。一切都是真实发生的事。因从地底吹起来的风而旋转的风扇,相貌看来颇不幸的年轻管理员,还有那乐器的收藏都是真的。

　　但和这些比起来,我的头脑里却奇怪地一直有非现实的声音继续响着。简直就像某种东西扎进我脑里的声音,不休止地持续着,不休止地在我脑子里挑起某种扁平的东西。头并不痛,极其正常。只是非现实性的而已。

　　我从床上环视屋子一圈,屋里并没有什么特别的地方。天花板、四面墙、稍微有些歪的地板和窗帘,都和平常一样。有桌子,桌上有手风琴。墙上挂着大衣和围巾。手套从大衣口袋露出来。

　　然后我试着动一动自己的身体。身体的各部分都可以运动自如。眼睛也不痛。没有任何奇怪的地方。

　　虽然如此,那扁平的声音依然在我头脑里继续响着。声音是不规则的、集合性的。有几个同质的声音纠缠在一起。我想确定那声音是从什么地方发出的,但不管多么注意聆听都弄不清楚那声音传来的方向,似乎是从我头里面发出来的。

为了慎重起见,我起床看看窗外,终于了解那声音的来源了。就在窗子正下方的空地上,有三个老人正用铲子在挖着大洞。声音是铲子尖端吃进冻结变硬的地面时发出的。空气冻得冰冰的,因此那奇怪的声音使我感到困惑。各种事情接二连三发生,导致我的精神多少有些亢奋或许也是原因之一。

时钟指着将近十点。我第一次睡到这个时间。为什么上校没有叫醒我呢?他除了我发烧的那次之外,没有一天例外地在九点把我叫醒,用托盘端着两人份的早餐到我房间来。

我等到十点半,上校还是没有出现。我干脆走到下面的厨房去拿面包和饮料,回到房间一个人吃早餐。由于长久以来习惯了两个人的早餐,吃起来有些没味道。我只吃了一半面包,剩下来的决定为兽保留。在暖炉的火充分温暖房间之前,我用大衣包着自己安静坐在床上。

昨天那叫人难以相信的温暖在一夜之间就消失了,屋子里充满了和平常一样的沉重冷气。虽然并没有吹起强风,但周遭的风景又完全逆转回到原来的冬天景象,从北岭一直到南边荒野的天空,云正为孕育大量的雪而低垂得令人窒息。

窗下空地上四个老人还在继续挖着洞穴。

四个人?

刚才我看的时候老人只有三个哪。三个老人正用铲子挖着洞穴。但现在是四个。大概中途加进一个人了吧,我想。那没有什么奇怪的。官舍里的老人多得数不清。四个老人分别在四个地方默默地挖着脚下。偶尔吹起一阵狂乱的风,猛然掀起老人们单薄上衣的下摆飘飞着,但那寒冷让他们似乎并不怎么痛苦,他们红着脸不停地把铲子往地面

30. 世界末日　洞穴

戳。其中甚至有个人擦着汗还脱掉上衣呢。那上衣简直就像一个脱落的空壳子般挂在树枝上，被风吹动着。

屋子里暖和起来之后，我在椅子上坐下拿起桌上的手风琴，试着慢慢伸缩那蛇腹。带回自己的房间看时才发现，与第一次在森林里看见时的印象相比，制作得精巧多了。按键和蛇腹虽然完全褪色，涂在木片上的漆料却没有一个地方脱落，描边的精致唐草也丝毫无损地留着。与其说是一种乐器，不如说是一件美术工艺品更贴切。蛇腹的运作果然有几分僵硬不顺，但没严重到妨碍使用的程度。想必是长久之间没有被人的手碰过而一直放着吧。我不知道它过去曾被什么样的人弹奏过，并经过什么样的路程而到达那个场所的。一切都包在谜里。

不只是装饰面，以乐器的机能性来说，那手风琴依然是相当精致的东西。首先是小。折叠起来时可以整个放进大衣的口袋里。但并不因此牺牲乐器的机能，手风琴应有的东西那上面全部一应俱全。

我让它伸缩了好几次，蛇腹的运作相当顺畅之后，接着依顺序试试右手的按键，并配合着试压左边的和弦键。所有的音都全部弹完之后停下来，试着注意听周围的动静。

老人们挖洞的声音还持续着。他们四把铲子尖端啃着土的声音，化为没头没脑的不整齐旋律，清清楚楚而奇妙地传进屋子里来。风不时摇着窗子。窗外看得见到处有零星残雪的山丘斜坡。手风琴的声音是不是传到老人们的耳朵里了？我不知道。大概没有吧，我想。声音既小，风向也相反。

我弹手风琴是相当久以前的事了，而且是键盘式的新型东西，所以要习惯这种旧式组合和按键的排列还相当费事。由于整个设计是小型的，按键也小，而且每个键都非常接近，如果是小孩或女人还可以，手大的男人要弹得顺畅还真麻烦费事。何况必须配合旋律有效地伸缩蛇腹才行。

虽然如此,我还是花了一到两小时,即兴地逐渐摸索出几个没有错误的简单和弦。但旋律一直没有浮现在我脑子里。一次又一次反复地按着按键,想要想起什么旋律,却不过是无意义的音阶排列而已,并不能把我引导到什么地方。有几次忽然几个音的偶然排列好像使我快要想起什么,却又立刻被吸进空气中消失了。

我之所以没能发现任何一组旋律,也许是因为老人们的铲子声吧。当然不只因为这个,但他们所发出的声音确实妨碍我集中精神。他们的铲子声实在太清晰地在我耳边响着,以至于不知不觉间我竟然开始觉得老人们仿佛在我脑子里挖掘着洞穴似的。觉得好像他们的铲子越挖得深,我脑子里的空白便越大。

快到中午的时候,风势急速增强,其中似乎还混合着雪。听得见雪轻打在窗玻璃上发出啪哒啪哒干干的声音。凝固成冰似的细小白雪粒落在窗格子上不规则地排列着,终于又被风吹落。虽然还不至于积雪,但很可能不久就会变成饱含湿气、大粒柔软的雪片。每次顺序都是这样。然后大地终于再度被白雪覆盖。坚硬的雪往往是大雪的前兆。

看样子老人们似乎根本没把雪放在眼里而继续在挖着洞穴。他们仿佛一开始就知道会下雪似的。彼此心照不宣,谁也没抬头看天,谁也没停下来,谁也没开口说话。连挂在树枝上的上衣,也还依然留在原位任强风激烈地吹着。

老人们的数目增加到六人。后来加入的两个人用的是鹤嘴镐和手推车。使用鹤嘴镐的老人进入洞穴里敲碎坚硬的地面,推手推车的老人把挖出洞外的土用铲子铲到车上,再把车推到斜坡下把土倒掉。洞

30. 世界末日　洞穴

穴已经挖到他们的腰部一带。强风的声音、他们的铲子和鹤嘴镐的声音都无法消除。

我放弃想歌，把手风琴放在桌上，走到窗边去眺望了一会儿老人们工作。老人们的工作看不出有类似领导的存在。谁都一样，平等地劳动着，谁都没有发出指示或下达命令。手拿鹤嘴镐的老人极漂亮有效地把硬土敲碎，四个老人用铲子把土挖出外面，另一个老人默默用手推车把土运到斜坡去。

望着那洞穴时我开始产生几个疑问。一个是这些洞穴如果是为了丢垃圾，那又未免大得不必要了，另一个是现在正要开始下大雪。或许那是为了某种特殊目的而挖的也不一定。但即使这样，雪也会被吹进那洞穴里，明天早晨很可能洞穴都会被雪完全埋没。这一点事情老人们只要看云的动向应该就会明白的。北岭的中腹一带已经被纷飞的雪花覆盖成一片迷茫了。

不管怎么想，老人们工作的意义依然令人费解，因此我回到暖炉前坐在椅子上，什么也不想地呆呆望着煤炭的红色火焰。歌大概是想不起来了，我想。不管有没有乐器，都没有什么两样。不管怎么试着排列音符，如果没有歌，就只是音的罗列而已。桌上放着的手风琴单纯是美丽的物体而已。我好像非常能理解发电所管理员所说的话了。没有必要发出声音，光看着就觉得很美了，他说。我闭上眼睛继续听着打在窗上雪的声音。

到了午餐时间，老人们终于停下工作回到官舍里。只把铲子、鹤嘴镐依样地留在地上。

我坐在窗边的椅子上望着了无人影的洞穴，隔壁的上校走过来敲我房间的门。他穿着平常穿的厚大衣,戴着一顶前面有帽檐的工作帽。大衣和帽子上都沾着白色的雪粒。

"看来今天晚上雪会积得很厚噢。"他说,"要不要把午餐拿来?"

"那再好不过了。"我说。

过了十分钟左右,他双手端着锅子回来把它放在暖炉上。然后就像甲壳动物为了换季脱壳似的把帽子、大衣和手套一一慎重地脱下来。最后用手指把纠缠的白发抚平,在椅子上坐下叹了一口气。"不能过来吃早餐很抱歉。"老人说,"因为一大早就被工作逼得没工夫吃饭了。"

"你不是在挖洞穴吧?"

"洞穴?啊,那个洞穴啊?那不是我的工作。挖洞穴我倒不讨厌。"说着上校吃吃地笑起来,"我是在街上工作。"

他等锅子热了之后把菜分盛在两个盘子里放在桌上。是加了面条的蔬菜汤。他一边吹着一边美味地吃着。

"那些洞穴是做什么用的洞穴呢?"我试着问上校。

"那没什么。"老人把汤送到嘴里接着说,"他们以挖洞穴为目的在挖着洞穴啊。在这个意义上是非常纯粹的洞穴。"

"我真不明白。"

"很简单哪。因为他们想挖洞穴所以就挖。没有任何其他目的。"

我咬着面包,试着思索那纯粹的洞穴。

"他们有时候会挖洞穴。"老人说,"大概和我专心下棋原理上一样吧。既没有什么意义,也不会到达哪里。不过这些事都无所谓。因为谁都不需要什么意义,也没有人想要到达什么地方。大家在这里都各自挖着纯粹的洞穴。没有目的的行为,没有进步的努力,到达不了什么地方的步行,你不觉得很棒吗?谁也不会伤害人,谁也不会被伤害。谁也不会超越谁,谁也不会被超越。既没有战胜,也没有败。"

"你说的我好像明白了。"

老人点了几次头,然后把盘子斜立起来喝完最后一口汤。

"也许对你来说这个街的成立方式显得有些不自然。但对我们来说并不会。自然、纯粹、安详。总有一天你也一定会了解。我想你会想了解。我长久以来过的是军人生活,那倒也不后悔。那样自然也是快乐人生噢。我现在还常常想到硝烟、血腥、刀光剑影、突击的喇叭声之类的。但我已经想不起是什么驱使我们奔赴战场的。是名誉、爱国心、斗争心、憎恶这一类的东西吗?你现在也许正害怕着失去所谓心这东西。我也害怕过啊。不过这并没有什么可耻的。"上校在这里切断了话,好像在寻找语言似的望着空中,"只要把心丢掉,安宁就会来临。你从来没有体验过的深深安宁。只有这件事请你不要忘记。"

我默默点头。

"就是这样。对了,我在街上听到你的影子的事噢。"上校以面包蘸起剩余的汤说着,"听说你的影子已经元气大伤了呢。吃的东西大多吐出来,好像已经在地下室床上躺了三天没起来。恐怕日子已经不长了。只要你不嫌弃的话,去跟他见一面怎么样?因为他好像想见你呢。"

"是吗。"我装出有点犹豫的样子,"我倒是无所谓,不过守门人到底会不会让我们见面呢?"

"当然会让你们见面啊。影子已经快要死了,本人有权力见影子。这是明白规定的。因为影子的死对这街是一项严肃的仪式啊。就算他是守门人,也不能妨碍这个。没有理由妨碍呀。"

"那么我这就去看看。"我停了一会儿说。

"对呀，这样才好。"老人说着靠近我旁边拍拍我的肩膀，"趁着傍晚雪还没积起来之前去一趟。不管怎么说，影子对人类来说是最亲近的东西呀。心情愉快地去看护问候一下，以后回味起来比较好。让他好好地死去吧。虽然也许很难过，但这也是为你自己好啊。"

"我知道。"我说。于是穿上大衣，脖子围上围巾。

31.
冷酷异境
收票口、警察乐队、合成清洁剂

　　从管道出口到青山一丁目的车站并没有多少距离。我们走在轨道上，电车来时则躲在支柱的阴影后面等车子过去。我们可以很清楚地看见电车里面，但乘客并没有朝我们看。地铁的乘客谁也不会看外面的景色。他们有些在看报纸，有些只在发呆。地铁这东西对人们来说只是一种有效地在都市空间移动的方便手段而已。谁也不会兴高采烈地去搭地铁。

　　乘客人数并不太多。几乎没有站着的乘客。虽然说已经过了高峰时段，不过在我的记忆中早晨十点过后的银座线应该是更拥挤才对的。

　　"今天是星期天吗？"我试着问女孩。

　　"不知道。我从来不考虑星期几。"女孩说。

　　"以平常日来说乘客太少了。"我说着歪着头，"也许是星期天。"

　　"如果是星期天又怎么样？"

　　"没怎么样。只是星期天而已呀。"我说。

　　地铁的轨道比想象中容易通行。宽宽的没有栅栏，既没有红绿灯，也没有汽车通过。既没有街头募款的人，也没有醉汉。墙上的日光灯以适当的亮度照出脚下，幸亏有空调的关系空气很新鲜。比起那地底下霉臭的空气是没话说了。

我们首先让过一班往银座方向的电车,其次又让过一班往涩谷的电车。然后走到青山一丁目车站旁边,从支柱后面偷看月台的样子。走在地铁的轨道上,如果被车站人员捉到可就事态严重了。真不知道该怎么说他们才会相信。月台最前面可以看见一个梯子。栅栏看来很容易翻过去。问题只有别让车站的人发现。

我们躲在支柱阴影后面,安静地看着往银座方向的电车开来,停在月台,打开门吐出乘客,又搭载新的乘客后把门关上。车掌走出月台确认乘客上下车之后让门关上。看得见发车的信号。电车消失后车站人员也不知消失到什么地方去了。相反一边的月台上也看不见车站人员。

"走吧。"我说,"不要跑,装作若无其事地走。用跑的话会招人怀疑。"

"知道了。"她说。

我们从柱子后面出来快步走到月台前面的尽头,然后装成每天做惯了这种事情没什么意思的样子步上铁梯,越过栅栏。有几个乘客往我们的方向看,满脸不可思议。到底这些家伙在做什么,他们好像很讶异的样子。我们怎么看都不像是地铁的相关工作人员。全身是泥,长裤和裙子湿答答的,头发蓬乱,被照明炫眼弄得泪痕满脸。这样的人不可能看起来像地铁的工作人员。不过到底有谁会喜欢在地铁的轨道上散步呢?

在他们获得他们的结论之前,我们快速穿过月台走到收票口。然后走到收票口前面时才发现没有票的事。

"没有票。"我说。

"当作遗失了付钱不就行了吗?"她说。

我向收票口的年轻站员说票遗失了。

31. 冷酷异境　收票口、警察乐队、合成清洁剂

"有没有好好找?"站员说,"口袋有好几个啊,再找一次看看好吗?"

我们在收票口装成寻找衣服的每个口袋。在那时间里站员以怀疑的眼神盯着我们的样子。

还是没有,我说。

"从哪里上车的?"

涩谷,我说。

"付了多少钱,从涩谷到这里?"

忘了,我说。"我想大概是一百二十圆或一百四十圆吧?"

"不记得吗?"

"因为正在想事情。"我说。

"真的是从涩谷上车吗?"站员问。

"这个月台不是涩谷起站的吗? 不可能乱讲啊。"我抗议。

"也可能是从那边月台到这边来呀。银座线相当长的。而且比方从津田沼搭东西线到日本桥,在那儿转车到这里也行啊。"

"津田沼?"

"只是比方而已。"站员说。

"那么从津田沼到这里要多少钱? 我付好了。这样可以吧?"

"是从津田沼来的吗?"

"不。"我说,"从来没到过什么津田沼。"

"那你为什么要付?"

"你不是这样说吗?"

"所以我不是告诉你那只是个比方吗?"

这时下一班电车进站了,二十个左右的乘客下车,通过收票口走出外面。我看着他们走出去。没有一个人遗失车票。然后我们的交涉重

新开始。

"那么我们要付从哪一站开始的车票才能通过呢?"我问。

"从你搭乘的那站。"站员说。

"所以我不是说涩谷吗?"我说。

"可是却不记得票价。"

"那种小事很容易忘记啊。"我说,"就像你也不会记得麦当劳的咖啡价钱吧?"

"我才不喝麦当劳的咖啡。"站员说,"喝那种东西简直是浪费钱。"

"只是比方而已啊。"我说,"这种小事本来就很容易忘记。"

"总之遗失票的人都会少报。大家到这个月台都说从涩谷搭来的。全都这样。"

"所以我不是说从哪一站我都付吗?你说从哪一站可以通过。"

"这种事我怎么会知道?"

没完没了的争论继续下去太麻烦了,于是我放了一张一千圆钞票就自顾自地走出外面。虽然听见后面站员呼喊的声音,但我们装成没听见继续走。世界末日快到了,这时候还要为了地铁的一两张车票心烦未免太无聊了。仔细想想,我又没有搭乘地铁。

地上正下着雨。虽然像针一般细的雨,但地面和树木都湿淋淋的。也许从夜里就一直下到现在了。下雨使我的心情多少有些暗淡。今天对我来说是珍贵的最后一天。不希望下什么雨。只要给我一天或两天晴朗的好日子就行了。接下来就算像出现在 J. G. 巴拉德的小说里那样连续一个月的大雨,我也管不着了。我想在灿烂的阳光普照之下,躺在草地上一面听音乐一面喝冰啤酒。我并没有要求别的。

然而事与愿违,看来雨并没有要停的样子。云好像盖了好几层塑

31. 冷酷异境　收票口、警察乐队、合成清洁剂

料膜似的,颜色模糊,连一分空隙都没有地覆盖着天空,继续降下不间断的细雨。我想买早报看气象预告,但为了买报纸必须折回地铁的收票口附近,而回到收票口可以想象又得和站员再度展开那无益的争论。于是我放弃买报纸。这是个不怎么起眼的一天的开始。连今天是星期几都还没弄清楚。

人们都打着伞走路。没带伞的只有我们两人。我们站在大楼的走廊前,像在眺望希腊雅典的卫城遗迹一般长久茫然地眺望街头的风景。被雨淋湿的十字路口上各色各样的汽车行列来来往往。在这脚下深处竟然扩张着黑鬼那奇怪的世界,对我来说真是难以想象。

"下雨真好啊。"女孩说。

"为什么?"

"因为如果是晴天就太耀眼了,不能立刻走到地上来呀。真幸运吧?"

"噢。"我说。

"接下来要做什么?"女孩问。

"先喝一点什么热的东西。然后回家洗澡。"

我们走进附近的超市,在入口附近的三明治店点了两份玉米浓汤和一份火腿蛋三明治。柜台里的女孩子看到我们脏兮兮的样子,一开始相当吃惊,不过立刻装作没注意的样子,以纯粹职业性的口气接受我们的点餐。

"两份玉米浓汤和一份火腿蛋三明治。"她说。

"对了。"我说,然后问道,"今天是星期几?"

"星期天。"她说。

"你看吧。"我对胖女孩说,"我猜对了。"

玉米浓汤和三明治送来之前,我拿起留在邻座的《日本体育》报纸

来看着消磨时间。看体育新闻也没什么用，不过总比什么也不看的好。报纸日期是十月二日星期日。体育报纸虽然没有气象报告，但赛马的那一页倒记载着相当详细的雨水的信息。雨在傍晚可能停，但无论如何最终比赛在重马场则没有改变，即将展开相当激烈的比赛。神宫球场举行养乐多队对中日队的最终比赛，养乐多队以六比二战败。神宫球场的正下方是黑鬼的大本营，这谁也不知道。

女孩说想看最前面那一页，于是我把那页拿给她。她想看的好像是《喝精液对皮肤美容有帮助？》的报导。那下面刊登着《关在槛栏里被侵犯的我》的文章。我无法想象如何侵犯被关在槛栏里的女人。那一定自有巧妙方法吧。不过不管怎么说，必然是相当麻烦的作业。我就实在没办法。

"嗨，你喜欢精液被喝吗？"女孩问我。

"我都无所谓。"我回答。

"不过这里这样写哟：'一般来说，男人喜欢在口交的时候精液被女人喝掉。这样男人就可以确认自己被女人接受了。这是一种仪式，也是一种承认。'"

"我不清楚。"我说。

"你有没有被喝过？"

"不记得了。我想大概没有。"

"哦。"她说，继续看报导的下文。

我看着中央联盟和太平洋联盟的击球排行榜。

汤和三明治送来了。我们喝着汤，把三明治各分一半。有吐司、火腿、蛋白和蛋黄的味道。我用纸巾把嘴边沾的面包屑和蛋黄擦掉，然后重新叹一口气。好像把全身的气都收集起来凝聚在一起似的深深叹

31. 冷酷异境 收票口、警察乐队、合成清洁剂

息。这么深的叹息一辈子并没有叹过几次。

我走出店要招计程车。因为这一身肮脏模样,所以花了相当的时间才遇到一部肯停的计程车。计程车司机是一位长头发的年轻男人,放在副驾驶座的大立体声卡式录音机里播着警察乐队的音乐。我大声告诉他要去的地方之后,就把身体深深沉入靠背里。

"嗨,你们为什么搞得这么脏呢?"司机向着后视镜问。

"因为在雨中扭成一团打架啊。"女孩回答。

"噢,不得了。"司机说,"不过啊,你们看起来真是有够惨的。头旁边有个大伤痕呢。"

"我知道啊。"我说。

"不过没关系,我对这个可不在乎。"司机说。

"为什么?"胖女孩问。

"我只载年轻的会听摇滚乐的客人。这种客人就是脏一点也没关系。因为只要听着这个就够愉快了。喜欢警察乐队吗?"

"有一点。"我随便说说。

"公司啊,说是不能放这种音乐。叫我们听收音机的歌谣节目。不过开什么玩笑,那种歌。什么近藤真彦、松田圣子什么的多无聊,我可听不下去。警察乐队最棒了。一整天都听不腻哟。雷鬼不错噢。客人,雷鬼怎么样?"

"不错。"我说。

警察乐队的带子播完了之后,司机让我们听鲍勃·马利的现场演出。他的仪表板旁塞满了录音带。我已经筋疲力尽又冷又困,身体每个关节都快要散开了,实在不是能够欣赏音乐的状态,但光是能够让我们上车就感激不尽了。我从后面恍惚地望着司机一面手握方向盘一面

以肩膀打着雷鬼的节拍。

车子停在我公寓前时,我付了钱下车,给他一千圆小费。"去买录音带吧。"我说。

"真开心。"司机说,"下次在什么地方再见啊。"

"是啊。"我说。

"不过啊,你不觉得再过十年或十五年,世上很多计程车都会一面放摇滚乐一面跑吗?你不觉得那样很好吗?"

"那就好了。"我说。

不过我并不这样认为。吉姆·莫里森死了十年以上了。但我从来没遇到一次计程车一面放大门乐队一面跑的。世上有会变的事和不会变的事。不会变的事多久也不会变。计程车音乐也是其中之一。计程车的收音机播的永远是歌谣节目或没品味的脱口秀或棒球转播。百货公司的扩音设备总是播雷蒙·勒菲夫的管弦乐,啤酒屋总是放波尔卡舞曲,岁末的商店街都可以听到投机者乐队的圣诞专辑。

我们搭电梯上楼。我房子的门依然连锁头都拔掉了,但猛一看门好像是好好关着的,显然有人来帮我把门框镶了上去。不知道是谁做的,但一定相当费力和费事。我像旧石器时代的克罗马农人打开洞窟的盖子一样地挖开铁门,让她进去。然后又从里面把门推上。为了让屋子里不会被看见,我多此一举地还把门链挂上,算是自我安慰。

屋子里被整顿得一干二净。前天房间被破坏砸碎的事一瞬之间仿佛是我的错觉似的。原来应该已被翻倒的家具也全都恢复原样了,散落了一地的食品都整理好,碎碎的酒瓶、餐具的碎片都不知消失到什么地方去了,书和唱片又回到架子上,衣服挂在衣柜里。厨房和浴室也擦得闪闪发亮,地板上没有一片垃圾。

31. 冷酷异境　收票口、警察乐队、合成清洁剂

不过仔细检查一下，破坏的伤痕还处处可见。电视的显像管还依然像时光隧道的形状一样开着一个大洞，冰箱死了，内容物干干净净清除一空。被割破的衣服全部丢掉了，剩下的只有能塞进一个小旅行箱程度的少量衣服。餐具橱里只留下几个盘子和玻璃杯而已。挂钟也停了，电器没有一样能好好运作的。有谁把不能用的东西帮我挑出来处理掉了。我的房间因此幸运地变得非常清爽。没有任何多余的东西，看起来真宽敞。必要的东西虽然缺了几样，但对现在的我来说，已经不知道到底什么才是必要的东西了。

我到浴室去检查瓦斯热水器，确定没坏之后再放热水到浴缸。肥皂、刮胡刀、牙刷、毛巾、洗发精都整套留下，莲蓬头也没问题。浴巾也没事。虽然浴室应该是少了很多东西，但少了什么我却一样也想不起来了。

当我在浴缸放热水、检查房子的时候，胖女孩躺在床上读着巴尔扎克的《农民》。

"嗨，法国也有过水獭啊。"她说。

"大概有吧。"我说。

"现在还有吗？"

"不知道。"我回答。那种事情我没有理由知道。

我在厨房椅子上坐下来，寻思到底是谁把我像垃圾堆一般的房间整理了呢？是谁为了什么目的不嫌麻烦地把每个角落都整理干净了呢？也许是那记号士的二人组，也许是"组织"的人。他们是根据什么样的基准在想什么做什么，我无法想象。但不管怎么说，我非常感谢帮我把房间整理干净的谜样人物。回到整洁的家真是一件愉快的事。

热水放满以后我叫她先洗。女孩在书上折页做记号后下了床，在

厨房把衣服光溜溜地脱了。脱衣服的方式未免太自然了,因此我还依然坐在床上呆呆看着她的裸体。她的身体像小孩一样又像大人一样,长得很奇妙。好像一般人的身体浑身涂了果冻一般,白皙柔软的肉丰满地附着着。因为胖得非常匀称,所以没注意的话,好像会忽然忘了她是胖的事实。手臂、大腿、脖子、肚子周围都真的膨胀起来,像鲸鱼般光滑。比起身体来,乳房并不太大,恰到好处且形状适度,屁股的肉也适当地往上紧缩。

"我的身体还不错吧?"女孩从厨房向我说。

"不错啊。"我回答。

"要长这些肉还真不容易呢。饭也不能不多吃,蛋糕和奶油之类的也是。"她说。

我默默点头。

她在洗澡的时候,我把衬衫和湿长裤脱掉,换上剩下的衣服,躺在床上想现在开始要做什么。手表指着将近十一点半。剩下的时间只有二十四小时多一点。要做什么必须好好决定。人生的最后二十四小时总不能顺其自然拖拖拉拉地过。

外面雨还继续下着。安静的雨,微细得几乎看不见。要是没看见沿着窗上屋檐落下的水滴,就都不知道雨是不是在下的程度。偶尔车子从窗下通过,听得见把路面覆盖的薄薄水膜弹起的声音。也听得见几个小孩在叫谁的声音。浴室里女孩正唱着听不太出旋律的歌。反正是她自己作的歌吧。

一躺在床上就变得非常困,但不能就这样睡着。要是睡着了,将会什么也没做就过了好几个钟头。

不睡觉要做什么呢?我完全不知道该做什么才好。我把覆盖在床

31. 冷酷异境　收票口、警察乐队、合成清洁剂

边台灯灯罩缘上的橡皮筋拿下来，把玩了一会儿又放回去。不管怎么样都不能待在这个房间里。安静待在这里什么也得不到。大概应该到外面去吧。至于要做什么，出去以后再想就行了。

试着想一想，人生只剩下二十四小时是一件多么奇怪的事啊。该做的事照理说应该是堆积如山的，实际上却一件也想不起来。我又把台灯灯罩上的橡皮筋拿下来，把玩一会儿再放回去。然后想起超市墙上贴的法兰克福观光海报。有河流有桥梁，白鸟浮游在河面的海报。看起来很不错的地方。到法兰克福去，在那里结束人生似乎也相当不错。但现在开始要在二十四小时之内到达法兰克福是不可能的，就算可能的话，要花十几个钟头塞在飞机的座椅上，吃机内难吃的餐点，那就免了。而且实际去看了也很难说不会觉得还是海报上看见的景色比较好。以失望的心情为人生送终是绝对应该避免的。那么旅行就不得不排除于计划之外了。移动太花时间，而且大多的情况是实际上并没有最初期待的那么快乐。

结果我所能想到的就只有和女孩子两个人一起吃吃美味的东西、喝喝酒而已了。其他想做的事说起来什么也没有。我翻翻手册查到图书馆的电话号码，拨了号，请他们转数据查询台。

"喂。"数据查询台的女孩子说。

"上次谢谢你独角兽的书。"我说。

"哪里，我才该谢谢你的晚餐呢。"她说。

"如果你愿意，今天晚上要不要再一起吃饭？"我试着邀她。

"吃饭？"她重复我的话，"今天晚上有研讨会。"

"研讨会？"我反复说。

"关于河川污染的研讨会。比方说，因合成清洁剂造成鱼的灭绝之

类的。大家一起研究。今天晚上该我发表研究报告。"

"好像蛮有益的研究啊。"我说。

"嗯,是啊。所以我想,如果方便的话,能不能延到明天?明天的话,星期一图书馆也休息,时间比较充裕。"

"明天下午我就不在了。电话上不能详细说明,不过我暂时要远行。"

"要远行?那是像旅行吗?"她问。

"差不多。"我说。

"对不起,请等一下。"她说。

她好像是和来数据查询台询问的人交谈的样子。星期天图书馆大厅的样子从听筒里传过来。小女孩发出很大的声音,父亲训诫她。也听得见计算机键盘的声音。世界似乎正常地运作着。人们到图书馆借书,站员眼光监视着非法乘车者,赛马在雨中继续奔驰。

"关于民宅迁建的资料。"听得见她向对方说明的声音,"在F5号书架有三本,请到那边看一看。"

然后听得见对方对这个又说了什么的声音。

"对不起。"她回到电话上,"OK,好吧。研讨会不参加了。虽然大家一定会抱怨。"

"真抱歉。"

"没关系。反正这一带的河川里已经没有半条鱼住在里面了,所以我的研究晚一星期发表也不会困扰谁。"

"说得也是。"我说。

"到你家吃饭吗?"

"不,我的房间不能用了。冰箱死了,餐具也几乎全没了。所以没

31. 冷酷异境　收票口、警察乐队、合成清洁剂

办法做菜。"

"我知道噢。"她说。

"你知道?"

"嗯,不过整理得蛮干净了吧?"

"是你整理的啊?"

"是啊。不行吗? 今天早上我上班想顺便带一本书给你,结果一去门也坏了,里面东西乱七八糟,所以就帮你打扫了。虽然迟到了一些,不过毕竟上次让你请客。给你添麻烦了吗?"

"不,完全没有。"我说,"非常感谢。"

"那么傍晚六点十分左右你可以到图书馆前面来接我吗? 只有星期天是六点闭馆。"

"好啊。"我说,"谢谢你。"

"哪里。"她说。然后挂了电话。

我正在找要穿去吃饭的衣服时,胖女孩从浴室出来了。我拿毛巾和浴袍给她。女孩手接过毛巾和浴袍,还赤裸地站在我面前一会儿。洗过的头发紧紧贴在额头和脸颊上,耳朵尖端从发间突出。耳垂还戴着那金耳环。

"你平常都戴着耳环洗澡吗?"我试着问。

"嗯,当然,我以前不是说过吗?"女孩说,"绝对不会掉的,所以没问题。喜欢这耳环吗?"

"蛮好的。"我说。

浴室里晾着她的内衣、裙子和衬衫。粉红色胸罩和粉红色内裤、粉红色裙子和浅粉红色衬衫。泡在浴缸里光看这些,两侧的太阳穴就扎

扎地刺痛。大概我从以前开始就不太喜欢在浴室里晾内衣、袜子之类的。要问为什么就伤脑筋了，不过总之不喜欢。

我很快地洗了头发洗了身体，刷了牙刮了胡子。然后走出浴室用浴巾擦身体，穿上四角短裤和长裤。腹部的伤口尽管经过那样胡乱激烈的行动，还是比昨天好多了。甚至一直到去洗澡为止都没想起受伤的事。胖女孩坐在床上一面吹头发一面继续读巴尔扎克。窗外的雨依然看不出要停的迹象。浴室晾着内衣，床上坐着女孩一面吹头发一面读书，外面下着雨，这简直就像回到几年前的结婚生活一样。

"要用吹风机吗？"女孩问。

"不用。"我说。那吹风机是妻子离家出走时留下来的东西。我的头发很短，所以没有必要用什么吹风机。

我坐在她旁边头靠着床背闭起眼睛。一闭上眼睛，那黑暗中便有许多颜色浮上来又沉下去。想一想这几天之间我没睡过什么觉。每次我正想要睡的时候，就有人跑来把我敲打着撵走。一闭上眼睛就可以感觉到睡眠正把我往深沉的黑暗世界里拉。那简直就像黑鬼似的从黑暗底部伸出手来要把我拉进去。

我睁开眼睛，用双手摩擦脸。由于好久没有洗脸刮胡子的关系，脸上皮肤干燥得像大鼓皮一样僵硬。简直就像在摩擦别人的脸似的。被蛭吸过血的部分刺刺地痛。两只蛭似乎吸掉我相当多的血。

"嗨。"女孩把书放一边说，"关于精液的事，真的不想被喝？"

"现在不想。"我说。

"没这心情对吗？"

"对。"

"也不想跟我睡觉噢？"

31. 冷酷异境　收票口、警察乐队、合成清洁剂

"现在不想。"

"因为嫌我胖吗?"

"没这回事。"我说,"你的身体非常可爱呀。"

"那么为什么不想?"

"不知道。"我说,"虽然不知道为什么,但觉得现在好像不应该跟你睡。"

"那是根据什么道德上的理由吗? 比方说违反你的生活伦理之类的?"

"生活伦理。"我反复道。听起来声音很不可思议的话。我望着天花板试着思考了一下这话。

"不,不是,不是这种东西。"我说,"是其他的东西。接近本能或直觉之类的东西。或许跟记忆的逆流有关也不一定。我没办法说明清楚。其实我自己现在非常想跟你睡哟。不过那个什么却把我压制住了。说是现在不是时候。"

她以手肘支在枕头上一直注视着我的脸。

"不是说谎?"

"这种事情不会说谎。"

"真的这样想吗?"

"是这样感觉。"

"可以证明吗?"

"证明?"我吃惊地反问她。

"关于你想跟我睡觉的事,有什么能让我相信的事。"

"正在勃起。"我说。

"让我看。"女孩说。

我犹豫了一下，终于把长裤拉下让她看。我已经太累了，懒得再多争论，而且反正再不久就不在这个世界了。让一个十七岁女孩子看看勃起的健全阴茎，我想也不至于发展成重大的社会问题。
　　"嗯。"女孩一面看着我膨胀的阴茎一面说，"可以摸吗？"
　　"不行。"我说，"不过这样总可以证明了吧？"
　　"噢，好吧。"
　　我把长裤拉上，将阴茎收在里面。可以听见窗下大型载货卡车慢慢通过的声音。
　　"你什么时候回你爷爷的地方去？"我试着问。
　　"稍微睡一下等衣服干哪。"女孩说，"到傍晚那水也应该会退掉了，那样我就再从地铁回去。"
　　"这种天气要衣服干就得等到明天早上了。"
　　"真的？"女孩说，"那怎么办？"
　　"附近有投币式的洗衣店，可以去那里烘干哪。"
　　"可是没有衣服可以穿出去呀。"
　　我动了一下脑筋，但想不起什么好点子。结果只能由我去洗衣店把她的衣服丢进烘干机了。我到浴室去把她的衣服塞进德国航空的塑料提袋里。然后从剩下的衣服里选了橄榄绿的奇诺长裤和蓝色扣领衬衫。鞋子穿茶色轻便皮鞋。就这样我所剩无几的宝贵时间的几分之一，便无意义地消磨在投币式洗衣店悲惨的塑料椅上了。手表指着十二点十七分。

32.
世界末日
垂死的影子

我打开守门人小屋的门时,他正在后门口劈着柴。

"看这样子要下大雪了啊。"守门人手上还拿着柴刀说,"今天早上死了四头噢。明天还要死更多。今年冬天特别冷啊。"

我脱下手套走到暖炉前,让手指头烘暖。他把劈细的薪柴捆起来放进仓库,关上后门,把柴刀放回墙上。然后走到我旁边,同样烘着手指。

"看来现在开始暂时要我一个人烧兽的尸体了。有那家伙帮忙我轻松多了,不过没法子。本来就是我的工作嘛。"

"影子身体不好吗?"

"大概说不上好吧。"守门人扭着脖子说,"是不好。已经躺了三天没起来了。唉,我也尽量照顾他啊,不过寿命这东西也拿它没办法。人能做的事很有限的。"

"可以见影子吗?"

"噢,可以呀。当然可以见。不过只能见三十分钟左右啊。因为再过三十分我必须去烧兽了。"

我点点头。

他从墙上拿下钥匙串,用那钥匙打开通往影子广场的铁门。然后在我前面快步横切过广场,打开影子小屋的门让我进去。小屋里空荡荡的没有一件家具,地上是冷透的砖砌地而已。从窗户的缝隙吹进冷风,里面的空气像要冻结了似的。简直就是冰窖。

"这可不是我的错。"守门人辩解似的说,"并不是我喜欢把你的影子关在这里。让影子住在这里面是规定,我只不过遵照规定做而已。你的影子还算是幸运的噢。糟糕的时候这里曾经一次挤过两个或三个影子呢。"

说什么也没用,所以我只是默默点头。我还是不应该把影子留在这里的。

"你的影子在下面。"他说,"你下去吧。下面还稍微暖和一点呢。不过有点臭。"

他走到房间角落去,打开黑黑湿湿的木头拉门。里面没有楼梯,只有简单的梯子而已。守门人首先自己走下几阶,然后向我招手叫我跟在后面。我把沾在大衣上的雪拂掉后跟他下去。

下到地下室,首先一股粪便的闷臭扑鼻而来。因为没有窗子,空气闷在里面没办法散开。地下室相当于储藏室的宽度,床就占了三分之一的空间。我的影子完全消瘦干瘪,脸朝这边躺在床上。床下看得见陶制的便器。有一张旧得快要坏掉的桌子,上面点燃着旧蜡烛,除此之外看不见任何照明或供暖。地是没铺任何东西的地面,房间里充满了像要渗透骨髓似的湿冷空气。影子把毯子一直拉到耳朵下面,一动也不动地以那毫无生气的眼睛看着我。确实正如老人所说的,恐怕活不久了。

"我先走了噢。"守门人似乎受不了恶臭似的说,"让你们两个去谈噢。好好谈没关系。因为影子已经没有力气再黏你了。"

32. 世界末日　垂死的影子

守门人消失之后,影子还暂时静静观察情况,然后招手要我到枕头边。

"抱歉,你上去看看守门人有没有站在那里偷听。"影子小声说。

我点头悄悄爬上梯子,打开门看看外面的情形,确定没有看见任何人影之后再回到下面。

"没有任何人。"我说。

"我有话跟你说。"影子说,"我并没有像看起来那么虚弱。只是为了瞒过守门人而演了一出戏。虽然身体虚弱并不假,不过呕吐和躺着不能起床则是装的。我还可以站立走路没问题。"

"为了逃出去对吗?"

"当然哪。要不然才不会这么大费周章呢。我这样就赚了三天了。三天之内要逃出去。因为三天后我应该会真的站不起来了。这地下室的空气对身体非常不好。冷得要命,骨头都要融化似的。不过外面天气怎么样?"

"下雪了。"我手还一直插在大衣口袋里说,"入夜以后会更惨。一定会更冷吧。"

"一下雪兽就会死很多。"影子说,"兽死很多的话,守门人的工作就会增加。我们就趁这时候逃出去。趁他在苹果树林里烧兽的时候。你把墙上挂的钥匙串拿来开栏门,两个人一起逃。"

"从门走?"

"门不行。门是从外面上锁的,而且就算逃得出去,也会立刻被他捉到。墙也不行。只有鸟才能飞越那高墙。"

"那么要从什么地方逃出去呢?"

"这个交给我。计划已经充分演练过了。因为我已经收集了好多关于街里的情报了。你的地图也快被我翻破了,还从守门人那里打听到各种事情。他以为我不会逃了,所以很亲切地告诉我许多关于街的事。幸亏你让他放松戒备。虽然刚开始比预定的花时间,不过计划本身则很顺利地进行。正如他说的,我已经不再有剩余的力气可以黏上你了,不过只要能够出到外面我还是可以复原,那么我们又可以在一起。我可以不必死在这里,你也可以重新获得记忆恢复成原来的你自己。"

我什么也没说,只是一直看着蜡烛。

"你到底怎么了?"影子问。

"原来的我自己到底是什么样子?"我说。

"喂!少来了,你不会还在犹豫不决吧?"影子说。

"不,我就是正在犹豫呀。真的很迷惑。"我说,"首先我就想不起原来的我自己。那个世界到底有没有回去的价值,而我自己是不是有恢复的价值?"

影子正要说什么,但我举起手制止他。

"请等一下,你让我说完。虽然我已经忘了过去的我到底是什么样子,但现在的我好像开始喜欢这个街了。我被在图书馆认识的女孩所吸引,上校也是个好人。我也喜欢看兽。冬天虽然严寒,但其他季节的景色非常美丽。在这里谁也不会互相伤害,互相斗争。生活虽然朴素但很充实,大家都是平等的。既不恶言相向,也不互相争夺。虽然要劳动,但大家乐于自己的劳动。那是为了劳动的纯粹劳动,没有人被强迫,不是不乐意地做。不必羡慕别人,也不必叹气,没有什么烦恼的事。"

"金钱、财产和地位也不存在。没有诉讼,也没有医院。"影子补充道,"而且没有年老,也没有预感死亡的恐惧。对吗?"

32. 世界末日　垂死的影子

我点点头。"你怎么想？到底有什么理由我一定要离开这个街呢？"

"是啊。"影子说着把手从毛毯里伸出来，用手指搓搓干燥的嘴唇，"你所说的全都有道理。如果有那样的世界，那真是乌托邦理想国了。关于这个我没有任何反对的理由。你高兴怎么做就怎么做好了。我可以接受就死在这里。不过你还遗漏了几件事。而且是非常重要的事。"

然后影子一直不停地咳嗽。我等他咳嗽静下来。

"上次我跟你见面的时候，说过这个街是不自然的，是错误的。而且以不自然且错误的形式完结。现在你以那完结性和完美性来谈。所以我也以它的不自然性和错误性来谈。你好好听着。首先第一点，这是中心命题，所谓完美性在这世界上是不存在的。上次我也说过就像永动机在原理上是不存在的一样。热力学函数熵（entropy）经常增大。这个街到底从什么地方把它排出去呢？确实这里的人——噢，守门人除外——谁也不互相伤害，谁也不互相憎恨，也没有欲望。大家都很充实满足，和平地生活着。你想为什么呢？那是因为没有所谓心这东西哟。"

"这我很清楚。"我说。

"这街的完全性成立于失去心的基础上。借着失去了心，而把个体的存在嵌进永远延续的时间里。所以谁都不会老，也不会死。先把影子这个自我母体剥除，等他死去。影子死了之后就没什么大问题了。每天会在心中产生微弱的泡沫似的东西，只要把那个掏光就行了。"

"掏光？"

"这一点等一下再说。首先是心的问题。你跟我说这街里没有战争没有憎恨也没有欲望。那很了不起没错。我要是有力气，甚至还想鼓掌赞美呢。不过所谓没有战争没有憎恨没有欲望，也就是指没有相反的东西。那就是喜悦、至福、爱情。正因为有绝对,有幻灭,有悲哀,才能产生喜悦与乐趣。没有绝望的至福是不存在的。那就是我所说的自然。其次当然还有爱情。你所说的图书馆女孩也是这样。也许你真的爱她。但那种心情却到不了什么地方。为什么呢?因为她没有心这东西。没有心的人只不过是会走路的幻影而已。你说得到这样东西到底有什么意义呢?你所追求的就是这种永远的生吗?你自己也想成为那样的幻影吗?如果我死在这里,那么你也会变成他们的伙伴,永远无法离开这个街哟。"

令人窒息的冰冷沉默一时包围着地下室。影子又咳嗽了几次。

"不过我不能把她留在这里。不管她是什么,我都爱她需要她。自己的心不能伪装。现在如果逃出去,以后一定会后悔,一旦离开这里,就不能再回来。"

"要命。"说着影子从床上坐起来,靠在墙上,"要说服你看来是相当费事的。因为我们是老交情了,所以我很了解,你这个人相当顽固,不过都到了这个节骨眼了,你才提出这样的问题。你到底想怎么样?如果你想和我和那女孩三个人一起逃出去是不行的。因为没有影子的人是不能在外面生活的啊。"

"这个我很清楚。"我说,"我说的是你一个人逃出去怎么样? 我也会帮助你呀。"

"不,你还不太了解。"影子依然把头靠在墙上说,"如果你让我逃出去,自己一个人留在这里的话,你会处于绝望的状态哟。这一点守门人告诉过我。不管是什么样的影子,大家都要在这里死去。即使是出去的影子死的时候也要回到这里来死。不在这里死的影子,就算死了也只能留下不完全的死。也就是说你只能抱着心永远活下去。而且是

32. 世界末日　垂死的影子

在森林里。在森林里住着那些不能把影子有效杀死的人。你会被放逐到那里面去，永远怀着各种思念在森林里徘徊。你知道森林的事吧？"

我点点头。

"但你不能带她去森林里。"影子继续说，"因为她是完全的。也就是没有心。完全的人住在街里。不能住在森林里。所以你会变成孤独的一个人，那么留在这里也没有意义吧？"

"人们的心都到什么地方去了呢？"

"你不是梦读吗？"影子好像很惊讶地说，"怎么会不知道呢？"

"反正我就是不知道啊。"我说。

"那么让我告诉你。心都被兽运出墙外去了。那就是所谓掏光的意思。兽把人们的心吸收回收，再带到外面的世界去。而且冬天来的时候，就把那样的自我储存在体内而死去。杀它们的不是冬天的寒冷，也不是粮食不足。杀它们的是街推给它们的沉重自我。春天来的时候新的兽又生出来了。只生出符合死去数目的新生儿。这些孩子长大之后又背负着被扫出去的人们的自我，再同样地死去。那是完全性的代偿。这种完全性到底有什么意义？只是把一切都推给软弱无力的东西才保住的完全性啊。"

我什么也没说地继续注视着鞋尖。

"兽死了之后守门人就把头骨砍下来。"影子继续说，"因为那头骨里面已经牢牢地刻下了自我。头骨处理干净，埋进土里一年等那力量静止下来之后就送到图书馆的书库里去，借着梦读的手放到大气之中。所谓梦读——也就是像你这样的人——是新进街里来影子还没死去的人所担任的职务。被梦读读过的自我就被吸进大气里，消失无踪了。那就是所谓的'古梦'。换句话说，你等于扮演像电力接地线一样的角色。我说的意思你懂吗？"

"我懂。"我说。

"影子如果死了，梦读就停止读梦，被街同化了。街就是这样在完全性的循环里永远运作着。把不完全的部分压到不完全的存在里，而只吸取那上面澄清的部分生存着。你觉得这样对吗？这是真正的世界吗？这是事物应有的姿态吗？听我说，你也要从这边脆弱的不完全的立场来看看事情。从兽、影子、森林里的人们的立场。"

我的眼睛长时间一直注意着蜡烛的火焰，一直到开始痛起来为止。然后把眼镜拿下，用手背擦掉渗出眼睛的泪水。

"明天三点钟我会过来。"我说，"正如你说的那样。这里不是我应该留的地方。"

33.
冷酷异境
雨天洗衣、出租汽车、鲍勃·迪伦

因为是下雨的星期天,投币式洗衣店的四台烘干机全部占满。各色各样的塑料袋、购物袋分别挂在烘干机的把手上。洗衣店里有三个女人。一个是超过三十五岁的主妇,另外两个好像是住在附近女子大学宿舍的女孩子。主妇无所事事地坐在塑料椅上像在看电视似的一直盯着运转中的洗衣机。两个大学女生并排翻着《JJ》杂志。我进去之后她们有一会儿不时往我这儿瞄一眼,后来眼睛又重新转回自己的洗衣机和杂志上。

我把德国航空的提袋放在膝盖坐在椅子上,等着轮到我。大学女生没带东西,所以她们该洗的东西应该已经放进烘干机的滚筒里去了。那么四个烘干机中的一个如果空了,下一个就该轮到我了。我想好吧,不会花太多时间,我稍微松了一口气。在这种地方望着运转的洗衣机消磨将近一小时,光想到就累。我所剩下的时间已经不到二十四小时了。

我在椅子上全身无力,呆呆望着空中的一点。洗衣店里散发着不可思议的臭味,那是正在干燥衣服的独特臭味和洗衣粉的臭味混合而成的。旁边两个女生聊着毛衣的花样。两个都称不上美。风趣的女孩子不会在星期天下午坐在洗衣店里看杂志。

烘干机和我的期望正相反,一直不停下来。投币式洗衣店有所谓投币式洗衣店的法则。"你正在等的烘干机总是半永久式地不停"就是其一。从外面看衣服好像完全干了,但滚筒还是不停地旋转。

十五分钟后我继续等着,滚筒还是没停。在那时间里一个身材苗条的年轻女子提着一个大纸袋进来,在洗衣机那边丢进一堆尿布,新开一包洗衣粉往上面撒,盖子关好往机器里塞硬币。

真想闭上眼睛睡一觉,但一想到也许我正在睡的时候,滚筒停了,后来的人会先把洗的东西放进去烘,于是不敢睡。那样一来时间又要白白浪费了。

要是带了什么杂志来就好了,我很后悔。要是有东西读就不会想睡,时间也会过得快些。不过让时间这么快就过掉是对的吗?我也不知道。也许对现在的我来说时间应该慢慢过才好。虽然这么说,但在这投币式洗衣店里慢慢过的时间到底又有什么意义可言呢?那岂不是让损失加大而已吗?

一想到时间我就头痛。时间这种存在实在太过于观念性了。所以说要在那时间性里一一嵌入实体,从里面生出的东西到底是时间属性还是实体属性都搞不清楚了。

我决定不再思考时间的事,而试着想一想从投币式洗衣店出去之后要做什么。首先有必要买衣服,像样的衣服。要改长裤已经没有时间,在地底下已经盘算好要定做的那种斜纹软呢西装也没办法了。真遗憾但不得不放弃。决定裤子就勉强以身上这奇诺长裤凑合,只要买轻便西装外套、衬衫和领带。还有雨衣。有了这些不管什么地方的餐厅都进得去了。要买齐这些衣服大约需要一个半小时。买东西可能三点就结束了。然后到约定的六点之间还有三小时的空白。

33. 冷酷异境　雨天洗衣、出租汽车、鲍勃·迪伦

我试着想想那三小时的用法，但完全想不出什么好点子。睡意和疲倦妨碍了我的思考。而且是在我的手无法达到的更深处妨碍着。

我正在一点一点逐渐松开我的思考时，最右边的烘干机滚筒停了。我确认那不是眼睛的错觉之后，看一看周围。主妇和大学生都瞄了一眼那滚筒，但都保持原来的姿势并没有要从椅子上站起来的样子。我依照投币式洗衣店的规则打开那烘干机，把筋疲力竭地躺在滚筒底下暖烘烘的衣服塞进挂在门把上的购物袋里，然后拿出我的航空公司提袋里的东西。再把门关上塞入硬币，确定滚筒开始旋转之后坐回椅子。手表指着十二点五十分。

主妇和大学女生从我背后盯着我的一举一动，她们的视线先停在我放衣服进去的烘干机滚筒，接着瞄一下我的脸。我也抬起眼看了看滚筒，里头装着我带来的衣服。根本问题在于我放进去的衣服量太少了，而且全部是女人的衣服和内衣裤，都是粉红色的。不管怎么说都太过于醒目了。我很尴尬，便把航空公司的塑料袋挂在烘干机把手上，决定到别的地方去消磨二十分钟。

连绵细雨简直像在向世界暗示什么状况似的，和早晨完全一样地下着。我撑着伞在街上转来转去。穿过安静的住宅区后就有成排的各种商店。有理发厅，有面包店，有冲浪板店——为什么世田谷区里有冲浪板店，我真想不通——有香烟店，有西点店，有录像带出租店，有洗衣店。洗衣店的店头挂出"雨天送洗九折优惠"的广告牌。为什么雨天洗衣服比较便宜呢？我无法理解。洗衣店里看得见秃头的老板正在脸色别扭地熨着衬衫。熨斗的电线像粗藤般从天花板垂下几条。老板是那种亲手熨衬衫的老式洗衣店的老板。我对那老板产生了一点好感。这种洗衣店大概不会把收衣编号用订书机订在衬衫的领子上。我讨厌

那样，所以不把衬衫送去洗衣店洗。

　　洗衣店前面放着像长凳般的东西，那上面排着几盆盆栽。我看了一下，排在那里的花，名字我一个也不知道。为什么不知道花的名字呢？自己也不知道。盆里的花每一种都是到处可见平凡的花，而且我觉得一般人应该能全部一字不漏地叫出名字才对。从屋檐落下的雨滴打在那盆里的黑土上。一直看着时，忽然有些悲从中来。活在这个世界三十五年了，到处可见的花我居然叫不出名字。

　　就拿一个洗衣店来说，对我而言也有许多新发现。我对花的名字太无知也是其中之一，雨天洗衣服有打折也是其中之一。几乎每天都经过这条路，我以前甚至没留意洗衣店前摆有长凳。

　　长凳上一只蜗牛爬着，对我来说这也是新发现之一。我以前一直以为蜗牛这东西是只有梅雨季节才有的。但仔细想想，如果只有梅雨季节蜗牛才出现，那么其他季节蜗牛又在什么地方做什么呢？

　　我把十月的蜗牛放进花盆里，然后又把它放在绿叶上。蜗牛一时在那叶子上摇摇晃晃地站不稳，终于还是倾斜着安定下来，一直安静地环视周围。

　　然后我折回香烟店去买了一盒云雀长烟和打火机。本来在五年前戒烟了，不过在人生的最后一天抽一包应该没有太大的害处。我站在香烟店的屋檐下，嘴上含了一根云雀，用打火机点火。好久没含烟了，嘴唇间有一种没料到的异物感。我慢慢吸进烟，慢慢吐出来。两手的指尖轻微麻痹，头脑一阵恍惚。

　　接着我走到西点店买了四块蛋糕。每个都附有很长的法文名字，放进盒子里之后就想不起来到底买了什么。法文在大学一毕业的同时就全部忘光了。西点店的店员是一个像枞树般个子很高的女孩，绑蝴

33. 冷酷异境　雨天洗衣、出租汽车、鲍勃·迪伦

蝶结的手法非常笨拙。我从来没有遇见过长得高手又巧的女孩子。不过这是不是社会上一般通用的理论，我当然不知道。这也许只是个人的际遇吧。

那家隔壁的录像带出租店是我经常会去的店。老板夫妇和我差不多年纪，太太相当漂亮。放在入口陈列的二十七英寸电视正播着沃尔特·希尔的电影《快打旋风》。查尔斯·布朗森扮演一个不戴手套赤手空拳的拳击手，詹姆斯·柯本演他的经纪人。我进去在那待客沙发上坐下，请他们让我看那比赛的镜头以消磨时间。

老板娘一个人很无聊地坐在后面的柜台看店，因此我请她尝一块蛋糕。她选了一个梨子塔，我选了一块奶酪蛋糕。于是我一面吃着蛋糕，一面看查尔斯·布朗森和一个秃头大块头互殴。大多数观众都认为大块头会赢，但我几年前看过一次那电影，所以确信查尔斯·布朗森会赢。我吃完蛋糕后点一根烟吸了一半，确认查尔斯·布朗森把对手完全打倒之后从沙发站了起来。

"慢慢看没关系呀。"老板娘说。

虽然很想，但因为衣服还丢在自助洗衣店的烘干机里没拿，我说。忽然看了一下手表，时刻是一点二十五分。烘干机老早停了。

"要命。"我说。

"没问题的。有人会帮你把衣服拿出来放进袋子里。谁也不会拿你的内衣呀。"

"这倒是。"我无力地说。

"下星期会有三部希区柯克的老片进来哟。"她说。

我走出录像带出租店，沿同一条路走回自助洗衣店。幸亏洗衣店

里没有人，我放进去烘干的东西还躺在滚筒里安静等我回来。四台烘干机里只有一台在转动。我把烘干的东西塞进袋里，回到公寓。

胖女孩在我床上睡得很熟。实在睡得太熟了，因此我最初看见的瞬间还怀疑是不是死掉了，不过耳朵凑近听听还有轻微的鼻息。我把干衣服从袋子里拿出来放在枕头边。蛋糕盒放在台灯旁。如果可能的话，我也真想在她旁边躺下就那样睡去，不过不可能这样做。

我走到厨房喝一杯水，忽然想起来去小便，坐在厨房椅子上试着看看周围一圈。厨房里有水龙头、瓦斯热水器、抽风机、瓦斯炉、各种尺寸的锅子、茶壶、冰箱、吐司机、餐具柜、刀架、大罐布鲁克邦德红茶、电饭锅、咖啡壶，排列着各种东西。说起来只是"厨房"一个词，但其实是由各种繁杂的器具和事物构成的。试着重新看一次厨房里的风景，我可以感觉到构成世界的秩序，似乎有一种不可思议、复杂精密的宁静存在。

搬到这公寓时，我还有妻子。已经是八年前的事了，不过那时候我常常坐在这餐厅的桌旁，一个人在半夜里看书。我的妻子也睡得非常安静，我常常担心她是不是死了。虽然可能不完美，但我还是以我的方式爱着她。

我已经在这公寓里住了八年。八年前这屋子里住着我和妻子和猫。最初走掉的是妻子，其次是猫。而现在，我正要离去。我在失去了盘子之后，以旧的咖啡杯当烟灰缸抽烟，然后又喝水。为什么在这里能住到八年之久呢？连我自己都觉得不可思议。并不是特别中意而住下来的，租金也绝不算便宜。西晒太严重，管理员也不亲切，而且住在这里以后人生并没有变得更光明。连人口减少都太剧烈了。

但不管怎么说，所有的状况都在宣告结束。

33.冷酷异境　雨天洗衣、出租汽车、鲍勃·迪伦

永远的生——我试着想想。不死。

我正要去一个不死的世界。博士说。这个人世的终了不是死,是新的转换,在那里我将变成我自己,可以和过去已经失去、现在正丧失中的东西再度相遇。

也许正如他说的。不,应该会正如他说的。那个老人什么都知道。如果他说那个世界是不死的,那么就是不死的。但博士那些话并没有向我说明什么。那些未免太抽象了,未免太茫然模糊了。我觉得现在这个样子好像已经足够是我自己了,至于不死的人对自己的不朽是怎么想的,则是远超过我狭窄的想象力所及。尤其是独角兽和高墙的出现更是。觉得好像《绿野仙踪》还多少比较具有现实性似的。

我到底失去了什么?我边抓头边想。确实我是失去了很多东西。如果要详细写出来,或许可以写出一本大学笔记簿那么多。有些失去的时候好像觉得不怎么样,后来却很难过,也有相反的情形。我好像一直在失去各种东西、事情、人和感情。象征我这个存在的大衣口袋里,有一个宿命性的洞,不管什么样的针和线都无法将它缝合。在这意义上,如果有人打开房间的窗户探头进来向我大喊:"你的人生是个零!"我也没有什么根据可以否定它。

不过就算让我的人生重新来过一次,我想我还是会再度走上一样的路。为什么?因为——那个继续丧失的人生——就是我自己。我除了成为我自己之外,没有别的路可走。不管别人怎么遗弃我,不管我怎么遗弃别人,就算各种美好的感情、优越的资质和梦被消灭了被限制了也好,我还是不能成为我自己以外的任何东西。

过去,当我还更年轻的时候,曾经想过我也许可以变成我自己以外的什么。也曾经想过或许我可以在卡萨布兰卡开一家酒吧认识英格

丽·褒曼。或者更现实一点——实际上那是否现实则另当别论——甚至想过或许可以得到对自己而言更适合且有益的人生也说不定。因此我开始做自我变革的训练。既读过《美国的新生》，也看过三次《逍遥骑士》。尽管如此，我还是好像驾着舵是弯曲的船一样一定会回到相同的地方来。那就是我自己。我自己哪里也不去。我自己就在那里，经常在等着我回来。

人们是不是会将这称为绝望？

我不知道。也许是绝望。如果是屠格涅夫也许会称为幻灭也不一定。陀思妥耶夫斯基则可能称之为地狱。毛姆或许会称之为现实。但不管谁用什么名字来称呼，那就是我自己。

我没办法想象所谓不死的世界。在那里或许我确实可以重新获得失去的东西，确立新的自己。也许有人会拍手鼓掌，有人会为我祝福也不一定。而且我会变得幸福快乐，得到适合我的有益人生也不一定。但不管怎么样，那是和现在的我没关系的另一个我。现在的我拥有现在的自己。那是谁也不能动摇的历史性事实。

思考了一下之后，我得到了一个结论，我还是假定自己再过二十二小时又多一点即会死去比较合理。如果想成迁移到不死的世界去的话，事情会变成《巫师唐望的教诲》一样，不好收拾。

我快要死了——我简单地这样想。这样比较像我。这样一想，我心情多少轻松了一些。

我熄掉香烟走到卧室，看了一下女孩睡着的脸，然后确认长裤口袋里是不是装有全部必要的东西。但试着好好想想，对现在的我来说，几乎没有任何必要的东西了。除了皮夹和信用卡——其他还有什么是必要的？房间的钥匙已经不能用了，计算士的执照已经不用了。手账也

33. 冷酷异境　雨天洗衣、出租汽车、鲍勃·迪伦

不需要，车子反正就要丢了，所以那钥匙也不要了。刀子不需要，零钱也不需要。我把口袋里的零钱全部掏出来放在桌上。

我先搭电车到银座，在 Paul Stuart 买了衬衫、领带和西装外套，用美国运通卡付了账。把这些全部穿在身上站在镜子前照一照，印象相当不错。虽然橄榄绿的奇诺长裤褶纹快消失了，令人有点介意，不过总不能样样都完美。海军蓝法兰绒轻便外套和暗橘红色衬衫这样的搭配，给人一种广告公司前途光明的年轻职员气质。至少看不出刚刚还在地底下爬来爬去，再过二十一小时左右就要从这个世界消失的样子。

摆了一个正经的姿势看看时，发现外套左边的袖子好像比右边短了一公分半似的。正确地说，不是衣服的袖子短，而是我的左手太长。为什么会变成这样？我也不太清楚。我是用惯右手的，并不记得有特别使用左手的情形。店员说只要两天就可以修改好，我当然拒绝了。

"您是不是在打棒球？"店员递来信用卡收据的同时问。

"没打什么棒球。"我说。

"很多运动都会使身体歪掉。"店员告诉我，"穿西装最好避免过度运动和过度饮食。"

我道过谢走出商店。世界似乎充满了各种法则。真是名副其实的每一步就有新发现。

雨还继续下着，衣服也买腻了，于是决定不再找雨衣，而走进啤酒屋喝生啤酒，吃生蚝。啤酒屋不知道为什么竟然播放着布鲁克纳的交响乐，不清楚是第几交响乐，不过布鲁克纳交响乐的编号谁也搞不清楚。总之啤酒屋里放布鲁克纳我还是第一次听到。

啤酒屋里除我之外只有另外两组客人。一对年轻男女和一个戴帽子的小个子老人。老人戴着帽子一口一口地喝着啤酒，年轻男

女几乎没碰啤酒，只是小声地谈着什么。雨天下午的啤酒屋大概就是这样。

我一面听着布鲁克纳，一面在五个生蚝上加柠檬汁，依照顺时钟方向吃，把中杯的啤酒喝干。啤酒屋巨大的挂钟指针显示再五分钟就三点。文字盘下方有两只狮子面对面站着，交互扭曲着身子并转着弹簧。两只都是雄狮，尾巴以像衣帽挂钩般的形状弯曲着。布鲁克纳的交响乐终于结束，换成拉威尔的《波丽露》。真是奇妙的组合。

我点了第二杯啤酒之后就到厕所去小便。小便一直不停。为什么有那么多量的小便出来呢？虽然我自己也不太明白，不过反正没有特别赶的事，于是我继续慢慢小便。我想那小便结束大约花了两分钟左右。在那之间我听得见背后的《波丽露》。一面听拉威尔的《波丽露》一面小便真有点不可思议。觉得好像小便会永远一直流出来似的。

结束了长长的小便之后，我觉得自己好像脱胎换骨变成别人了。我洗洗手，在歪斜的镜子里照照自己的脸，然后回到桌前喝啤酒。想抽烟才发现云雀烟盒忘在公寓的厨房里了，我叫服务生来买了七星并要了火柴。

在空空的啤酒屋里觉得时间好像停下了脚步，实际上时间是刻刻移动着的。狮子继续交替旋转一百八十度，时钟指针进行到三点十分的地方。我望着指针，一只手肘支在桌上，喝喝啤酒抽抽七星。望着时钟度过时间，怎么想都觉得是纯粹无意义的时间过法，但想不到好的替代方案。人类行动的大多数，都是在自己今后会活下去的前提下出发的，如果拿掉那前提，几乎什么都没剩下。

我把皮夹从口袋里掏出来，一一检查里面的东西。有一万圆钞票五张、千圆钞票几张。相反一边的口袋里有一万圆钞票二十张夹在钞

33. 冷酷异境　雨天洗衣、出租汽车、鲍勃·迪伦

票夹里。除了现金之外，其他还有美国运通卡和Visa信用卡。然后还有两张银行储蓄卡。我把那两张储蓄卡折成四折丢进烟灰缸。反正已经没有用了。室内游泳池的会员卡、录像带出租店的会员卡和买咖啡豆时送的顾客服务集点券也一样丢掉。驾驶执照暂时留着，两张旧名片丢掉。烟灰缸里充满了我生活的残骸。结果我留下的东西就只有信用卡和驾照而已了。

时钟走到三点半时，我站起来付账。走出店。喝着啤酒的时候雨几乎已经停了，因此我决定把伞留在伞架里。不坏的征候。天气恢复了，我全身忽然轻松起来。

扔掉伞之后心情变得非常清爽，想要转换个地方。而且最好是很多人聚集的地方。我在索尼大楼和阿拉伯观光客一起看了一列排开的电视墙画面后走到地下，买了丸之内线到新宿的车票。我坐下座位的瞬间好像就立刻睡着了，忽然醒来时电车已经到了新宿。

走出地铁收票口时，想到我在新宿车站的寄物处存放的头骨和混洗数据一直还没去拿。事到如今，那种东西已经没有任何用处了，而且寄存证也没带来，不过反正没有其他的事做，于是决定去领出来。我走上车站的阶梯，到行李暂时寄存窗口去，说寄存证遗失了。

"有没有仔细找过？"负责的男人问。

"仔细找过了。"我说。

"是什么样的东西？"

"有耐克商标的蓝色运动提袋。"我说。

"耐克商标是什么样子？"

我借了便条纸和铅笔画了一个像被压扁似的回力棒商标，上面写上"NIKE"字样。负责的男人怀疑地看看，然后一只手拿着便条纸绕

着架子找,终于拿着我的袋子回来了。

"这个吗?"

"是。"我说。

"有没有可以确认姓名住址的东西?"

我把驾驶执照交给他,负责的男人把那个和挂在袋子上的标签对照。然后撕下标签连同一支铅笔一起放在柜台上:"在这里签名。"我在标签上签字,接过袋子向对方道谢。

成功地领回行李之后,发现耐克商标的蓝色运动提袋怎么看都和我的样子不搭。总不能抱着耐克的运动提袋去和女孩子吃饭。我也想过改抱皮箱,但能放得下那头骨大小的皮箱,只有大型旅行箱或保龄球箱之类的才行。旅行箱太重了,而带着保龄球箱则不如现在的提袋还好得多。

想了很多之后,得到的结论是租车把袋子放在后座是最正点的办法。那样就不必麻烦地提着袋子到处走,也不必介意和衣服配不配。车子最好是漂亮的欧洲车。并非我特别喜欢欧洲车,不过这对我的人生是相当特殊的一天,所以开一辆精心设计别出心裁的车子似乎也不错。我这一辈子除了接近报废的大众或国产小型车之外没开过其他的车。

我走进咖啡店借了分类电话簿,在四家新宿车站附近的租车行的号码上用圆珠笔做记号,试着照顺序打打看。每一家都没有欧洲车。这个季节的星期天,可供出租的汽车几乎都没剩了,而外国车本来就没有。四家之中有两家的非商用车一辆也不剩了。有一家还剩下一辆本田思域。最后一家剩下丰田卡瑞娜1800 GT双凸轮引擎和卡罗拉Mark Ⅱ各一辆。每一辆都是新车并附有汽车音响,柜台的女孩这样

33. 冷酷异境　雨天洗衣、出租汽车、鲍勃·迪伦

说。因为觉得再打电话太麻烦，于是决定租丰田卡瑞娜1800 GT双凸轮引擎。本来就对车子不是很有兴趣，结果是什么车都好。我连那两辆车各是什么形状都不清楚。

然后我到唱片行去，买了几卷录音带。有约翰尼·马蒂斯的精选曲和祖宾·梅塔指挥的勋伯格的《升华之夜》和肯尼·布瑞尔的《Stormy Monday》，艾灵顿公爵的《The Popular Duke Ellington》和平诺克的《勃兰登堡协奏曲》和鲍勃·迪伦的《Like a Rolling Stone》的带子，各种繁杂的组合。不过坐在卡瑞娜1800 GT双凸轮引擎车子里到底会想听些什么样的音乐，自己也不知道，所以没办法。也许实际上坐在椅子上之后，会觉得想听詹姆斯·泰勒也不一定。或许想听维也纳圆舞曲。或者是警察乐队或杜兰杜兰。或者什么都不想听也不一定。这些我都不知道。

我把六卷录音带丢进袋子里，走到汽车出租行看车子，然后把驾照交给他们签了字。比起我平常开的车子，卡瑞娜1800 GT双凸轮引擎的驾驶座简直就像航天飞机的驾驶座。如果开惯了卡瑞娜1800 GT双凸轮引擎的人坐我的车子恐怕会觉得好像坐在传统的竖穴式住宅里吧。我把鲍勃·迪伦的录音带塞进去，一面听着《Watching the River Flow》，一面花时间试着仪表板的各种按钮开关。要是正在开车却按错钮可就麻烦大了。

——确认着开关时，接待我的给人感觉很好的年轻女性从办公室里走出来，站在车子旁边问我有没有什么问题。她的微笑像拍得很好的电视广告一样清洁而舒服。牙齿白白的，下颚的肉没有下垂，口红颜色也很好。

没什么问题，我只是在做各种检查以免等一下发生什么问题，我说。

427

"好的。"她说完依然微微一笑。她的笑法使我想起高中时代认识的女孩子。头脑很好、清清爽爽的女孩子。据说她和大学时代认识的革命活动家结婚，生了两个小孩，但把孩子留下离家出走，到现在谁也不知道她在什么地方。有谁能预测一个喜欢J. D.塞林格和乔治·哈里森的十七岁女孩子几年后会和革命活动家生了两个孩子然后又失踪了呢？

"如果每个客人都能这样小心驾驶的话，对我们帮助也很大。"她说，"最近车子都用计算机式仪表，不习惯的人还不容易操作呢。"

我点点头，不习惯的不只我一个人。"185的平方根要按哪个按钮才知道？"我试着问。

"这在下一代新车型出来之前大概还不行。"她一面笑着一面说，"这是鲍勃·迪伦吧？"

"对。"我说。鲍勃·迪伦正在唱《Positively 4th Street》。经过二十年还是好歌的话就是好歌了。

"鲍勃·迪伦的歌只要听一点点立刻就知道。"她说。

"因为口琴吹得比史提夫·汪达差吗？"

她笑了。逗她笑非常快乐。我也还能够逗女孩子笑啊。

"不是啦，是声音很特别。"她说，"就像小孩子站在窗子旁一直瞪着雨似的声音。"

"表达得很得要领。"我说。很好的表达方式。我读过几本关于鲍勃·迪伦的书，但没有一次遇到这样贴切的描述。既简洁又精确。我这样说完，她有些脸红起来。

"我也不太清楚，只是有这种感觉而已。"

"要把感觉到的事情变成自己的语言说出来是非常困难的噢。"我

33. 冷酷异境　雨天洗衣、出租汽车、鲍勃·迪伦

说,"大家都有各种感觉,但很少人可以把它正确地化成语言。"

"写小说是我的梦。"她说。

"你一定可以写出好小说。"我说。

"谢谢。"她说。

"不过像你这样年轻的女孩子听鲍勃·迪伦很稀奇哟。"

"我喜欢老音乐。鲍勃·迪伦、披头士、大门、飞鸟、吉米·亨德里克斯之类的。"

"希望有机会能跟你慢慢聊。"我说。

她微微一笑,头稍微歪了一下。聪明的女孩子懂得三百种回答的方法。而且对于有离婚经验的三十五岁倦怠男子也能平等地给与。我向她道过谢并把车往前开。鲍勃·迪伦正唱着《Memphis Blues Again》。幸亏遇见她,我的心情变得相当好。选卡瑞娜1800 GT双凸轮引擎也值得。

仪表板上数字式时钟显示着四点四十二分。街上的天空还没见到,太阳便要向晚了。我以缓慢的速度经过复杂的道路朝我家的方向开。雨天的星期日本来路就已经很塞了,加上一辆绿色小型跑车的鼻尖又冲进一辆载水泥块的八吨卡车的肚子,因此交通便悲剧性地瘫痪了。绿色跑车像空纸箱被一屁股坐下一样地变形了。几个穿着黑色雨衣的警察站在旁边,拖吊车正在车后把链子挂上。

花了相当长的时间才脱离事故现场,但离约定的时间还早,因此我悠闲地抽着烟,继续听鲍勃·迪伦的录音带。并且试着想象和革命活动家结婚是怎么一回事。所谓革命活动家可以用一种职业来掌握吗?当然,准确地说,革命不是职业。但如果政治可以成为职业的话,革命应该也是它的一种变形。但对这些事情我无法恰当判断。

工作后回家的丈夫会在餐桌上一面喝着啤酒一面谈革命的进展状况吗？

鲍勃·迪伦开始唱《Like a Rolling Stone》，因此我停止想革命的事，而和着迪伦的歌哼唱着。我们年纪都大了。那就像下雨一样明显。

34.
世界末日
头骨

看得见鸟在飞。鸟紧紧贴着冻成白色的西丘斜坡飞过,从我的视野消失。

我在暖炉前将手和脚烘暖,喝着老人为我泡的茶。

"今天也要去读梦吗?看样子雪会积得相当厚噢,要走下斜坡也很危险。工作休息一天不行吗?"老人说。

"只有今天无论如何不能休息。"我说。

老人摇着头出去了,不知道从什么地方找了一双雪靴拿来给我。

"穿上这个去吧。这个走雪路也不怕滑。"

我试穿起来,尺寸刚好合。是好预兆。

时间到了,我把围巾围上,戴起手套,借了老人的帽子戴。然后把手风琴折叠起来放进大衣口袋。我很中意这手风琴,一刻都不想离开它了。

"小心啊。"老人说,"现在对你是最重要的时候,现在发生什么就无法挽回了。"

"嗯,我知道。"我说。

正如我预想的,洞穴里吹进了相当多的雪。洞穴的周围看不见老人们的影子,那些道具也收拾得干干净净,看这样子明天早晨洞穴一定会完全被雪埋掉。我站在那洞穴前很久,一直看着被吹进那洞穴的雪,但终于离开那里,走下山丘。

雪下得很大,眼前几米就已经看不见的程度。我把墨镜摘下放进口袋,把围巾拉高到眼睛下面走下斜坡。脚下雪靴的钉子发出舒服的声音,偶尔也能听得见林间鸟的啼声。不知道鸟对雪有什么样的感觉,还有兽也不知道怎么样了。它们在下个不停的雪中到底在想些什么?

到图书馆的时间比平常早了一小时,她正以暖炉烘暖房间等着我。她把我大衣上积的雪拂掉,帮我把沾在雪靴钉子之间的冰片刮落。

虽然和昨天没什么不同,图书馆里的样子现在对我来说却觉得无比怀念。映在玻璃上的黄色灯光、从暖炉升起的亲密温暖、从水壶嘴里喷出蒸汽的咖啡香、渗透到房间每个角落静悄悄的古老时间记忆、她安静而利落的举止动静,都好像是我已经失去很久的东西。我全身的力气都放松下来,让身体静静地沉入那空气之中。同时我觉得正要永远失去这安静的世界似的。

"要不要先吃东西,还是等一下?"

"不需要吃东西。肚子不饿。"我说。

"好吧。肚子饿了你随时说。咖啡呢?"

"咖啡要。谢谢。"

我脱下手套把它挂在暖炉的金属钩上烘干,在那前面把手指一根一根解开似的烘着,并看着她拿起暖炉上的壶把咖啡倒进杯子。她把杯子递给我,然后一个人在桌前坐下喝着自己的咖啡。

"外面雪下得好大。几乎看不见前面。"我说。

34. 世界末日　头骨

"对，这会连下好几天呢。一直要到停留在空中的厚云把雪全部下完为止。"

我喝了一半左右的热咖啡，拿着杯子在她对面的椅子上坐下。然后把杯子放在桌上，什么也没说地看着她的脸一会儿。一直看着她时，我感到一阵哀伤，像是自己正被吸进什么地方去了。

"等到雪停的时候，一定积到你从来没看过的厚度了。"她说。

"不过也许我看不见。"

她眼睛从杯子抬起来看我。

"为什么？雪谁都看得见哪。"

"今天不要读梦，我们两个来谈一谈。"我说，"这是非常重要的事。很多话我想跟你说。也想听你说。可以吗？"

不知道怎么回事的她，两手交叉放在桌上，一面以恍惚的眼神看我一面点头。

"我的影子快要死了。"我说，"我想你也知道，今年冬天非常寒冷，我想他大概没办法再坚持多久了，只是时间迟早的问题。要是影子死了，我就会永远失去心。所以我现在必须决定很多事情。关于我自己的事，关于你的事，这些所有一切的事。虽然几乎已经没时间考虑了，不过假定就算能够考虑很久，我想所得到的结论还是一样。结论已经出来了。"

我喝着咖啡，试着在脑子里再确认一次自己所获得的结论有没有错。没有错。但不管选择哪一条路，我都将决定性地失去很多东西。

"我想我明天下午，可能会离开这个街。"我说，"我不知道要从什么地方怎么出去。那方法影子会告诉我。我和影子要一起离开这个街，回到我们原来的古老世界去，在那里生活。我会和以前一样拖着影子,一面烦恼受苦一面老去,然后死去。我想我大概比较适合那样的世界。一面被心摆布着拖拉着一面活下去。这么说虽然也许你没办法了解。"

她一直注视着我的脸,但那与其说是看着我,不如说是看着有我的脸的空间更恰当。

"你不喜欢这个街吗?"

"你最初说过,如果我是为了追求安静而来到这街的话,那么一定会喜欢这里。确实我喜欢这个街的宁静和安详。而且我很了解如果我就这样失去心,那宁静和安详会变成完美的东西。街里没有一样东西会让人痛苦。而且我觉得也许我失去这里会一辈子后悔。不过,即使这样,我还是不能留在这里。因为我的心不容许我牺牲我的影子和兽而留在这里。那样不管能得到什么样的安稳,都不能用来伪装成我的心。就算那心在不久的将来就要完全消失了也一样。那又是另一回事。一旦损坏的东西,就算完全消亡了,也还是永远维持那损伤的。你明白我说的吗?"

她长久沉默着,一直看着自己的手指。杯里的咖啡热气已经消失,房间里没有一样东西在动。

"再也不会回来了噢?"

我点点头。"一旦从这里出去,就再也不会回来。这很清楚。即使我想回来,这街的门大概也已经永远不会再开了。"

"这样你也没关系吗?"

"失去你我非常难过。但是我爱你,重要的是那种感觉的可能情形。我不想让事情变形成不自然的样子来得到你。要是那样,还不如抱着这颗心失去你比较能忍受。"

房间里再度沉默,只有煤炭迸裂的声音像夸大似的响彻四周。暖炉旁挂着我的大衣、围巾、帽子和手套。每一件都是这街给我的东西。虽然朴素,但都是熟悉的衣服。

"我也想过让影子逃出去,我一个人留在这里。"我向她说,"不过这样一来我大概会被放逐到森林里去,大概也不能再见到你。因为你不能住在森林里。能够住在森林里的只有没办法把影子好好杀掉、身体里面还留有心的那些人而已。我有心,而你没有。所以你甚至不能够和我在一起。"

她静静地摇摇头。

"是啊,我没有心哪。虽然我母亲有过心,但我没有。母亲因为还留有心而被放逐到森林里去。虽然我没有告诉你,但我还记得很清楚我母亲被放逐到森林里去时的情形噢。现在还常常想起来。如果我有心的话,也许就一直和母亲一起生活在森林里吧。而且如果我有心的话,也可以好好的和你在一起了。"

"就算被放逐到森林里吗?就算那样,你也还想要有心吗?"

她注视着桌上交叉着的自己的手指,然后放开手指。

"我记得我母亲说过,如果有心,走到哪里都不会失去任何东西。这是真的吗?"

"不知道。"我说,"这是不是真的我不知道。不过你母亲大概相信这样吧?问题在于你相不相信。"

"我想我可以相信。"她注视着我的眼睛说。

"相信?"我吃惊地反问,"你可以相信吗?"

"大概。"她说。

"嘿,你想一想。这是很重要的事。"我说,"不管怎么样,要相信一件事情很显然是心的作用噢。这样好吗？假定你相信某一件事。但那也许会被背叛。如果被背叛，事后会失望。这就是心运作的本质。你有所谓心这东西吗？"

她摇摇头。"不知道。我只是在想母亲的事而已。其他的事我并没有想。只是想到也许可以相信而已。"

"我想你体内大概留下什么和心的存在相连的东西。只不过那被僵硬地封锁起来，出不来而已。所以从过去到现在都没有被墙找到。"

"你说我身上还留有心，是指我和我母亲一样没有完全把影子杀掉吗？"

"不，大概不是这样。你的影子已经真的死在这里，埋在苹果树林里了。这在记录上也有。不过在你身上以你母亲的记忆为媒体，你的心还留下残像或片段之类的东西，那东西可能在动摇着你。而且我想如果顺着它走，也许可以找到什么。"

房间里所有的声音似乎都被飞舞在外面的雪所吸收了似的，静得不自然。我可以感觉到墙不知道在什么地方屏息倾听着我们的话。实在太静了。

"谈谈古梦吧？"我说，"每天滋生的你们的心都被兽吸掉了，那些就变成古梦是吗？"

"对。影子如果死了，我们的心就不会留下而由兽吸收掉。"

"那么，从古梦里我不就可以——读取你的心吗？"

"不，那不能。我的心并不是整理成一体而被吸掉的。我的心已经变得支离破碎，被吸进各种兽里去了，那些片段和别人的心的片段混合，复杂地纠缠在一起分也分不清了啊。你应该无法辨别那里面哪些是我的思绪、哪些是别人的。因为你到现在为止一直都在读梦，但我想你大概说不出来哪些是我的梦吧！古老的旧梦就是这样的东西。谁也没办法解开它。混沌依然归于混沌地消失。"

她说的话我都很明白。我每天继续读着梦，却一点也无法理解那古梦的意义。而且现在我所剩下的时间只有二十一小时了。在那二十一小时里我必须想办法找到她的心。真是不可思议的事。在这不死之街，我把所有的选择都塞进二十一小时这限定的时间里了。我闭上眼睛深呼吸了几次。我必须集中所有精神来寻找解开状况的头绪才行。

"到书库去吧。"我说。

"书库？"

"到书库去一面看头骨一面想想看。也许可以想到什么好办法。"

我牵着她的手站起来，绕到柜台后面打开通往书库的门。她一打开电灯开关，幽暗的光就照出排在架子上的无数头骨。头骨覆盖着厚厚的灰尘，褪色的白在昏暗中浮凸出来。它们以相同的角度张开嘴，以那洞然张开的眼窝，凝神望着前方的虚空。它们所吐出来的冷冷沉默化为透明的雾，低垂笼罩着整个书库。我们靠在墙壁上，暂时眺望着那头骨的行列。冷空气刺痛我的肌肤，震颤着我的骨头。

"你真的能读出我的心吗？"她注视着我的脸问。

"我想我可以读出你的心。"我安静地说。

"怎么做呢？"

"这个还不知道。"我说，"不过一定能。我知道。一定有什么好方法。而且我会找到它。"

"你好像要找出落在河里的雨滴一样。"

"你听我说。心和雨滴不同。那不是从空中降落下来的，也不是不能和别的东西区别的。如果你能相信我的话，就请相信我。我一定把它找出来。这里什么都有，什么都没有。而我一定能找到我所要的东西。"

"你要找到我的心噢。"停了一会儿，她这样说。

35.
冷酷异境
指甲刀、奶油酱、铁花瓶

　　车子停在图书馆前时是五点二十分。时间还绰绰有余，因此我下了车，决定在雨后的街头闲逛散步。我走进一家吧台式咖啡店，一面看着电视里的高尔夫转播一面喝着咖啡，又到游乐中心玩电子游戏机消磨时间。是一种对渡河过来的坦克队以坦克炮歼灭的游戏。刚开始我方占优势，但随着游戏的进行，敌方坦克数量像一大群北极旅鼠般增加，结果把我方阵地破坏掉。阵地被破坏之后，画面像原子弹爆炸般发出一大片白茫茫的白热光。然后出现"GAME OVER—INSERT COIN"的文字。我遵照指示又再投入一枚百圆硬币。于是音乐响起，我的阵地无伤地重现。那真是名副其实为战败而战的战斗。我如果不被打败，游戏便永远不结束，永远不结束的游戏没有任何意思。游乐中心想必也会伤脑筋，我也伤脑筋。终于我的阵地又再度被破坏，画面出现白热光。于是浮出"GAME OVER—INSERT COIN"的文字。

　　游乐中心的隔壁是金属工具店，橱窗里漂亮地陈列着各式各样的工具。有整排成组的扳手、活动扳手、螺丝起子，有电动钉枪、电动起子。也有装在皮盒子里的德国制便携式工具组。盒子本身只有像女性用的小钱包那么小而已，内容却包括小型锯子、铁锤和验电笔，塞得满满的。那旁边是三十支一套的雕刻刀。从来没想到雕刻刀的刃居然有三十种变化之多，因此那三十支一套的雕刻刀组给我不小的震撼。三十种刀刃都各有一点点不同。其中的几支形状怎么看都看不出是怎么用的。比起游乐中心的嘈杂，金属工具店里像冰山的背面一样安静。幽暗的店里柜台后面坐着一位戴眼镜头发稍薄的中年男人，正用起子在拆解什么。

我忽然想走进店里找指甲刀。指甲刀在刮胡刀组的旁边，这些刀像昆虫样本似的排列得好整齐。里面也有一个形状看来很不可思议不知道该怎么用的指甲刀，因此我选了它拿到柜台。那是个扁平的不锈钢金属片，大约有五公分长，无法想象该压什么地方才能剪下指甲。

我走到柜台时，店老板放下起子和拆解到一半的小型电动打蛋器，教我如何使用那指甲刀。

"好！请好好看清楚噢。这是一。这样是二。然后是三。你看变成指甲刀了吧？"

"原来如此。"我说。确实变成一个很像样的指甲刀。他把指甲刀重新复原为原来的金属片，还给我。我照他做的样子做，又变成指甲刀了。

"好东西。"他好像在透露什么秘密似的说，"这是双立人的制品，是可以用一辈子的东西。旅行时也很方便喏。又不会生锈，刀片很结实。剪狗的指甲都没问题。"

我付了二千八百圆买了那个指甲刀。有个黑色小皮盒子装。把零钱找给我之后，店老板又开始分解起那个打蛋器。许多螺丝依尺寸的不同分别放在白色的漂亮盘子里。排在盘子上的黑色螺丝看来都非常幸福的样子。

35. 冷酷异境　指甲刀、奶油酱、铁花瓶

买了指甲刀之后，我回到车上，一面听《勃兰登堡协奏曲》，一面等她。而且试着思考为什么放在盘子上的螺丝会显得那么幸福。也许因为不再作为打蛋器的一部分而恢复为螺丝取回独立性的关系吧。或者因为对螺丝来说，白盘子可以说是让螺丝破格的场所也不一定。不管怎么说，有什么看来很幸福的样子总是一件相当愉快的事。

我从上衣口袋拿出金属片再次组成指甲刀，试着剪了我指甲尖端的一点点，然后又收起来放回盒子里。剪起来感觉很不错。金属工具店这种地方有一点像是没什么人的水族馆一样。

接近闭馆时间的六点，很多人从图书馆门口出来。那些大多是在阅览室做功课的高中生，他们多数和我一样提着塑料运动提袋。仔细看觉得高中生全都是有点不自然的存在。全都是某些地方被过分扩大，某些地方则不足。也许从他们眼里看来，我的存在才显得更不自然呢。世上就是这样。人们称呼这个为代沟。

其中也有些是老人。老人们在星期日下午到杂志阅览室翻翻杂志、看看四种报纸。然后像象一样储存起知识，回到晚餐正在等候自己的家。老人们的样子看来并不像高中生那么不自然。

他们走掉之后便听见铃声响起。六点了。听到那铃声，我忽然觉得好久没有这么饿了。想想从早上到现在只吃了半个火腿蛋三明治、一块小蛋糕和生蚝，至于昨天则好像几乎什么也没吃。空腹感就像个巨大的洞穴。就算在地底遇到丢下石头也不会听见任何声音，又黑又深的洞穴。我把椅子放倒，盯着车子低矮的车顶想着食物。各种不同的食物浮现我脑里又消失。脑子里又浮现白盘子装的螺丝。好像浇上白酱旁边摆上豆瓣菜后，螺丝看来也会很美味的样子。

数据查询台的女孩从图书馆门口走出来时是六点十五分。

"这是你的车子吗?"她说。

"不,是租的。"我说,"不太配吧?"

"是啊。不太配。这种车不是更年轻的人开的吗?"

"租车行只剩下这个了。并不是我特别中意才租的,反正什么车都可以。"

"噢。"她说着好像要评定品味似的绕了车子一圈,从另一边的门坐上车。然后仔细检查车内,打开烟灰缸,又看看小抽柜。

"是勃兰登堡啊?"她说。

"喜欢吗?"

"对,非常喜欢。我经常听。我觉得卡尔·李希特指挥的最棒,不过这好像是新的录音噢,嗯,是谁的?"

"特雷沃·平诺克。"我说。

"你喜欢平诺克吗?"

"不,没有特别喜欢。"我说,"只是看到就买了,不过还不错噢。"

"你听过巴布罗·卡萨尔斯的《勃兰登堡》吗?"

"没有。"

"那应该听一次,就算不能说正统,也非常有味道噢。"

"下次听听看。"我说,但我不知道是不是有下次。只剩下十八小时了,而且在那之间还有必要睡一点觉。虽然说人生已经所剩无几了,但总不能整个晚上完全不睡觉啊。

"要去吃什么?"我试着问。

"意大利菜怎么样?"

"好啊。"

"我知道一个地方,我们去那里吧。蛮近的。材料非常新鲜。"

35. 冷酷异境　指甲刀、奶油酱、铁花瓶

"肚子饿了。"我说,"好像连螺丝都吃得下了。"

"我也是。"她说,"这衬衫不错噢。"

"谢谢。"我说。

那家餐厅离图书馆开车有十五分钟左右的车程。在弯弯曲曲的住宅区道路上闪躲着行人和自行车,慢慢前进,在斜坡路上突然看见意大利餐厅。看起来是白色木造洋房直接改成餐厅的样子,招牌也小,不注意看时实在不知道是餐厅。周围有高墙围起来的安静住宅,高耸的喜马拉雅杉树和松树的枝干在黄昏的天空暗暗地画出那轮廓。

"在这种地方居然有餐厅,实在想不到啊。"我把车子停在餐厅前的停车场时说。

餐厅并不很大,只有三张桌子和四个吧台座而已。穿着围裙的服务生把我们带到最里面的位子。桌边看得见窗外的梅树树枝。

"饮料要喝葡萄酒吗?"她问。

"由你来决定。"我说。我对葡萄酒并没有啤酒那么熟悉。在她和服务生细细商议着葡萄酒的事时,我望着窗外的梅树。意大利餐厅的庭园里长有梅树令人觉得有点不可思议,但也许并不那么不可思议。也许意大利也有梅树。法国也有水獭啊。葡萄酒决定之后,我们摊开菜单开始拟订大餐的作战计划。选择相当花时间。首先前菜点了小虾色拉加草莓酱,还有生牡蛎、意大利风牛肝慕斯、墨汁煮墨鱼、奶酪炸茄子、腌若鹭鱼,面食我点了自制扁宽面,她选了罗勒细长面。

"嘿,我们再多点一道通心粉拌鱼酱一人一半好吗?"她说。

"好啊。"我说。

"今天什么鱼比较好?"她问服务生。

"今天有刚进来的新鲜鲈鱼。"服务生说,"配蒸杏仁好吗?"

"来一客这个。"她说。

"我也一样。"我说,"还要菠菜色拉和蘑菇烩饭。"

"我要热的蔬菜和西红柿烩饭。"她说。

"烩饭的量相当多噢。"服务生很担心地说。

"没问题。我从昨天早上到现在几乎没吃什么,她又是个大胃王。"我说。

"像个无底洞一样。"

"好的。"服务生说。

"甜点要葡萄雪酪、柠檬蛋奶酥,还有意式浓缩咖啡。"她说道。

"我也一样。"我说。

服务生花时间把点的菜写下,然后走开,她微笑着看着我的脸。

"你不是因为配合我才点那么多吧?"

"真的肚子饿了。"我说,"好久没这么饿了。"

"真棒。"她说,"我不相信吃得少的人。我觉得吃得少的人好像会在别的地方补偿似的,你觉得呢?"

"不太知道。"我说。真的不太知道。

"不太知道,是不是你的口头禅? 一定是。"

"也许是。"

"也许是,也是你的口头禅。"

我没话说了,只好点点头。

"为什么呢? 因为所有的想法都不确定吗?"

不太知道,也许是,我在脑子里嘀咕着时,服务生走过来,像宫廷的专属接骨师在医治皇太子的脱臼一般,恭恭敬敬地拔掉葡萄酒的瓶栓,帮我们注入玻璃杯。

35. 冷酷异境　指甲刀、奶油酱、铁花瓶

"'不是因为我'这句话是《局外人》主角的口头禅对吗？那个人叫什么名字？嗯——"。

"默尔索。"我说。

"对，默尔索。"她反复道，"这是我高中时代读的。不过现在的高中生完全不读什么《局外人》呢。上次我在图书馆里调查过。你喜欢什么作家？"

"屠格涅夫。"

"屠格涅夫并不是多么了不起的作家。已经过时了。"

"也许是吧。"我说，"不过我喜欢。福楼拜和托马斯·哈代也很好。"

"你不读新的东西吗？"

"有时候也读毛姆的。"

"毛姆现在已经不太有人把他当新作家了。"她一面倾斜着葡萄酒杯一面说，"就像点唱机里已经没有本尼·古德曼的唱片一样。"

"不过很有意思噢。《刀锋》我读了三遍。虽然也许不是什么了不起的小说，但很好读。比其他的好多了。"

"噢。"她很不可思议地说，"暂且不谈这些，你那橘红色的衬衫很配哟。"

"谢谢。"我说，"你的连衣裙也非常好。"

"噢谢谢。"她说。深蓝色天鹅绒的连衣裙，镶有小蕾丝领。脖子上戴有两条细银项链。

"你打过电话以后我回家换的。家住在上班地方附近还真方便呢。"

"原来如此。"我说。原来如此。

前菜送了几道过来，于是我们暂时沉默地吃着。调味不做作很清

爽。材料也新鲜。牡蛎好像刚从海底捞上来似的,有大海之母的鲜浓味道。

"对了,独角兽的事都圆满解决了吗?"她一面以叉子从壳里剥下牡蛎一面问。

"差不多。"我说,用餐巾擦掉沾在嘴边的墨鱼墨汁,"大致解决了。"

"在什么地方有过独角兽吗?"

"这里。"我说着用手指着自己的头,"独角兽住在我的头脑里。成群结队的。"

"你是指象征性的意义上吗?"

"不,不是这样。我想几乎没有什么象征性的意义。而是实际上住在我的意识里。有一个人帮我发现的。"

"蛮有意思的,我想多听一点,你说说嘛。"

"不是很有意思。"我说。我把茄子盘转到她那边。她则把若鹭鱼的盘子转过我这边。

"不过我想听啊,非常想。"

"意识底下有本人无法感知的类似核一样的东西。以我的情况,那是一个地方。那个街里有一条河川流过,周围围着很高的砖墙。街里住的人不能出去外面。能出去的只有独角兽而已。独角兽像吸墨纸一般把居民的自我啊自私什么的都吸掉带到街外去。所以街里既没有自我,也没有自私。我就住在那样的街里——这么回事。我不是亲眼看见的,所以除此之外的事情我也不知道。"

"非常有独创性的故事。"她说。我向她说明之后才想到关于河川,老人一句也没提过。我好像逐渐被那个世界挖进去了似的。

35. 冷酷异境　指甲刀、奶油酱、铁花瓶

"不过这并不是我有意制造出来的。"我说。

"就算是潜意识中完成的,制造的人也是你吧?"

"大概是吧。"我说。

"那个若鹭鱼不错吧?"

"不错。"

"不过这件事,跟我读给你听的俄国独角兽的事,你不觉得很像吗?"她一面用刀子把茄子切成一半一面说,"乌克兰的独角兽也是住在周围被绝壁所包围着的社区里呀。"

"很像噢。"我说。

"也许有什么共通点。"

"对了。"我说着把手伸进上衣口袋,"有一个礼物要送给你。"

"我最喜欢礼物。"她说。

我从口袋里拿出指甲刀交给她。她把它从盒子里拿出来不可思议地看着。"这是什么?"

"借一下。"我说着把指甲刀拿过来,"你好好看着噢。这是一,这样是二,然后是三。"

"是指甲刀?"

"对了。旅行的时候非常方便。收回去时只要相反顺序就行了。你看。"

我把指甲刀又变回小金属片,交还她。她自己试着组合起指甲刀,又收回去。

"好有意思噢。谢谢。"她说,"不过你经常送女孩子什么指甲刀吗?"

"不,第一次送。刚才逛着金属工具店时很想要个什么东西,所以买了。雕刻刀组就太大了。"

"指甲刀真好。谢谢。指甲刀常常不知道跑到什么地方去,所以我会经常把它收在皮包的内袋里。"

她把指甲刀放进盒子里,收进单肩包里。

前菜的盘子收下后,面送来了。我的空腹感依然继续。六盘前菜在我体内的虚无空洞里几乎没留下任何痕迹。我把有相当分量的扁宽面在短时间内送进胃里,然后吃掉一半通心粉拌鱼酱。把这些都解决之后,觉得黑暗里似乎看得见一点微弱的灯光了。

面食结束之后到鲈鱼送来之前,我们继续喝着葡萄酒。

"嗨,对了。"她的葡萄酒杯边缘还贴在嘴边,因此声音变得好像在玻璃杯里响着般,感觉有种奇妙的模糊,"你那间被破坏的房子,是不是用什么特别的机器敲的?还是有多少人合起来干的?"

"没用机器。只是一个人干的。"我说。

"那大概是相当强壮的人啰?"

"不知道什么是疲劳的人。"

"你认识的吗?"

"不,是第一次见面的人。"

"在屋子里比赛橄榄球也不会弄得那样乱七八糟啊。"

"是啊。"我说。

"那跟独角兽有关吗?"她问。

"我想大概有。"

"那已经解决了吗?"

"没解决。至少对他们来说还没解决。"

"对你来说已经解决了吗?"

"可以说解决了,也可以说还没有。"我说,"因为没有选择的余地,

35. 冷酷异境　指甲刀、奶油酱、铁花瓶

所以可以说已经解决了。因为不是自己选择的，所以也可以说不算解决。反正关于这次的事件，我的主体性根本从一开始就被忽视。就像海狮的水球队里只有一个人类夹杂在里面一样。"

"所以你明天才要到某个地方去远行对吗？"

"差不多。"

"一定是被卷进很复杂的事件里了噢？"

"太复杂了，以至于连我也不知道什么是什么。世界越来越复杂。什么核啦，社会主义的分裂啦，计算机的进化啦，人工授精啦，间谍卫星啦，人工脏器啦，额叶白质切除术之类的。我连驾驶座的仪表板到底怎么样都不清楚。我的情况简单说明的话，就是被卷进信息战争里了。也就是和计算机开始拥有自我之前的联系有关。暂时凑合用的。"

"计算机有一天会拥有自我吗？"

"大概。"我说，"那么一来计算机就可以自己把数据转换编码再计算。谁也偷不了。"

服务生过来把鲈鱼和烩饭放在我们前面。

"我不太懂。"她一面用鱼刀切着鲈鱼一面说，"因为说起来图书馆是个非常和平的地方。有许多书，大家只是来这里看书而已。信息对大家都开放，而且谁也不互相争夺。"

"我如果也在图书馆上班就好了。"我说，真的应该这样做。

我们吃着鲈鱼，把烩饭一粒不剩地扫光。我的空腹感之洞穴终于可以见到底了。

"鲈鱼味道真好。"她很满足似的说。

"奶油酱的做法有秘诀。"我说，"把冬葱切得细细的和奶油充分混合，细心地炒。炒的时候如果偷懒就不入味了。"

"你蛮喜欢烹饪的噢?"

"说起来烹饪从十九世纪以来几乎都没进化。至少关于美味的料理是这样。材料的新鲜度、手艺、味觉、美感,这些东西永久没有进化。"

"这里的柠檬蛋奶酥味道也很好噢。"她说,"你还吃得下吗?"

"当然。"我说。柠檬蛋奶酥五个都吃得下。

我吃了葡萄雪酪,吃了柠檬蛋奶酥,喝了意式浓缩咖啡。确实是非常棒的蛋奶酥。所谓甜点就非要像这样不可。意式浓缩咖啡的味道也好像可以握在手掌心似的扎实而圆润。

我们各自把一切倒进自己巨大的洞穴里之后,厨师来打招呼了。我们对他说非常满意。

"能够这么受到喜爱,作为我们也觉得做得有意义了。"那位厨师说,"在意大利也很少有人这么能吃的。"

"谢谢。"我说。

厨师回到厨房之后,我们叫服务生来又各点了一杯意式浓缩咖啡。

"你是我第一次看见能够面不改色地和我吃一样多的人喏。"她说。

"还吃得下。"我说。

"我家还有冷冻披萨和一瓶芝华士。"

"真不错。"我说。

她家果然在图书馆附近而已。虽然是建成出售的住宅,但也是独栋。有正式的玄关,也有一个人能躺下的庭院。院子里几乎照不到什么阳光,但角落里也好好种着杜鹃花。连二楼都有。

"以前结婚的时候买的房子。"她说,"贷款以先生的人寿保险还掉了。本来是为了养孩子而买的,现在一个人有点太大了。"

35. 冷酷异境　指甲刀、奶油酱、铁花瓶

"应该是噢。"我坐在客厅的沙发上望着四周说。

她从冰箱里拿出披萨放进烤箱，然后把芝华士、玻璃杯和冰块拿到客厅桌上来。我把音响主机打开，按下录音机的播放按钮。我随便选的录音带里有杰基·麦克林、迈尔斯·戴维斯和温顿·凯利之类的音乐。我等披萨烤好之前，一面听着《Bags' Groove》和《Surrey With the Fringe on Top》，一面一个人喝着威士忌。她为自己开了葡萄酒。

"你喜欢老的爵士吗？"她问。

"高中时候在爵士咖啡店都听的是这些。"我说。

"不听新东西吗？"

"也听警察乐队和杜兰杜兰。因为大家都让我听啊。"

"不过你自己不主动听？"

"因为没有必要。"我说。

"他——我死掉的丈夫——每次都只听老音乐。"

"很像我。"

"对。确实有点像。在巴士上被打死了，用铁花瓶。"

"为什么？"

"因为在巴士上叫一个用喷发胶的年轻男人收敛一点，结果对方就用铁花瓶打他。"

"为什么年轻男人会带着铁花瓶呢？"

"不知道。"她说，"根本搞不清楚。"

我也搞不清楚。

"而且在巴士上被打死，你不觉得死得很惨吗？"

"确实是这样。好可怜啊。"我同意道。

披萨烤好了，我们各分一半吃，并肩坐在沙发上喝酒。

"你想看独角兽的头骨吗?"我试着问她。

"嗯,想看哪。"她说,"你真的有啊?"

"是复制的。不是真的。"

"不过还是想看哪。"

我走到外面停车的地方,从后座把运动提袋拿出来。十月初很舒坦的愉快夜晚。覆盖天空的云好些地方裂开,从那之间看得见接近满月的月亮。明天似乎会是个好天气。我回到客厅沙发,拉开袋子的拉链,把用浴巾包着的头骨拿出来交给她。她把葡萄酒杯放在桌上,非常小心地检点着头骨。

"做得很好啊。"

"头骨专家做给我的。"我一面喝威士忌一面说。

"简直像真的一样。"

我把录音带停下。从袋子里拿出那火箸来试着敲敲头骨。和以前一样发出咳嗯的干干的声音。

"那是什么?"

"头骨各自有不同的声音。"我说,"从那声音头骨专家就可以读出各种古老的记忆。"

"好厉害啊。"她说,然后自己也用那火箸试着敲敲头骨,"好像不是复制品。"

"因为是个相当偏执的人做的。"

"我丈夫的头骨碎了,所以一定不能发出正确的声音吧。"

"是吗?不太清楚。"我说。

她把头骨放在桌上,拿起杯子来喝葡萄酒。我们在沙发上肩靠肩喝着酒,望着头骨。去掉肉的兽的头骨看起来好像正朝着我们笑,也好

35. 冷酷异境　指甲刀、奶油酱、铁花瓶

像正要用力吸进一口空气。

"放一点什么音乐吧。"她说。

我从录音带堆中又随便抽出一卷放进卡座里，按下按键，回到沙发。

"在这里好，还是要到二楼的卧室去？"她问。

"这里好。"我说。

喇叭播出了帕特・布恩的《I'll Be Home》。虽然觉得时间仿佛往错误的方向流动着，但那也已经不要紧了。时间爱往什么方向流就尽管流好了。她拉上面向庭院的窗子上的蕾丝窗帘，把屋里的灯熄掉。在月光中脱掉衣服。她把项链拿下，手镯形的手表脱掉，天鹅绒的连衣裙脱掉。我也把手表拿下丢到沙发靠背的后面去。然后脱下上衣，解开领带，把玻璃杯底剩的威士忌喝干。

她正把丝袜一面卷着一面脱下时，曲子换成雷・查尔斯的《Georgia on My Mind》。我闭起眼睛把两脚搭在桌上。像在威士忌加冰块的玻璃杯里绕着摇晃冰块一样地试着在头脑里绕着时间。一切的一切都好像很久以前曾经发生过的某件事情。只有脱的衣服、背景音乐和对白有一点变化而已。不过这样的差异并没有很大的意义。总是绕着圈子回到同样的地方。那简直就像骑在旋转木马上往前冲刺一样。谁也不能超越别人，谁也不会被人超越，只能到达同样的地方。

"一切都好像从前发生过的一样。"我还闭着眼睛说。

"当然哪。"她说。并从我手上把玻璃杯拿下，像挑着豇豆筋那样把衬衫的扣子一颗颗慢慢解开。

"你怎么会知道？"

"因为知道啊。"她说，然后吻着我赤裸的胸，她的长头发披在我的腹部上面，"全都是从前发生过一次的事噢。只是绕着圈圈而已。

对吗？"

我依然闭着眼睛任由她的嘴唇和头发的触感加在我身上。我想起鲈鱼，想起指甲刀，想起洗衣店前面长凳上的蜗牛。世界充满了许多暗示。

我张开眼睛，轻轻把她抱紧，想伸手到背后解下胸罩的绊扣，结果没有绊扣。

"在前面哪。"她说。

世界确实是在进化着。

我们性交三次之后冲了澡，在沙发上卷着毯子听平·克劳斯贝的唱片。感觉非常好。我的勃起好像吉萨的金字塔群一样完美，她的头发散发出润丝精的美妙气味，沙发垫虽然硬，但仍是相当不错的沙发。是制造得很牢固的时代的产品，散发着古老时代的阳光气息。这种沙发广泛供给的美好时代，过去曾经存在过。

"好沙发。"我说。

"又旧又难看，我正想买新的呢。"

"留着这个比较好。"

"那就这么办吧。"她说。

我和着平·克劳斯贝的歌唱着《Danny Boy》。

"你喜欢这歌吗？"

"喜欢哪。"我说，"小学时口琴比赛吹这曲子得到优胜，还领了一打铅笔呢。从前我非常会吹口琴。"

她笑了。"人生真是不可思议。"

"不可思议呀。"我说。

她帮我重新放一次《Danny Boy》，因此我也和着再唱一次。唱第二次时，不知道为什么觉得心情悲伤起来。

"你走了之后会写信给我吗？"她问。

"写呀。"我说，"如果从那边能寄出的话。"

她和我把瓶底剩下的最后的葡萄酒各分一半喝掉。

"现在几点？"我问。

"半夜。"她回答。

36.
世界末日
手风琴

"可以感觉到吗?"她说,"可以读出我的心吗?"

"感觉非常强烈。你的心应该就在伸手可及的地方,我却没留意到。那个方法应该已经提示在我眼前了啊。"

"如果你能这样感觉,那就表示你是对的。"

"不过我还没办法发现。"

我们在书库的地上坐下来,两个人并肩靠在墙上抬头望着头骨的行列。头骨一直沉默着,没有向我们诉说任何一句话。

"你所谓强烈感觉到的事,是不是因为那是比较近期发生的事呢?"她说,"你试着回想你的影子开始变得虚弱以后身边所发生的每一件事。那里面或许隐藏着钥匙也不一定。发现我的心的钥匙。"

我在那冷冷的地板上,闭起眼睛,侧耳倾听那些头骨沉默的声响。

"今天早晨老人们在我房间前的雪地上挖洞穴。虽然我不知道那是要埋什么的洞穴,但是非常大的洞穴。我被他们的铲子声吵醒。那简直就像在我脑里挖着洞穴似的。下雪后又把那洞穴埋起来了。"

"其他呢?"

"我和你两个人一起去森林的发电所。这件事你也知道噢。我和年轻管理员见面谈起森林的事。然后他也让我们看过风穴上的发电设

36. 世界末日 手风琴

备。风声好讨厌。好像从地狱底下吹上来似的。管理员年轻而安静,长得瘦瘦的。"

"还有呢?"

"他给我手风琴。小小的折叠式手风琴。虽然是旧东西,不过可以发出声音。"

她在地上一直沉思着。可以感觉到书库里的气温每一刻都在下降。

"大概是手风琴。"她说,"那一定是钥匙噢。"

"手风琴?"我说。

"道理说得通。手风琴和歌连得上,歌和我母亲连得上,我母亲和我心的思绪连得上。对不对?"

"确实正如你说的。"我说,"这就说得通了。这个大概是钥匙。不过重要的环节还缺了一样,我想不起任何一首歌啊。"

"不是歌也行。你能不能让我听一下那手风琴的声音?"

"可以呀。"我说。于是我走出书库,从挂在暖炉旁边的大衣口袋里拿出手风琴来,拿着它坐回她身旁。两只手伸进板子的带子里,试着弹了几个和弦。

"非常美的声音。"她说,"那声音好像风一样,不是吗?"

"就是风本身哪。"我说,"制造出发出各种声音的风,再把它组合起来。"

她安静闭着眼睛,侧耳倾听那和弦的声音。

我把想得起来的和弦都依照顺序一一试着弹出来。而且用右手的手指试探摸索着按音阶。虽然想不起旋律,但无所谓。我只要像风一样把那手风琴的声音弹给她听就可以了。我决定除此之外别无所求。我只要让心像鸟一样任风去吹就行了。

我没办法舍弃心,我想。不管那有多么沉重,有时又是多么黑暗,但有时它会像鸟一样在风中飞舞,也看得见永远。连这小小的手风琴的声音里,我都可以让我的心钻进去。

我感觉到吹在建筑外面的风传进我耳朵里,冬天的风在街上飞舞。那风卷过高耸的钟塔,穿过桥的下面,令河边成排的柳枝飘拂。摇撼森林里树木的枝枝叶叶,越过草原,吹动工厂街的电线发出声音,打在门板上。兽在其中冻僵,人们在家里悄声屏息。我闭着眼睛在脑里试着想象街里各式各样的风景。有河川里的沙洲,有西墙的瞭望台,有森林的发电所,有老人们坐着的官舍前的阳光。河湾上兽正弯身喝水,运河石阶上夏日青草在风中摇摆着。也能清楚地想起和她两个人一起去南潭的事。还记得发所后面的小块田地,有旧兵营的西边草原,东边森林墙边残留的废屋和古井。

然后我试着想想来到这里之后所遇到的各种人。隔壁的上校、住在官舍的老人们、发电所的管理员,还有守门人——他们现在可能正在各自的房间里,侧耳静听着外面狂乱吹着夹杂雪的强烈风声吧。

每一样风景,每一个人,我都将永远失去。当然还有她。但我可能永远记得,简直就像昨天一样清楚地记得这个世界和住在这里的人。这个街就算在我眼里看来是不自然且错误的也好,就算住在这里的人都失去了心也好,那都不是因为他们的关系,都不能怪他们。我甚至一定连那个守门人都会怀念。他也只不过是坚固地锁住这个街的链子的一环而已。某种东西筑起了这强大的墙,人们只是被吞进里面去了而已。我觉得我似乎可以爱上这个街里所有的风景和每一个人。我不能留在这里,但我爱他们。

这时候有什么微微打动了我的心。一个和音简直就像在追求什么

36. 世界末日　手风琴

似的,忽然留在我心里。我睁开眼睛,试着再弹一次那个和弦,并用右手试着寻找和那和弦相合的音。花了很长的时间,我终于找到与那和弦相合的最初四个音。那四个音简直就像柔和的阳光一样,从空中慢慢舞下来进入我心中。那四个音正在寻求我,我正在寻求那四个音。

我一面按着那组和弦,一面依照顺序试着弹了几次那四个音。四个音又寻求着其次的几个音和其他的和弦。我先试着找出其他和弦。和弦立刻找到了。虽然找旋律稍微费了一些工夫,但最初的四个音为我引导出其次的五个音。然后又出现其他的和弦和三个音。

那是歌。虽然不是完全的歌,但是是最初一小节。我试着反复了好几次那三个和弦和十二个音。那应该是我非常熟悉的歌。

《Danny boy》。

我闭上眼睛,继续弹下去。一想起歌名,接下来旋律跟和弦就自然地从我的手指流出来。我试着弹了好几次又好几次那曲子。旋律渗透我整个心,我可以清楚地感觉到身体每个角落僵硬的力量逐渐纾解放松了。好久没听见歌了,一听到之后,我就可以深切地感觉到我的身体是如何在内心深处寻求着它。由于我失去歌实在太久了,因此甚至无法察觉我对它的饥渴。我的肌肉和心被漫长的冬天冻结而僵硬起来,音乐使它们变得柔软,带给我的眼睛温暖而令人怀念的光。

我在那音乐里似乎可以感觉到街本身的气息。我就在那街里,那街就在我体内。街呼应着我身体的脉动而呼吸着,摇动着。墙也在动着,在翻腾滚动着。那墙感觉上简直就像我自己的皮肤一样。

我反复弹着那曲子很长一段时间,然后才松开手把乐器放在地上,靠着墙闭上眼睛。我还可以感觉到身体的脉动。觉得这里所有的东西都像我自己本身似的。墙和门和兽和森林和河川和风穴和深潭,一切都是我自己本身。它们都在我体内。连这漫长的冬天,恐怕也是我自己本身。

我放下手风琴之后,她还闭着眼睛,用双手紧紧握住我的手臂。眼泪从她眼里流出来。我把手放在她肩上,亲吻她的眼睛。眼泪带来温暖、柔和的湿气。幽微柔美的光照着她的脸颊,使她的泪闪着光辉。但那光并不是吊在书库天花板的昏暗灯光,是更像星光的白色、温暖的光。

我站起来把天花板的灯关掉。终于找到那光是从什么地方发出来的。是头骨在发着光。房间里简直就像白昼似的逐渐亮起来。那光像春天的阳光般柔和,像月光般宁静。长眠于架子上的无数头骨,古老的光现在觉醒了。头骨的行列简直就像把光细细切割镶嵌进去的清晨海洋一般,在那里无声地闪烁着光辉。我的眼睛即使面对这些光,也不再感到刺眼了。光带给我安详,使我的心充满了古老记忆所带来的温暖。我可以感觉到我的眼睛痊愈了。已经没有任何东西能刺痛我的眼睛了。

那真是奇妙的景象。到处充满了闪闪的光点。好像透明清澈的水底看得见宝石一样,他们散发出约定好的沉默之光。我拿起一个头骨,用手指试着轻轻抚摸那表面,然后我可以感觉到那里有她的心,她的心就在那里,小小的浮在我的指尖上。那一颗颗光粒虽然只带着些微的温暖和光明,但那是谁也无法剥夺的温暖和光明。

"这里有你的心。"我说,"只有你的心浮上来,在这里发着光。"

她轻轻点头,以被泪水濡湿的眼睛注视着我。

"我可以读出你的心。而且可以把它整理成一体。你的心已经不再是散失的零星片段。它就在这里,谁都不能再剥夺它了。"

36. 世界末日　手风琴

我再吻了一次她的眼睛。

"让我暂时一个人留在这里。"我说,"到早晨为止我要把你的心全部读完。然后睡一下。"

她再点了一次头,并凝望一遍闪闪发亮的头骨的行列,然后走出书库。门关上之后,我靠在墙上,一直注视着散布在头骨之间的无数光粒。那些光既是她所拥有的古梦,同时也是我自己的古梦。我在这被墙所包围着的街里跋涉了漫长的道路,终于能够遇见它们了。

我拿起一个头骨,把手放在上面,悄悄闭上眼睛。

37.
冷酷异境
光、内省、清洁

我不知道睡了多久。有人摇着我的肩膀。我最初感觉到的是沙发的气味。有人要叫醒我让人感到烦躁。每个人都像秋天的蝗虫一样想要剥夺我丰润的睡眠。

虽然如此,心中还是有什么强求我要醒过来。没时间睡觉了啊,这样说道。我心中有什么正以很大的铁花瓶敲着我的头。

"起来,拜托。"她说

我从沙发上醒过来张开眼睛。我穿着橘红色浴袍。她穿着白色的男装T恤,好像要压在我身上似的摇着我的肩膀。只穿着白色T恤和白色小短裤的她,纤细的身体看起来就像小孩一样。只要有一点强风吹来就会变成尘埃一般散掉似的。我们所吃的大量意大利菜到底消失到什么地方去了?而且我的手表跑到什么地方去了?周遭还是暗的。我的眼睛如果没怎么样的话,天应该还没亮才对。

"你看桌上。"她说。

我看看桌上。桌上放着一个好像小型圣诞树一样的东西。但并不是。以圣诞树来说未免太小了,而且现在才十月初而已。不可能是圣诞树。我两手拉拢浴袍的衣襟,凝神注视那桌上的东西。那是我放的头骨啊。不,把头骨放在那里的也许是她。我想不起来曾经把它放在

37.冷酷异境　光、内省、清洁

桌上过。不管怎么样都好。总之在桌上像圣诞树一样发着光的是我所带来的独角兽头骨。光在头骨上点点闪烁着。

一个个的光点很微小，而且光本身也不强。只是那小光点在头骨上简直像满天星斗般飘浮着。光是白色的，微弱而柔和。在一个光点的周围又有一圈模糊的光膜包覆着，使那轮廓柔和地晕开。与其说光是在头骨表面散发着，不如说是在头骨上方悬空地飘浮。我们并肩坐在沙发上，长久无言地注视着那小小的光之海。她两手悄悄握住我的手臂，我两手还抓着浴袍的衣襟。更深夜静，周遭听不见任何声音。

"这上面有什么？有那种设计吗？"

我摇摇头。我曾经和头骨度过一夜，那时候并没有发光。如果那光是由于某种夜光漆或光苔而引起的，应该不会像这样因不同时间而发亮或不发亮。周围暗的时候一定会发亮才对。而在我们两个人睡着之前头骨并没有发亮。也不可能是设计而成的，是超出人为控制范围的东西。不管什么样的人为力量都没办法制造出这样柔和而安详的光。

我轻轻移开她紧紧握在我右手臂上的手，安静地伸手从桌上拿起头骨放在膝上。

"不可怕吗？"她小声地问。

"不可怕啊。"我说。不可怕。那一定在什么地方和我自己有关联。谁都不会害怕自己的。

我用手掌覆盖在头骨上时，可以感觉到那上面还留有像残余火星般的微温。而且我的手指好像也被淡淡的光膜包围起来。闭上眼睛把十根手指浸在那微微的温暖里时，可以感觉到各种古老的记忆仿佛遥远的云一般在我心中浮了起来。

463

"这不像是复制品喏。"她说,"一定是真的头骨?从遥远的从前带着遥远的记忆来到这里……"

我默默点头。但我能知道什么呢?不管那是什么,现在正发着光,光正在我手中。我所知道的,只有那光正在向我诉说着什么。我可以凭直觉感觉到。他们想必正向我暗示着什么。既像是即将来临的新世界,又像是我所遗留下来的古老世界。我无法完全理解这些。

我睁开眼睛,试着再一次看着把手指染白的光膜。虽然我无法掌握那光所意味的东西,但我能清楚感觉到那里面完全没有恶意或敌对的成分。那完全收敛在我的手中,看起来好像在我手中感到很充实且满足。我用手指轻轻拂过浮在那里的光束。没有任何可怕的东西,我想。没有任何理由应该害怕自己的。

我把头骨放回桌上,用那手指贴在她的脸颊上。

"非常温暖。"她说。

"光很温暖哪。"我说。

"我也摸摸看可以吗?"

"当然。"

她把两手放在头骨上一会儿并闭上眼睛。她的手指也和我一样被白色光膜所覆盖。

"可以感觉到什么。"她说,"虽然不知道是什么,不过好像从前在什么地方感觉过的东西。好比空气、光,或声音之类的东西。虽然无法说明。"

"我也无法说明。"我说,"喉咙好渴。"

"啤酒好吗?还是水?"

"啤酒好。"我说。

37. 冷酷异境　光、内省、清洁

她从冰箱拿出啤酒,连同玻璃杯一起拿到客厅来,我把掉在沙发后面的手表捡起来看看时间。四点十六分。还有一小时多一点天就要开始亮了。我拿起电话试着拨了自己家的号码。打电话到自己家这种事以前一次也没做过,因此花了一些时间才想起号码来。没有人接。我让电话响了十五次,然后放下听筒,又重新拿起来拨号试着让铃声响了十五次。结果一样。没有人接。

胖女孩的祖父还在地底下等着,她已经回到那里去了吗?或者她被来到我屋里的记号士或"组织"的人带到什么地方去了?不过不管怎么说,她都一定能够顺利应付的,我想。不管发生什么事她应该都可以处理得比我更巧妙。而且才只有我岁数的一半。真了不起。我放下听筒之后,想到再也见不到那个女孩,感觉有点寂寞。心情好像眼看着要停业的大饭店,沙发和水晶灯一一被搬走了。窗子一扇扇关起来。窗帘被放下来。

我们望着散布在头骨上的白光,并肩坐在沙发上喝着啤酒。

"那头骨对你产生感应而发着光吗?"她问。

"不知道。"我说,"不过,有这种感觉。也许不是我,不过好像是在感应着什么。"

我把剩下的啤酒倒光在玻璃杯里,慢慢喝干它。黎明前的世界像森林里一样安静而悄然。地毯上散落着我们脱下来的衣服。我的外套、衬衫、领带和长裤,她的连衣裙、丝袜、衬裙。脱了丢在地上的衣服让我感觉像是我三十五年人生归结的一种形式。

"你在看什么?"她问。

"衣服。"我说。

"为什么看衣服呢?"

"不久以前还是我的一部分。你的衣服也是你的一部分。不过现在不是了。好像是不同人的不同衣服似的。看起来不像是自己的衣服。"

"是因为做爱的关系吗?"她说,"做爱之后人大概都变得容易内省。"

"不,不是这样。"我手上还拿着空玻璃杯说,"不是变得内省了。只是看到构成世界的很多细微事物。像蜗牛、屋檐的雨滴、金属工具店里的陈列之类的,非常在意这些东西。"

"衣服要整理吗?"

"不,那样就好。那样比较踏实。不用整理。"

"谈一谈蜗牛吧。"

"我在洗衣店前面看见蜗牛。"我说,"真不知道秋天还有蜗牛。"

"蜗牛一整年都有啊。"

"大概是这样。"

"在欧洲蜗牛还具有神话性的意思噢。"她说,"壳意味着黑暗世界,蜗牛从壳里出来意味着阳光的来临。所以人们看见蜗牛就会本能地敲敲壳,希望让蜗牛出来。你敲过吗?"

"没有。"我说,"你知道好多事情噢。"

"在图书馆上班就会知道很多事情。"

我从桌上拿起七星烟盒,以啤酒屋的火柴点着。然后又再看看地上的衣服。她的浅蓝色丝袜上搭着我的衬衫袖子。天鹅绒连衣裙腰的部分好像扭曲着身体似的弯折着,质料薄薄的长衬裙像下垂的旗子被放在那旁边。项链和手表被丢在沙发上,黑色皮革的单肩包横躺在房间角落的咖啡桌上。

37. 冷酷异境　光、内省、清洁

她脱落在地上的衣服看起来比她自己本身更像她。也许我的衣服也比我看起来更像我自己也不一定。

"你为什么会在图书馆上班呢？"我试着问。

"因为喜欢图书馆哪。"她说，"安静，书很多，塞满了知识。我既不想到银行和贸易公司上班，也不喜欢当老师。"

我把香烟的烟向天花板吐出，暂时看了一会儿那去向。

"你想知道我的事情吗？"她说，"在什么地方出生、度过什么样的少女时代、上哪里的大学、第一次跟人上床是什么时候、喜欢的颜色之类的事。"

"不。"我说，"现在不用。我想一点一点慢慢知道。"

"我也想慢慢知道一些你的事情。"

"我是在海的附近出生的。"我说，"台风过后的早晨到海岸去，海滩上有各种东西被波浪冲上来。可以发现很多想象不到的东西。从瓶子啦，木屐啦，帽子啦，眼镜盒啦，到椅子、桌子之类的，满地都是。为什么这些东西会冲到海滩来，我真是想不通。不过我非常喜欢寻找这些东西，所以台风来了我很高兴。也许在某个海滩被丢掉的东西被海浪卷走，然后又被冲上来吧。"

我把香烟的火在烟灰缸里熄掉，把空玻璃杯放在桌上。

"从海里冲上来的东西不管是什么，都不可思议地被净化了。虽然都是一些没有用的破烂东西，但都很清洁。没有一样是肮脏而不能触摸的。说起来海是很特殊的东西。当我回顾自己过去的生活时，总是会想起海滩上那些破烂东西。说起来我的生活总是这个样子。把一些破烂收集起来，以自己的方式清洁过后，又再丢到别的地方去——但是没有用处。只有在那里逐渐腐朽而已。"

"不过这样做需要风格（style）吧？为了这清洁工作。"

"不过这种风格到底有什么必要呢？要风格的话蜗牛也有啊。我只是到这边的海滩走走，那边的海滩走走而已。在那之间所发生的各种事虽然还记得很清楚，不过只是记得而已，和现在的我没有任何关联。只是记得而已。是清洁了，但没有用处。"

她把手放在我的肩上，从沙发站起来走到厨房去。然后打开冰箱拿出葡萄酒注入玻璃杯，和我的新啤酒一起用托盘装着端出来。

"我喜欢黎明前的黑暗时刻。"她说，"因为清洁而没有用处，一定是。"

"不过这样的时间转眼就过去。天亮了送报纸的、送牛奶的开始来了，电车也开始出动。"

她一骨碌钻到我旁边，把毯子拉到胸部的高度，喝着葡萄酒。我把新的啤酒倒进玻璃杯拿在手上，再度凝视着桌上那还没失去光辉的头骨。头骨周围淡淡的光投射在桌上的啤酒瓶、烟灰缸和火柴上。她的头靠在我的肩上。

"刚才我看着你从厨房走到这里。"我说。

"怎么样？"

"脚非常漂亮。"

"喜欢吗？"

"非常。"

她把玻璃杯放在桌上，在我耳朵正下方吻一下。

"嘿，你知道吗？"她说，"我最喜欢被赞美哟。"

随着天色转亮，头骨的光好像被阳光洗去似的逐渐失去光辉，终于

37. 冷酷异境　光、内省、清洁

恢复成原来的白色骨头，光秃秃的，没有任何特别之处。我们在沙发上拥抱着，望着窗帘外面的黑暗逐渐被清晨的光采驱走的模样。她温热的气息为我肩上带来湿气，乳房小而柔软。

喝完葡萄酒之后，她折叠起身体在那段时间里安静地睡了。清晰的太阳光染亮邻家的屋顶，鸟飞来庭院又飞走。听得见电视新闻的声音，听得见有人在什么地方发动引擎的声音。我已经不困了。虽然记不得睡了几小时，但反正睡意已完全消失，醉意也没留下。我把她靠在我肩上的头轻轻移到旁边，离开沙发走到厨房，喝了几杯水，抽抽烟。然后把厨房和客厅之间的门关上，把桌上的录音机打开，小声地听着FM广播。我想听鲍勃·迪伦的曲子，但很遗憾并没有放迪伦的曲子。取而代之的是罗杰·威廉斯的《Autumn Leaves》。是秋天了。

她家的厨房和我家的很像。有水槽，有抽风机，有冰箱，有瓦斯热水器。面积、功能、使用法、调理器具的数目也大致相同。和我的厨房不同的是没有瓦斯烤箱，取而代之的是微波炉。也有电动式咖啡壶。菜刀配合不同用途而十分齐全，但磨法有些不均匀。很少有女人磨刀磨得好的。烹饪用的钵子都用方便微波炉使用的耐热玻璃，平底锅都用油干净地涂过。水槽里的垃圾筒也清理得很干净。

为什么这样注意别人的厨房呢？自己也不清楚。虽然并没有意思要窥探别人生活的细部，眼睛却极自然地看到厨房里的东西。罗杰·威廉斯的《Autumn Leaves》播完了，变成弗兰克·查克斯菲尔德乐队的《Autumn in New York》。我在秋天的晨光中恍惚地望着架子上排列着的锅子、钵子、调味料瓶的行列。厨房好像是世界本身似的，简直就像威廉·莎士比亚的台词：世界是个厨房。

曲子结束之后，女DJ出来说："已经是秋天了噢。"然后谈到秋天第一次穿的毛衣的气味。说关于那种气味的杰出描写出现在约翰·厄普代克的小说里。接下来的曲子是伍迪·赫尔曼的《Early Autumn》。桌上的厨房钟指着七点二十五分。十月三日，上午七点二十五分。星期一。天空像用锐利刀子往深处挖过似的一片晴朗，呈现深邃的透明。对于挥别人生来说，似乎会是不错的一天。

我在锅里放水煮开，从冰箱里拿出西红柿烫过剥皮，把大蒜和现成的蔬菜切细做成西红柿酱，加上西红柿泥，再加上德国香肠咕嗞咕嗞地煎熟。在那期间并把卷心菜和青椒切成细丝做成色拉，把咖啡放进咖啡壶里，在法式面包上轻轻喷一点水，用铝箔包起来放进烤箱里烤。早餐做好后我把她叫醒，并收掉客厅桌上的玻璃杯和空瓶子。

"好香啊。"她说。

"可以穿衣服吗？"我问她。不要比女孩子先穿衣服是我谨守的禁忌。文明社会也许叫这为礼仪。

"当然，请便。"说着她自己脱下T恤。早晨的光线在她的乳房和腹部形成淡淡的影子，照亮了寒毛。她就那样暂时看着自己的身体。

"不错噢？"她说。

"不错。"我说。

"没有多余的赘肉，肚子没有皱纹，皮肤也还有弹性。还可以维持一阵子。"她说着两手支在沙发上，转向我，"不过这些有一天会忽然消失，不是吗？就像断了线似的消失，再也恢复不了。即使这样，觉得也没办法。"

"吃东西吧。"我说。

她走到隔壁房间去套了一件黄色运动衫，穿上变旧褪色的牛仔裤。我把长裤和衬衫穿上。然后我们在厨房的桌边面对面坐下，吃着面包、

37. 冷酷异境　光、内省、清洁

香肠和色拉,喝着咖啡。

"你在任何地方的厨房都能马上习惯吗?"她问。

"厨房本质上每家都大致相同。"我说,"做东西吃东西。什么地方都没什么不一样。"

"一个人生活会不会厌烦?"

"不知道。我从来没想过这种事。虽然过了五年婚姻生活,但现在简直想不起那到底是什么样的生活。觉得好像一直都是一个人过活似的。"

"不想再结婚吗?"

"无所谓了。"我说,"没什么不一样。就好像有入口和出口的狗屋一样。从哪边进去从哪边出来都没什么不同。"

她笑着用卫生纸擦擦沾在嘴角的西红柿酱。"把结婚生活比喻成狗屋的人你是第一个。"

吃完早餐,我把壶里剩下的咖啡加热又各倒一杯。

"西红柿酱味道很好噢。"她说。

"如果有月桂叶和皮萨草香料味道会更好。"我说,"而且如果能再多煮十分钟会更入味。"

"不过很好吃。好久没吃到这么精心调制的早餐了。"她说,"今天打算做什么?"

我看看手表。八点半。

"九点离开这里。"我说,"到公园去两个人一起晒晒太阳喝喝啤酒。接近十点时我开车送你,看你要去什么地方,然后我出去一趟。你呢?"

"回家洗衣服,扫地,然后一个人沉溺在做爱的回忆里。不错吧?"

"不错。"我说。不错。

"嘿，我可不是跟谁都立刻上床的噢。"她补充说明似的说。

"我知道啊。"我说。

我在水槽里洗着餐具的时候，她一面淋浴一面唱歌。我用几乎不发泡的植物性油脂洗着盘子和锅子，用布巾擦干排在桌上。然后洗手，借用放在厨房的牙刷刷牙。然后到浴室问她有没有刮胡子的工具。

"你打开上面右边的柜子看看。我想有他以前用的。"她说。

柜子里确实有吉列牌的柠檬刮胡膏和舒适牌刮胡刀。刮胡膏减少了半罐左右，喷嘴的地方还沾着干掉的白色泡沫。死就是刮胡膏会留下半罐这么回事。

"有吗？"她说。

"有啊。"我说。然后拿着刮胡刀、刮胡膏和新毛巾回到厨房，烧热水刮胡子。刮完之后我把剃刀和手洗干净。我的胡子和死者的胡子便在洗脸台里混合，沉到底下。

我在她穿衣服的时候坐在客厅沙发看着早报。计程车司机在开车途中心脏病发作冲到陆桥的桥墩上，死了。乘客有一位三十二岁的女性和一个四岁的女孩子，都负了重伤。某个地方的市议会午餐便当里有腐坏的炒牡蛎，两个人死掉。外务大臣对美国的高利率政策表示遗憾，美国银行家在会议中检讨对中南美洲贷款的利率问题，秘鲁财政部长指责美国对南美洲的经济侵略，西德外相强烈要求调整对日贸易收支不平衡现象。叙利亚指责以色列，以色列指责叙利亚。还有十八岁儿子在与父母商谈事情的过程中使用暴力。新闻中没有写出任何一件对我最后几小时有用的事。

她穿上米黄长裤和茶色格子衬衫站在镜子前，用发梳梳着头发。

37. 冷酷异境　光、内省、清洁

我打上领带,穿起上衣。

"那个独角兽的头骨怎么办?"她问。

"送给你。"我说,"可以装饰在什么地方。"

"电视上面怎么样?"

我把光线已经消失的头骨拿到客厅角落,试着放在电视机上面。

"怎么样?"

"不坏。"我说。

"还会再发光吗?"

"一定会。"我说。然后再拥抱她一次,把那温暖刻进脑子里。

38.
世界末日
逃出

随着夜尽天明,头骨的光逐渐朦胧、淡化。灰色昏暗的清晨之光从书库里接近天花板的小采光窗射进来,照在周围墙上,头骨的光便渐渐失去光辉,随着深沉幽暗的记忆一一消失无踪。

直到看见最后的亮光为止,我的手指都在头骨上滑动,让那温暖渗进我体内。夜里能够读出的光在全体之中占了多少我不知道。该读的头骨数量实在太多了,而我的时间又太有限。但我不在意时间,只是小心仔细地一个又一个继续用手指探索。在那每一瞬间,我的指尖都可以清楚地感觉到她的心存在。光是这样就足够了。不是数量或比例的问题。不管怎么尽力,都无法读尽每个人内心的每个角落。只要她的心确实在那里,而我能够感觉到,还有什么可求的呢?

我把最后的头骨放回架子上,靠着墙坐在地上。无法从高过头顶的采光窗知道外面的天气。从光线的情形来看,只知道天空是阴沉暗淡的。淡而幽暗的光像柔软的液体般静静飘在书库里,头骨沉入再度来访的深沉睡眠中。我也闭上眼睛,在黎明的冷空气中让头脑休息。把手贴在脸颊上时,手上依然还留有光的微温。

沉默和冷空气逐渐使亢奋的心平静下来,我始终安静坐在书库角落,我所能感觉到的时间既不均匀又难以捉摸。从窗外射进来的淡淡光线,那颜色依旧没有变化,影子还留在同样的地方。渗入我心中的她的心在我体内巡回,我可以感觉到它和我自己原来存在于那里的各种事物互相混合,遍布我身体的每个角落。要把它整理成更清晰的形式也许需要花长久的时间。而且我要把它传达给她、渗进她体内需要花更长的时间。要花时间也好,就算不能达到完全的形式,我总算能给她心了。而且我想她一定能靠着自己的力量把那心整理成更完全的样子。

我从地上站起来,走出书库。她孤零零地坐在阅览室的桌子旁等着我。微弱的黎明光线使她的身体轮廓看起来比平常单薄了几分。对我来说,对她来说,那都是个漫长的夜。看到我出来,她什么也没说地从桌子前面站起来,把咖啡壶放在暖炉上。等咖啡热的过程中,我到后面水槽洗手,用毛巾擦干。然后坐在暖炉前面烘暖身体。

"怎么样,累了吧?"她问。

我点点头。身体像泥块一样重,连举手都困难的地步。我没休息地读了十二小时的古梦。但疲劳并没有渗进我的心。就像最初读梦的第一天她说的一样,不管身体多么疲劳,都不能让那疲劳进入心中。

"你应该回家休息的。"我说,"你没有必要在这里。"

她把咖啡注入杯里,递给我。

"只要你在这里,我也要在这里。"

"那是规定吗?"

"是我规定的啊。"她微笑着说,"而且你读的又是我的心。我总不能把我的心放下来自己跑到什么地方去吧?"

我点点头,喝着咖啡。老挂钟的针指着八点十五分。

"要不要准备早餐?"

"不用。"我说。

"不过从昨天到现在什么也没吃不是吗？"

"不想吃。倒是想立刻好好睡一觉。两点半时叫醒我好吗？在那之前希望你坐在我旁边看着我睡。可以吗？"

"如果你这样需要的话。"她脸上露着微笑说。

"比什么都需要。"我说。

她从后面房间拿出两床毛毯来，用那个帮我把身体包起来。好像上次什么时候一样，她的头发触碰到我的脸颊。闭起眼睛时，耳边可以听见煤炭迸裂的声音。她的手放在我的肩膀上。

"冬天要延续到什么时候？"我试着问她。

"不知道。"她回答，"谁也不知道冬天什么时候结束。不过一定不会延续太长吧。这或许是最后的大雪了。"

我伸出手，把手指贴在她的脸颊上。她闭上眼睛暂时体味着那温暖。

"这就是我的光的温暖吗？"

"觉得怎么样？"

"简直就像春天的光一样嘛。"她说。

"我想我可以把心传给你。"我说，"也许要花时间。不过只要你这样相信，我总有一天一定可以把它传给你。"

"我知道。"她说，然后把手掌轻轻放在我眼睛上，"你睡觉吧。"她说。

我睡了。

她准时在两点半叫醒我。我站起来穿戴着大衣、围巾、手套和帽子时,她一句话也没说地一个人喝着咖啡。由于挂在暖炉旁的关系,被雪覆盖过的大衣已经完全干了,变得很温暖。

"那手风琴能不能帮我保管?"我说。

她点点头。然后从桌上拿起手风琴,好像要确认那重量似的暂时拿在手上,又放回原位。

"没问题。我会好好保管。"她点点头。

走到外面发现雪已经变小,风也停了。连续下了一个晚上的激烈风雪好像已经在几小时前停止,但空中的灰云依然阴沉低垂,暗示着真正的大雪正准备要袭击街里。现在只是短暂的休止而已。

我朝北走,正要穿过西桥时看见从墙对面开始冒出和平常一样的灰烟。最初好像有些犹豫似的断断续续冒着白烟,后来终于变成消耗大量燃油的暗色灰烟。守门人正在苹果树林里。我急忙赶往守门人小屋,在高至膝盖的积雪上留下连自己都吃惊的清楚脚印。街里所有的声音都被雪吸掉了似的,静悄悄的。没有风,连鸟也不啼。只有我的雪靴钉子践踏新雪的声音,在周遭发出夸张的奇异声响。

守门人小屋里没有人影,和平常一样有一股挥之不去的臭味。暖炉里的火熄灭了,但周围还留着刚才的温暖。桌上散乱着脏烟灰缸和烟斗,墙上排着发出森然白光的柴刀和手斧。环视着这样的屋里,竟然有种错觉,觉得守门人的身影会无声地出现在背后,并把他巨大的手放在我背上。周围刀斧的行列、水壶、烟斗,好像全都在沉默中指责着我的背叛。

我注意地躲开刀斧的行列,很快取下挂在墙上的钥匙串,把它紧握在手掌里,从后面走进影子广场的入口。影子广场上积了雪白的雪,上头没有任何人的脚印，只有中央孤零零耸立着黑黑的榆树。一瞬之间令我感觉那好像是不可被脚印污染的神圣空间。看来一切都美好地安顿在已取得的均衡安宁中，如同黄金律一般舒坦地委身于睡眠之中。雪上形成美丽的风纹，遍布着白色雪块的榆树枝干将曲折的手臂悬在空中休息，没有任何东西在动。雪几乎完全停了。只有风好像偶尔想起似的发出一阵微小的声音穿过。我想它们大概永远忘不了我穿着靴子无礼地踏破这短暂和平的睡眠。

但没有时间犹豫不决了。事到如今再也不能往后折回了。我拿起钥匙串，用冻僵的手把那四把大钥匙按照顺序试探能否对应锁孔。但没有一把是对应的。我的腋下冒着汗。我重新回想守门人打开这锁的情形。那时钥匙也是四把。没错。我确实地数过。这里面应该有一把完全对应的。

我暂时把钥匙放回口袋，双手摩擦得够暖和之后，再依顺序插入钥匙。第三把钥匙终于可以完全对应，明显而干脆的声音回荡着。没有人影的广场上，清楚地响着金属的尖锐声响。简直就像全街里的人都能听见似的那么大声。我让钥匙依然留在锁孔里，先张望了一下周围。没看见有人过来，也没听见脚步声。我把铁门打开一道小缝溜进去，尽量不发出声音地重新关上门。

广场上的积雪像泡沫般柔软，吞没我的脚。脚底的倾轧声简直就像巨大生物小心咀嚼着到手的猎物时所发出的声音。我留下两列脚印笔直地前进，通过雪高高积起的长椅旁。榆树枝威吓似的俯视着我。不知道从什么地方可以听见尖锐的鸟啼声。

小屋里的空气比外面更冷，好像结冰似的。我打开拉门，顺着梯子下到地下室。

38. 世界末日　逃出

影子坐在地下室的床上等我。

"我以为你不来了呢。"影子吐着白气说。

"约好了啊。我是很守约定的。"我说,"快点,越快离开这里越好。这里好臭噢。"

"我上不了梯子呢。"影子叹气着说,"刚才我试过不行。我好像比自己想象的更虚弱了。真讽刺啊。就在装虚弱的时候真的变虚弱,连自己都没办法分辨到底多虚弱了。尤其昨天夜里的寒冷简直冻透骨髓。"

"我会拉你上去呀。"

影子摇摇头。"拉上去之后接下来还是不行。我已经走不动了。实在走不到出口。好像一切都完了。"

"是你提出的,现在可不能畏缩噢。"我说,"我会背你嘛。不管怎么样,都要离开这里活下去呀。"

影子以凹陷的眼睛望着我的脸。

"既然你这么说,我当然得做。"影子说,"只是背着我赶雪路可是很要命的噢。"

我点点头。"一开始就知道事情不会那么简单。"

我把虚弱无力的影子拉到梯子上面,然后让他扶着我肩膀越过广场。耸立在左手边黑黑冷冷的墙,无言地俯视着我们两人的动作和脚印。榆树枝仿佛承受不了重量似的把雪块抖落,看得见那反冲力的摇摆。

"脚几乎没有感觉。"影子说,"因为一直躺着没出去,虽然为了不要虚弱下来也尽可能地多运动,但房间实在太狭小了。"

我把影子拖着带出广场,进入守门人小屋,为了慎重起见,把钥匙串挂回墙上。顺利的话,或许他暂时还不会发现我们逃出去了。

"从这里要往哪边走才好?"我问着影子,他在没有温度的暖炉前颤抖。

"往南潭去。"影子说。

"南潭?"我不禁反问道,"南潭里到底有什么?"

"南潭里有南潭哪。我们要跳进那里逃走。在这季节也许难免会感冒,不过以我们现在的处境来想,已经不能太奢侈了。"

"那下面是强烈的水流,那样做的话,不是会被吞进地底下一转眼就死掉了吗?"

影子一面颤抖,一面咳嗽了几声。

"不是这样。我怎么想都觉得出口只有那里。我把所有角落都想遍了。出口是南潭。除此之外不会有别的了。让你觉得不安也难怪,总之现在你就相信我由我做主好了。我也赌上自己唯一的一条命啊,我没有理由轻举妄动的。详细情形路上再说明。还有一小时或一个半小时守门人就要回来了,他一回来就会立刻发现我逃走而紧接着追过来吧。不能在这里拖拖拉拉的了。"

小屋外面没有人影。雪上只有两种脚印。一种是进入小屋时我自己的脚印,另一种是离开小屋往大门走的守门人的脚印。还有板车的轮印。我在那里背起影子。影子的身体虽然变轻许多,但要背着越过山丘,依旧会是相当大的负担。我的身体已经完全习惯不带影子的轻松生活了,所以连自己都不知道是不是耐得住那重量。

"到南潭有相当一段距离哟。必须越过西丘的东侧绕进南丘,走矮树丛里的路。"

"能不能办到呢?"

38. 世界末日　逃出

"既然来到这里了,只有走下去吧。"我说。

我沿着雪道往东走。走过的路上再度清楚地留下我的脚印,那给我一种印象,好像和过去的自己擦身而过似的。除了我的脚印之外只有兽小小的足迹而已。回头看后面时,墙外还冒着粗而笔直的灰烟。那直立的烟柱看起来好像尖端被吞进云里去的不祥灰塔。从烟的粗壮程度来看,守门人正在烧的兽似乎数目不少。一夜之间所下的大雪,杀死的兽前所未有地多。要烧完全部尸体想必还要花很长时间,这意味着他的追踪会大幅延后。我感觉到兽好像透过那安静的死在帮助我们实现计划。

但同时那深雪又妨碍了我的步行。坚固结硬的雪沾在雪靴的钉子间,使我的脚步加重而且打滑。我后悔没有在什么地方找来雪履或步行用滑雪板之类的东西。在这么多雪的地方一定在哪里会有这类东西的。我想守门人小屋的仓库也许会有。他在仓库里齐备了各种道具。但现在不可能再折回小屋了。我已经来到西桥前面,折回去又要损失时间。我的身体因为走动而发热,额头开始冒汗。

"从这脚印来看,我们的去向真是一目了然啊。"影子一面回头一面说。

我在雪中一面移动脚步,一面想象守门人从我们后面追来的样子。想必他会像恶魔一般踏雪而来吧。他有我无法相比的强壮,背上又没有背人。而且他大概会穿戴在雪中可以轻松步行的装备。我必须趁他还没回到小屋之前尽可能多进一步。要不然一切都完了。

我想起在图书馆暖炉前等我回去的她。桌上有手风琴,暖炉的火烧得红红的,水壶冒着热气。我想起她头发拂过我脸颊时的触感,想起她手放在我肩上的温暖。我不能让影子死在这里。如果被守门人抓回去,影子再度被关在地下室,就一定会死在这里。我奋力拔脚往前迈进再迈进,偶尔回头确认一下墙的那边冒出来的灰烟。

我们在路上和很多兽错身而过。它们在深雪中寻找粮食,空虚地徘徊着。我吐着白气背着影子从旁边经过,它们便以深蓝色的眼睛凝神注视。看来兽对我们行动的意味从头到尾一清二楚。

爬山丘上坡之后,我开始喘气。影子的重量使身体感觉沉重,雪几乎使我绊倒。试想我也很久没有好好运动了。吐出的白气越来越浓,再度开始飘的雪片沾上并渗入眼睛,眼前变得一片模糊。

"没问题吗?"影子从背上出声,"要休息一下吗?"

"抱歉让我休息五分钟就好。有五分钟就可以恢复了。"

"没关系。别介意。走不了是我的责任。你尽量休息好了。好像什么责任都推到你身上了。"

"不过这也是为我好啊。"我说,"对吗?"

"我是这么想的。"影子说。

我把影子放下,在雪中蹲下来喘气。发热的身体甚至感觉不到雪的冷。两只脚从大腿到脚尖都僵硬得像石头一般。

"不过有时候我也会迷惑。"影子说,"如果我什么也没对你说,就安静地去了的话,也许你会在这里无忧无虑地过幸福日子也不一定。"

"也许。"我说。

"是我妨碍了你啊。"

"不过这是早该知道的。"我说。

影子点点头。然后抬起眼,望向从苹果树林冒出来的灰烟。

"看样子要把兽全部烧完还得花相当多的时间呢。"他说,"而且再不久上坡就结束了。接下来就只剩绕进南丘后面而已了,到那里就可以放心。他追不上我们了。"

影子说到这里用手捧起雪,再啪啦啪啦地散落地面。

"我想到这个街一定有隐藏的出口,刚开始是直觉。不过后来逐渐变成确信。为什么呢?因为这个街是完全的街。所谓完全这东西必定含有所有的可能性。在这意义上,这里甚至不能称之为街,而是属于更流动性、更总体性的东西。一面提示着所有的可能性,一面不断地改变形式,而且维持着那完全性。也就是这里绝不是固定的完结世界,而是一面变动一面完结的世界。所以如果我希望有逃出口,那么就有逃出口。你了解我说的吗?"

"很了解。"我说,"我也在昨天才刚刚发现。这里也是可能性的世界噢。这里什么都有,什么都没有。"

影子在雪中坐下注视了我的脸一会儿。然后默默地点了几次头。雪逐渐增强。新的大雪似乎已经接近街了。

"如果一定在什么地方有逃出口的话,接下来就是消元法了。"影子接着说,"门首先就要消除。就算从门逃出去,守门人也会立刻捉住我们。他对那附近的形势了如指掌。而且门是任何人如果要计划逃出时最先会想到的地方。出口应该不是这么简单就可以想到的。墙也不行。东门也不行。那里堵死了,而河川的入口也镶了粗格子。实在逃不出去。那么剩下来只有南潭了。可以和河川一起逃出这个街。"

"你确信吗?"

"我确信。凭第六感就知道了。其他出口都严重地堵死了,只有南潭却是开放不管的。也没有围起来。你不觉得奇怪吗?他们是以恐怖来围住这水潭的。只要能克服这恐怖,我们就能战胜街。"

"你是什么时候发现的?"

"第一次看到这里的河川时啊。守门人只有一次带我到西桥附近去。我看到河川就这样想。对这河川我完全感觉不到恶意。而且这水充满了生命感。顺着这条水流走,身体任由那流水冲走的话,我们一定可以离开这街,回到真正的生命以本来的姿态活着的地方去。你相信我说的吗?"

"相信哪。"我说,"我相信你说的话。河川大概是通往那里的吧。也就是我们所离开的世界。我现在也逐渐可以想起一些那个世界的事了。空气、声音和光,这些东西。歌使我想起这些事。"

"那是不是个很棒的世界我也不知道。"影子说,"不过那至少是我们应该生活的世界。有好东西,有坏东西。也有不好不坏的东西。你生在那里。而且要死在那里。你死了,我也就消失了。那是最自然的事。"

"大概正如你说的。"我说。

然后我们两人再度俯视街。钟塔、河川、桥,还有墙和烟,都被激烈的雪完全覆盖隐藏了。我们所能看见的只有像瀑布一般从天空往大地降下的巨大雪柱而已。

"如果你可以的话,差不多要往前走了吧?"影子说,"因为看这样子,守门人也许会放弃烧兽提早回去也不一定。"

我点点头站起来,把帽檐上的积雪拂掉。

39.
冷酷异境
爆米花、吉姆爷、消失

我在往公园的路上经过酒店,买了罐装啤酒。我问啤酒的品牌什么比较好时,她说只要会冒泡有啤酒味道的都可以。我的意见也大致相同。天空就像早晨刚出炉的那样没有一点污点,晴空万里,季节是十月初。饮料只要会冒泡而有啤酒味的就行了。

不过因为我钱太多,所以买了六罐装的进口啤酒。米勒好生活的金色罐子好像被秋天的太阳染色似的闪闪发光。艾灵顿公爵的音乐也和晴朗的十月早晨完美搭配。其实艾灵顿公爵的音乐和大除夕夜的南极基地也完美搭配也说不定。

《Do Nothing Till You Hear From Me》里劳伦斯·布朗独特的长号独奏,让我一边吹口哨和着一边开车。然后是约翰尼·霍吉斯《Sophisticated Lady》的独奏。

我在日比谷公园旁边停车,躺在公园草地上喝啤酒。星期一早晨的公园,就像飞机都起飞之后的航空母舰甲板一样,空旷而安静。只有鸽群像在热身似的在草地上到处绕着走。

"没有一片云。"我说。

"那边有一片喏。"她指着日比谷礼堂的稍上方一带。确实有一片云。在樟树枝的尖端,挂着一片棉花屑似的白云。

"不是什么不得了的云。"我说,"不能算是云。"

她用手遮住太阳,一直注视着云。"是啊,确实很小。"她说。

我们长久之间什么也没说地眺望着那一片小云,然后拉开第二罐啤酒开始喝。

"为什么离婚呢?"她问。

"因为旅行的时候不能坐在电车窗边的座位。"我说。

"开玩笑吧?"

"塞林格的小说里有这样的对白。我高中时候读到的。"

"其实是怎么样?"

"很简单哪。五年或六年前的夏天她出走了。出走之后,从此没再回来。"

"从那以后一次也没见过面吗?"

"是啊。"我说着并含了一口啤酒,慢慢吞进去,"因为也没什么特别理由见面。"

"婚姻生活不美满吗?"

"婚姻生活非常美满。"我望着手上拿着的啤酒罐说。

"不过那和事物的本质并没有太大的关系。两个人即使躺在同一张床上闭上眼睛还是两个人。我说的你懂吗?"

"嗯,我想我懂。"

"整体上说,虽然人不能简单地区分类型,但人所拥有的视野(vision)大概可以分为两种。完全的视野和限定的视野。我说起来是一个活在限定视野里的人。限定性的正当性不是什么大问题。只是不得不在什么地方有一条线,所以那里有线。不过并不是大家都采取这种想法。"

39. 冷酷异境　爆米花、吉姆爷、消失

"采取这种想法的人难道不会努力想把那线尽量往外推吗？"

"也许你说得对，但我的想法不同。没有道理要求每一个人听音乐时都必须用立体声音响。就算从左边的音箱传来小提琴声、右边的音箱放出低音提琴声，也不代表其音乐性有所提升，充其量只是用一种花哨的手法来诱发想象力罢了。"

"你是不是太顽固了？"

"她也说过同样的话。"

"你太太吗？"

"对。"我说，"主题明确的话，通融性就不够了。喝啤酒吗？"

"谢谢。"她说。

我把第四罐米勒好生活啤酒的拉环拉开递给她。

"你对自己的人生怎么想呢？"她问，她嘴还没碰啤酒，只是一直注视着罐上打开的洞。

"你读过《卡拉马佐夫兄弟》吗？"我问。

"有啊。很久以前看过一次。"

"不妨再看一次噢。那本书写了各种事情。小说结尾的地方阿辽沙对一个叫作柯里亚·克拉索特金的年轻学生这样说：你将来会变成一个非常不幸的人，不过你可以祝福总体的人生。"

我喝干第二罐啤酒，犹豫一下之后打开第三罐。

"阿辽沙懂得很多事情噢。"我说，"不过我读那本书的时候觉得很有疑问。非常不幸的人生怎么可能以总体来祝福呢？"

"所以你要限定人生？"

"也许。"我说，"我实在应该代替你先生在巴士上被铁花瓶打死才对。我觉得那样好像是比较适合我的死法。直接而片断地完结意象。

487

没有时间考虑什么。"

我还躺在草地上抬起脸来,眼睛转向刚才有云的那一带。云已经没有了。被樟树叶隐藏起来。

"嘿,你觉得我能不能也进入你那限定的视野里去?"她问。

"谁都可以进来,谁都可以出去。"我说,"这就是限定的视野的优点。只要进去的时候鞋子好好擦擦,出去的时候把门关上就行了。大家都这么做。"

她笑着站起来,用手拂掉沾在棉长裤上的草。"差不多该走了。时间到了吧?"

我看看手表。十点二十二分。

"我送你回家。"我说。

"不用了。"她说,"我到这附近的百货公司买东西,然后一个人搭电车回去。这样比较好。"

"那么就在这里分手了。我还要在这里待一下。觉得非常舒服。"

"谢谢你的指甲刀。"

"哪里。"

"回来之后可以打电话给我吗?"

"我会去图书馆。"我说,"我喜欢看人正在工作的样子。"

"再见。"她说。

她在公园里笔直的路上走远的背影,我好像《第三人》里的约瑟夫·科顿一般凝神注视着。等她的背影消失在树荫里之后,我看着鸽子。鸽子的步法一只一只都微妙地不同。不久之后,一个打扮优雅的女人带着一个小女孩,走过来撒些爆米花,我周围的鸽子全都飞起来朝

39. 冷酷异境　爆米花、吉姆爷、消失

那边去了。小女孩年龄大约三岁或四岁，就像那个年纪的女孩子都会做的那样张开双手想要去拥抱鸽子。但当然鸽子不会被抓到。鸽子有鸽子微小的生活方式。装扮得体的母亲只有一次往我这边瞄了一眼，但从此就没再看我这边了。会躺在星期一早晨的公园里、身边排了五个罐装啤酒空罐子的人不是正常人。

我闭上眼睛，试着想想《卡拉马佐夫兄弟》里三兄弟的名字。米卡、伊凡、阿辽沙，还有同父异母的斯麦尔佳科夫。能够说出《卡拉马佐夫兄弟》全部兄弟名字的人世上到底有几个？

一直仰望着天空时，觉得自己好像浮在一望无际的大海上的一艘小舟。没有风也没有浪，我只是一直安静地浮在上面而已。浮在大海上的小舟有某种特殊的东西，这么说的是约瑟夫·康拉德的《吉姆爷》船破遇难的部分。

天空深远，好比不容人怀疑的观念确实坚固地存在。从地上仰望时，可以感觉到天空这东西好像把存在的一切都集约了。海也一样。连续几天一直眺望着海，会觉得世界好像只有海。约瑟夫·康拉德想的大概也和我一样吧。脱离船这一比拟、被放进一望无际的大海的小舟确实有某种特殊的东西，谁也无法从那特殊性里逃出。

我依然躺着喝下最后一罐啤酒，抽烟，把文学性省察从头脑里赶走。必须再现实一点才行。剩下的时间只有一小时多一点了。

我站起来抱着啤酒空罐走到垃圾箱，把它们丢了。然后从皮夹里拿出信用卡，在烟灰缸里烧掉。装扮得体的母亲又瞄了我这边一下。正常的人不会在星期一早晨的公园里烧什么信用卡。我先把美国运通卡烧掉，然后把Visa卡烧掉。信用卡好像非常舒服地在烟灰缸里烧尽。我很想把Paul Stuart的领带也烧掉，但想了一下还是放弃。太显眼了，

而且也没有任何必要烧领带。

然后我到商店去买了十袋爆米花,其中的九袋撒在地上给鸽子,剩下一袋我坐在长椅上自己吃。鸽群好像十月革命一样,聚集了一大群吃着爆米花。我也和鸽子一起吃着。好久没吃爆米花了,味道相当好。

装扮得体的母亲和小女孩两个人看着喷水池。母亲的年龄大概和我差不多。望着她时我又想起和革命活动家结婚生了两个孩子,然后从此失踪的同学。她已经连带小孩上公园都做不到了。我不知道她对这点有什么感觉,不过关于自己的生活完全消失这一点,我和她似乎有些什么可以互相分享的样子。或许——很有可能——她会拒绝和我互相分享那什么也不一定。我们已经将近二十年没见面了,而且二十年之间发生了很多事。各人的处境不一样,想法也不一样。即使同样是退出人生,她是以自己的意志退出的,我却不是。我的情况是我在睡觉的时候有人来把我的床单一掀就拿走了。

她大概会为这个而指责我。你到底选择了什么呢?她大概会这样说我。确实是这样。我什么也没选择。如果说依照自己的意志选择了什么的话,只有原谅了博士和没有和他的孙女睡觉而已。但那些事对我有什么好处呢?她会因为这个程度的事情,而对我这个存在、为我这个存在的消亡以及所达成的任务,给与良好的评价吗?

我不知道。将近二十年的岁月把我们远远地隔开。她对哪些会给好的评价,对哪些会给不好的评价,那基准已经超出我想象力的边界之外。

我的边界内几乎什么也没剩下了。只能看见鸽子、喷水池、草坪、母女而已。一直望着这些风景的同时,我才发现这几天来第一次不想从这个世界消失。我不关心接下来要往什么样的世界去。就算人生光

39. 冷酷异境　爆米花、吉姆爷、消失

辉的百分之九十三都在前面的三十五年里用尽了，也没关系。我想抱着那剩下的百分之七，继续观察这个世界的成立法则。不知道为什么，但我觉得这样做好像是我被赋予的一种责任。确实从某个时候开始，我扭曲了自己的生活方式和人生。那样做有那样做的理由。就算别人不能理解，我也都不得不那样做。

不过我并不想放下这扭曲的人生从此消失。我有义务守候到它最后。不这样做的话有失公允。我不能就这样丢下我的人生而去呀。

就算我的消亡不会使谁伤心，不会使谁的心空白，或者几乎谁也不会注意到，那都是我的问题。确实我失去太多。应该失去的东西，好像除了自己之外几乎什么也没剩下。不过失去的那些在我心中好像沉淀物一样还留有残影，那使我能够继续活到现在。

我不想从这个世界消失。一闭上眼，可以清楚感觉到自己的心在动摇。那超越哀伤和孤独感的巨大深沉的翻腾滚动在所谓我这个存在的深处动摇起来。那翻腾滚动持续不断。我的手肘支在长椅的靠背上，忍耐着那翻腾滚动。谁也帮不了我。谁也救不了我。就像我救不了谁一样。

我想放声大哭，但不能哭。我的年纪已经太大，而且也经历过太多事情。世界上有不能流泪的哀伤存在。那是对谁也无法说明的，就算能够说明，谁也不会理解。那哀伤无法改变成任何形式，只能像无风之夜的雪那样静静地逐渐积在心里而已。

更年轻的时候，我曾经尝试把那哀伤变成语言。但就算用尽语言，也无法把它传达给谁，甚至无法传达给自己，我终于放弃这样做。于是我关闭我的语言，关闭我的心，深沉的悲哀是连眼泪这形式都无法采取的东西。

我想抽烟,但没有香烟了。口袋里只有纸火柴而已。火柴也只剩三根。我把火柴一根接着一根点着,熄灭后丢在地上。

再一次闭上眼时,那翻腾滚动已经消失无踪。脑子里只浮起像尘粒一般安静的沉默而已。我一个人长久望着那尘粒,尘粒既不往上升也不往下降,只是安静地浮在那里。我试着噘起嘴唇吹一口气,但还是不动。不管多么激烈的风,也不能赶走它。

然后我试着想一想刚刚离开的图书馆女孩。想到重叠堆积在地毯上她的天鹅绒连衣裙、丝袜和衬裙。那些是不是还没收起,依然像她本身似的静静躺在那地上?还有我对她的种种举动是不是公平?不,不对,我想。到底有谁要求公平?谁也不要求公平。会要求这个的大概只有我吧。不过失去公平的人生有什么意思呢?就像我喜欢她一样,我也喜欢她脱了掉在地上的连衣裙和内衣。那也是我的公平的一种形式吗?

所谓公正性,是在极其限定的世界才能通用的概念之一。但那概念推及所有的位相。从蜗牛、金属工具店的柜台,到婚姻生活都可及。就算谁也没有要求这个,我除了这个之外也没有能够给的东西了。在这意义上公平和爱情相似。给的东西和要的东西并不一致。所以很多东西从我眼前,或从我心中通过而去。

也许我应该对自己的人生感到后悔吧。那也是公平的形式之一。但我对什么都无法后悔。就算一切都像风一样吹过,把我留在后面,那也是我所希望的事。于是我只留下浮在脑里的一颗白色尘粒。

到公园里的商店买香烟和火柴时,为了慎重起见,试着从公共电话再打一通电话回我房间。虽然心想不会有人接,但在人生的最后,往

39. 冷酷异境　爆米花、吉姆爷、消失

自己的房间试打电话也是个不错的想法。可以想象铃声响个不停的样子。

但出乎意料之外，铃响第三声时有人拿起听筒。然后说："喂喂。"是穿粉红色套装的胖女孩。

"还在那里呀？"我吃惊地说。

"怎么可能。"女孩说，"离开一次又回来了啊。不可能那么悠哉吧。因为想看书的下文所以回来了。"

"巴尔扎克吗？"

"嗯，对呀。这本书非常有意思噢。好像可以感觉到什么命运的力量似的。"

"还有，"我说，"你爷爷救出来了吗？"

"当然。非常简单哪。水已经退了，路又是第二次走。地铁票我预先买了两张。祖父精神很好呢。他还说向你问候。"

"那要谢谢了。"我说，"那么你祖父现在怎么样了？"

"他去芬兰了。他说在日本麻烦事太多无法集中精神研究，所以到芬兰去成立研究所。好像是个非常安静的好地方噢。还有驯鹿呢。"

"你没去呀？"

"我决定留在这里住你的房间。"

"我的房间？"

"嗯，对呀。我好中意这房间呢。门也装好了，冰箱、音响我也会买新的。被人家破坏了对吗？我可以把床罩、床单和窗帘换成粉红色吗？"

"没关系。"

"可以订报纸吗？我想看节目预告栏。"

"好啊。"我说,"不过在那里有危险喏。'组织'的人或记号士也许会来呢。"

"唉呀,那些我才不怕。"她说,"他们要的是祖父和你,跟我没关系。而且刚才也有一对奇怪的大个子和小个子二人组来,被我赶走了。"

"怎么做到的?"

"用手枪把大个子的耳朵射穿了啊。鼓膜一定破了。没什么了不起的。"

"在公寓里开枪一定引起很大骚动吧?"

"没有啊。"她说,"只射一发,大家会以为是车子内燃机逆燃的爆炸声。如果连射几发那就伤脑筋了,我的功夫很棒,一发就足够了。"

"哦!"我说。

"而且,等你丧失意识之后,我想把你冷冻起来,怎么样?"

"随你高兴好了。反正已经没有任何感觉了啊。"我说,"我现在要去晴海埠头,所以你去那里把我回收好了。我会坐在白色卡瑞娜1800 GT双凸轮引擎的车子里。车型我也无法说明,不过会放鲍勃·迪伦的录音带。"

"什么叫鲍勃·迪伦?"

"下雨天——"我正要说,但又嫌说明太麻烦了而作罢,"是个声音沙哑的歌手。"

"先冷冻起来,等祖父发现新方法之后,也许可以再帮你复原也说不定,对吗?期望过高也麻烦,但不是没有这种可能性噢。"

"没有意识也就不会期望了。"我指出,"那么,是你把我冷冻吗?"

"没问题,你放心。冷冻我很拿手。我曾经做过动物实验,把猫啊狗啊活生生地冷冻起来。我会把你好好冷冻起来,藏在谁也找不到的

39. 冷酷异境　爆米花、吉姆爷、消失

地方。"她说,"所以如果进展顺利,你意识恢复的话,可以跟我睡吗?"

"当然。"我说,"那时候如果你还想跟我睡的话。"

"你愿意好好做吗?"

"尽我所能。"我说,"不过不知道几年后了。"

"不过那时候我已经不是十七岁了噢。"她说。

"人是会老的。"我说,"就算被冷冻起来也一样。"

"你保重啊。"她说。

"你也一样。"我说,"能跟你讲话觉得好像轻松一些了。"

"因为有了回到这个世界的可能性了?不过那还不知道会不会成功,实在——"

"不,不是这样。当然有了这可能性我非常庆幸。不过我所说的不是这个意思,而是能跟你讲话我非常高兴。能听到你的声音,知道你现在在做什么。"

"要不要再多说一点?"

"不,这样就好了。没什么时间了。"

"嘿。"胖女孩说,"不要害怕噢。就算你永久消失了,我到死都会一直记得你。在我心里你没有消失。这一点你千万不要忘记哟。"

"忘不了的。"我说。然后挂掉电话。

到了十一点,我到附近的厕所去小便,然后走出公园。发动车子引擎,一面想着关于被冷冻的种种事情,一面把车子开往港口。银座路上充满了上班族打扮的人群。在等红绿灯的时候,我在那里面寻找应该正在买东西的图书馆女孩子。但很遗憾没看见她。我眼睛所看到的只有许多不认识的身影。

到了港口,我把车子停在没有人的仓库边。一面抽着烟,一面把音

响调成自动反复回带听着鲍勃·迪伦的录音带。把座椅往后放倒,两脚架在方向盘上,安静地呼吸。觉得很想喝啤酒,但已经没有啤酒了。啤酒一罐不剩地在公园里和她两个人喝完了。太阳从挡风玻璃射进来,把我包在阳光里。闭上眼睛时可以感觉到那光线正烘暖我的眼睑。阳光千里迢迢地来到这个星球,用那力量的一端为我烘暖眼睑,想到这里,我就产生了不可思议的感动。宇宙的法则连我的眼睑都没有疏忽。我似乎有点了解阿辽沙·卡拉马佐夫的心情。也许对限定的人生可以给与限定的祝福吧。

我顺便以我的方式祝福博士、胖女孩和图书馆的女孩。我不知道我是不是有权给别人祝福,但怎么说我都是立刻要消亡的人了,所以首先就不用担心往后有谁会来追究责任。我把放警察乐队、雷鬼的计程车司机也列入祝福的名单上。只有他肯载满身是泥的我们,没有理由不把他列入名单。他现在可能正一面以卡式收录音机听着摇滚音乐,一面在某条路上兜着圈子找年轻客人载吧。

正面看得见海。看得见卸货完吃水线浮上来的旧货船。海鸥像白色斑点一般到处停着。鲍勃·迪伦正在唱着《Blowin' In the Wind》。我一面听着那歌,一面试着想想蜗牛、指甲刀、奶油烧鲈鱼、刮胡膏的事。世界充满了各种形式的启示。

初秋的太阳像被海浪摇晃似的在海上闪着细碎的光辉。简直就像有人把一面大镜子敲得粉碎似的。因为实在碎得太细了,所以谁也没办法使它复原。即使拥有哪一个国王的军队也没办法。

鲍勃·迪伦的歌自动地使我想起租车行的女孩子。对了,她也不能不祝福。她给我非常好的印象。她不能不在名单上。

我在脑子里回想她的样子。她穿着绿色轻便西装外套、白衬衫打

39. 冷酷异境 爆米花、吉姆爷、消失

着黑色蝴蝶结,那绿色令人想起棒球季刚开始的球场草坪那种色调。那大概是租车公司的制服。要不然谁都不会穿绿色轻便西装外套打黑蝴蝶结。而且她听鲍勃·迪伦的老歌,想着雨天。

我也试着想想下雨天。我所想到的是不知道下着还是没下的细雨。但雨确实是在下着。而且那雨濡湿蜗牛,濡湿栅栏,濡湿牛。谁也不能让雨停。谁也不能避开雨。雨总是公平地继续下着。

终于那雨变成朦胧色调的不透明帘幕覆盖了我的意识。

睡意来临。

我想,这样我就可以取回我所失去的东西了。那东西就算曾经失去过一次,但绝对没有损坏。我闭上眼睛,任身体沉入那深深的睡眠中。鲍勃·迪伦正继续唱着《A Hard Rain's A-Gonna Fall》。

40.
世界末日
鸟

　　好不容易走到南潭时，雪正令人窒息地不断下着。那看来就像天空本身正哗啦哗啦支离破碎地崩裂掉落地上。雪也倾注在潭上，被带有可怕深蓝色调的水面无声地吸进去。染成纯白的大地，只有深潭张着像巨大眼瞳似的圆圆大洞。

　　我和我的影子站定在雪中，长久发不出声音注视着那光景。和以前来时一样，周遭响彻可怕的水声。不知道是不是因为雪的关系，声音更模糊不清，感觉好像是从什么遥远的地方传来的地鸣。我仰望说是天空又未免太低的天空，视线转向浮在大雪深处的南墙。墙对我已经什么也不说了。这是个符合"世界末日"称呼的荒凉冰冷的光景。

　　静止不动时，雪在我肩上和帽檐上不分界线地积起。看样子我们所留下的脚印可能也会完全消失掉。我看看站在我稍远处的影子。他不时拂掉身上的雪，眯细了眼睛睨着深潭的水面。

　　"这就是出口噢。不会错。"影子说，"这么一来，这个街也已经没办法把我们关在里面了。我们可以变得像鸟一样自由。"

　　然后影子笔直地仰望天空，闭上眼睛，简直像以承受恩惠之雨一般的表情承受着雪。

　　"好天气。天空晴朗，风是暖和的。"说着影子笑了。简直像沉重的枷锁被拿掉似的，影子的身体似乎逐渐恢复他本来的力量似的。他踩着轻盈的脚步走向我这边。

"我可以感觉到噢。"影子说，"这水潭的对面有所谓外面的世界哟。你呢？还会害怕跳进去吗？"

我摇摇头。

影子弯腰蹲在地上，解开两边的靴带。

"一直站在这里会冻僵的，所以差不多可以跳下去了。把靴子脱掉，彼此将皮带和皮带互相绑在一起。到外面如果失散了就完了。"

我把向上校借来的帽子脱下拂掉积雪，然后拿在手上瞧着。帽子是古老时代的战斗帽。布面有好些地方都磨得脱线了，色调褪色变白。上校可能珍惜了几十年一直戴着。我又再一次把雪拂干净之后，把它戴在头上。

"我想留在这里。"我说。

影子好像眼睛失去焦点似的恍惚地看着我的脸。

"我仔细考虑过了。"我对影子说，"对你很抱歉，不过我自己考虑了很久。我知道一个人留在这里会是怎么一回事。我也知道正如你所说的，我们两个人一起回到从前的世界事情才有道理。我也知道那对我来说才是真正的现实，从那里逃走是错误的选择。但我不能离开这里。"

影子双手插在口袋里，慢慢摇了几次头。

"为什么嘛？你上次不是跟我约好要逃出这里的吗？所以我才努力拟计划，而你还背着我来到这里了不是吗？到底是什么让你的心来个一百八十度大转变呢？是女人吗？"

"那当然也有。"我说，"不过不只是那个。因为我发现了一件事情。所以我决定留在这里。"

影子叹了一口气。然后再一次仰望天空。

"你找到她的心了对吗？而且决定和她两个人在森林里过活，打算把我赶走？"

"我再说一次，不只是那样。"我说，"我发现了到底是什么制造出这个街了。所以我有义务留在这里，也有责任。你不想知道是什么制造出这个街的吗？"

"不想知道。"影子说，"因为我已经知道了。这种事情老早就知道了。制造出这个街的是你自己呀。你制造出一切的一切。从墙、河川、森林、图书馆、门、冬天，从一切到一切。这深潭、这雪也是。这么点小事我也知道啊。"

"那么为什么不早点告诉我呢？"

"如果告诉你，你不就会像这样留在这里吗？我无论如何都想把你带出外面。你应该活的世界好好的在外面呢。"

影子跌坐在雪中，摇了几次头。

"不过既然你已经发现这个了，恐怕不会再听我的话了。"

"我有我的责任。"我说，"我总不能丢下自己任意制造出来的人们和世界，自己一走了之。我觉得对你很抱歉。真的很抱歉，而且要跟你分开也很难过。不过我必须对自己所做的事情负责。这是我自己的世界呀。墙是包围我自己的墙，河川是流过我自己体内的河川，烟是烧我自己的烟哪。"

影子站起来，凝神注视深潭平静的水面。在不停下着的雪中，影子一动也不动地站着，身体逐渐失去那厚度，有种逐渐恢复本来的扁平姿态的感觉。长久之间两个人沉默不语。只有从口中吐出的白色气息浮上空中，然后消失。

40. 世界末日　鸟

"我非常了解阻止也没有用。"影子说,"不过森林里的生活比你想象的还要辛苦噢。森林和街一切都不同。为了生存必须严酷地劳动,冬天也漫长而难过。一旦进入森林之后就再也出不来。你必须永远留在森林里哟。"

"这个我也仔细考虑过。"

"然而心还是不变噢?"

"不变。"我说,"我不会忘记你。在森林里会一点一点地想起从前世界的事情。大概有很多不能不想起的事情吧。各种人,各种地方,各种光,各种歌。"

影子双手交叉搓揉了好几次。身上的积雪带给他不可思议的阴影。那阴影看起来好像在他身上慢慢伸缩似的。他一面搓手一面好像在听那声音似的,轻轻把头倾斜着。

"我差不多该走了。"影子说,"不过从此以后不能再见面总觉得很奇怪。最后不知道该说什么才好。怎么也想不出恰当的话来。"

我再一次脱下帽子拂掉雪,又戴回去。

"祝你幸福。"影子说,"我喜欢你。就算我不是你的影子也一样。"

"谢谢。"我说。

水潭完全把影子吞没之后,我还长久注视着那水面。水面没有留下一丝波纹。水像兽的眼睛一样蓝,而且静悄悄的。失去影子之后,觉得自己好像一个人被遗留在宇宙的边界。我已经什么地方都不能去,什么地方也不能回了。这里就是世界末日,世界末日不通往任何地方。在这里世界将终息,将静静地停留。

我转身背向潭,开始走向西丘。西丘对面有街,河川在流,图书馆里她和手风琴应该正在等我。

在下个不停的雪中，可以看见一只白色的鸟正朝着南方飞去。鸟越过墙，被包围在雪中的南边天空吸了进去。只留下我踏着雪咯吱咯吱的声音。